"我一无所有,
所以当我爱你,
我只能奉献自己。"

图书在版编目（CIP）数据

阿南/Twentine著．—青岛：青岛出版社，2023.8
ISBN 978-7-5736-1111-6

Ⅰ.①阿… Ⅱ.①T… Ⅲ.①长篇小说－中国－当代 Ⅳ.①I247.5

中国国家版本馆CIP数据核字（2023）第090095号

A NAN

书　　名	阿南
作　　者	Twentine
出版发行	青岛出版社（青岛市崂山区海尔路182号）
本社网址	http://www.qdpub.com
邮购电话	18613853563
责任编辑	龚雅琴
校　　对	杨　星　闫　帅
装帧设计	蒋　晴
照　　排	梁　霞
印　　刷	三河市良远印务有限公司
出版日期	2023年8月第1版　2023年8月第1次印刷
开　　本	32开（880mm×1230mm）
印　　张	12
字　　数	377千
书　　号	ISBN 978-7-5736-1111-6
定　　价	49.80元

编校印装质量、盗版监督服务电话 4006532017　0532-68068050

贵州

第一章　3
阿　南

第二章　22
凯　里

第三章　70
侗　寨

第四章　104
风雨桥

目录

北京

第五章 北京	145	第八章 十二年	261
第六章 驯鸟	216	第九章 过往	295
第七章 欲望	236	第十章 献祭	323
		第十一章 自首	335
		第十二章 等我	365

○ 贵州

第一章
阿 南

一辆火车行驶在山间铁路上。

天气情况很不好，不只是这里，全国的天气情况都不好。今年最强寒流席卷全国，北京下了一场大雪，今早所有航班都停飞了。

Z54[①]，刚刚开通的直达特快列车，从昆明到北京要三十几个小时。

在列车停在第二站曲靖的时候，成芸有些疑惑——这是一种处在漫长的旅程中，可有可无、消耗时间的疑惑。

为什么直达列车中途会停下？

她转过头，问旁边的一位乘客："你到哪里？"

她身边坐着一个抱小孩的男人，再旁边是他的妻子，两个人都是普通的乡下打扮。在成芸问话的时候，男人正在拿一根叫不出名字的小食品条逗小孩，听见有人问话，侧过头。

一个多小时的旅途中，男人曾经很多次地偷偷看成芸。

这里是硬座车厢，虽然他们从始发站上车时，车还算干净，但是很快，这辆车就会变得无比肮脏，乱成一团。

---

① 从昆明开往北京的列车，刚开通时途径21站，其中包含安顺、贵阳、湘潭等，到达贵阳站的时间为18点37分，如今线路已调整。

他觉得这个女人不应该出现在这里。

这个人看起来跟他们不太一样——她没有行李,只有一个小包,放在身侧。

她穿着一件黑色风衣,里面穿了一件灰色的短款毛衫、紧身裤,脚上是长筒皮靴。她头发披在肩头,发质看着比一般女人的要干一点儿、硬一点儿。

成芸看着男人,笑了笑,说:"你去哪里?"

男人说:"去湘潭。"他只说了三个字,但是浓郁的乡音已经藏不住了。

成芸点点头,说:"这条线要停多少站?"

"不知道。"男人转头问妻子,妻子也说不知道。

刚好一个售货员推车走过,成芸叫住他,问了同样的话。售货员业务熟练,回答道:"本趟列车途径二十一站。"

成芸问:"多少站?"

"二十一站。"

"那为什么叫直达列车?"

售货员似乎被这个问题问住了。成芸摇摇头:"算了,我买瓶水。"

售货员马上取出一瓶矿泉水。

火车重新开动,成芸从包里拿出烟。

她站起身,身材匀称高挑,风衣直垂至膝。

"借过。"

那对夫妇连忙让开,成芸从旁边走过去。

她来到车厢连接处,有两个男人靠在那儿,正一边抽烟一边聊天,看见成芸,不自觉地停下动作。

成芸靠在另外一面车厢壁上,手指一拨,叮的一声,把打火机打开。

她点了一根烟,抽了一口,看向窗外。

旁边两个男人重新聊了起来。

外面还是阴沉沉的,山野间也没什么高树,杂草丛生。

一根烟很快抽完,成芸又抽出一根来。

这回点了烟,她没有再看外面,而是转头对那两个男人说:"你们去哪里?"

男人们一愣,相互看了一眼,一个人回答她说:"去安顺。"

成芸点点头,又说:"回家?"

"不是,上班。"另一个男人看着成芸,说,"你呢,去哪儿?"

"北京。"

"呀,终点站啊。"那男人打量了成芸一下,然后又扭头看了看车厢里面,说,"没买到卧铺票?"

"嗯。"成芸说,"买得太晚了,没有卧铺了。"

成芸皮肤很好,没化什么妆,单单描了眉,显得眉更浓、面容更白。男人总喜欢跟美人交谈,而且成芸看起来给人一股通透、爽快的感觉,他们紧着帮她出主意。

"你找列车员问一问,现在刚过一站,卧铺那边应该是有空位的。先调一下,等人上来再让呗。"

成芸笑笑:"好,等下我问问。"

那两个男人看起来还想找些话题聊聊,但成芸的手机振动起来。她拿出手机看了一眼,转到一侧接听。

"李总。"

"小芸啊。"电话里是一个男人的声音,"在哪儿呢,刚才打电话怎么不接?"

"没听到,我在火车上,信号不好。"成芸吐了一口烟,说。

"火车?"男人的声音有些疑惑,"怎么坐火车了?"

"今天北京下那么大的雪,飞机停飞了。"

男人了然,又说:"那也别坐火车啊,多遭罪啊。多住一天,买明天的机票。"

成芸往前走了一步,高高的鞋跟踩在车厢地面上,清脆的声响被轰隆隆的火车行进声盖住了。

"我这边出差的事基本办完了,多待一天也没什么意思。"成芸说,"你那件事麻烦吗?"

男人笑了笑:"放心好了,没事。"

成芸也不多问:"那就好。"

"火车几点到北京?我去接你。"

"明晚九点半,我自己回去就行。"

"可别,你没带什么行李吧,穿着件单衣就过去了。北京现在可冷坏了,你别折腾。"

成芸停了一下，说："那好，我明天快到了给你打电话。"

"成。"

放下电话，成芸不想再抽烟了，一转头，那两个男的还在看她。她冲他们笑笑，抽出两根烟递给他们。

"试试？"

两人接过烟，闻了闻。

成芸说："劲儿不大，抽着玩玩。"

"细烟啊，这还真没抽过。"

成芸手插兜，开玩笑似的说："女人烟，抽的时候别让人看见笑话了。"

回到车厢，成芸对面的位置上来一个新乘客，是个大学生模样的女孩子。女孩子坐下之后就一直跟那对小夫妻聊天。

"哎呀，好可爱的孩子，多大了？"

"一岁四个月了。"

"这给他喂的什么啊？"

"带的吃的。孩子饿，可能吃了。"小孩妈妈说。

女孩看着那包小食品，眉头一皱，开始细数这种垃圾食品的危害。小夫妻听着频频点头，说以后是得少吃一点儿。

成芸一语不发，闭上眼睛，在纷乱的聊天声中渐渐入眠。

她睡得很快，但不是深睡，觉很浅，就好像把周围的声音蒙上了一层布一样。

混沌之中，时间过得极快，车上的人来回走动，售货员推着食品车已经走了好多趟。

手机在衣兜里又振动起来，嗡嗡两声。

成芸瞬间清醒，睁开眼睛。

车窗外已经黑了。

旁边的小夫妻还有对面的大学生都在打瞌睡，她拿出手机。

李云崇。

成芸站起来，朝车厢连接处走去。

还是刚刚抽烟的地方，此时正空着，她头顶的灯已经亮了。

成芸靠着车厢壁站着，从旁边的玻璃上看到自己的影子。

"小芸。"

不知道是不是夜色的原因，李云崇的声音比几个小时前听起来深沉了一点儿。

"李总。"

"到哪儿了？"

成芸一觉睡过来，还真不知道到哪儿了，旁边也没有抽烟的人。她前后看了看，车厢指示灯在另外一端。

李云崇也没等她回话，说："小芸，晚点儿再回来吧。"

"嗯？"

"找个地方玩一玩，过段时间再回来。"

成芸安静两秒，然后说："查得紧？"

李云崇长舒一口气，成芸能想象到他的状态。此时的李云崇应该坐在自己办公室的沙发上，屋里没有别人。他整个人都陷在里面，只要想，一分钟就睡着了。

"是啊，来了一个记者。"

成芸听到打火机的声音，李云崇点了一根烟。

"哪儿来的？"

"有备而来的。"

"哦？"

李云崇哼笑一声，不知是想到了什么，懒洋洋地道："放心，辘轳断了轴，他玩不转的。"

"我要离开几天？"

李云崇的语气又轻松了："几天都行，正好放个假。我知道你不喜欢跟媒体打交道，这阵子我顶着，路铺平了你再回来。"

"那我等下就下车了，这车快熏死我了。"

"我就说让你别坐火车，遭什么罪呢。"

成芸拍拍自己的衣服，说："有事就给我打电话。"

"嗯，你好好玩，钱带够了吧？卡揣着没？"

成芸咯咯笑："别逗我。"

李云崇听见她笑，自己也笑了："好好休息，别多想。"

"好。"

成芸放下手机，脸上的笑意渐渐淡了。她转过头，刚好在车窗上看到自己的脸。

脚下的车厢一阵一阵地晃动，成芸转动了一下脖子，听到关节嘎嘣嘎嘣地响。

这时，列车广播响起："各位旅客朋友，列车前方到站——贵阳站，有在贵阳站下车的旅客，请带好您的车票及行李物品到车厢两端等候……"

成芸向车窗外看了一眼，已经进了市区，外面可以看到星星点点的灯光。

她转身回到车厢，拿起包。

贵阳站算大站，下车的人多，成芸拿包的工夫车厢里就排了好多人。她在队伍里等着，高挑的个子，分外惹眼。

火车停靠，车门一开，冷风就吹了进来，成芸跟着人流下了车，并没有很快离开。

她根本不知道自己要去哪儿，在站台上站了一会儿，火车已经开走了。

贵阳下着毛毛雨，雨非常小，小得几乎感觉不到，淅淅沥沥地落在成芸的头发上、肩膀上。

已经是晚上了，贵阳气温不高，但也称不上冷，或许是下雨的缘故，比北京潮湿很多。

成芸把风衣扣扣上，走出车站。

出站口挤了一堆司机和拉客的旅馆人员，成芸好不容易挤出去，广场上又是人头攒动——现在是客运高峰期。

成芸连连拒绝拉活儿的司机，走到外面。

全国各地的火车站都差不多，人多，商贩也多。贵阳站门口的街道上全是小吃摊，成芸路过一个摊位，低头看了看。

卖东西的摊主声音低沉，带着一点儿口音。

"吃什么？"

成芸伸出手，指了指热炉上摆着的东西："这是烤土豆？"

"三块钱一个。"摊主说着就要拿袋子装。

"不不不。"成芸摆摆手，"我不要。"

摊主手一拐，就要去装旁边的烤地瓜。

"不，我也不要烤地瓜。"

那只手顿了一下，摊主似乎在考虑接下来装什么。

成芸打消了他的念头:"我什么都不要。"

摊主把塑料袋放回去了。

成芸转首,环视一圈。

她坐车坐得很累,又被毛毛雨淋得浑身不舒服,想尽快找个地方洗澡休息。

火车站旁像样的酒店不多,成芸抬手看了看时间,心想:今天就凑合吧。

成芸找了一家快捷酒店,进屋洗了澡,又躺了一会儿,睁开眼时已经晚上十点多了。她拿包出门,本打算去商场买几套衣服,可走出去没多远就觉得肚子饿了。

她这才想起来,自己中午十一点多上的火车,一直到现在,只喝了一瓶水。

肚子饿了,她看什么都香,所以以往绝对不会注意的路边摊,现在一个接一个地往成芸的眼睛里挤。

贵阳街头的特色小吃摊跟其他地方的不太一样,尤其是火车站旁的,摊位帐篷一支开就是一宿,每个帐篷下面都是一排小吃。现在十点多,生意最为火爆。

这边卖的东西都差不多,砂锅、馄饨、米线,还有一些猪肉拌菜。

成芸站在一家摊位前,灯光照在砂锅上,里面切片的西红柿看着都比往常艳丽了。

摊主是个五十岁左右的大婶,见问了几遍成芸都没应声,就不再理她了。

成芸陷入了短暂的思考。

她不是没吃过这种东西,只是最近几年很少吃了,原因就是李云崇。如果现在李云崇站在这样一个摊位前,脸上恐怕要皱出包子褶。

前几年,李云崇偶尔还会带她去解解馋,吃点儿烧烤什么的,现在不行了。一过不惑之年,李云崇跟完全变了一个人似的,每天就是养生,一顿早饭要厨子四点起来煲粥。他不仅自己养生,还带着成芸一起,抽烟这毛病两个人这辈子改不了了,只能在吃上下功夫。

成芸站了许久,大婶又过来说了一句:"砂锅,很好吃的,二十五一份。"

成芸回过神,点头:"帮我来一份。"

她走进后面支起来的棚子里,里面有四五张桌子,几乎都坐满了人,只有靠边的一张桌子旁只有一个人。

她走过去,在那人对面坐下。

成芸两腿交叠,双臂抱在一起。

天色已晚,可像火车站这样的地方天生有时差,街上全是人,热热闹闹的。

成芸单肘拄在桌子上,手轻轻摸了摸下巴,想要趁这段时间理一理公司的事情。可她发现每次刚要厘清思路,就被对面那人吸米线的抽气声打断。

成芸深呼吸,对面的男人吸米线吸得越发起劲。

她点了一根烟,转过头,男人吃得快把脸浸入碗里,从成芸这儿只能看到一个黑脑壳。她哼笑一声,说:"别呛着。"

男人的抽气声断了一下,然后他从面碗里抬起头,不,准确地说是抬起眼,眼睛以下的部分还埋在碗里。

他好像不确定成芸是不是在跟他说话。

成芸帮他确定了:"我说,慢点儿吃,别呛着了。"

这回男人的头从碗里出来了,他将碗放到桌子上,里面就剩了一点儿汤。他坐直身子,抹了一下嘴:"没事。"声音有些低,但听着底气还算足。

成芸不动声色地打量他,看着看着,觉得有些不对劲。

男人休息了几秒钟,然后再次把碗拿起来,看样子是想把汤喝光。

成芸看着他喉结一动,一口就喝完了。

她忽然就想起来了:"你不是刚才那个卖土豆的吗?"

男人把碗放回桌子上,说:"你也没买我的土豆。"

原来他也认出她了。

成芸笑了一声,又说:"你自己卖土豆,为什么到外面来吃东西?"

男人说:"那不是我的摊,我帮朋友看的。"

"你帮朋友看摊,他连土豆都不请你吃一个?"

男人说:"他请我吃这个。"

成芸低头,看到桌上那份连香菜叶都吃光了的米线。她忽然觉得还挺有意思的。

男人喊来摊主大婶,两个人说起贵州话,男人掏钱,准备走人。

"等等。"成芸叫住他,男人回头。

他皮肤黑,所以显得眼睛格外分明,此时正带着疑惑看向成芸。

· 10 ·

成芸把烟掐了，说："吃饱了吗？"

"什么？"

"你吃饱了吗？我再请你吃点儿东西。"

男人蹙眉，好像不能理解。

成芸笑着说："我是外地人，你听出来了吧？"

男人点头。

"我刚到贵阳，什么都不知道，咱们聊聊。我看你好像没吃饱，我刚刚点了两盘拌菜，自己也吃不动……"她说着，看向摊主大婶，示意了一下。

大婶跟她对视两秒钟，张口道："你没点。"

"……"

成芸觉得自己可能要换一种思路跟这些人打交道。

摊主大婶仔细想了一遍，然后又确定地说了一遍："你没点。"

成芸眼睛一眨不眨地看着她，缓缓地道："那我现在点。"

大婶一点头："好。"

成芸转头，男人已经坐回对面了。

"你要聊什么？"

成芸也是临时起意，想到哪儿问到哪儿："贵阳有什么好玩的？"

"没有。"

"没有？"

"嗯。"

拌菜很快就好了，大婶把盘子端上来，又把成芸的砂锅拿过来。男人拿起筷子就吃。

成芸看着他，说："一个有意思的景点都没有？"

"没有。"

"好看的呢？"

"也没有。"

成芸冷笑一声："你是要白吃我的饭吗？"

男人把头抬起来，成芸看着那双黑白分明的眼睛，本来还想再嘲讽几句，却没说出口。

"真的没有。"男人说，"贵州好玩的是不少，但是贵阳没什么。你要是想呼吸一下新鲜空气,可以去花溪公园逛逛。"

"公园?"

"嗯。"

"远吗?"

"不远。"

两盘菜基本全进了男人的肚子里。成芸又问了几句,觉得耐性被磨得差不多了,就把注意力放到了砂锅上。

吃完饭,成芸结账,男人对她说:"谢谢。"

成芸笑笑:"客气。"

回到宾馆,成芸躺在床上,手机又响了。成芸接起电话,对方还没开口,她就说:"我刚回来,你时间赶得这么准。"

李云崇笑着说:"哎,你的事我当然清楚。在哪儿下车了?"

"贵阳。"

"贵阳啊,天气怎么样?"

"还好。"

"在那边休息休息吧,把酒店地址发给我,等下我找人联系你,明天带你去玩。"

成芸坐起来,说:"不用了,我自己逛逛就行。"

"自己逛多累,发过来,我叫人陪你。好了,你早点儿睡吧,也累一天了。"

"你那边……"

李云崇明白她的意思,让她安心:"没事,这么多年,你不了解我吗?"

成芸沉默了,半响,说:"好,那你处理事情,我就休假了。"

半夜,成芸坐在床边,窗帘被她拉开了。

房间在七楼,是顶层,视野开阔,她远远望着依旧灯火通明的贵阳火车站,一时怔住了。

时间过去了很久,成芸将脚坐麻了,才垂下头缓了一会儿,接着便去洗手间重新洗了个澡。

成芸睡眠一直很好,很少有梦,这对于她这类人来说,很不可思议。

第二天,成芸七点钟准时起床,洗漱过后才想起来,昨晚忘记买衣服了。她一边想着要买些什么,一边推开房门。

求你保佑，
我一无所有，
所以当我爱你，我只能奉献自己。

她根本没注意到门口站着个人，一出去，吓了一跳。

那是个三十多岁的男人，穿着一身工作装，看见成芸出来，连忙上前："领导好。"

"嗯？"

男人一脸笑容，自我介绍："领导好，我叫刘杰，您叫我小刘就行。我是平泰保险贵阳分公司的部门经理，刚刚听说领导来了，就赶快过来了。"

"哦。"成芸笑着点头，"你辛苦了。"

"不辛苦不辛苦，您来贵阳，我们招待是天经地义的，就是您说得晚了，我们怕准备不足，招待得您不满意。"

"客气了，我也是临时决定要来的，麻烦你们才是真的。我不用你们陪着，自己散心，有人跟着也不方便。这样吧，贵阳有没有靠谱的旅行社？你们给我包个车，再找个导游。"

"哎哟，领导，车我们这儿有啊，不用包，至于导游……我想想啊。"刘杰一边想，一边说，"要不咱们边走边想，先找个地方把早饭吃了吧？您刚起床，也饿了吧。"

"也行。"成芸跟着刘杰往外走，"找得到吧？"

"绝对找得到。"刘杰打包票说，"旅行社那还不多了去了？我现在就联系一个。"

刘杰的车就停在楼下，司机还在等着。成芸上了车，刘杰说了个酒店名，司机一语不发地发动汽车。

成芸吃过早饭，刘杰那边也联系好了。

车开到市中心的一家店面门口，刘杰介绍说："这家是比较大型的旅行社，全国各地都有分部，他们的服务比较到位，之前公司出去旅游也是跟他们合作的。"

旅行社看起来还算正规，但是规模并不是很大，刘杰进去跟门口的店员打招呼，成芸坐在待客厅的沙发上等着。

不一会儿，刘杰出来了，旁边还跟着一个二十岁出头的小姑娘。小姑娘眼睛大大的，脸上带着职业笑容，还有两个酒窝。

"领导，我来介绍一下，这位是张导游。您别看她年纪小，但整个贵州的景点没有她不知道的，她在旅行社里连续两次被评为优秀导游。"

张导游笑得很甜美："领导，您好。"

成芸点头："你好。"

张导游主动问成芸："您有什么出行计划吗？"

成芸摇头："还没。"

"那我可以帮您推荐一下，看您喜欢什么样的景色，我们这儿都可以安排。"

成芸嗯了一声。刘杰见她还算满意，也放心了："这样，咱们先进屋坐，细谈一下行程。"

刘杰一边说一边伸手，想请成芸进屋，成芸却抬起手："等等。"

刘杰和张导游停下脚步，成芸看向一旁，问："那是什么？"

刘杰和张导游顺着成芸的目光看过去……旅行社门口停着两辆拉货的小面包车，几个人正在卸东西。

"哦，是送货的。"张导游马上回答，"他们这是要去凯里的苗寨接人。我们社最近来了好多凯里的团，您要是想去，我们马上……"

张导游说着说着，发现成芸根本没听——成芸看着那边，嘴角抿出奇怪的笑容。还没等张导游说完，成芸已经迈开步子走出去了，边走边说："你们稍等一下。"

"哎。"张导游想要跟过去，刘杰下意识地将她拉住："别，让等就是不让跟。"

张导游转头看刘杰："你觉得她能答应吗？"

"我也不知道。"刘杰说着，转头看向张导游，一脸严肃地说，"我这边找你也是因为之前公司旅游时你安排得比较到位，这位是总公司下来的人，一定要好好招待。导游费你不用担心，主要是你得表现得热情些，把路线安排得合理些，安全第一。"

张导游使劲点头："好，您放心吧。"

另一边，几个干活儿的男人正在专心卸货，忽然听到一声吆喝。

"哎。"声音不高不低，离他们挺近。

几个人同时抬起头看过去，一个女人靠在旅行社门口的玻璃窗旁，高高的个子，将将到肩膀的头发，高跟长靴，身上是一件过膝的皮风衣，腰带一系，下摆就像是一朵即将绽开的黑色百合。

她抱着手臂，轻松地站着，容貌说不出地美。

她挑挑眉，半笑不笑地冲着其中一个人说："我说，卖土豆的，怎么哪儿都有你啊?"

成芸问完,几个人都愣在那儿了,等他们相互看了一圈之后,就明白她嘴里那个"卖土豆的"是谁了——因为就那个人谁也没看,直愣愣地站着。

成芸抬抬下巴:"不认识我了?"

男人还在愣神,后面有人推他一下:"阿南,你认识?"

成芸轻轻地嗯了一声,阿南。

他看起来跟昨天晚上有些不同,当然,皮肤还是一样黑,只不过白天黑得比较均匀,不至于让那双眼睛显得格外明亮。

成芸走过去,站到他面前。阿南眼神游离,看看这儿,看看那儿。

"哎。"隔了一夜,成芸重新觉得这个人有趣起来,"真不认识了?昨晚还白吃了我一顿饭呢。"

阿南一顿,眼神定住了,然后慢慢转过头来。

"不是白吃,是你要请我吃的。"他的声音还是低低的,语调没什么起伏。

"对。"成芸大方地说,"我请你吃的。"

阿南又看向一边。

成芸低头,看见地上摆着的一堆箱子,问道:"你这是干什么呢?"她抬眼看他,"昨天帮朋友卖土豆,今天帮朋友卸箱子?"

阿南晃了一下头:"不,这是我的工作。"

成芸说:"本职工作?"

阿南跟她对视了一秒,等了一会儿才说:"对。"

在成芸和阿南交谈的时候,刘杰从后面过来了:"领导。"

成芸转头。刘杰打量阿南,问:"你们认识?"

"哦,不认识。"成芸说,"见过两面而已。"

刘杰点点头,拿出手里的一张纸给成芸看:"领导你看,这个是我们跟旅行社刚刚讨论出的路线,从这儿出发,先去安顺看黄果树瀑布,然后……"

游玩路线很长,足足列了半张纸,刘杰好像是专门负责做接待工作的,时间安排得确实到位,每个景点后面都写了长长的备注。

"就是这样,车子的话看领导的意见,可以用我们公司自己的车,也可以包旅行社的车，要是我们的车的话就是轿车，可能会挤一些。"

成芸说："那就包旅行社的——"

成芸说着，觉得旁边的人似乎挪了挪脚步。虽然他动作很轻微，但她还是察觉到了。她说完话，不动声色地瞥过去，看见阿南用手拉了拉外套，又挪动了几步，目光不经意间跟她对视上，又很快移开。成芸的目光落到他身后，有点儿想笑。

"小刘啊。"

刘杰正在检查路线安排，听见成芸的声音，马上过去："哎，领导，怎么了？"

成芸说："你进去帮我问问，都有什么车型。"

"成！我这就去。"

小刘颠颠地跑回旅行社。成芸从怀里掏出一包烟，拿出一根点燃，也不说话，好像就是在等刘杰回来。

阿南在旁边低头磨鞋底。

成芸神情淡淡的，一语不发。

他磨的频率一点点变快，或许是心里有些着急。

终于，在刘杰回来前，阿南犹豫着开口了："你要包车？"

成芸转过头，好像没听清似的："什么？"

阿南说："你要包车？"

"哦。"成芸点头，"对。"

阿南往边上探探头，好像在看里面的人出来没有，见刘杰还没影，小声对成芸说："这边。"

"……"

成芸就跟着阿南，像做贼一样来到一边。

"什么阴暗的交易啊？"成芸弹弹烟。

阿南微微低头，在成芸身边小声说："你包我的车。"

"你的车不是拉货的吗？"

阿南一怔，随即说："可以拉人。"

成芸没回答，将烟捏在手里来回滚了滚。阿南看她好像在考虑，又说："旅行社给的车一天三百，我便宜。"

成芸嗤笑一声，睨他一眼，慢悠悠地说："你有多便宜？"

阿南说:"两百。"

成芸淡淡地说:"哦……那还真是挺便宜的。"

生意谈成,阿南上前一步,给成芸出主意,说:"旅行社的车都是中巴,你等下就这么说,那车太大了,坐着……"

"等等。"成芸打断他,"我什么时候说要包你的车了?"

阿南又顿住,表情带着十二万分的困惑:"你不是说我便宜?"

成芸点头:"是啊。"

"那不就是想包我的车?"

成芸高挑眉梢,做恍然大悟状:"听起来好像是这么个意思呢。"

阿南这回不接话了。他只是不善交际,但脑子还是正常的,要是再看不出来成芸在逗他,那就真是傻子了。他退后一步:"你还是想包旅行社的车?"

成芸没有回答,而是问:"你这么抢活儿,旅行社的老板不会开除你?"

阿南摇头:"我不是他们这边的,只拉东西。他们有时候要接人,车安排不开就会找我。"

成芸往旁边的街道上看了看,这条街上有好多家旅行社,门口停了一排小面包车,看起来都是干这个活儿的。

没等他们说完,小刘回来了。

"领导!"刘杰满头汗地跑过来,"车已经联系好了,咱们进屋休息一下,司机师傅马上就到了。"

阿南转身离开。

"不用了。"成芸说。

阿南和刘杰同时停住。

刘杰说:"什么不用了?"

成芸冲他笑笑,说:"不用麻烦了,我就想自己体验体验,你把张导游叫过来,我自己找辆车就行了。"

"这怎么能行呢?"刘杰惊讶地瞪大眼睛,"您自己找车也不方便啊,我们这边……"

"没什么不方便的。"成芸侧过头,跟阿南的目光撞个正着,问:"你们等会儿去哪儿?"

阿南说:"凯里。"

成芸点头，对刘杰说："这天太冷了，就不去瀑布了，我包他的车，等会儿一起去凯里。"

"这……"刘杰还是没缓过劲，看看阿南，又看看成芸。

成芸又说："把那个张导游叫着。"

她问阿南："你们什么时候走？"

阿南说："现在就要走了。"

成芸对刘杰说："你进去叫人吧。"

"等……等等，领导啊，你……"事情发展得太快了，刘杰完全没反应过来。

成芸冲他笑笑，说："你们还得上班，总不能太麻烦了，我自己也可以。有事我会打电话给你的。"

刘杰没辙，只能点头："可这车……"

"车不都一样吗？我随处走走而已。"

"那行，我回去叫张导游。"

刘杰又跑回旅行社，成芸看向阿南，道："算照顾你生意了吧？"

阿南抿抿嘴，而后抬头道："我们是先算钱的。"

成芸扑哧一声笑出来："哦，怕我逃单啊？"

阿南低头："不是那个意思。"

成芸从怀里拿出钱包，抽了几张人民币出来："凯里要玩几天？"

"你想玩几天？"

"一般玩几天？"

阿南想了想，说："两三天吧。"

成芸又抽出几张，递给他："一千，到时候多退少补。"

阿南接过钱，数了数："好。"

成芸给完钱往外走，阿南抬起头时刚好看见她的背影，她敞着风衣，两边衣角被风吹起了片刻。阿南看了两秒钟，然后移开目光。

成芸回头："这辆是你的车吗？"她指了指那辆刚刚卸完货的面包车。

阿南摇头："不是，跟我来。"

"等一下。"成芸说，"还有个导游呢。"

"哦。"

张导游没想到成芸这么快就做决定了,在刘杰的催促下手忙脚乱地收拾东西。

成芸跟阿南在外面等着。

成芸同他闲聊:"抽烟吗?"

阿南摇摇头:"不抽。"

"到凯里要多久?"

"没多久,我开车快。"

成芸说:"我不赶时间,安全第一。"

阿南点头:"放心。"

成芸站了一会儿,忽然转头看他。

阿南抬眼,同她四目相对:"怎么了?"

"有没有人说过,你很不爱说话?"

阿南微微愣住,在这短暂的时间里,成芸第一次好好地将他打量了一遍。

说起来,他长得还可以。她第一眼看不出什么,但是看久了,就觉得他身上有种说不出的劲儿——不是帅,也并非周正,就是一股说不出的劲儿。

阿南还没回答她的上个问题,成芸又想到了什么,开口道:"你是少数民族的吗?"

这回阿南没停顿多久就回答了:"是。"

怪不得,成芸笑笑。

她还想再聊些什么的时候,张导游就冲过来了。

"好了好了,久等了。"张导游换了一身运动装,背着一个小包,"走吧,领导。"

阿南在前面领路,成芸跟张导游说:"你也别叫我什么领导了,我姓成,你喊我成姐就好了。"

"行行,那您喊我小张就行。"

"好,等下我……"

成芸拐了一个弯,话就停下了。她看着阿南走到车边,把车门打开,然后看向她们。

张导游也蒙了,指着车说:"这车?!"

阿南点头："嗯。"

"这什么车啊？！"

阿南说："微型车。"

"不是，我是说你这车……这车还能开吗？"

"我刚开过来的。"

张导游太阳穴发涨，赶紧跟成芸解释："成姐，你稍等一下，我马上安排换一辆车，这太不……"

"等一下。"成芸一边说，一边走过去。

到底是看过大阵仗的，成芸站到车边，跟阿南对视："这车什么牌子的？"

阿南想了一会儿，说："没记住，我从朋友那里收来的。"

"你朋友还不少。"

阿南没说话。

这时，刘杰跑了过来，看见这车，也吓了一跳，连忙看了一眼成芸的脸色。

成芸一脸淡笑，装哑巴。

张导游在一边看着，急坏了，使劲给刘杰使眼色——好不容易接到大活儿，要是成芸生气了，就全泡汤了。

阿南在一边说："没事的。"

"什么没事？"刘杰指着车，说，"反光镜都没了！"

阿南说："不影响。"

张导游在一边冲阿南说："没有反光镜，总得有个门吧！"

成芸的目光落在这辆灰色的微型车上，这车的破旧程度就不用多说了，副驾驶旁的车窗上没玻璃，门也是松的。

阿南走到门边。他个子高，踮起脚从窗户的位置探进半个身子，翻了一会儿，掏出一把大链锁，从窗户穿过去，绕到后面锁住，然后使劲拉了拉。

车被晃下一层灰来。

阿南转头，看向他们道："没问题，放心。"

张导游差点儿就晕过去了。

成芸扑哧笑出声来。

阿南一动不动地看着成芸。

刘杰说："不行，这个太不安全了。领导，你再等一下，我这就叫车来，非常快，就等十分钟！"

"不用麻烦了。"成芸走到车旁，"就这个了。"

"完全不麻烦，我们正好有要去凯里办公的车，顺路。"

成芸转头看向张导游："小张，那你就别坐这个了，等一下他们的车来了，你跟他们的车过去，我们在凯里会合。"

"可……"

成芸又对刘杰说："有我的电话吧？"

"有是有……"

"那就这样了，你领她回去等吧。"

话说到这儿，刘杰也没办法了，带着张导游回到旅行社。

阿南好像松了一口气，成芸在一边调侃："怕生意没了？"

阿南弯着腰检查轮胎，听见成芸的话，嗯了一声。检查完，他直起身："你先上车。"

成芸坐到副驾驶的位置上，阿南关上门，用链条把门锁得严严实实的。

"哎。"

阿南正在弄手里的活儿，听见成芸的声音，一转头，发现她的头靠在车窗框上，离他的脸只有一拳远，发丝都看得清楚。

她轻声说："绑牢点儿，我不想死在你车里。"

她是否在开玩笑，阿南不知道。

黑色的发丝被穿过夹缝的风吹得轻轻飘动，成芸的嘴角还带着笑。

"不会的。"阿南低声说。

"你叫什么？"

阿南的手顿了一下，然后他说："周东南。"他用力拉了一下门，确保锁紧后，又低声说，"我朋友都叫我阿南，你也可以这么叫我。"

说完，他绕过车头，从另一边上了车。

成芸靠在椅背上，侧头看着他，道："阿南。"

汽车打火卡了一瞬，又顺利点着了。

成芸转过头，看向窗外。

第二章
凯　里

　　车在市区开不了太快，成芸看着外面的街道。从这条街出去，不远处就是贵阳站，到处都是熙攘的人群和叫卖的小吃摊。

　　过了一会儿，车上了高速后，车速就慢慢提上来了。

　　这车太旧了，刚刚阿南拉链条都能晃下一层灰，现在速度提到一百迈就已经开始乱颤了。成芸本想在车上睡一会儿，可架不住这车嘎吱嘎吱地响。

　　她转头，阿南开车，面无表情。

　　车刚好过了一片凸起的维修路段，两个人都跟着车一起一落，成芸的屁股狠狠地坐在车椅上，尾椎骨又疼又麻。她再转头，阿南还是那副表情，目视前方。

　　"喂。"

　　阿南转头半秒，又转回去："嗯？"

　　"你平时也这么开车？"

　　"嗯。"

　　"我说了我不着急。"成芸说，"你能不能开稳点儿？我要被你颠散了。"

　　阿南扭头仔细看她。成芸赶紧说："看路看路！"

　　"哦。"阿南又转回头去。

成芸晃了晃腰，阿南开口说："我尽量开稳些。"

成芸说："慢点儿也行。"

"我有事，要中午之前到凯里。"

成芸看他一眼："什么事？"

"工作。"

成芸一愣，回身看着前方，又过了一会儿，再次转过来。

"什么工作？我可是包了你三天。"

阿南抽空说："我知道，不会耽误你。"

"你有没有职业道德？"

阿南顿住片刻，抿了抿嘴，似乎被这个强有力的控诉震慑了。思考了许久，他才慢慢说："你到苗寨，肯定是要住在那边的，晚上吃饭、睡觉总要时间，我就在那阵干些活儿。"

其实他说的一点儿没错，但成芸现在太闲了，人一闲，总会有些莫名其妙的执拗，尤其是面对周东南这样一个一根筋的人。

成芸笑了一声，说："好啊，那我要是需要用车，你总得在吧？"

阿南毫不犹豫地说："对。"

成芸点头，轻描淡写地说："到时候再看吧。"

车在高速公路上飞快行进，成芸睡着了。

条件这么不好，她还是睡着了。没办法，右边是千篇一律的风景，左边是一棍子打不出一声响的司机，谁来都会睡着。

等她再次睁开眼睛时，他们已经进市区了。

成芸从睡梦中醒来，头脑还有些不清醒，看见外面又有人摆地摊，迷迷糊糊地问阿南："还没出贵阳？"

阿南看她一眼，没回答，而是递了瓶水给她。

十二月份，水是冰凉的。

他的意思是：你清醒清醒。

遇上红灯，阿南停车。五秒钟之后，他忽然感觉有什么东西伸过来了。他低头，看见一瓶水抵在他的外套上，侧头，旁边的女人闭着眼睛靠着椅背，似睡似醒地说："拧开……"

"……"阿南看了她一会儿，然后把水接过来，拧开盖子，又还给她。

成芸喝了几口水,总算是清醒了一点儿。

"到凯里了?"

"嗯。"

成芸坐直,往车窗外面看:"几点了?"

"十一点半。"

成芸回头:"找宾馆吗?"

阿南犹豫了一下,说:"你跟那导游是怎么说的?"

"在凯里见面。"成芸看着阿南的脸,又说,"不过也不是完全确定的,你有什么意见可以说说。"

阿南转头对成芸说:"要不,直接去苗寨吧?"

"可以啊。"成芸反正无所谓,"不过我饿了,到苗寨要多久?"

阿南回答:"没多久,我开车快。"

成芸扑哧一声笑出来。

"怎么?"

"没什么。"

车很快出了市区,进入群山中。这里的山都不高,山坡上就有人家。成芸顺着窗子往外看,那些木制的小楼在阳光下也显出别样的情调来。

"那些是苗族的房子?"成芸问。

"嗯。"阿南在山路上开得没有刚刚那么快了,绕过一个弯,又碰见一个弯。

时值正午,凯里阴了好多天,今日终于晴了。成芸靠在椅背上,时而看向外面,时而闭上眼睛。

她难得清闲。

"那个……"在山间开了将近半个小时后,阿南好像有话想说。他看了一眼成芸,后者闭着眼睛靠着椅背,听见声音,低低地嗯了一声。

阿南问:"你在睡觉吗?"

成芸睁开眼睛,头没动,斜眼看他。成芸从这个角度能看见阿南的侧脸——或许因为是少数民族,阿南不仅肤色黑,脸部的轮廓跟汉人也不太相同,起伏更为明显。

"有事就说。"

"那个……等下你进苗寨要买票。"阿南说。

成芸不知道他提这个是什么意思，淡淡地说："买就买呗。"

阿南看了她一眼，又迅速地转过头，欲言又止。

成芸长叹一口气，转过头："有话你就说，你这样我真想敲死你。"

这个男人对任何计划外的声音都不回应，抿抿嘴，说："你在我这里买吧。"

成芸闭上眼睛："你又兼职卖票了？"

"不是……"

"那买什么？"

"我有内部票。"

"哦。"成芸坐起身，看着他，"内部票多少钱啊？"

阿南考虑了几秒钟，说："一百。"

"那正式票多少钱啊？"

"一百。"

"你玩我是不是？"成芸真的是忍了很久，才忍住没有说脏话，"你怎么就能把这些欠嗖嗖的话这么平淡地说出口？"

阿南表情木讷地看着成芸，嘴唇抿得紧紧的。

"没。"他说，"你照顾一下我的生意。"

成芸哑然失笑："又照顾你的生意……那你照顾我点儿什么啊？"

阿南转过头接着开车，成芸不说话。想了一会儿，他重新开口："等你到苗寨，想要吃饭的话……"

"你请我吃饭？"成芸接话。

"不，我帮你讲价。"

"……"成芸脸一拉，"滚。"

阿南眉头不经意地一皱，有些苦恼。

生意没谈成，他当然就苦恼了。成芸在一边看着，觉得有趣，又觉得自己这样实在是有些没意思。这种有趣和无聊的感觉相互冲突，到最后，成芸掏出烟来，说："行吧，内部票就内部票。"

峰回路转，阿南马上应声："好。"

成芸刚想再损他几句，阿南又说："那等一下，你要跟我配合一下。"

成芸一愣:"配合什么?"

阿南说:"进寨之前要停一下,不过也没什么,你听我的就行了。"

车又开了十几分钟。

外面已经有大片的建筑了,不过也都是木制的二层小楼,来往的人多是少数民族打扮。女人的头发通通盘起,上面再插一枝鲜艳的大花,第一眼看艳俗,第二眼看有趣,第三眼看过去,就带着点儿风情了。

她们背孩子也有一套,一块四方的硬布、两条带子,孩子放到背后,随便缠两下就牢固了。

成芸看着,问道:"这些人都是这儿的居民?"

"嗯。"阿南在街道里开不快,成芸转头,看见他微微伸长脖子,朝前方看。街上有来回跑的小孩和猫狗,阿南在避让。

走过最堵的一截路,阿南才正经地回答:"这片的人基本都是少数民族,等一下要去的苗寨很大,是全国最大的苗族聚居地。"

成芸长长地哦了一声。

又开了一会儿,阿南渐渐放缓速度,把车开到一个角落停下。

"下了。"

成芸往外面张望:"这也没到啊。"周围都是树、山,一个人都没有。

"快到了。"阿南一边说,一边下车,到成芸这边把锁门的链条打开,"你先下来,配合我一下。"

成芸不明所以,但还是听他的话下了车。

坐了太久,成芸腿脚发麻,下车后舒展筋骨,打了一个哈欠。

"山里的空气就是好。"

阿南没管空气好不好,走到车后面,两手一抬,把车后门掀起来,然后探出脑袋对成芸说:"来这里。"

成芸走过去,阿南又说:"坐进去。"

成芸看了一眼他示意的位置,就是小货车平时堆杂物的地方。现在后座和车后身之间有一人宽的距离,上面铺着一块小毯子,毯子很旧,上面都是灰尘。

"你让我坐这儿?"

"嗯。"阿南看着成芸,说,"配合一下。"

成芸看着他那张似乎永远都不会有表情的脸，觉得自己好像在一瞬间从那双黑白分明的眼睛里发现了譬如"诚恳"的意味。

成芸不想看他了，转头坐到小毯子上。

阿南两手扶着车门，逆着光。成芸更看不清他的脸了。

"把头低下去，我不说话你就别出声。"

成芸将手插在风衣兜里，弯腰扭头道："你鬼主意这么多呢？"

阿南想了想，不知道要怎么回答，就嗯了一声，然后后退半步，把车门关好。

车子再次发动，这下成芸可难受了。

成芸在这一小块空位里坐着，抬头就是车棚，两边都被挡着，什么都看不见。外面的光透过遮光膜照在她的衣服上，把黑映成了红。

阿南保持一贯的开车风格，根本不在意石头和小坡。后座本来就颠簸，加上成芸现在相当于直接坐在车板上，手里也没有扶着的东西，更是被颠得七荤八素，尾椎骨钝疼。

突然，车子猛地晃了一下，然后一瞬间自由落体，成芸的屁股差点儿被摔成四瓣，剧烈的撞击让她的脸在刹那间皱到一起。

车停了，阿南把车窗摇下来。

车窗外露出门卫的半张脸，阿南说："里面店里的车，自己来的。"

门卫打着哈欠点头，刚要招手，车后身传来一声忍无可忍的大骂。

门卫、阿南："……"

车后门被掀开，成芸平静地扭过头，看着另外两个人。

她脸上没有多余的表情，不过熟悉她的人都知道，她这是生气了。当然，阿南不熟悉她，门卫也不熟悉她。

阿南还是一脸面瘫样，看着成芸，说："你被发现了。"

成芸气到极点，居然还笑了，淡淡地说："嗯，被发现了。"

旁边的门卫看着这个窝在小毯子上的女人，说："这是干什么？逃票啊？跟我来一趟吧。"

成芸转身，长腿长靴，一只脚落地，咚的一声，然后下一只落地。

她一站起来，居然比门卫还高出一点儿。

成芸长得很美，不过容貌漂亮倒是其次。她这个人早年经历坎坷，一路摸爬滚打，气势是不用多说的。

她淡淡地瞥过去，门卫那些想催她买票的话也说不出口了。

成芸转头看向阿南。她一直这么看着，阿南躲也躲不开，最后只能跟她对视。

成芸缓缓道："你等着。"

阿南双唇紧闭，但是微微动了动，好像是在嘴巴里面咬嘴唇。

成芸说完，就跟着门卫过去了。

门卫把她领到旁边的一个小木屋里。成芸进去前望了望，现在应该已经到苗寨了，不过还处在外围。她远远看过去，一条街道两边是林立的小楼，上面有充满民族特色的装饰。这里人不多，偶尔路过的妇女都穿着苗族的衣服，穿民族服饰的男人倒是很少见。

成芸进了小屋补票，门卫一边开票一边说："以后可不能这样啊。"

成芸笑着说："嗯，确实不能这样了。"

门卫抬头看她一眼。

成芸双手插在风衣兜里，低着头，半长的黑发顺着耳朵的轮廓落下来。她意识到什么，抬起头，刚好跟门卫对上视线，就冲他笑了笑。

男人对美女的招架力总是薄弱的，他看成芸态度这么好，语气也软化了："来这里旅游啊？"

"是啊。"

"那要看我们苗族的表演啊。"

"什么表演？"

"每天晚上都有的，在里面的表演中心那边，很精彩的。"

票开好了，门卫递给她，成芸接过，说："行，我一定看。"她举起票晃了晃，"不好意思了。"

门卫摆手："哎哟，下次记住就好了，看你的样子也不像是会逃票的人。"

嗯，她不像。她半辈子的脸都被丢光了。

成芸走出小屋。阿南就等在外面，见她出来，很快迎上去。

"好了？"

成芸不说话，点了一根烟，看向一边。

阿南往后看看，觉得离补票的屋子太近了，就拉住成芸的袖子往边上站了站。

"走吧。"他说。

成芸没应声,也没动,一语不发地吸烟,又轻轻地把烟吐出去。

阿南终于知道这件事情不能轻易地蒙混过关了。他又开始蹭鞋底,思来想去,说了一句:"你要是不出声就好了。"

成芸一脚踹过去。

这不是在大脑中模拟的动作,她是真的踹过去了。

成芸穿的是秋冬新款的尖头高跟长靴,鞋跟高七厘米,尽全力的话,不管是踹还是踩,都挺要人命的。

阿南反应倒快,一下躲到一边去,眼睛盯着成芸的脚,见她放下了才抬起头,还是没什么表情。

成芸缓缓抬起一根手指头,轻轻点了点,说:"我告诉你,我以后要是再照顾你生意,我把成字倒着写。"

阿南几不可闻地叹了口气,成芸敏感地察觉到,问:"你叹什么气?"

阿南摇头,成芸眉头一蹙:"说话。"

阿南看她一眼,声音有些低:"之前拉进来那么多客人都没被发现。"

成芸瞪眼:"哦,这么说还是我的问题?"

阿南没说话,不过沉默的态度已经从侧面回答了。成芸掐着腰,频频点头:"行行,来,你过来。"她招呼阿南,"你来。"

阿南不知道是被她这表情吓到了,还是暗中察觉出一丝不对,总之,他没动。他不仅没动,还严阵以待,以防面前这个女人再踹他。

"你误会了。"成芸看他这个样子,笑笑,说,"我是让你也体验一下。"

阿南闷声说:"体验什么?"

成芸指了指微型车的后身:"坐一次卧铺的感觉。"

阿南看着车,许久没有说话。成芸走到车边,自己上了驾驶位,阿南在后面,还是没动。成芸从窗户探出头来:"把自己装进去。"

阿南定定地看着她,成芸说:"去啊。"

两人离了两三米远,就这么对视着。

山里清凉,他们头顶是阳光,旁边是一条小溪,溪水潺潺。现在是旅游淡季，游客很少，住户也不多，周围静悄悄的。这里天气实在是好，不是那种混沌的恒温，要热有晃眼的太阳，要凉有清风拂过。

或许在这样的环境中，任何偶然而生的对峙和脾气，都可以被人当成日后用来讨闲的短暂回忆。

他们对视了一会儿，阿南低了低头，再抬起头来问成芸："你有驾照吧？"

成芸将胳膊肘搭在车门上："我驾龄十二年了。"

阿南不动声色地一梗脖子，盯着成芸："你多大？"

成芸眉头一挑，轻描淡写地道："滚蛋。"

阿南扭头，自己钻进后车厢，又把车门关好。

成芸在车里扭过头，看不到人，不过能听见折腾东西的声音。

"你坐好没？"

阿南在后面闷声说："还没有，毯子歪了，我……"

他话只说了一半，车一下子冲了出去。阿南就在那狭窄的空间里做了一个侧滚翻，当然，这点儿地方是不够翻一个的，所以他转了一半就撞在后门上了。

不知道他是碰到腰带还是钥匙扣了，总之是非常清脆的一声撞击。

发动机的轰鸣里还夹着低低的女人声："没有就好。"

他们过了检查口，到寨子里还有一段距离，一辆破旧的微型车在山路上飞了一样地开着。

成芸坐在驾驶位上，嘴里叼了一根烟，袖子撸上去一半。她一点儿安全措施都没有做，别说系安全带，就连前面的遮阳板都没放下来。

阿南本来就没坐好，这回更是晃得四肢趴地，头被磕了好几下。

疼嘛，倒也不是很疼，但是他受不住惊吓。

阿南这辈子没见过这么开车的女人，居然开得比他还快。他太熟悉这条路了，虽然看不到外面，但是每个弯道、每个下坡他都知道，照成芸这个开法，好几处弯道，车没有滚下山也是奇迹。

可阿南没有爬起来阻止她，让她停车。因为在她开过第一个弯道时，阿南就看出来了，这是一个会开车的人。

她将车开得飞快无比，并不是出于疯狂的报复，而是一种坏心眼的恶作剧。换句话说，她有分寸。但是她胆子还是太大了。

等车开到寨子里面，路上的行人渐渐多起来的时候，成芸就停下了。

她停车后，并没有下车，一支烟也没抽完，剩下短短的一截拿在手里。阳光照进车里，她在烟雾中看见淡淡的灰尘。

阿南越过后座，爬到前面下车，又绕过车头，来到成芸旁边。

车窗一直是摇下来的，成芸将胳膊搭在上面，手托脸看着他。

阿南的头发乱了，加上那张黑黑的脸和没有表情的五官，看起来多少有点儿滑稽。

成芸微微歪着头："爽吗？"

阿南深吸了一口气，成芸正好抽完最后一口烟，烟雾顺着窗户吹了出去，阿南没喘匀气，冷不防吸进一口烟，咳嗽了几声。咳到最后，他就当清了嗓子，重新抬头对成芸说："已经到了，你要找旅店吗？"

成芸把烟掐了："怎么，你是不是还开旅店啊？"

"不是，是……"

"是你朋友开的。"

阿南闭嘴了，成芸的脸上明显带着嘲讽的神色："我刚刚说的话你没听到？"

"我以后要是再照顾你生意，我把成字倒着写。"

阿南看样子也想起来了，可是还想努力一下："我让他给你打折。"

"嗯，就打你内部票的折，打个十折是吧？"

"……"

比嘴皮子，阿南怎么可能是成芸的对手？

成芸发现，一旦生意失败，阿南便会低低地叹一口气。

这回成芸没有再给他机会，掏出手机，给张导游打过去。

张导游他们还没到。

"还有半个小时左右，很快就到了。成姐，你先在寨子里转一转，要不直接去宾馆也行，在佳景客栈。我们已经打好电话了，都安排完了，你去的话直接告诉他们姓名就行。"

"那好，你们不用着急，慢慢开，我自己先逛逛。"

"好嘞。"

放下电话后，阿南对成芸说："那我先走了，你自己逛。"

成芸做出疑惑的表情:"什么叫你先走了?"

"我等下有事,要离开一下,你在寨子里也不用车。"

成芸没说话,脸色明显有点儿冷。

阿南犹豫了一下,又说:"要不你先找家饭店吃饭?我等一下就过去。"

成芸说:"一起找。"

阿南看了一眼时间,说:"行。"

车停在寨子边上的停车场里,成芸从车里下来,看着蓝天白云、深棕色的木屋、空旷的山路,心情一瞬便畅快起来。

阿南用木板把那边破了的玻璃从里面堵上,弄好之后拍拍手,转头。

成芸站在阳光下,黑色的风衣反着亮光。

她冲他笑道:"要不,咱们吃土豆去?"

"土豆?"阿南望着成芸,"你想吃土豆?"他微微仰头,好像在脑中搜索着苗寨里哪家店的烤土豆比较好吃。

成芸本是玩笑话,没想到他会当真,又说:"别想了,边走边看吧。"

两个人走在寨子里。这座苗寨已经是当地最有名的旅游景区了,开发程度很深,维护得也不差,道路上铺着石板,两边是各式各样的商店,其中卖银器的居多,门口都挂着巨大的银头饰,还有些手工艺品的店铺和食品店。

成芸看了一路,问阿南:"苗王是谁?"

"嗯?"阿南认真地低头走路,没注意,转头看了成芸一眼,"什么?"

成芸放慢脚步,指着两边,说:"你看,'苗王银饰''苗王酥糖''苗王小吃店'……"

"哦。"阿南重新低下头,"我不知道,应该没这个人。"

"那都叫这个?"

"叫着好听。"

"哦。"成芸半开玩笑地说,"我还以为这苗王是你们的寨主呢,势力这么大。"

转了个弯，他们刚好到了一条小吃街。只是现在游客少，街上显得有点儿冷清。街两边是苗族人摆的摊位，成芸大致扫了一眼，糍粑、糯米饭、炒粉、烤黑猪肉……样式不算多，但是看起来小巧精致，搭配着周围的山山水水，格外勾人食欲。

成芸刚好饿着，对阿南说："吃这个吧。"

阿南没意见："行。"

街头两侧分别是糯米饭和炒河粉，两边摊主都是苗族中年妇女，成芸左看看右看看，最后来到糯米饭那边。

糯米饭被焖在一个大锅里，在十二月份的天气里冒着热气。小摊上还有几个大碗，里面放着各式各样的咸菜。成芸要了一份糯米饭，问摊主多少钱。摊主说五块，成芸转头看阿南。

阿南还低着头，双手插在外套兜里，不知道是在深思还是在发呆。成芸用脚碰了他一下："喂。"

阿南回神："怎么了？"

成芸微微摆头："付钱。"

阿南困惑："什么？"

成芸接过摊主递过来的方便筷子，拆开，先吃了一口，又说："五块钱。"

阿南困惑的时候嘴巴微微张着，成芸边吃边欣赏。

不知道阿南是真的觉得应该请她吃些东西，还是被她这种自然而然的态度感染了，愣了一下后，就从裤兜里掏出钱来。

给完钱之后，阿南对成芸说："你先吃东西，我去做事了。"

成芸手里端着糯米饭，说："去吧。"

阿南点头，往外面走，走了几步又停下，转头对成芸说："我把号码给你，你要是用车，就给我打电话。"

"可以。"成芸把手机拿出来，"自己输。"

阿南走后，成芸坐在一家烤黑猪肉串店的帐篷里，一边吃东西，一边翻开手机通信录。

Z开头，周东南，位于成芸通信录的最后一位。

名字看起来方方正正的。

成芸发呆，心想，恐怕是因为阿南本人，才让她瞧这几个字都觉得干巴巴的，没灵气。

成芸吃完糯米饭，张导游的电话来了。

"成姐！"张导游风风火火，"我们到了，你在哪里？住进宾馆没有？吃饭了吗？"

成芸把电话拿开了一点儿："吃完了，还没去宾馆。"她听着张导游在手机里不停地喘着粗气，忍不住说，"小张，你慢点儿走，不用急。"

"那你在哪里呢？我现在去找你。"

成芸左右看看，说："我也不知道，这儿有一条小吃街。"

"哦哦，那我知道了，马上到！"

张导游说马上到，还真的就是马上到，成芸放下手机没过半分钟，就看见小路尽头冲过来一个人。成芸站起来，张导游跑到她身边。

"成……成姐！"

成芸说："都告诉你别着急了，怎么还跑成这样？"

"没事没事。"她歪了歪头，看见旁边小桌板上放着的空盒，说，"你吃过饭了？"

"嗯。"

"那现在是想先逛逛还是我带你去住宿的地方歇一下？"

"去住宿的地方吧。"

张导游带着成芸往里面走。

整个苗寨依山而建，房屋大多是两层的木质结构，铺在山上。

张导游安排的客栈在高处，成芸穿着一双高跟靴子，爬坡的时候难免有些累。张导游见了，说："上去的时候有些麻烦，不过在山上看下面非常漂亮，我们安排的房子能看到苗寨全景。"

成芸说："不要紧，你带路就好。"

客栈里很空，似乎只有成芸这一位客人，张导游很快拿到房间钥匙，领着成芸来到一间房间里。

房间是标准间，两张床。

"成姐，这边的客栈都是双人间，不过屋里大，你一个人住也方便。"

成芸问："那你住哪儿？"

"我住下面，我们旅行社专门安排的住处。"

成芸没有什么行李，人到了就算完了。张导游看她有点儿疲惫，让她休息一会儿，两人定好下午三点半再出门。

张导游走后，成芸在屋里走了走。

屋子很旧，但是被打扫得很干净。成芸走到洗手间门口，脚下一软，差点儿摔倒。

成芸低头一看，门口铺着一块小地毯。

成芸拿脚移开地毯，下面是烂了的地板，中间漏了一个洞，看起来是因为常年潮湿腐化了。

成芸把毯子踢到一边，跨过漏洞，走进洗手间洗了把脸。

空调把屋里的温度提了起来，成芸脱掉外衣，推开了阳台的小门。

张导游说得不错，这间屋子能看到苗寨全景。山坡上全是木屋，看样式和新旧程度，大部分是后建的，不过建得用心，虽然不是原汁原味的，但是也保留了大部分的民族特色。

阳台也是木制的，成芸双手撑在围栏上，眺望远方。

景区开发到这个程度感觉刚刚好。

成芸不是那种喜欢原始风景，甘愿冒着严寒酷暑做背包客的文艺青年，这从她出门到现在还穿着一双高跟长靴就能看出来。比起那种喜欢从极致的美景中寻找生命真谛的方式，成芸更愿意接触人——热情的、虚假的、阳光得让人想要拥抱的、肮脏得让人心惊胆寒的……所有的人她都想接触。

成芸背后吹着屋里的热风，面前是安静的山坡。她点了一根烟，靠在一根木柱上，就当休息了。

她看见天上的云，轻飘飘的，就像她现在的脑子。

这里太安逸，太静。

天上的云看久了，也起了催眠的作用，成芸渐渐有了困意。

她回到屋子里，躺到床上。

被子上带着山里特有的轻微的潮湿，成芸刚躺下时摸上去，有点儿凉凉的，躺了一会儿后，被子也暖了起来。

她蹬掉靴子，翻了个身，进入梦乡。结果她一觉睡过了，睁开眼时天已经渐渐暗了。

成芸看了看时间，五点。她又把手机拿出来，上面有两个未接电话、一条短信,都来自张导游。

成芸捂着头坐起来,给张导游回了个电话。

"成姐。"

"我睡过了,你在哪儿?"

"我就在你的客栈里,你休息好了吗?"

成芸想抽烟,翻了翻包,发现烟已经被抽完了。

"休息好了,我等下就出去。"

"好的。"

屋里的空调还顶着三十摄氏度的热风不停地吹,成芸口干舌燥,拿起风衣也没穿,直接出了门。

张导游就在客栈大厅内等着,跟两个客栈的工作人员聊天,看见成芸出来,连忙迎过去。

"成姐。"

成芸嗯了一声。

张导游微微停顿了一下。成芸瞥过去,她很快说:"是不是白天赶路太累了?"她问话时声音很小,又有些小心翼翼。

成芸知道是自己吓到了她,冲她笑笑,说:"嗯,有水吗?"

"有有有。"客栈的店员说,"这里有。"店员是个二十多岁的年轻人,听口音是四川的。他递给成芸一瓶矿泉水。

歇了一会儿,成芸缓过来,决定今晚睡觉不开空调了。

"太阳快落下了。"成芸跟张导游往山坡下走的时候说。

"嗯。成姐,你饿吗?要不要先吃饭?"

"不饿。"

走着走着,成芸忽然想起一件事,问道:"我听说这里晚上好像有表演,是吗?"

"对啊。"张导游说,"是有表演,是苗寨的艺术团,里面全是寨子里的人,就在中间的演出中心。"

"随便看?"

"嗯,有票就行。"

票。她一提起票,成芸就想起一个人来。

成芸拿出手机,给他打了个电话,没人接。

"哼。"成芸本来也是抱着闲着无聊的态度,没人接也不意外。

张导游说:"要不咱们先去看表演?马上就开始了。"

成芸说:"表演多久?"

"一个小时不到。"

"也行。"

演出中心外面站着一些游客,看起来是一个旅行团的。现在还没开始检票,大家都等在外面。成芸一边站着,一边琢磨。

"小张,这寨子里有没有用车的地方?"

"寨子里面?"小张想了想,"寨子里没有需要用车的地方啊。"

"哦。"

表演时间一到,游客通道开放,两个检票员站在门两边,放一个人,在票上盖一个戳。

表演中心是露天的,中间有一片宽阔的空地,后方是一个搭起来的高台,台子最高处两旁有两个巨大的牛角,角尖冲天而立。

观众的座位从三面围着空地,没有位置安排,大家随便坐。

成芸找了中间的一个位置坐下,旁边陆陆续续进来一些游客,都是一个团的,挤在一起聊个不停。

天色还没完全暗下去,观众已经进得差不多了。

成芸双腿交叠,拿出手机随便翻。

又过了几分钟,台上传来铃铛的响声。成芸抬头,一个苗族女孩穿着盛装从后台走出来。

成芸打了个哈欠,表演开始了。

与此同时,成芸的手机振动起来。她低头看,李云崇的电话来了。

成芸接通电话。

"小芸。"

"李总。"

"干吗呢?"

成芸靠在身后的硬台阶上,说:"没干吗。"

"没干吗是干吗呢?"

"……"

这是一通很没有营养和内涵的电话，但是这种电话成芸已经从李云崇那里接过很多次了，多到数不清。

她每次出差，李云崇都会每天打一个电话，有事就聊正事，没事就像现在这样乱扯。

台上的主持人说完开场词，第一个节目是舞蹈。

短暂的安静之后，空旷的舞台上响起细碎的铃铛声。从舞台两侧缓缓走出排成排的苗族少女，她们头戴银饰，身着彩装，脸上带笑。

"哎哟，我在这边累得直不起腰，你旅游倒是开心哦。"

成芸看表，这个点，按照李云崇的养生策略，他应该已经下班回家了，听他懒洋洋地说话，也的确是这个样子。

成芸想了想，他大概躺在那张宽阔无比的大床上，等着厨子给他煲汤。

那张檀木床是今年年初李云崇花了两百万元买下来的，他喜欢得不得了。成芸不懂这些，李云崇就慢慢跟她讲。

她回想起就在不久前，临出差的时候，李云崇叫她到家里吃饭，还亲自下了厨。吃完饭后，喝茶闲谈，他又提到了那张床。

"紫檀木是'木中之金'，人睡久了身上带香。而且紫檀木驱虫，夏天都没有蚊子咬。我这床做工考究，是锉草打磨的，锉草本身就能疏风散热，打磨出来的紫檀木床更是能够调理气血、活血养颜。"他说到兴起，非要拉着成芸进屋去看，"来来来，小芸，你看我那床头的雕花，没事的时候搓一下，就会发出木氧，不仅能安神醒脑，久而久之，还可以预防细胞衰老、减少皱纹，美容得很啊。"

成芸伸手摸了摸，转头开玩笑似的说："你干脆去卖床好了，店员都说不过你。"

李云崇也笑了："行啊，以后我退休了，就在北京的哪个胡同里买个四合院，一年春秋出去两次，找货，剩下的时间就在院子里过。"

"那怎么卖东西？"

"这你就不懂了，真正的大买家都是自己找卖家的。那些上门去卖的，人家瞧不上。"

成芸说："大买家？就像你一样？"

李云崇点点头："就像我一样。"

太阳落山了,表演中心亮起灯火。

跳舞的苗族女孩下场了,换上一个男人,成芸只顾着跟李云崇扯皮,没有听到主持人说这是什么节目。她看了一会儿才知道,这个男人会用树叶吹曲子。

成芸把手机拿开些,对着舞台中央。

"听到没?"

"听到了,那是什么?"

"有个男的,会用叶子吹歌。"

李云崇说:"叶子?那怎么那么大声?"

"你笨哦,当然是拿着话筒。"

李云崇颇为感慨:"唉,嫌我笨了。"

"……"

每次李云崇这么老气横秋地说话时,成芸都保持沉默。

她不是不知道应该接什么话。她太清楚什么话能让他开心,什么话能让他憋屈,什么话能让这交谈无休止地进行下去了。

可是最近几年,她很少接话了,李云崇也不在意。按他的话说——他们之间的默契,好多年前就已经定型了。

李云崇今年四十七岁,这是个有些尴尬的年纪。

他小吗?不小,怎么说也年近半百。他大吗?按他现在坐的这个位置来说,其实也不大,跟李云崇一样年纪的人,大多要比他低两个级别。

"看你这么悠闲,我也想出去玩了。"

成芸笑了:"你?你恨不得一辈子粘在屋里,别人请你出去你都不去,还上哪儿玩?"

"什么叫粘在屋里?"李云崇说,"我这是保养。"

"你那是懒。"

李云崇耐心地解释:"我这不是懒,你看现在北京这天气,要人命一样,我在屋里加了那么多层空气净化网,喘气时还是觉得有沙子。这种天气怎么出门?"

成芸淡淡地说:"那搬家好了。"

吹树叶的男人连着吹了两首曲子，声音悠远绵长。

天越来越暗，旁边的灯火显得格外明亮，舞台后面是照明的灯，前面则是真正的火把。现在真火把太少见了，成芸望着蹿动的火焰，似乎入迷了。

李云崇静了一会儿，缓缓地说："好啊，再过几年，我退休了，就去个没人的地方养老。你喜欢哪里？"

成芸轻笑着说："你找养老的地方，跟我喜欢哪里有什么关系？"

"那我想想我喜欢哪里啊。"李云崇长长地嗯了一声，说，"最起码环境要好，交通方不方便倒是其次，空气得清新一点儿。最好冬天也别太冷，总下雪也不好，嗯……我想想还有什么……"

看样子他是没事了。

成芸心想，李云崇现在有工夫这么畅想未来，就是说检察院和保监局那边的问题他已经解决得差不多了。

下一个节目还是舞蹈，这回是男女群舞。天那么暗，除了火把下面的人，根本看不清什么。

坐久了有些冷，成芸干脆站起来活动一下，准备离开。

"哎，你帮我想想，还需要点儿什么？"

"还需要你退休。"

"……"

成芸坐在中间的位置，往外面撤，旁边的观众给她让开位置。她走到台子口，忽然停住了。

"的确是需要退休啊。"李云崇在电话里说，"现在退休年龄调整完，我这个位置得六十岁才能退了。要不这样，我干到五十五岁退下来，找个山清水秀的地方养老，怎么样？"

成芸往前走了几步，来到看台最前面。

不远处，舞蹈正进行到高潮的部分。

这个舞蹈并没有音乐，全部的声音都是舞者发出来的，苗族女孩身上有很多铃铛和响片，手腕上、脚腕上、胳膊上，还有整个后背上都是。

男人则分两组，有一组在吹芦笙，笙枝有两米长，又尖又细，上面绑着一条红带，人一晃，带子也跟着飘动。另外几个男人在跳舞，穿插在苗族女孩中间。

细碎的响片声密密麻麻，铺天盖地，好像整个山谷都跟着沙沙作响。

成芸的眼睛盯住了其中一个人。

"可以啊……"她轻轻地说，"找个山清水秀的地方养老吧。"

"你推荐哪里？"

那人穿着一身苗族服饰，青黑色的土布衣服，包青头帕，虽是冬季，但出于表演需要，衣服并不厚实，上衣甚至敞开了怀。

"哪里都行。你要空气好，就去人少的地方。"

"你总不能让我找个荒郊野岭自己种地去吧？"

"那就云南、四川……还有贵州。"

他似乎是所有表演的人里个子最高的，所以显得很突出。他翻腾、跳跃，她看见他黝黑的皮肤，在火光的映照下，好似流淌的黑金。

"云贵川啊。"李云崇仔细考虑了一下，说，"也可以，要不我找人去那边先踩踩点，勘察一下？我觉得最好是我们自己盖房子。现成的我总怕风水不好。"

"盖吧，你选好地方，盖房子很快的。"

成芸靠在木栏上，静静地看着台上。

离得远，天色又暗，她看不清他的脸庞，但是想来他跟白天时差不多，永远面无表情。

她看着看着，就笑了。

她也分不清楚是被他的各种兼职逗笑的，还是被他白天、晚上的反差弄笑的。她只是觉得，自己好像错了。这个木头，也并非一点儿灵气都没有。

"小芸，早点儿回宾馆吧，天气那么冷，你又总不愿意多穿衣服。"

"好。"成芸说，"等下我就回去了。"

成芸挂了电话。表演已经结束了，她已经不想再去询问他到底兼职干了多少活儿。她现在只是想见见他。

这个舞蹈跳完，演出正式结束，主持人邀请全体观众下场跟演出团的演员们一起围成圈跳舞。

成芸从看台上下去，下面人挨人、人挤人。人群在演出团的带领下渐渐围成圈走起来，秩序是差了一点儿，但是好在热闹。

他并不难分辨，因为演出团的人一共就那些。他还穿着刚刚跳舞时穿的衣服，只不过现在手里多了一个芦笙，这让他更容易被辨认了。

阿南跟着人群绕圈走。手里的芦笙不轻，他得小心拿着，还得当心时不时挤过去的观众。

场地内太挤了，他身后的人踩到了他的脚，阿南往前快走了一步。

又被踩了一下，阿南往旁边挪了挪。

他还是没能幸免。

阿南感觉不对，回头，一个高挑的女人站在他身后。

"你怎么不跟着人家吹？嘴都没放在上面，小心我告你状，让你没钱拿啊。"

阿南愣住的片刻，成芸走到他身边。

阿南看着她："是你？"

成芸说："是我啊。"

"你来看表演？"

"不然呢？"她瞥他一眼，"这就是你要干的活儿？"

"嗯。"阿南应下，又说，"我不常来，今天正好他们缺人。"

"你真是一块砖啊，哪里需要往哪里搬。"

阿南是典型的听不懂或者不在意玩笑话的人。队伍走着走着渐渐散了，阿南抱着芦笙，说："我要去站队了。"

"战队？"成芸说，"上战场啊？"

阿南也察觉到成芸总是挤对他，努了努嘴，也没想到要怎么顶回去，只能说："不是，是站队列，等下有拍照环节。"

成芸抬抬下巴，轻飘飘地说："去吧，我在这儿等你。"

"好。"

全体演员被拉到一起，在领头人的带领下站成几排。

阿南可能是因为形象比较好，被安排在中间位置，旁边就是老年组，他个子高出人家两个头，往人堆里一站，面无表情，看着愣愣的。

主持人还没排完位置，就有游客迫不及待地冲过去抢先合影，一个上去了，其他的也不甘示弱，大家一拥而上，照来照去。主持人看起来不是第一次碰到这种情况了，拿着话筒说了一句"请大家不要拥挤"，就随他们去了。

成芸的目光一直停留在周东南的身上,他在演员队伍里是比较突出的,一来个子高,二来长得还可以。

集体合完影,好多人来找他单独合影,他来者不拒,被谁拉着都照。

成芸站在不远处,看着两个小姑娘跑过去,一人拉住阿南的一条胳膊,摆好造型。另外一个姑娘拿手机给他们照相,一边照一边说:"笑一笑啊,帅哥,快笑笑。"

她说了半天,阿南还是那个表情。他不是不想笑,而是实在不习惯,挤不出来,脸上还一抽一抽的。

照相的女孩无语了,快速照了两张,就去换别人了。

成芸看了十分钟,这样的场面出现了好多次。她又看向一边,同样是少数民族,同样是年轻男人,旁边几个人跟游客玩得特别好,打成一片,翻着花样地照,一会儿摆姿势,一会儿勾肩搭背,有个男的玩得高兴了,还给女游客来了个公主抱,大家一边起哄一边拍照。

反观阿南这里,干巴巴的,像照证件照一样。

又过了一会儿,成芸看游客照得差不多,都开始离场了,才走过去跟阿南说话:"你的脸是石膏做的吗?"

阿南把帽子摘下来:"不是。"

"我劝你好好想想再说。"

阿南晃晃脑袋,额头上出了一层汗:"真不是。"

有人来阿南这边叫他,阿南把芦笙递给那人,又说了几句话。成芸听不懂,就看那人拿着芦笙走了。

"干完了?还有后续吗?"

阿南擦擦脸:"没有,结束了。"

"累不累?"

"不累,就跳一场。"

"还有跳得多的?"

"嗯,旺季的时候,一天要跳好多场。"

"你还挺忙。"

"不是,我也不常来。"阿南解释说,"我是替补,今天有人病了,我才来的。"

"救场？"

"算是吧。"

两个人一边说话一边随着人流往外面走，成芸说："我请你吃饭吧。"

阿南迅速转过头，看着成芸。成芸蹙眉，语气不太满意地说："你那是什么眼神？好像我给你设陷阱一样。话说回来，你吃过饭没有？"

阿南摇头："没吃。"

"那我叫上张导游，咱们一起吃。"

阿南最终还是同意了，有便宜饭吃没理由拒绝。成芸给张导游打电话，张导游没有进来看表演，一直在外面，接了成芸的电话，三个人在外面碰头。

现在天色已经完全黑了，寨子里所有的人家和店铺都点亮了灯。出了表演中心，成芸抬头看，半个山坡上都是星星点点的灯光。

出了演出中心的人分成了两部分，大多数向上走，上面客栈、旅店居多；少部分向下走，下面多是苗族的店铺和饭馆。

成芸他们便是往下走的。

路两边有不少饭店，张导游站在成芸左边，阿南走在偏前的位置。成芸问了一句："这里的饭菜有什么有特色的？"

两个人几乎同时回答。

"酸汤鱼啊。"

"没有。"

"……"张导游很无语。她趁成芸浅笑着低头时狠狠地剜了阿南一眼，示意他闭嘴。可惜阿南走路时低着头，什么都没看到。

成芸自动忽略了阿南的回答，问张导游："酸汤鱼是什么？跟酸菜鱼一样吗？"

"不一样的呀。"张导游很满意成芸没有被阿南"拐跑"，"成姐，到贵州来，一定要吃酸汤鱼！"

"怎么做的？"

"酸汤鱼最重要的就是这个酸汤，最开始的酸汤是用酿酒后的尾酒调制的，后来改成米汤发酵的手法，还有很多其他的方法，各家都有独门配方。"

成芸说："你了解得这么多？"

"这是我们贵州的特色啊，肯定要了解的。"张导游说着，若有若无地白了阿南一眼，"什么都不知道，怎么当向导啊。"

阿南还在闷头走路。

"成姐，酸汤是经过微生物发酵的，健康菌群对人体肠胃非常好。"

"好好好。"成芸感觉再不答应，张导游能说一晚上，"就吃这个吧，你推荐个馆子。"

张导游带着成芸和阿南来到一家餐馆，里面的服务员都穿着苗族服饰，其中一个拿着菜单过来。

"你们点吧。"成芸站起来，说，"我出去一下。"

"成姐？"

"没事，很快回来。"

成芸出门，顺着小路往前走，来到一家小卖店外。

小卖店门口有一个玻璃柜，里面摆着各种各样的烟，成芸看了一遍，没有自己要的。老板过来问她一句："买烟？"

成芸抬头："万宝路，软的，有没有？"

老板摇头。

"爱喜呢？"

老板摇头。

成芸接连走了两三家店，都没有她要的烟。

成芸回到饭馆，菜已经上来了，另外两个人都没有第一时间发现成芸。

阿南在盯着酸汤鱼锅，用眼神说话——"我想吃饭"。

张导游在盯着阿南，也在用眼神说话——"不许动"。

阿南换了个坐姿，张导游马上说："等成姐回来再吃。"

阿南刚要说什么，一抬头，看见成芸走过来。张导游顺着他的目光回头："成姐！"

成芸笑笑，坐到张导游旁边："怎么不吃？不用等我的。"成芸看了阿南一眼，问："饿了吧？"

阿南拿起筷子，成芸说："吃饭吧。"

酸汤鱼红红的，里面下了不少菜，有些像火锅的吃法。味道的话，怎么说呢……对于成芸来讲，稍稍有些怪。但是具体哪里怪她也说不好，跟东北的酸菜不同，跟四川的酸菜鱼也不一样，酸汤鱼的酸味偏沉，不爽口，但是味道独特，多吃几口，能吃出醇香的感觉来。

阿南和张导游吃得热火朝天，成芸不算太饿，吃了几口后就放下了筷子。旁边还有几桌吃饭的人，成芸看了一会儿，对张导游说："吃完饭你就回去休息吧。"

张导游说："行，今天也晚了，那明天早上我们几点集合？"

成芸说："到时候我打你电话。"

吃完饭，张导游说什么都要结账，成芸笑着说："刘杰怎么跟你说的，这个是不是会报销啊？"

张导游刚吃完饭，脸被热气熏得红扑扑的。她冲成芸一笑，说："不是啦，成姐，我们第一天玩，这顿我请客，就当认识好朋友了。"

成芸淡笑道："好。"

张导游说这话的时候，成芸瞄了阿南一眼，后者一副"我已经吃饱"的表情，听见她们的对话也没什么表示。

怪不得他干什么都是临时工，成芸心想。

出了店，成芸说自己想散散步，张导游就自己先回住处了。

阿南也往回走。

成芸在他身后叫住他。

阿南回头。

他走了一段爬坡路，站的位置高，看见成芸正仰头看着他。

夜色下，看得不是很清楚，可阿南依旧能看见她白皙的皮肤和清晰的黑眉。

"你等会儿，帮我找个东西。"

成芸走到他身边，阿南问她："找什么，用车吗？"

"不用车，你就不能帮我找了？"成芸吊着眉梢，"又想白吃我的饭？"

阿南深吸一口气，也不解释到底是不是白吃。

"找什么？"

"给我找家卖烟的。"

"这里到处都有卖烟的。"

"我看了几家,没有我要的牌子。"

"你要什么牌子?"

两个人走在青石路上,有一句没一句地聊着。晚上山里冷,成芸将手插在衣兜里,看着阿南那身演出服,说:"你冷不冷,要不要先拿件衣服?"

阿南说:"行。"

阿南带着成芸来到刚刚的演出中心,现在里面已经没人了。阿南从后门进来,直接去了后台,在一堆被堆起来的包裹里翻出一个黑包,从里面掏出一件夹克。

旅游淡季的苗寨夜晚,静谧非凡。成芸抬起头,看见天上有星星,不多,但是都很亮。

她呼出几口气,没有看到白雾,心里却觉得很通爽。

这儿到底不比北方,冷得那么直白。

她转过头,旁边的男人这回没有低头走路,他左看右看,在帮成芸找卖烟的地方。他披着一件夹克,但下面还是演出的裤子,看起来有些不伦不类。

走到路口,正好是个风口,冷风吹过来,成芸把风衣裹紧,一转头,刚好阿南也在避风。

两人对着脸,都看见对方的头发被吹了起来。

黑发在黑夜里,看得并不真切。等风吹过去,阿南转过头,接着找卖烟的店。

"阿南。"

阿南脚步一顿,看向成芸,成芸指了指旁边:"去坐一坐?"

阿南顺着她的手指看过去。

山路的尽头有一家小店,门口没有灯,只立了一个牌子,月光下,他隐约能看见上面写了四个字——苗家酒坊。

他一直在看,成芸说:"不抽烟,酒也不喝?"

阿南与她四目相对。

成芸淡淡地说:"你还是不是男人?"

阿南转过头,又转回来:"你请?"

成芸一扯嘴角，走进酒坊。

这种小酒坊跟酒吧不同，倒有些像古装电视剧里的酒肆，不大，只有二十多平方米，不过起架比较高，整个屋子里都是一股浓浓的酒香味。

屋里没有明亮的灯光，只有木架上吊着一个小灯泡，瓦数也不高，屋内昏暗无比。

地面跟外面的路差不多，都是青石铺成的，长板凳上摆着一个个黑黑的大酒坛，上面贴着纸，手写着酒的类别，桂花酒、糯米酒、梅子酒……样式繁多，酒缸上面都有开口器，方便打酒。

成芸来回看了看，敲了敲酒坛，冲里面说："有人吗？"

不一会儿，里屋有了动静，一个胖胖的女人走出来。她穿着厚厚的睡衣，精神很不错的样子。

成芸笑着说："关店了？"

"还没。"女店主似乎没想到这个时间还会有人来店里，有些惊讶地说，"你们要买酒吗？"

成芸说："在这儿喝行吗？"

"当然可以啊。"

成芸环顾一圈，说："可这儿没有坐的地方。"

女店主立刻从墙角搬来两个小板凳，往门口一放，爽朗地说："可以坐的。"

成芸咯咯地笑："你这酒怎么卖？"

"你要买多少？"

"我一样要一点儿行吗？"

"行啊。"女店主取来一些一次性塑料杯，"一杯七块钱，不过你要是多种酒一起喝的话，可是容易醉的。"

"不要紧。"成芸接过杯子，说，"要不这样，我一个杯子装一种酒，到时候我们喝完你来算钱。"

女店主是个爽快人，也不计较什么："行，你们喝，到时候喝好了叫我就行。"

女店主回屋之后，酒坊里就剩下成芸和阿南。阿南看着她手里的塑料杯，说："这酒后劲很足的。"

成芸拿着杯子在一排酒缸前面走:"喜欢哪种?"
"……"阿南看着她的背影,说,"糯米酒。"
成芸拿了两个杯子,接满糯米酒,递给阿南一杯。
阿南看着手里的酒:"我说真的,这酒后劲很足的。"
他再抬头的时候,成芸已经一杯酒进肚了。
因为突如其来的冰冷和酒劲儿,成芸闭紧了眼睛,深深地吸了一口气。
她两只手捏着塑料杯。成芸瘦,所以手指显得格外修长,指头削尖,干脆又锐利。
不知道是不是酒精的作用,她再睁开眼时,一双眼眸中好像蒙了一层冰。
成芸很快就缓解了酒劲,冲阿南晃了晃杯子:"来啊。"
阿南怔怔地看着她,直到她说了一句"来啊",才低头,将手里的酒一饮而尽。
冰冷的酒让他也皱起眉头,舒缓片刻才恢复原状。
他转过头,成芸定定地看着他,目光带着些微的懒散和冰冷。
"要不要尝尝别的?"成芸转头,把两个空了的杯子收走,换了两个新的,一边低头仔细看酒坛上的标签,"你还喝过什么?"
"都喝过。"
成芸扭头:"都喝过?"
"嗯。"
"那除了糯米酒还喜欢什么?"
阿南思考了一会儿,最后得出结论,说:"其实都差不多。"
成芸笑着转过头,就近接了两杯桂花酒。
两人再把酒拿到手里的时候,就没有一饮而尽了。
成芸拿起杯子,坐到小板凳上,指了指身边另一个凳子:"你也坐。"
屋里实在太阴暗,成芸把凳子挪到靠门的地方,外面就是月光。成芸一手端着酒,头向外探。
寂静的石板路上,潮湿的水汽在月光的照耀下,像银色的沙子一样。远处是错落有致的小楼,分散在山坡上,家家都点着灯,与天边的星光遥相辉映。

成芸回头,对阿南说:"你看,这场景是不是很适合喝酒?"

阿南坐在她旁边,肩膀旁就是门板。他手长脚长,屈膝坐着,听见成芸的话,好像没太懂,说:"因为冷?"

冷?

成芸笑着坐回来:"对啊,因为冷。"

阿南难得赞同成芸的意见:"喝酒暖身子。"

"没错没错。"成芸举杯,"来,干一杯怎么样?"

阿南这时候表现出一些男人洒脱的本性了,跟着成芸举杯:"好。"

又是一杯酒进肚,成芸通体舒畅,将头高高仰起,做伸展运动似的转了一圈,最后歪在右侧停下,目光落在阿南的身上。

阿南说:"你少喝一点。"

成芸没说话。

阿南又说:"要不就喝慢一点。"

成芸冲他笑,阿南几不可闻地叹了口气。成芸说:"又叹什么气?"

阿南站起身,换了个杯,又接了一杯糯米酒,还没回身,一只手从他身边插过来:"给我也倒一杯。"

阿南给成芸也倒了一杯酒。这次,他没有坐下,而是将凳子用脚钩到一边,自己靠着门板站着。

屋里灯光昏黄,加之阿南的面部轮廓比一般人要深刻许多,所以看起来整张脸晦暗不明。他大半个身子隐在黑暗之中。

成芸仰头看他:"怎么不坐下?"

阿南没回答,而是把手里的酒喝了半杯。

成芸看着,兴致也起来了,撇了撇嘴角就抬起手来。可这边阿南喝完,第一件事就是对要举杯的成芸说:"你慢些喝,不用跟着我。"

成芸停下动作,挑眉,淡淡地说:"为什么?"

阿南低头看手里的空杯,塑料杯在他的大手里显得格外脆弱,微微动一下,就发出软脆的响声。

"我喝得多是因为我有些冷,你没必要喝这么快。"阿南说着,抬起眼。可惜屋里太暗了,成芸只能看到他抬头的动作,却看不清他的眼神。

"我没骗你。"他又说,"这酒后劲足,你小心一会儿犯恶心。"

成芸回应他的方法是又喝了半杯酒。喝完之后,她看着阿南,轻飘飘地说:"我也冷呢。"

二人安静了许久。

现在这个时间已经很晚了,加之这家店铺处在山路的尽头,外面除了关门的店铺就是光线昏暗的灯笼,连个路过的人都没有,一切都静得出奇。

三杯酒,算下来,一人快喝半斤了。

也不知道像这样静了多久,阿南忽然说了一句:"你真不像女人。"

或许是酒精作用,成芸的反应稍稍有些慢,她从嗓子里挤出笑来,从小声笑到放声大笑,憋都憋不住。她一边笑,一边放松地靠后坐着,淡淡地说:"哦……是吗?你看我不像女人?"她一边说着,一边好像真的要让他看清楚一样,坦然地张开了手臂,搭在后面的酒架上。

酒架很结实,成芸体重又轻,靠在上面像没有重量一样。

因为她张开了手臂,风衣敞开了怀,两侧落地。风衣的质感偏硬,堆叠得有棱有角,里面是一件低领的灰色针织毛衫,在微弱的灯光下,纹路显得格外细腻。

她的身体很美,尤其是在月色下,细而平整的腰身,隆起的胸口,一双修长的腿。

成芸整个人半躺着,腿完全伸直,细长的鞋跟踩在门口的横框上,黑色的皮子裹住小腿,形成一道凌厉的曲线。

她的头发散落在两侧,挡住大半张脸,露出的部分如月光般青白。

她看着他。在黑暗的屋子里,她准确地找到了那双逆着光的眼睛。

因为喝了酒,成芸的嘴唇比之前艳了一些,抿在一起,带着些微的笑意。她的目光也如此——一分笑意,两分挑衅,还有七分迷离。

可周东南知道,她没醉。

她怎么可能醉?

那他们现在又算什么?是夜和酒的作用,还是这个女的本身就带着一股魔性?

阿南靠在身后的门板上,高大的身体遮住了门板上的条条杠杠,只剩沾满了灰尘的边框。不知道是不是错觉,他似乎比刚刚,更沉入黑暗了。

成芸一直任他看着。

过了一会儿，阿南动了动，硬皮的夹克在门上擦出声音。

成芸的目光跟随他来到酒坛旁，阿南把杯子放到上面，冲屋里喊了一句："老板——"

胖胖的女店主一边哎哎地应声，一边小跑出来："喝好了？"

阿南指了指桌上的杯子："多少钱？"

女店主低头看，惊讶地说："喝了这么多？！"

阿南一扭头，从坐在凳子上的成芸手里抽出酒杯，成芸喂了一声："还有一半呢。"阿南不多话，仰头，把剩下的半杯一口喝光，然后把杯子往桌上一放："还有这个。"

杯子是塑料的，被他这么用力一放，险些扁了。

"六杯，四十二。"

成芸收回腿，打算起来付账。阿南已经开口："四十吧。"

老板娘干脆地同意了："行，四十。"

等成芸站起来，阿南已经付完钱了，自己往外面走。

"哎。"

成芸走在阿南后面，阿南从出了店门开始，脚步就没停。任成芸怎么叫，他都不回头。

成芸喊了几声之后，看到他没反应，也不喊了。阿南走得快，她也不跟了，放慢脚步，看着前面闷头走路的人慢慢消失在视野里。

她走到路口，人已经完全不见了。成芸停住脚步，笑骂了一声。

左右环顾，她想抽烟，比往常任何时候都想抽烟。

阿南说得不错，酒的后劲很足，虽然不至于让人醉得不省人事，但让你脚下打个晃还是绰绰有余的。

成芸在往客栈走的途中就打了个晃，窄窄的山坡上，差点儿一脚踩空。她稳住身子，弯腰，就着黑暗眯起眼睛往下面看。她刚刚险些踩空的地方是一片菜园子，边上围着一圈篱笆，又尖又密，一根一根的。

成芸缩了缩脖子，嘿嘿笑了两声。

回到屋子里，她懒得洗漱，倒在床上就睡，一夜无梦。

第二天，成芸睡了个懒觉。

她算是深切地体会了什么叫休假，就是彻彻底底地没有秩序。八点的时候成芸睁开眼睛，瞄了一眼手机，然后又蒙头大睡，一个回笼觉直接睡到十一点半。

再爬起来，成芸看见窗外炊烟袅袅。

当然了，这肯定不是早饭，想来是寨子里的人家开始做午饭了。

成芸起床，先跟张导游约了时间，然后洗了个澡。

十二点的时候，她才打着哈欠出门。

张导游还是等在客栈大堂内，见到成芸就打招呼："成姐！"她蹦蹦跳跳地跑过来，"睡得好不好？"

成芸点头："挺好。"

"那咱们下去吧，你是想先吃饭还是先走走？"

"你饿吗？"

张导游说："我还行。"

成芸一边往外面走一边笑着说："什么叫还行？出门在外，就我们两个，你不用说这些模棱两可的话，饿了就告诉我。"

张导游到底年纪小，被成芸一说，脸有点儿红，小声说："是有些饿……今天早上还没吃东西。"

"那走吧，先吃饭。"

"好好好。"张导游兴致勃勃地带着成芸来到山坡下，找了一家小餐馆。

虽然已经十二点了，不过因为是旅游淡季，家家户户的作息时间都往后推了几个小时，到现在还有卖早餐的。

张导游问成芸吃什么，成芸说随便。

张导游冲店里面喊："老板，两碗牛肉面。"

已经中午了，阳光将清晨的寒气驱散了不少，成芸穿着这身衣服也没觉得有多冷。等面的时候，她看向店外面。

小路上只能通过一辆车，两个拉货车的车主正在协商到底谁先过去。

旁边是两个苗族的老头，坐在台阶上看热闹。

再旁边是一只黑山猪，没被拴，但看起来完全不想动，闭着眼睛躺在墙脚，要是没有喘气时胸腔的起伏就跟死了一样。

这间小店不大，事实上这寨子里就没有很大的店铺，这家小餐馆里面摆着两条长桌，成芸和张导游坐在一起。

面很快端上来，张导游把相邻一桌的咸菜盒拿过来，舀了一勺，又打开放在桌子前面的泡菜筒，夹了几筷子泡菜。

"成姐，你也吃啊。"

"好。"

宿醉过后，其实成芸一点儿都不饿。她现在倒是很想抽根烟，可惜没有，只能找话题打发时间："你经常带团来这里？"

张导游说："对，来贵州的话，这里算是一个大景点，旅游旺季的时候人特别多。"

成芸说："确实是个休闲的好地方。"

"对了，成姐，昨天的表演你看了感觉怎么样？"

"还不错。"

说起昨天的表演，成芸不得不想起一个人。而想起这个人，成芸忍不住乐了。

"小张。"

"嗯？"

成芸转过头："我跟你说件有意思的事。"

张导游下意识地看她，一脸好奇，成芸带着笑意回想昨晚的场景："我在那场表演里，看见个熟人。"

她这么说好像不对……

"其实也算不上熟人，但是……"

"周东南吧？"张导游马上接上了。

成芸有点儿惊讶："你知道？"

"知道啊。"张导游好不容易找到一件能抓住成芸好奇心的事，面都顾不上吃了，"他经常给我们旅行社干活儿，我们互相都有了解的，我们社的司机跟他比较熟。"

"他一直在这边演出？"

"也不是。"张导游想了想，说，"看他的时间安排，他偶尔弄这个，偶尔弄那个，哎呀，反正都干不长。"

"在你们那儿也干不长?"

"干不长,他是上个月才来的,之前都在别家干。可现在弄了这么一出,他回去也别想再……"张导游忽然停下,看向成芸,觉得自己好像说错了话。

可成芸并没有表示什么,还是淡淡的神色:"因为他抢了旅行社的活儿?确实有点儿不懂事。"

张导游看成芸没有生气,才说:"他这人吧……哎哟,我说不好。"她好像在回想周东南,五官都忍不住往一起皱,"成姐,我这可不是背后说人坏话啊。"

成芸看着张导游一副欲言又止的样子,鼓励她说:"没事,咱们闲聊而已。"

张导游凑到成芸身边,一脸认真地抬起手,指了指自己的脑袋,小声说:"你不觉得他这里有些问题吗?"

成芸哈哈大笑,旁边坐着的几个男人终于有理由光明正大地看过来了。

张导游看她笑成这样,又急着说:"我可不是乱说,你看他这人从来不笑,眼珠子转得都比别人慢。"

"对。"成芸频频点头,又想起什么,问张导游,"他家就是这里的吗?"

"家?当然不是啊。"张导游看起来有些疑惑,"为什么这么问?"

成芸说:"没什么,我看他在这里表演,难道那个表演团不是在苗寨里选的人吗?"

张导游点头:"对啊。"

"那怎么……?"

"可他不是苗族人啊。"

"……"成芸一顿,"什么?"

"他不是苗族人啊。"张导游看着成芸,眼睛瞪得大大的,"他跟你说他是苗族的?"

他倒是没说。

"他说是少数民族的。"

"啊,没错,是少数民族。"张导游了然,对成芸说,"他是侗族的。"

· 55 ·

面前的面都坨成一团了,成芸也没有要动筷子的意思。

"侗族?"

"对。"张导游仔细想了想,说,"我好像听我们经理提过一次……没错,他是侗族的。"

"那他怎么在苗寨里跳舞?"

"嗐。"张导游无所谓地摆摆手,"这有什么,他会跳就跳呗,反正也是临时替补的,赚个救场钱。"

"……"

接下来的话题就不是周东南了。

吃过饭,张导游带着成芸在寨子里游玩。今天难得是个晴天,张导游饭吃饱了,劲头也足,走一路说一路,看见什么都介绍。成芸偶尔搭个腔,大多数时间是张导游一个人说。

"这儿有很多银店啊。"成芸看着一排的"苗王银器",开口道。

"对啊,苗族人很喜欢银器的。"张导游一边走一边说,"苗族的银器分两大类,银具和银饰,现在银具少了,大多是卖银饰的。苗族历史上有很多关于银器的神话,而且苗族人一生用银器的地方很多。比如男女定情的时候啊,男的就得送女的银镯子一类的饰品;还有生小孩的时候,家长要给小孩买用新银子做的铃铛或者菩萨、罗汉一类的;再有就是给老人祝寿或者送葬的时候,都要有银器。"

"苗族人这么喜欢银?"

"是啊,在苗族,家里存银多是富贵的象征。"

成芸点点头,走进一家银店。

门口有一个巨大的银凤凰,放在一个玻璃罩里面,做工精细,在太阳光的照射下白亮无比。

张导游见她进了银店,以为她想买银器做纪念,便想领她到买手镯、耳环的地方。可成芸好似只对那只大凤凰感兴趣。

成芸在那只凤凰前面站了很久。店员走过来,是个年轻的姑娘,说话带着点儿地方口音。

"你喜欢头饰吗?我们这里有小头饰,很精致的。"

成芸转头看她,指了指那只凤凰:"这是头饰?"

"对,但是是艺术加工过的。"

成芸开玩笑似的说:"那它被放在这里,是用来镇店的吗?"

店员被她逗笑了:"是我们老板放在这里的,我也不知道是干吗的。"

成芸直起身,说:"这个卖不卖?"

"啊?"店员震惊地看着她,"你要买这个?"

成芸说:"我问一问。"

"这个……"店员有点儿犹豫,开店这么久,好像还没有人问过这个卖不卖,"我也不太清楚,我得问过老板才知道。"

成芸从怀里掏出一张名片,店员接过。

北京平泰保险代理公司总经理,成芸。

店员也不知道这到底是什么公司,但是上面既标了首都,又标了总经理,店员的后背肌肉瞬间绷紧了。

成芸对她说:"你问好你们老板,如果卖,打电话给我。"

"好!"

成芸说完就离开了,张导游在后面颠颠地跟上。

"成姐,你喜欢那个啊?"

"是啊。"

"那买了要怎么拿走啊?那么大。"

成芸笑笑:"邮回去就好了。"

两人边聊天边散步。苗寨说白了也就这么几个地方,她们走了几个小时,基本逛完了。成芸跟张导游来到河边的长凳上休息,张导游不愧是刘杰口中的优秀导游,成芸都有些累了,她看起来什么事都没有,急气都没喘一下。

成芸看她跑来跑去,一会儿买瓶水,一会儿取个东西,忍不住问她:"你不累吗?"

"不啊。"张导游说,"我以前带团去黄果树,一天爬好几个来回呢。"

成芸抬手,比了一个大拇指:"女中豪杰。"

张导游嘻嘻地笑着。

"那成姐,这里逛完了,你想去哪儿?"

成芸没有马上回答,缓缓地说:"我要再想一想。"她抬头看向张导游,"找个饭店吃晚饭吧,然后你就回去休息好了。"

"行。"张导游转身要去联系饭店,想起什么,又问成芸,"要找周东南吗?"

成芸正转头看着几乎静止的小河,河边有几个照相的游客,她漫不经心地回答:"找吧。"

张导游打了一个电话,等了半天,自动挂断了。

"没人接。"

成芸慢慢转过头:"那就算了,我们去吃。"

成芸虽然走了一天,但是依旧不怎么饿,问张导游有没有想吃的,张导游没要求,说都可以。

成芸说:"那就随便找个店吃点儿吧。"

结果这两个人又去了中午那家店,又点了两碗牛肉面。

吃饭的过程中,成芸觉得有点儿冷。外面的风似乎大了一些。她往店外看,这个时间,天应该不会这么黑才对。

旁边的张导游说:"要下雨了。"

几乎在她说话的同时,成芸就看到一个游客打扮的人从小店门口走过去,撑着一把伞。

成芸看看地面,好像没有湿。正好已经吃完了,在等张导游的时候,她出去站了一会儿。

还是那种毛毛雨。

"贵州经常下这种雨。"张导游说,"其实这样的雨,打不打伞都没事。"

张导游不想让成芸久等,快速地扒了两口面条,道:"走吧,成姐。"

出了门,张导游从包里掏出一把伞:"我带伞了,你拿着用吧。"

成芸说:"那你怎么办?"

张导游指着下面的方向,道:"我很快就到了,就住在下面。"

"不用了,你自己拿着吧,这雨也不大。"成芸看了眼时间,说,"明早我醒了叫你,咱们再定去哪儿。"

"行。"

两人在饭店门口分开,成芸收紧风衣,往客栈走。

结果成芸上到半山坡的时候,雨比刚刚大了一些。路上已经一个人

· 58 ·

都没有了,成芸加快脚步,回到房间。

成芸进屋开门的时候,手已经有些僵了。

成芸很抗冻,比起热,更能忍受寒冷。可现在十二月份,凯里的平均气温在六七摄氏度,本就称不上暖,加上下雨、刮风,阴冷程度不亚于北方。

成芸穿得很少,回到房间先把空调温度开到最高,然后洗了个热水澡。

她在洗手间里待了许久,直到热水将自己的身子完完全全地冲热了才擦干身体出去。屋子里的温度也上来了,成芸穿好衣服,躺到床上,伸手拿来手机。

手机屏幕上干干净净的,什么提示都没有。

成芸搜了一下当地的天气,凯里今晚有阵雨。她躺在床上,玩了一会儿游戏后,打了个哈欠,懒洋洋地拨了个电话。

那头响了五六声,电话才被接通。

电话那头有风有雨,还有一道低沉的声音:"喂?"

成芸说:"你失踪了?"

阿南好像在赶路,说:"没有。"

"晚上小张打你电话,你怎么不接?"

"哦,我没听到。"

"你又跑到哪儿做兼职去了?"

阿南沉默了一会儿,低声说:"没有。"

成芸从床上坐起来:"没有?我们要定明后天的行程,结果现在你人都找不到。"

成芸下意识地要从风衣兜里摸烟,结果兜里空空的。她忍不住皱起眉头,语气更冷了:"你是不是觉得拿到钱就随便了,我包下你的车,你第二天就见不到人影,打电话也不接,你什么意思,觉得我脾气好?"

成芸说了不少,但其实语速并不快,语调也不高。

她只是冷,那种打从心里漠视他的冷。

电话那头的人一直没有回应,只有呜呜的风声,还有一闪而过的车辆的声音。

成芸冷笑一声，淡淡地说："周东南，你别惹火我。"成芸本来想说的是"你别给脸不要脸"，可想了想，到底还是忍住了。

安静了许久，电话里才传来阿南的声音，很简短的一句话："你等着，我很快就回去了。"

说完，他就挂断了电话。

成芸听着手机里的忙音，听了足足半分钟。然后她将手机扔到床上，穿鞋下地，一把推开阳台的门。

冷风瞬间灌入。

此时的雨比之前下得大多了，雨点噼里啪啦地砸下来。除了雨声，外面什么声音都没有，山林像蒙了一层薄纱一样。

面前是冷风冷雨，背后是燥热的空调，冰火两重天，可成芸觉得异常地舒服。

就在她在阳台上吹风的时候，成芸的视线里忽然有个东西一晃而过。

成芸往前走了走，快要走出遮雨的篷子时，半山坡的那条向上的狭窄山路进入了视线。天已经黑透了，那山坡上是没有路灯的，成芸不确定那是不是自己的幻觉。

她把目光投向山路尽头，那儿有个弯，转过来就是她住的客栈，那里有灯。如果那人影是真的，他很快就会走到那里。

成芸等待的时候，往后站了站，甩了一下胳膊上的水。

水还没被甩完，那个人已经走过去了。很快，他从树丛的遮挡中走出来，晃过那个弯，几乎只有一秒钟。

可成芸还是看清了那身深色的硬皮夹克。

成芸回到自己的屋子里。几乎与此同时，门被敲响了。

三声，声音不算小，应该是用指节叩响的。

成芸走过去，把门打开。

刚刚被截断了的阳台的冷风，现在又从正门吹进来了。

阿南双手插在衣兜里，几乎浑身湿透。因为一路没停，来到成芸的门口时，他已经气息不匀，明显喘着粗气。他的脸上也是雨，头发一绺一绺地贴在额头上。

他看着她，成芸稍做打量，之后便侧过身："进来。"

阿南没动,好像在考虑什么。

成芸穿着一身灰色的保暖内衣,紧紧贴着身体,脚上穿着宾馆的拖鞋,头发还没有彻底干,披散在肩头。

"我让你进来。"成芸往屋里走,等了一会儿,阿南还是没动静。她转头,对站在门口的人说:"怎么,怕我扣你工资?"

阿南默不作声地摇摇头,而后声音低沉地道:"不是。"

成芸耐不住性子:"那还不进来?!"

阿南终于迈开步伐,进了屋子。他反手关好门,屋里又陷入了安静。

外面的雨哗啦啦地下,成芸抱着手臂看着他。

阿南没有与她对视,而是低头看着地面。过了一会儿,他从衣服兜里掏出什么,递给成芸。

成芸接过,四方,白盒——软包万宝路。

成芸看到这包烟,没作声,下巴却不由得抬起了一些:"你去买烟了?"

"嗯。"

"去哪儿买的?"

"凯里市区。"

"你回市区了?"

"嗯。"

"有没有顺路再干什么活儿?"

"……"

阿南没有马上回答,而是抬起头,看向成芸。

他顶着那张面瘫脸,抬手,指了指那包烟:"你先抽根烟。"

成芸皱眉。

阿南又说:"你先抽一根,我们再说。"

成芸确实很想抽烟。

她把烟拆开,打开盖,拿出一根咬在嘴里,刚要拿打火机点火的时候,忽然明白了阿南的意思,直接把烟从嘴里拿出来了,反身指着他,气势如虹:"周东南,你是说我抽不着烟闹脾气呢是吧?"

阿南的嘴唇紧紧闭着,成芸又说:"你觉得我是犯烟瘾了,跟你无理取闹是不是？"

他不回答，成芸眼神冷厉，像训下属一样道："我问你话，是不是？！"

阿南低了低头，又抬起来，好像在措辞。

成芸知道他说话费劲，也不逼他，给他足够的时间思考。

终于，想了半分钟，阿南开口了："你还是先抽根烟吧。"

成芸："……"

他想了半分钟，还是这句话。

成芸觉得自己这拳头都不是打在棉花上，而是打在了年糕上，不仅打不动，还把自己粘恶心了。她瞬间一点儿力气都没有了，坐到床上，抽烟。

阿南就在一边，耐心地等她抽完。

成芸抽着抽着，就觉得有点儿不对。为什么她抽上烟之后，心情真的不那么暴躁了？

现在再让她厉害，她都懒得厉害。厉害什么，她走了一天了，哪儿有力气？

可她就这么算了，不刚好验证了阿南的话——你就是烟瘾犯了而已，不要没事找碴。

成芸还没想好，一根烟已经抽完了。

成芸掐了烟，转过头，想随便找个借口搪塞过去，忽然发现了什么，忍不住说："你嘴唇怎么黑了？"

阿南抿了抿嘴，摇头："没事。"

成芸说："中毒了？"

"……"

成芸不开玩笑了："过来坐吧，我这儿有空调。"

阿南没有拒绝，坐到床对面的沙发上。他看起来真的被冻坏了。

"刚回来？"

"嗯。"

"就去凯里了？"

"嗯。"

"你除了嗯，还会别的不？"

"……"

"我扣你钱啊。"

阿南终于抬起头,刚好看见成芸的眼睛:"为什么?"

"为什么?我包你的车,你不见人影,你还问我为什么?"

阿南说:"你昨晚不是让我帮你找烟?寨子里没有你要的烟,我只能去外面买。"

成芸说:"从这儿去凯里市区,来回最多两个小时,你走了一天。"

"……"

"你还去哪儿了?"

阿南低头不说话。

"说吧,我不扣你钱。"

"火车站。"

"接人去了?"

"嗯。"

"接了几次?"

"三次。"

"挣了多少?"

阿南看向成芸,成芸笑了笑,说:"怎么,行业秘密啊?"

阿南摇头:"一人三十。"

"别人敢坐你的车吗?"

"我借了朋友的车。"

成芸听了这话,有点儿不满:"你能借车还让我坐你那辆破车?"

阿南看着她:"你不是不怕吗?"

他背后就是阳台,外面是青山烟雨。

阿南的声音、表情和外面的景色一样,低低的、淡淡的,甚至有点儿木讷。

"你要是怕,明天我就去找人借车。"

成芸歪着头,余光里就是那盒刚刚拆开的香烟。她不知想到什么,嗤笑一声,说:"热乎了就赶紧回去睡觉!"

阿南不多话,站起身,来到屋门口,成芸在他身后说:"明天早上七点。"

阿南打开门:"好,去哪里?"
"侗寨。"
阿南霍然转头。
成芸盘腿坐在床上,看着他:"没听清?"她又说了一遍,"去侗寨。"
半晌,阿南才点点头:"好。"
"哦,对了。"在阿南要走的前一刻,成芸又叫住他。阿南转过身,等她说话。
成芸说:"明天给我买套衣服。"
阿南下意识地看成芸现在穿的这身衣服。
成芸说:"内衣。"
阿南别过头,低低地嗯了一声,然后就走了。
成芸听着外面的脚步声渐渐融入雨中,慢慢地咧开嘴笑了。她一边笑,眼珠一边转了一圈,从旁边的凳子看到沙发,再到棚顶,最后看到空调和床头柜。
她一歪身子,倒在床上。
手头就是那包烟,成芸把它拿过来,在她细长的手指里,翻来覆去地看,好像第一次见到这个牌子一样。
烟盒上有一处小小的折痕,成芸想象了一下阿南那只大手握在这个烟盒上,急着往回赶的样子。他不抽烟,不了解也不习惯烟盒的软硬程度,太着急,很容易将烟盒握出折痕来。
可这烟盒上虽然有折痕,却没有水珠,一点儿潮意都没有,干干爽爽的。
成芸看了一会儿,翻过身,把烟放到床头柜上,拉过被子。
她盖上被子后,所有的杂念都没了,成芸几乎两分钟就睡着了。
那天,成芸做了一个梦。
这是件很了不得的事情,因为成芸很少做梦。
她梦见自己走在一片荒芜的空地上,脚边是一条长长的铁道,铁轨附近杂草丛生。她走了好久好久都没有见到人,也没有看到房屋,好像全世界只有那条铁道。
她不知道自己为什么要走,可在这个梦里,她的脚步一直没有停,就算没有目的地，也在不停地走。

不知走了多久，她听到从远处传来的火车鸣笛的声音。

她转头看，并没有火车。

那声音越来越明显，最后，成芸忍不住自言自语。

人在梦里，是不能说话的。

成芸在说话的同时睁开了眼睛。她睁眼的时候，嘴也微微张着，可她已经忘记自己要说什么了。

床头的手机还在嗡嗡地振动。

成芸动作迟缓地拿过电话，眼睛依旧困得睁不开。

"谁？"

对面完全没有料到她会用这种语调接电话，犹豫了一下，说："我。"说完，他可能觉得成芸目前脑子反应比较慢，又补充了一句，"周东南。"

成芸捂着脑袋说："干什么？"

"已经六点四十了。"

成芸缓缓地嗯了一声。

"说好七点走的。"

"嗯。"

"我们已经准备好了，就等你了。"

成芸深吸一口气："嗯。"

连续嗯了三声，放下电话，成芸坐起身，使劲揉了揉脸。

成芸洗漱穿衣，出门的时候，刚好七点整。

阿南和张导游已经准备完毕，在客栈里等她。

张导游一如既往，在跟客栈的工作人员聊天。周东南一个人站在一旁。张导游聊着聊着，工作人员示意了一下。张导游转头，看见了成芸。

"成姐，醒啦，你要吃什么吗？"

"不用了，我不饿，你们吃过没？"她看向阿南。

"我们已经吃完了。"

"那就走吧。"

结好房钱，三人一同往外走，走下山坡，就看见了阿南的那辆破车。

昨晚被雨冲了一遍，车身比之前干净了一点儿，可这干净了还不如不干净——车身上一块一块掉漆，要不就是剐蹭的痕迹。这车跟得了皮肤病似的，饱经风霜，伤痕累累。

成芸一边往车那儿走，一边看向阿南，感叹道："一如既往啊。"

阿南目不斜视地往前走。

张导游跟在后面，一副"我不想坐"的样子。成芸看出来了，跟她打趣："小张，你别紧张，体验体验。所谓环境越是艰难，我们越是要迎难而上。排除千难万险，最后就是柳暗花明。"

张导游被逗笑了："哈哈，好，咱们就排除千难万险。"

成芸走过去，亲自拉开了后门："来，张导游请。"

张导游连蹦带跳地上去了。

成芸一转头，阿南站在她身后。副驾驶的门开了，阿南看着她，朝座位示意了一下。

成芸坐上去，张导游还在后面说："成姐，你要是坐得不舒服一定要跟我说啊，我们旅行社在贵州的好多地方有分公司，调车很容易的。"

成芸哟了一声："大公司啊。"

张导游不好意思地笑了："跟成姐肯定没法比啦。"

成芸坐在座位上，扭头对张导游说："不用换车，你坐坐就知道了，咱们这车也是有好处的。"

张导游问："啥好处啊？"

成芸抬手，细长的手指在车里转了一圈："通风啊，南北东西四方透气。咱们出门在外图个什么，不就是顺畅吗？"

张导游咯咯地笑。

成芸这边说着，阿南就在旁边锁门。成芸在他锁门锁到一半的时候凑过去，逗他一般，说："你说是不是？"

阿南没回答，闷头弄锁链。

昨晚的雨半夜就停了，今天又是艳阳天，空气清新，天空湛蓝。成芸也不在乎他回不回话，心情舒畅地伸了个懒腰。

结果在懒腰伸完的一瞬，她就听见旁边一道低低的声音。

"是什么是……"

成芸扭头，阿南已经锁好门，绕过车头往另一侧走。她看着阿南面无表情地坐到驾驶座上，发动车子，忍不住笑了起来。

车在山路上行进。这个时候成芸刚刚说的"本车的好处"就体现出来了，成芸将半条胳膊搭在车窗框上，靠在靠背上，清爽的山风吹在她的脸上。她舒服地眯起眼睛，早晨那儿困意也彻底消散了。

张导游扒着前座的椅子，问成芸说："成姐，你想去哪个侗寨？"

成芸不动声色地瞄了阿南一眼，可惜他所有的注意力都放在盘山路上，似乎没有听到她们的对话。

成芸转过头，说："哪里比较有名？"

"有名的话，肇兴侗寨和七星侗寨都不错。"张导游说，"肇兴侗寨比较大，是全国侗寨里数一数二的。"

车里静了一会儿，成芸眨过眼："哎。"

张导游顺着她的目光，看向旁边开车的男人。

这么明显的注视，是个人都会察觉，可阿南动也不动，两眼直视前方，一点儿要加入话题的意思都没有。

成芸从容地看着他，说："我说周先生。"

张导游扑哧笑出了声。

成芸又说："咱赏脸瞅一眼呗。"

她都点名了，阿南再也没理由回避，看她一眼，说："怎么了？"

成芸说："哪个侗寨有意思？"

"都没意思。"

经过这几天的相处，张导游跟成芸也熟了，没有一开始那么拘谨。听见阿南的话，她忍不住直敲椅子背："怎么什么在你那儿都没意思啊？你去过吗？就说没意思。"

阿南从后视镜里瞄了她一眼，说："去过。"

"你就是去送人的吧？"

"对。"

"你送人当然没意思，得玩了才知道有没有意思。"

张导游眼睛一瞪，溜圆，像只斗鸡一样。阿南又看她一眼，不作声了。

张导游打了胜仗，回头对成芸说："成姐，要不咱们就去肇兴侗寨吧？"

成芸看向阿南："你说呢？"

阿南转头，就看见张导游在旁边如临大敌地看着他，点头："行。"

成芸笑笑："就去那儿吧，远吗？"

这回阿南回答了："不远，在黎平，三四个小时就到了。"

一路上，张导游兴奋地跟成芸聊来聊去，介绍这个，介绍那个。等他们进了凯里市区，她的话慢慢就少了。上了高速以后，张导游已经完全适应了阿南开车的方式，迷迷糊糊地躺在后座上睡着了。

车安安静静地在高速上行驶着。

车开了一个多小时，成芸看向外面，千篇一律的景色让人有些乏味。

蓦地，她似有所感，转过头。

阿南在看她。

"你怎么不睡觉？"

成芸说："我为什么要睡觉？"

她的反问强而有力，阿南回答不出，转过头接着开车。

车窗外的风把阿南的发丝吹乱。成芸看着他的侧脸，看着他线条起落有致的下颌，还有黝黑的皮肤。

因为肤色深，他的唇色也比常人的要暗一些，眉骨凸出，眼眶深凹。

"阿南。"成芸低声叫他。

阿南嗯了一声，成芸说："有没有人说过，你长得挺帅啊？"

阿南点头："有。"

成芸说："是不是多害臊的话，你都能这么面无表情地说出口啊？"

"不是。"

"你家在哪儿？"

阿南很快地看了她一眼，又扭头看路。

"不想说？"

"不是……"阿南低声说，"你问这个干吗？"

"你不也是侗族的？"

"对。"

"你家在肇兴侗寨里面吗?"

阿南摇头:"不在。"

"住在城市里?"

阿南提到自己的事情,反射弧似乎更长了。

可比起他的反射弧,这条路更长,成芸耐心地等着。

"不住城市,我家也在侗寨里。"阿南说。

成芸问:"在哪个侗寨?"

"没名的。"阿南说,"我们那边很偏,没有肇兴那么大。"

"也在黎平?"

"不,在榕江。"

"榕江还有其他侗寨吗?"

"有个三宝侗寨。"

成芸转过身,看着前方道:"去榕江吧。"

车还在平稳地行驶。阿南不作声,不回话,手紧紧地握着方向盘。

经过刚刚那番谈话,成芸这样的决定似乎有些顺理成章。可在这顺理成章下面,是不是有更多其他的含义,阿南就不得而知了。

开了十几分钟车,阿南低声道:"真的去?"

"嗯。"

成芸看着窗外。

速度降下来,车子从一个高速路口下去了。

第三章
侗　寨

　　张导游在车上睡了一路，在阿南将车停到休息站的时候都没有醒过来。

　　成芸在阿南上厕所的时候下车抽了一根烟，可刚抽了两口，阿南就从厕所里出来了。

　　"这么快？"

　　"嗯。"

　　阿南见她在抽烟，也没有马上回到车里，站在外面吹风。

　　休息站里人很少，除了他们，就只有一辆长途客车。周围是群山，在这样的环境下说话，人和声音都显得渺小。成芸跺跺脚，嘀咕道："坐太久，脚都麻了。"

　　阿南低着头，不知道是在休息还是在发呆。

　　成芸看着他："我让你买的东西买了吗？"

　　阿南抬头，一时没有反应过来。成芸故意歪头盯着他，阿南恍然："哦，买了，在车里。"

　　"到地方我给你钱。"

　　阿南看起来并不是很关注这个问题，随口道："好。"

　　成芸抱着手臂，一根烟已经抽了一半。

　　阿南双手搭在夹克上，目光不知怎么就落在了成芸的身上。

已经正午了，山间的阳光比外面更浓、更烈。成芸被阳光晃得微微眯起眼睛。

他们离得很近，阿南看到她脸上的皮肤泛着金色的光，也看到她眼尾微不可察的细纹。成芸皮肤很白，有时候会让人觉得白得几乎有些惨淡。

阿南直视着她发愣，似乎忘记了她也在看着他。

"你多大了？"成芸淡淡地问道。

阿南回过神，反问："你多大？"

成芸抱着手臂，靠在车头上，一半开玩笑，一半教育人的样子："你不知道女人的年龄不能问吗？"

"哦。"

"你多大了？"

阿南回答："二十七。"

"都二十七啦？"成芸着实惊讶了一下，"看着没这么老呢。"

阿南看向一边。

成芸觉得自己渐渐能摸清楚他每一个动作代表的含义了，他这么看向一旁，就代表着——你真无聊。

成芸笑着问："结婚了吗？"

"……"

"有女朋友吗？"

阿南终于忍不住了："问这个干什么？"

"聊聊。"

阿南用那双黑白分明的眼睛直直地看着她，对峙似的，用他那平铺直叙的语调反问成芸："那你呢，你结婚了吗？你有男朋友吗？"

成芸一摊手："没。没结婚，没男朋友。"

阿南又是脖子一梗，没想到成芸这么快就回答了。

成芸淡淡地看着他。烟抽完了，她随手将烟头按在车头上："我说完了，该你了。"

阿南转头上车。

"……"成芸道，"耍赖了啊，你。"

成芸坐上车，阿南道："我又没答应你说了我就说。"

车已经开进榕江县了,张导游才慢慢悠悠地醒过来,一醒来就凑到前面,跟成芸说:"成姐,已经到了呀?"

成芸看她半睡半醒实在有趣,就没告诉她们已经换了目的地,点头说:"对啊,到了。"

阿南拐了一个弯,张导游还迷糊着,却不忘本职工作,跟背诵短文似的介绍起来。

"成姐,黎平是个好地方,是整个苗族侗族自治州里面积最大、人口最多的县,也是全国侗族人口最多的县,黎平的侗族人占总人数的七成以上,就连'黎平'这两个字,本身也是侗语音译过来的。"

成芸配合着说:"是吗?那要好好逛逛了。"

"对,而且黎平是茶叶之乡,产很多名茶的。"

成芸说:"我也听过,黎平的茶叶不错。"

"还有一点就是,黎平的环境特别好,森林覆盖率几乎达到80%,你看这外面……哎?"张导游一边往外面看,身子都快掉出去了,成芸伸手将她拉了回来。

张导游还是云里雾里,捅了捅阿南:"喂,这是哪儿啊?你从哪儿下道的?"

阿南装哑巴,目不斜视。成芸拍拍张导游:"别激动,先坐下。"

"不是,成姐,他好像走错地方了。"张导游退到后座上,紧皱眉头,吭哧吭哧地摇开玻璃窗往外看,越看越觉得不对劲。

"不对不对。"张导游变了脸色,"不是这里,你走错了,快拐回去。"她又捅了阿南一下。

阿南转头看向成芸,用眼神说话:你解释。

成芸好像被外面卖橘子的地摊吸引了。

阿南:"……"

张导游越来越急:"快拐回去啊,你不是说你认路吗?哎哟,你真是耽误事!"

阿南一直盯着成芸,可成芸就是不转过来。

阿南看着看着,最后努了努嘴,不动声色地点点头,手一弯,方向盘打了转向,车掉头往回开。

成芸摸下巴的手一顿。

张导游说:"对,往回走,我看看从哪儿过啊……是不是该在这儿拐?"

"高速在前面。"阿南低声道。

成芸终于转过头,挑着眉毛看着阿南,问:"干什么?"

阿南看路开车,张导游过来解释说:"成姐,他走错了,这里不是黎平。他这人也真是的,不知道路就别……"

成芸的目光一直落在阿南的身上,她好像没有听到张导游的话。她一吸气,咝了一声:"我说,都这么大岁数了,逆反心理怎么还这么强?"

阿南嘴唇紧紧抿着,张导游不明白,还在一边解释:"耽误时间了,真是对不起,不过赶到黎平也快的,也就再过两个小时吧,咱们……"

"小张,"成芸转头道,"别紧张。"

"啊?"

"我们临时改地方了。"

张导游还是云里雾里,成芸已经转头又去看阿南了:"这回行了吧?"

阿南还是抿着嘴,不说话。成芸踢了踢车皮,看向外面,不经意地道:"友情提示啊,见好就收。"

车转向,朝刚才的方向开过去。

张导游:"……"

一直到下车,张导游才慢慢厘清了事情的经过。

阿南直接开车来到三宝侗寨门口,成芸要去厕所,剩下阿南和张导游在门口等着。张导游总算逮着机会,耳提面命地跟他谈话:"我说你别这么不懂事行不行?成姐是我们公司的大客户,我们领导千叮咛万嘱咐要好好招待她。你刚刚是怎么回事?你自己拿到钱就撂挑子了是不是?别让我们难做啊。"

阿南皱了皱眉:"没有。"

"什么没有,你态度好一些行不行?这次成姐包你的车,已经是照顾你了,你自己应该清楚吧?你看你这车,一晃都掉渣,一天还要两百!要两百不说,你一得空就往外跑,这是什么服务态度?你知不知道你这账,到时候都要算在我们旅行社的头上?"

阿南看起来有点儿烦躁,一脚踢开一块碎石头。

"你听见没有?!"张导游急了。

阿南胡乱嗯了一声。张导游:"说话!"

"听见了。"

成芸从厕所回来的时候,刚好看见阿南踢开碎石。随着石头被踢走,地上的灰尘也被带起不少。

这个榕江县给成芸的第一印象就是灰尘太多。

榕江不是北京那种雾霾天,天气很好,空气也不错,就是工地多。刚刚阿南一路开过来,成芸饱受窗户无玻璃之苦,落得满身灰。

路边几乎全是五金店和建材店,小三轮车拉着水泥和沙子满街跑,简直就是全城施工的节奏。张导游跟她说,现在这种三四线的小城市大多是这样,不停地盖楼,不停地规划,盖出来的房子又没人买,但还是不停地盖。

三宝侗寨跟之前的苗寨不太一样,规模要小很多,比起景区,更像一个大型公园,门口收门票,十块钱一位。

张导游主动去买票,成芸在后面问阿南:"怎么了?"

阿南没有看她:"没事。"

张导游拿着票回来,三张,阿南跟着一起进去了。

刚进寨子,他们最先看到的是一座高高的鼓楼。张导游清了清嗓子,操起导游腔,开始介绍:"成姐你看,这座就是非常有名的'三宝鼓楼',始建于清朝道光年间,咸同年间被毁,但光绪十七年时重建了,主楼坐北朝南,是全木结构,没有用一颗钉子,塔高35.18米,总共21层,占地面积为225平方米,已经被评进'吉尼斯世界纪录'。"

张导游带成芸围着鼓楼转了几圈,阿南远远跟着,成芸不时转头看他,他一直低着头,闷头走。

张导游带着成芸在寨子里一边走一边聊。

"你看那边,那棵大榕树。三宝侗寨的古榕树有三十多棵,都有两三百岁,大多是清朝乾隆年间种的。"

顺着台阶往上走,成芸看见坐在两旁缝东西的侗族女人,问张导游:"侗族和苗族的人都很喜欢刺绣?"

"嗯，侗女和苗女的刺绣功夫都很好。"

寨子里很静，人不多，路边躺着晒太阳的野狗，成芸走着走着，说："怎么不见男人？"

张导游打趣道："咱们后面不是有一个？"

成芸笑了，转过身，阿南还是闷头跟着。

成芸逗他："周先生，低头捡钱呢？"

张导游咯咯笑，可阿南还是没反应。

成芸挑挑眉。

他这脾气，好像不太对劲。

成芸哼笑一声，转过身，不再看他。

阿南却在此时抬起了头。

阳光把成芸的影子拉得很长很长，越过几级台阶，到了他面前。

她双手插在风衣兜里，穿着尖细的靴子，显得小腿细而修长。

"侗族有三宝，鼓楼、大歌、风雨桥。"张导游说，"不过后两个在这里见不到。如果有时间，我们再去肇兴那边，你如果听了侗族的大歌，就知道这个民族有多美了。"

成芸低着头看脚下的台阶，听了张导游的话，淡淡地道："是吗？"

成芸走了一会儿，觉得有些累了，问张导游接下来的安排。张导游想了想，说："成姐，今晚你想住在哪里？"

"住在哪里？"成芸左右看看，"这里能住吗？"

"这里啊……"张导游有些犹豫。三宝侗寨的条件比之前的苗寨差很多，她怕成芸会挑剔。

"这样吧，我先去问问看。"张导游说，"成姐你先休息一下，我很快回来。"

"辛苦你了。"

张导游去联系住处，成芸在一户人家前驻足，这户人家跟侗寨里的其他住户一样，有一栋二层的木制小楼，走廊环绕，屋子四角挂着照明的灯泡。

一楼的大门没关，来往行人能清清楚楚地看见里面的装饰，成芸闲逛途中看到好几户人家的正堂里挂着画像。

这户人家门口的空地上只有一个侗族老太太，坐在小板凳上，手边是一架简易的老式纺织机。她头发稀疏，可是很长很长，用侗族女人最常用的方式盘起，后面插了一把木梳固定。

成芸见她旁边有一张空着的小板凳，过去问她："阿姨，我坐一会儿行吗？"

老太太抬头，肤色黝黑，一脸褶皱。她眯着眼睛看成芸，说了一句话。

她说的好像是方言，成芸听不懂，指着那张凳子说："这个，这张凳子，我能不能坐坐？"

老太太又说了一句，成芸已经集中注意力了，可还是没听懂。她想着是不是能用其他方法询问，干脆走到凳子旁边，刚要再问，身后一道声音传来。

"她说你可以坐。"

成芸回头，阿南站在她身后五步开外，双手插在衣兜里，俯视着她。

成芸看着他，坐到板凳上，自己先捶了捶小腿。阿南的目光也随之落到她的腿上，他看着那双快要过膝的高跟皮靴。

成芸说："你看什么？"

阿南看向她的眼睛，说："你穿这个走路不累吗？"

"累。"

"累还不换？"

"没的换啊。"

"买一双旅游鞋。"

"行，你明天拿给我。"

"……"

阿南移开目光，没两秒钟，又转过头来："你……"

"这老奶奶说的是贵州话吗？"

两人几乎同时开口，可明显成芸语速更快。阿南把自己的话咽下去，低声说："不是，是侗语。"

"哦哦。"成芸看起来很感兴趣，"你能听懂侗语？"

阿南微微皱眉，感觉成芸的话问得很奇怪："当然能，他们这边跟我们的口音不太像，但仔细听还是能听出来。"

"都是榕江的，口音也有差别？"

"嗯，寨子不同就会有差别。"阿南看着她，又说，"有时候寨子大的话，寨头和寨尾也有区别。"

"啊……"成芸眼睛瞟天，思索了一下朝阳区和丰台区有没有口音差别。

"你在想什么？"

成芸抬头看向他："我在想你家离这儿远吗？"

下午的阳光从阿南的身后照过来，他的脸藏在柔和的光线下，成芸看见他眼睛轻轻眨了一下。

"不远。"阿南低声说。

"你家里还有什么人？"

"我爸和我哥。"

"妈妈不在家？"

阿南说："我妈去世很多年了。"

"哦。"成芸招手，"你过来点儿，离那么远怎么聊天？"

她一边说，一边有些疲惫地打了个浅浅的哈欠。

阿南走近两步。他觉得这个女人有些怪，却说不清哪里怪。

就好比他刚刚告诉她，他妈妈去世很多年。常人听见，至少会象征性地说一句"哦，抱歉，我不知道"。事实上他都已经准备好说"没事，不要紧"了，可她完全没有，她只是像听见一件最普通的事情一样，象征性地哦了一声，点点头。

等他走近了，成芸又问："你哥是亲哥吗？"

她的目光很清淡，带着微微的好奇，不紧迫，可也不松弛。她就这样一句一句地问，一步一步地走向他，不突兀，一点点地，温水煮青蛙似的把所有她想知道的都问出来。

阿南心里有些焦躁，可摸不清焦躁的缘由。

"是吗？"她还在问。

算了，说吧，有什么他都说出去好了。阿南停顿了一会儿，开口回答："是，我亲哥。"

"哥哥也打工？"

"不，哥哥在家干活儿。"

"结婚了吗？"

"结了。"

"你还是你哥？"

"我哥。"

阿南脱口而出，成芸恍然一挑眉："哦。"

阿南看着她，把眼神转化成语言说出口："你真无聊。"

成芸对于包车司机对自己不敬的事情采取了宽宏大量的态度，全不在意，吊着眼梢看着他，道："你要觉得我无聊就干脆把我的下一个问题直接答了，我这人吃不得亏，总要讨回场子才行。"

阿南看向一边，半晌，转过头说："我……"

"哎，等等。"成芸打断他，抬起一根食指，点拨似的对他说，"我之前告诉你的都是真话。"

阿南紧皱眉头："我也不撒谎。"

"好。"成芸逗小孩似的鼓鼓掌，"说吧。"

阿南忽然说不出话了。

人总会碰到一种奇怪的情况，明明是很简单的一件事，轻易就能表明态度，却因为之前加了太多的铺垫而多了一份复杂感。

成芸说："说啊。"

阿南低声说了一句话，也没有看她。

成芸说："没听着。"

阿南又说了一遍，成芸皱眉："能不能痛快点儿？那么点儿动静，说给蚊子听呢？"

阿南心里那团焦躁的火被点着了，抬头看着成芸，声音明显变大了："没结婚，也没有女朋友，行了吧？"

四只眼睛看着阿南。

没错，四只——那个一直慢悠悠地整理毛线的侗族老太太也转过来跟成芸一起看。

成芸眨眨眼，小声跟阿南说："这不是什么骄傲的事，别这么大声。"

这女人真的是……阿南咬牙，转头就往外面走。

成芸在他身后说："找到小张后告诉她，今晚我们去你家的寨子里住。"

她一句话,他又得站住脚。

"什么?"

"告诉小张,不用联系住处了,我们去你家的寨子里住。"

山水寂静,阿南低着头,半晌,才缓缓地说:"我家那边条件不好。"

"出来玩嘛,要的就是感觉,不是非要条件好才行。"

"张导游会同意吗?"

"你放心。"成芸不急不缓地说,"小张秉承着顾客至上的服务原则,是个非常具有职业道德的导游,跟有些人不一样。"

阿南不理会她的冷嘲热讽,说:"你要住我家吗?"

成芸长腿一伸:"看你邀不邀请我们了。"

直到他们离开三宝侗寨,阿南也没有说明他是否邀请成芸。

阿南对回家的路格外熟悉,连续拐了几次弯之后,车子来到一条小路上。

此时周围已经没有楼房,只有田地里偶尔冒出来的小矮屋。这条路也不平坦,是一条羊肠小道,一路颠簸。路上没有行人,他们开了二十几分钟,只有两辆拉木材的三轮车与他们错身而过。

路上没有指示牌,没有岔路口,只有这么一条道,他们好像能开到天荒地老。

这一路上他们都很安静。

成芸只开口一次,问阿南:"往哪边走?"

阿南回答:"西。"

"一路向西?"

"嗯。"

"走多久?"

阿南不说话了。

成芸在车上点了根烟,转头看向窗外。

阿南很沉默。虽然往常他开车也不喜欢说话,但是这次,他格外沉默,有些像翻滚的热流鼓动地表,也像黑色的烟云压着天际。

开了将近四十分钟车后,他们总算来到一个有些人烟的地方。阿南把车停在一个路口,成芸朝外面看了一眼,外面全是低矮的水泥房子,来往行人也都是工人打扮,灰头土脸。这里不像是侗寨。

成芸刚要开口问,阿南已经下车,留下一句话:"在这里等着。"

成芸转头,张导游又在后座上睡着了。成芸深吸一口气,告诉自己要有耐心。

十分钟后,阿南回来了,拎着一个黑色的塑料袋。

车子启动,成芸淡淡地说:"什么?"

阿南一手扶着方向盘,一手挂挡,他们又回到刚刚的那条小路上。

他不回答她的话,成芸冷笑一声,也不再开口。

太阳快下山了,天越来越红,越来越暗。

直到最后一丝光消失于天际,阿南终于停车了。

"下车。"他说,"从这里开始要走路。"

他一边说,一边弯腰从底下够出来个什么。成芸看过去,是刚刚那个塑料袋。

阿南把黑色的塑料袋扔给成芸,成芸打开袋子,里面是一双旅游鞋,耐克的。

成芸舔了舔牙齿。真假不要紧,反正这是一双旅游鞋。

她换上鞋,那边阿南已经把门打开了。他打开前座的门,正打算去开后座门的时候,成芸一把拉住他的手。

不是胳膊,是手。他的手很大,很硬,有点儿干,比她的手热,热很多。

成芸刚刚系好鞋带,腰还弯着,自下而上地瞄着他,道:"谢谢。"她的声音好像从很远的地方传来,带着山林和露水的味道。

阿南鬼使神差地问了一句:"谢什么?"

成芸抿着嘴,一脸玩味地松开手,也不回答。

片刻的宁静。

在这片宁静中,阿南又一次觉得,这个女人很奇怪。

她的眼睛永远直视着你,好像要告诉你很多话,可当你真心想要聆听的时候,却发现她一直是沉默的。

成芸慢慢坐起身,轻声道:"阿南……"

阿南几不可闻地嗯了一声。

成芸笑着说："这双鞋的钱，我就不还了。"

阿南许久没回话，成芸开玩笑似的说："怎么，舍不得啊？男人嘛，别总这么小里小气，将来还怎么……"

成芸说着说着，语调一飘，嗷地叫了一声，后座上睡得昏天黑地的张导游噌的一下弹起来："怎么了怎么了？到了吗？"

没人回她话，阿南已经背过身准备走了，成芸捂着自己的手，刚刚被捏的疼痛感还有所残留。

成芸瞠目结舌地看着那道高大的背影，一下子从车上跳下去，走到他面前："周东南！你怎么敢……"

"哦……"阿南出声，成芸忽然感觉有什么不对劲。

他们对视的视角，似乎有些怪。

阿南往她跟前一站，垂着眼说："原来你不穿高跟鞋，看起来是这样的。"

成芸的眼珠子都要瞪出来了。

成芸绝对可以算一个高挑美女，净身高一米七一，穿上高跟靴后一米七七左右，在阿南面前虽然还是矮一点儿，但也能与他平视。现在鞋一脱，她明显矮了他半个头，阿南这边又像是找碴似的，微抬下巴，眼珠子往下瞥，怎么看都有一股"俯视"的意味。

"周东南，你别这么幼稚。"成芸把风衣一拢，退后半步，抱紧手臂看着他，"跟一个女人比身高，你还能不能有点儿出息？"

阿南顶着他那张标准的面瘫脸，说："我什么都没说，是你想歪了。"

他还不承认。成芸要发火了，深吸一口气，准备说道说道，阿南抢先开口："张导游。"

成芸转头，看见一脸迷糊的张导游从车上下来："成姐。"张导游跟成芸打了个招呼，又问阿南："到了？"

阿南点头："到了，拿好东西，跟我走。"

他转头之际，跟成芸目光交汇，成芸的意思很明显：算你走运。

天色已暗，成芸和张导游跟在阿南身后。

成芸一边走一边观察。

就目前的形势来看，这里明显是个未被开发的地方，说好听点儿叫天然、原生态，说直白点儿就是偏远山区、穷乡僻壤。

最典型的就是路，通往阿南家的路面完全是人脚施工，踏踏实实地一脚一脚踩出来的，没有水泥，也没铺石板，全是土路，坑坑洼洼，崎岖不平。

也多亏了她有双旅游鞋。

成芸想到这儿，目光不由自主地瞄上前面带路的人。

阿南的背影很宽，在夜色中，墨黑色的夹克边缘显得更为结实。其实阿南的身材很不错，窄腰长腿，尤其是穿这种短款夹克时，腰线一提，整个下身都露出来，优势一目了然。

可这人有一个特点，就是如果你不特别关注他的话，根本看不出他身材好——他走路永远低着头，弓着身子，跟扫雷似的。

成芸一边看一边想，想着想着就有些入神，没注意领路的停下脚步了，差点儿闷头撞上去。

阿南伸手，在两人相距半个小臂的时候，让她站住了。

"往这边来，要到了。"阿南拐了个弯，又说，"注意脚下。"

天完全黑了，山里一丝光都没有。张导游走在后面，愁眉苦脸地说："哎呀，怪我，早知道我就带着手电了，这乌漆墨黑的，成姐你要小心啊。"

成芸说："没事，都是临时决定的，你已经准备得够周全了。"

阿南说快到了，还真的是快到了。他们又过了一个小弯，爬上山坡，下面的寨子就映入眼帘。

没有突如其来的万家灯火，也没有柳暗花明的酣畅淋漓，几点微弱的灯光，拼凑出一处安静的侗寨，隐匿于山林之间。

这么阴冷的天气，成芸硬生生地爬出了汗。她站在山坡上，把额前的碎发掀起来。冷风吹过，她感觉自己的皮肤一阵紧缩。

"走吧。"歇了片刻，阿南再次迈开步伐。

离寨口近了，路面也比之前的宽了许多，虽然不及景区那么精雕细琢，至少也能看出有人工的痕迹。不像刚刚的进山路，寨子门口最起码铺了石板。

张导游也没来过这里，分外好奇。她在寨门口跺跺脚，说："你们这里是不是打算开发了？之前都没来过这儿。"

阿南脚步不停："不知道，我有段时间没回来了。"

"不过你们这儿不太利于开发。"张导游以专业的视角点评，"第一，太小了，这里有多少户人家？最多百十户。第二，太偏了。本来偏这个缺点可以缩小一点儿，西江苗寨也偏，但是人家大，有开发价值，政府为它直接开了条道过去。你们这儿这么小，还在山里面，政府不会愿意投资的。"

阿南对张导游提的这些好像一点儿都不在意，她说了一通，他只是点点头，道："是吗？"

成芸在他身后问："你告诉家里要回来了吗？"

阿南转过头看她一眼，又转回去："告诉了。"

"今天下午说的？"

"嗯。"

"准备好房间了吗？"

阿南停下，扭过头去，面无表情地说："你不先问问直接去我家会不会麻烦到我们？"

成芸惊讶地瞪大眼睛，恍然一声："啊……"

阿南闭上嘴，成芸双手插兜看着他，说："赚住宿费的机会周先生不要？"说完，也不等阿南回话，成芸从包里掏出烟，点着，冲张导游说："那咱们找户别的人家好了。"

张导游看出成芸在调侃周东南，连忙帮腔："行，成姐你说什么都行。"

成芸说着，还真的带着张导游绕过了阿南。她们刚进寨口，阿南在成芸身后喊："你多少钱一晚？"

我多少钱一晚？

成芸扭头，冲他喊道："我一晚可贵着呢！"她喊完自己没忍住，笑了起来。

阿南看看站在风口处笑弯了腰的女人。

他也感觉出刚刚的话不对劲，想解释又隐约觉得会被她笑得更惨，此时多说不如不说。

"来，来来，你过来。"成芸慢慢压住笑意，直起身子，招呼阿南，"我们来讨论一下一晚多少钱？"

阿南咬紧牙关，被成芸步步进逼。

"来啊，谈生意啊。"成芸一把搂住身边的张导游，淡淡地说，"你看我们站街多累。"

黑夜中，她并没有笑，可那眼神比笑暧昧无数倍。阿南看不清她的脸，却能感觉到她一直看着他。

张导游在一边看得津津有味，又有些感慨。

成芸跟她见过的其他大老板不太一样。或者说，成芸看起来像个老板，接触起来却不像。不过这种不像并不是说成芸和善亲切，没有商人身上那种狡诈、圆滑、端架子的陋习。恰恰相反，成芸脾气一点儿都不小，也世故，可她的世故没有遮掩，直白易懂。

阿南不动。成芸自己走过去，站到他面前，抬起头来，轻声说："脸这么黑，也看不出红了没有。"

阿南低头看她，她的皮肤在冰冷的山风中，光滑细腻。在她的注视下，他说："没红。"

成芸缓缓地挑起嘴角："是吗？"说着，她像是要判断一样，眯起眼睛，踮起脚，仔细地看着他。

阿南嘴唇快抿成一条线了，可脚步未动，脖颈僵硬，就站在原地任由她看。

他又觉得奇怪了。在外面走了几天，为什么她身上还带着一股香味？

半晌，成芸后退，拍了阿南的胳膊一下："还真没红。"

阿南："……"

成芸说："不闹了，说正经的，带路吧。"

从半山坡上看，这个寨子似乎不大，但他们真走进去之后，又觉得像没边际似的。房屋密集，家家户户都像是连在一起一样，巷子很多，相互交错，复杂无比。

如果没有熟悉路的人领着，他们真的很难找到目的地。

三个人在黑漆漆的巷子里绕了半天，阿南终于停下脚。

"到了。"

成芸朝旁边看。她本来已经完全做好面对一栋危楼的心理准备，等看到了才发现，完全不是一回事。

阿南家虽然不算大,但房子还挺新,在这个寨子里已经算不错的了。

成芸斜眼看他:"小康家庭啊。"

阿南难得回了句调侃:"凑合吧。"

不过这里的房子跟白天看到的三宝侗寨还是不太一样,旁边的张导游不忘本分,跟成芸介绍说:"成姐,山区的侗族住的大多是干栏楼房,楼下堆杂物、养牲畜,楼上住人。前面是廊,采光好,人们在家里休息或者侗女做手工活儿都在那儿。后面是内室,里面有厨房,还有取暖的火塘。火塘两侧基本就是卧室了。"

她一边介绍,一边举起手机来回照:"我看看啊……这个寨子应该有些年头了,很多房子连在一起,廊檐相接,可以互……啊!"

张导游突然喊了一嗓子,手机都扔出去了。成芸迅速转头,阴暗的角落里,只见一个黑乎乎的影子站在张导游后面。

张导游被吓到,捂着脑袋往成芸身后跑。

成芸嘴唇紧抿,直视着那道人影,语气冰冷、镇定:"什么人,出个声行不行,给人吓坏了谁负责?"

这种深山老寨,黑黢黢的一道人影,也不出声,就在阴影里看着你,换谁都打怵。成芸说完话,那人影往前走了半步,张导游躲在成芸后面,用哭腔道:"成姐……"

成芸单手护着张导游,厉声道:"让你张嘴听没听见?!"她又转头瞪了阿南一眼:"你干站着干什么?过去!"

阿南真的上前,低声说了句:"哥。"

成芸皱眉,张导游慢慢探出脑袋。

阿南又说了几句话,不过是侗语,成芸听不懂。只见那人影慢慢从黑暗中走出来,借助微弱的光,成芸粗粗地看见了他的容貌。

不知道是不是刚刚那一声"哥"的缘故,她还真从他的脸上看到一些阿南的影子。

两个人眉骨都挺高,眼眶深凹,皮肤黑得不行。可他跟阿南又有明显的不同,这人双眼无神,嘴巴微张,愣头愣脑,明显一副久居山村、脑子不太够用的样子。跟他比起来,阿南那点儿蠢蠢的市井气都显得伶俐起来了。而且,成芸不知道阿南这个哥哥跟他到底差几岁,光从外表看的话，说他哥四十岁她都信。

张导游从成芸后面走出来，有些不好意思："成姐，对不起啊。"

成芸拍拍她的肩膀："不要紧。"

阿南跟他哥哥说完话，转头对成芸和张导游说："来吧。"

吱嘎一声，一楼的屋门打开。阿南走在最前面，第一个进了屋。张导游还是有些怕阿南的哥哥，紧跟着阿南进去了。

剩下成芸和阿南的哥哥在外面，成芸进屋前问了一句："怎么称呼？"

阿南的哥哥愣愣的，好像听不懂成芸的话。一直到阿南从屋里再次出来，他都是直勾勾地盯着成芸。

"进来吧。"阿南对成芸说。

成芸不再看阿南的哥哥，转头进屋。

阿南家是三层结构，一进屋就能闻到一股木香味，厅里堆满了杂物。因为夜晚太黑，成芸也看不清楚屋里都有些什么，阿南领她往里走，上了二楼。绕过回廊，有两间屋子。

阿南说："你们两个挤一挤吧，住这间。旁边那间我和我哥住。"

"你父亲呢？"

"他不在，去城里了，过几天回来。"

阿南一边说一边给成芸推开屋门。成芸抬头，看见屋顶有根灯管。她在门口找到开关，扒拉两下，没动静。

"灯坏了。"阿南进屋，准确地走到角落的一个大箱子前，从里面翻出个东西来。

成芸以为是蜡烛，结果是个手电筒，还挺现代化。

"拿着吧。"阿南试了两下，手电筒还好用。

成芸打开手电筒，在屋里来回照了照。屋里只有一张空床，还有一张桌子。手电筒照出的一束光里飞着淡淡的灰尘。

"你就让我们住这儿？"成芸说。

阿南看她一眼，说："我都说了条件不好。"

"条件好不好的，你总得给我们一床被吧？这大冷天的，让我们抱团取暖啊？"

"哦，被有。"阿南出屋，夜色里成芸听见噔噔噔上楼的声音。过了一会儿,他抱着被回来。

张导游说:"有抹布吗?"

阿南又出去,拿了块抹布回来。张导游接过,把床板擦了一遍。

她一边擦一边说:"哎,没有多少灰啊。"

阿南在一边看着,说:"这屋经常收拾的。"

赶了一天路,三人都有些疲惫,成芸把被铺到床上:"行了,今晚先休息吧。有什么事明天再说。"

成芸只脱了外衣,穿着毛衫和裤子睡的。张导游躺在她身边,也穿着衣服。

被上有股潮湿味,成芸只把被盖到肩膀。

夜深人静,劳累了一天,可奇怪的是,成芸真躺下后,又不困了。

张导游小声问成芸:"成姐,你睡了没?"

"没。"

"你觉不觉得这地方有些瘆人?"

成芸在黑暗中笑笑:"哪儿瘆人了?"

"我也说不好……"

"嗯。"成芸逗她,"电影里的鬼片都是在这种地方拍的。"她说完,感觉张导游往被里缩了缩。

她咯咯地笑:"小张,胆子这么小可不行。"

张导游往成芸这边靠了靠,小声说:"成姐,你不怕鬼吗?我从小就特别害怕鬼故事。就是那种特别假的都怕。"

"是吗?"成芸缓缓地说,"那现在你怕吗?"

"有点儿……"

成芸点头:"你是该怕。"

"嗯?"

"因为我们门口站着个人。"

"啊?!"

张导游惨叫一声,成芸怕扰到寨里其他人,她刚喊了个开头,成芸就把她的嘴捂住了。

"小声点儿。"

张导游闷在被子里瑟瑟发抖,成芸拍拍她:"没事的,我去看看。"

成芸下地，来到门口，推开门，外面的人好像还被她吓了一跳。

成芸双手抱臂，淡淡地说："有事吗？"

门口站着阿南的哥哥，他穿着一件黑色的旧羽绒服，上面磨破了好几处。

他跟阿南一样，也是高高的个子，可没有阿南那么壮实，他身体佝偻，脸上皮肤皲裂，一眼就能让人看出这是常年干苦力活儿维持生计的人。而且他的眼神很奇怪，盯着人，又好像没盯着。

他嘁着嘴，好像想要说话。

就算干再苦的活儿的民工也不至于像他这样。这个人精神上应该是有些问题的。

成芸想到这儿，稍稍起了一点儿提防心。她在屋门口往左边的房间瞟了一眼，说："阿南呢？"

他听了话，着实反应了好一会儿，然后随手指了指下面："在烧水……"

他声音有点儿哑，口音很重。成芸看到他抬起来的手，指节粗大，有冻疮的痕迹。

"你找我们有事吗？哦，对了，还不知道你叫什么？"

成芸问完话，给他充分的时间思索，最后他小声说了一句话，成芸没听清，问："周东什么？"

"成。"

"哦，周东成。"成芸说，"你比阿南大多少啊？"

周东成缓缓抬起手，伸出一根手指头。

"……"成芸无语，"你就比他大一岁？还是十岁啊？"

周东成摇头，身后忽然有人说话。

"我哥比我大一小时，我们是双胞胎。"

伴随着声音，阿南从周东成身后走过来。两个人错身之际，阿南伸手，周东成把手里一个黑乎乎的东西递给他，然后就走了。

"双胞胎？"阿南出现的一刻，成芸放下心来，而后一字一顿地问，"你确定？"

阿南把手里的东西拿起来，那是一个塑胶的水袋。阿南的另外一只手拎着一个水壶，他把水壶放到一边。水壶噗噗冒着热气。

成芸走过去,帮他拿着热水袋,阿南拎起水壶要往里倒水。

"你倒准点儿,烫了我就没住宿费了。"

"……"

没有灯光,可阿南倒得还挺准,一点儿没洒。在热水下流的过程中,成芸又问他:"刚才你说真的?你和你哥真是双胞胎?"

"嗯。"阿南低声说,"真的。"

"那他怎么这样?"

阿南抬眼瞄了她一眼:"怎样?"

"看水!"

阿南低头,成芸淡淡地说:"你哥哥精神是不是有问题?"

阿南没有回答,好像不想多说的样子,成芸也没有再问。

水袋没有装满,阿南系好之后拿给成芸,说:"放到床尾,山里凉。"

阿南说完便要走,成芸靠在门框上说:"明早再帮我烧点儿水。"阿南转头,成芸的身影在黑夜中看不分明。

"我要洗澡……"

她的声音轻飘飘的,像夜间山林里悬浮的黑色羽毛,随着她转身关门,悄然落地。

成芸打开手电筒,看见张导游趴在床上,露出两只眼睛。

"干吗呢这是?"成芸一边说一边走过去,照阿南的话把热水袋放到床尾。

"成姐,他哥怎么这么爱吓唬人?"

成芸躺到床上,盖好被,说:"睡吧。"

折腾了这一会儿,之前的困意全部袭来,成芸和张导游很快入眠。

第二天清早,成芸是被冻醒的。

脚底下的热水袋早就凉了,被子里还有点热乎气儿,她露在外面的脸和脖子已经冷冰冰的。

床很硬,睡得也不舒服,成芸坐起来,觉得后背跟上了钉板一样。她晃动身子的时候,余光看到一旁的张导游。

"小张?"

张导游还在睡,睡梦中眉头稍稍有些紧,张着嘴巴,一下一下地呼吸,还不时抽一下鼻子。

成芸觉得有点儿不对,把手伸过去,摸了一下张导游的额头。

"……"

她感冒了。

成芸快速起床,穿好衣服。

张导游迷迷糊糊地也醒了:"成姐……"她开口,鼻音很重。

成芸到她身边,把被子拉上来一些,问:"你觉得怎么样?我看你好像是感冒了,稍稍有些热。"

张导游哑巴哑巴嘴,说:"我感冒了……"

成芸说:"你躺着,我去看看有没有感冒药。"

"成姐……"

成芸刚要走,张导游叫住她。她转头,看见张导游巴巴地看着她。

"扣……扣钱吗?"

成芸觉得有点儿荒唐:"你被周东南传染了是不是?老实待着。"

她推开门,一瞬间,山里冰冷的空气侵袭全身,从皮肤渗入,又舒展到四肢。她本来有些急的步伐也慢了下来。

楼下的角落里有白色的雾气,或许是阿南在烧水。

夜色散尽,整个侗寨显露出来。如果说昨夜的寨子像是蒙了一层黑纱,那如今便是风起纱动,让人见到了下面一幅淡淡的水墨画。笔法不怎么细腻,细节也不灵动,可贵在真,真则沉。

成芸放缓脚步,下了楼。

果然是阿南在烧水。

烧水的器具在屋外,阿南放了一张小凳子,上面有个热水壶。一楼的大门敞开,从门的角落里伸出来一根插线板,热水壶的电线插在上面。

阿南抱着手臂,靠在门板上,低头看着冒热气的水壶。

或许是因为回家了,他脱掉了夹克,换了一身干净的衣服。

这衣服应该是他们民族的便服,纯黑色的,对襟开,比一般衣服长一点儿,过腰半尺。裤子也是黑的,普通的直筒粗布裤。鞋还是之前的那双鞋。

他想入神了，完全没有注意到成芸下楼了。

于是他看壶，她看他，各取所需。

其实她也不知道自己在看什么。他没变帅，也没变白，背靠着门板，后背的衣服因为抱着的手臂而绷紧，露出一道微微隆起的弧线。他脸上还是没有表情，双唇紧抿，眼睛看着那壶快要烧开的水。

他的肤色还是那么黑，可似乎又有些不同。

那一路上她一直玩笑以待的面孔，换了这样的青山古寨相衬，竟然也会给人一种空旷的震慑感。

或许家乡的意义就在于此。

他在这儿，终归跟在别处不同。

成芸微微歪着头。她觉得阿南与这山水，与这小寨，甚至与这身黑漆漆的衣裳，都太称了。

不过说起来，她并不惊讶。

成芸觉得，阿南就像是竹筒饭，还是没有做熟的那种，干巴巴、硬邦邦的，让人提不起兴致。可是偶尔，你心血来潮把他拿近了，又能闻到竹筒缝隙之中隐约散发的香味。

现在，成芸就闻到了。

成芸走到阿南身边，阿南终于注意到她："醒了？"

"嗯，你这儿有感冒药吗？"

阿南直起身，看着她："你感冒了？"

成芸摇头："不是我，是张导游。可能睡得有点儿凉，再加上被你哥给吓了一下。"她说着，瞥了阿南一眼，"你哥一直这样？"

阿南的目光重新落到水壶上，他摇头，低声说："不是。"

"先找药吧，她还在楼上躺着。"成芸问他，"有药吧？"

"嗯，我去看看。"

阿南临走前，水烧开了，他指了指屋里，说："已经烧了几壶水了，应该够你洗澡了。里面有盆和手巾，还有给你买的……我去给张导游拿药。"

成芸努努嘴："给我买的什么？"

阿南瞥她一眼，转身上楼。

成芸嗤笑一声，自己拎着水壶进了屋子。

这座侗寨远离市区，似乎生活习惯也跟现代人有些脱节。阿南家没有浴室，只有一间围起来的空地，三四平方米，里面放着个木盆，木盆边上有个大桶，里面是热水。旁边的木板上钉了钉子，方便挂东西。成芸看过去，一共四根钉子，第一根钉子上挂着白手巾，第二根钉子上挂着一条内裤和一件文胸。

两件内衣看起来是一套，质量一般，也谈不上什么设计，只是红得扎眼。

成芸过去，抬手，用尖尖的手指头钩了文胸下来，拎着看。

忽然，她察觉到什么。侧过头，成芸看见半个脑袋从木板后面露出来。

周东成。

他好像好久没有洗头发了，头发有些油腻，脸上也灰扑扑的，此时正扒着门板往里看。

成芸看着他，他也目不转睛地盯着成芸。

最后成芸拎着那件文胸冲着周东成，说："你弟弟喜欢这个款的？"

周东成目光呆滞，听了成芸的问话，不知道听没听懂，不否认，也不点头。

成芸把文胸在他面前晃了晃，笑着说："那么干巴巴的人，想不到心里喜欢这样的。又不是本命年，穿这么艳干什么？"

周东成还是没说话。

成芸放下文胸，往他那儿走了几步，周东成害怕似的想走，成芸叫住他："别走，问你点儿事情。"

周东成紧紧地盯着成芸。

成芸走到离他两步远的地方站定，抬头看着他，说："你弟弟有过女人吗？"

这回周东成没犹豫，很快点头："有。"

成芸神色不变，说："现在？"

周东成想了一会儿，摇头。

"以前有。"他回想着，一边露出十分厌恶的表情，断断续续地说，"那女人……坏。"

周东成在说"坏"的时候狠狠咬牙，像是恨极了她。

"哦。"成芸微微点头，一点点地引导他，"那她怎么坏呢？"

周东成皱着鼻子："骗子。"

"骗什么了？"

"骗子！"

成芸觉得这么问问不出什么结果，换了个话题，说："你弟弟什么时候认识她的？"

周东成又愣住了，好像在回忆。

"好多年。"

"好多年是哪年？他二十七了还没结婚，在少数民族里不多见吧？"

周东成垂眼："有六七年了。"

"六七年？"成芸还真没想到这个数字，皱眉，"就谈了一次，之后再没有过？"

周东成又露出了厌恶的表情，恨恨地说："她害了阿南。"

成芸没接话。她看出来周东成还有话没讲完。

"她把阿南的钱都骗走了！"

"……"

成芸不知出于何意地啊了一声，觉得自己有点儿想笑。

"骗走了钱？这对他来说真是晴天霹雳啊。"她看着周东成，又问，"那你呢？我听阿南说你结婚了，老婆呢？"

她问完这句话，看到周东成的眼神越发呆滞了，表情又十分困惑，好像在思索一个这辈子都想不明白的问题。

他嘴里嘀嘀咕咕地说着什么，全是侗语，成芸一句也听不懂。

这么诡异地嘀咕了一阵，他忽然又大喊起来，一声又一声。

成芸后退一步，手放在门上，随时准备走。

门外传来急促的脚步声，成芸开门，看见阿南的身影一晃而过。他绕到后面，把周东成一把拉下来。

两人在木板屋后说话，成芸虽然听不懂他们的语言，但是能分辨出阿南的声音。

阿南声音不高不低，也不太着急，好像对目前的状况已经很熟悉了。

过了一会儿，声音渐渐小了。周东成从后面走出来，也没有看成芸，直接离开了屋子。

阿南站在后面，看他离开后，才对成芸说："没吓到你吧？"

成芸说："怎么回事？"

阿南抿了抿嘴，成芸又说："至少把该避讳的告诉我，我们本来聊得很好。"

阿南看着屋外，深吸一口气，转过头，说："他老婆。"

"他老婆怎么了？"

"跟人跑了。"

"……"成芸张张嘴，缓缓地道，"你们家这……"

她话说到一半，阿南看着她："嗯？"

"没什么。"她还是不要火上浇油了。成芸把外套脱了，说："我要洗澡了，你找到药了吗？"

"她已经吃药了，现在在睡觉，应该没什么事。"

成芸重新关上门："没事就好。哦，对了，"成芸关门前，从门缝里露出一双眼睛，冲阿南说，"款式还可以。"

"……"

成芸脱了衣服，可转眼发现屋里已经没有放东西的地方了。最后两根钉子上被她挂上风衣和裤子，毛衫和内衣无处可放。

成芸敲敲门。

"走没走？"

外面很安静，成芸不太想离开唯一散着热乎气的水桶，想着要不要直接扔出去。

就在她估算木板高度的时候，阿南低低的声音从外面传进来："嗯？"

成芸扭头："你还在外面？"

"在。"

"帮我拿下东西，没地方放了。"

成芸听到有脚步声停在门口。她把毛衫搭上去，阿南从那边拉下来，成芸又把保暖内衣搭上去，阿南再拉下来。

最后只剩一件文胸在成芸的手上。

这是一件手工文胸——青蓝色的底，黑色的刺绣花纹，低低的鸡心领。

"还有吗?"阿南在门板那边问。

成芸站在木板后面,浑身赤裸。阿南与她只有一门之隔,她想了想,把文胸搭了上去。可她并没有松手——她用一根食指钩住了文胸带。

阿南不明了,拉了一下,没有拉过去。他以为挂在哪儿了,抖了抖,又拉了一下,当然还是拉不过去。

成芸无声地笑了,像是回应他一样,手指轻轻钩了两下,没太拉动。

她能感觉到手指下的力量,不知道他那边是怎么拿住这件文胸的,或许他也是用一根手指钩住了带子。

成芸钩了两下之后,就松开了手。文胸带着弹力,被阿南拉了过去。

他静了几秒,门板后传来他闷闷的声音:"还有吗?"

"没了。"

"那我走了,衣服我放在凳子上,屋门我会关好,你洗完直接出来就可以。"

"好。"

设备简陋,成芸速战速决。

不管环境如何,在这样冰冷的天气里,能洗个热水澡,冲掉身上的汗和灰尘,总是舒服的。

水桶看着小,可真洗起来很够用,成芸洗完,擦干,在一片蒸腾的雾气中取下阿南买的内衣。

内衣质量确实一般,料子很硬,有点儿磨皮肤。

穿好之后,成芸推开门。

屋里一个人都没有,安安静静的。

她在外面把衣服穿好,擦干脚上的水,穿上旅游鞋,又转身回到木板屋里,把剩下的热水端了出来,倒在一个脸盆里。

阿南正在门口收拾东西,见她出来,问她:"洗完了?"

成芸说:"还没,等我洗个头发。"她看着阿南手里拿着的东西,一边弯腰一边问,"你干吗呢?"

"收拾一下,我很久没回来了。"

"你哥呢?"

"出去了。"

"他这样你让他出去能行吗?"

阿南看过来,成芸的黑发已经落入水里,她正闭着眼睛同他讲话。

阿南说:"没事,寨里的人都知道不能跟他提什么。"

"你哥很爱你嫂子?"

阿南过了一会儿才回答:"很爱。"

成芸轻笑了一声,继续洗头。

她换了两次水,这里倒水格外方便,往门口一泼,水顺着山坡就流下去了。成芸洗完头发,把手巾裹在头上,直起腰来。

她侧过头,看见阿南整理好东西,好像要出去的样子。

"你去哪儿?"她问。

"去里面看看家里的树。"

"什么树?"

"杨梅。"

"你们家还有杨梅树?好吃吗?"

阿南看她一眼:"现在肯定没有了。我只是去看看。"

"我跟你去。"成芸淡淡地说,"你等我一下。"

成芸回到房间,看了一眼张导游的情况。她已经退烧了,正呼呼大睡。成芸写了张字条放在她的枕边,然后穿上风衣下楼。

"走吧。"

阿南瞄了成芸一眼,说:"再等等吧。"

"等什么?"

"你头发还没干。"

今日天气很好,太阳高照,成芸刚刚洗完澡,一点儿也不觉得冷。

"边走边干吧。"

成芸跟着阿南,从寨子北侧出去。从山坡上向下看,有几块小型梯田,不过好像已经过了时节,现在没有作物。

阿南领着她往山里走,成芸低头,看见脚下一条细细的路,也是被人踩出来的。

阿南走得不快不慢，一路安静。

山路不好走，成芸在他后面说："怎么不修条路？"

"只有几户人家往这边走，不需要修。"

"你们家的杨梅树多吗？"

"不多。"

他们走过一块地，两边都是树杈，阿南拨开，示意成芸先过。成芸走到他身边，轻轻戳了他一下："还挺绅士。"

他们没走多远就到了。

成芸盯着那片所谓的"杨梅树林"，不禁皱眉。

一大块空地上，只有十几棵树。而且树长势不好，叶子凋零，耷拉着枝杈，像几万年没人管过一样。风一吹，这些瘦巴巴的枝条就轻轻地摆动，怎么看都有股萧瑟的意味。

"你们家这确定是杨梅树吧？"成芸对身边的人说。

阿南往下走，边走边点头："嗯。"

"当仙人掌养的？"

阿南已经习惯了她的调侃，只低声说了句："不是。"

"那怎么搞的？"成芸说，"这么大的地，就种这么几棵树？"

阿南说："没人管。"他说着，一边往下面走，一边告诉成芸"小心"。

剩下的几棵树长得也不好，枝杈干枯，还有歪倒的。他们走近后，阿南晃了晃其中一棵树，摇下几片叶子。

成芸忍不住说："这也太寒酸了吧。"

阿南低声说："本来是有很多的。这边不少人种杨梅，家里之前也种过几年。"

"能赚到钱吗？"

"还可以。"

成芸站在树旁，一边眺望远处的山景，一边同他闲聊："既然能赚到钱，怎么现在不种了？"

"我不在家，我爸也常走，家里的树林一直是我哥看着……"他说了半句，停住了。

成芸已经猜到了："你嫂子跑了之后他就不干了？"

这也算家中巨变了，可阿南回忆起来，神色一直淡淡的。成芸不知道，是时间把过去磨平了，还是他本身就是一个冷淡的人。

不知为何，成芸希望他是前一种。

阿南沉默了一会儿，又说："我哥很爱她。"说完，他又补充了一句，"很爱很爱……"

成芸没说话，阿南拍了拍手边有些干枯的杨梅树，说："她不是我们这个寨子的人，是我哥在外面认识的，嫁过来之后待了不到一年就跑了，什么话都没留。"

阿南随手折了一小截树枝，又说："她走了之后，我哥在山里找了她好多天，一直没回来。后来家里觉得不对，整个寨子里的人帮忙找，发现他的时候他就在这片杨梅树林里晕过去了。寨里的人把他送到医院，他醒了之后脑子就不太好用了。但平时还好，他就是想到他老婆的时候会犯毛病。没人提的话，他也不会想。"阿南看向成芸，"寨里的人照顾他，不在他面前提那个女人。"

成芸说："那女的找不着了？"

"一直没信儿。"

"没报警？"

"报了，警察说找不到。"

成芸呵了一声，从兜里掏出一根烟来，点着。

"也对，想走的女人，的确找不到。"她吐了口烟，目光不经意地落在不远处。

那里是一条沟，两边都是上坡路，沟壑里有一条小河，不宽，大概只有两米。

吸引成芸的并不是这条小河，而是跨越河面的那座建筑。一张板子跨过浅浅的河水，下面有几根柱子，将上面的结构顶起来，似乎是一座桥。

可跟一般的桥不同，这桥上面是封顶的，收尖，好像几座小宝塔一样。

"那是什么？"成芸抬抬下巴。

阿南顺着她示意的方向看过去，回答说："风雨桥。"

成芸将这个名字轻轻念了一遍："风雨桥……"她转头，对阿南说，

"你这杨梅树视察完了没?"

"怎么了?"

"去那儿看看。"

阿南说:"就是一座旧桥,没什么可看的。"

成芸已经迈开步伐,边走边说:"照你们这个寨子的标准来看的话,这个旧桥已经算是 A 类景点了。"

"……"

成芸走着,不快不慢。阿南看了她的背影一会儿,到底还是跟上去了。

风雨桥看起来不远,可他们走起来着实费了点儿功夫。成芸把抽完的烟头掐灭,扶着山坡上的树往下走。

阿南在她身后说:"你小心。"

成芸嗯了一声,撸起袖子,一手扒着一棵树,顺着土坡往下滑,到下面要失去平衡的时候,她朝前跨了一步,拉着另一棵树,将将扶稳。

等她找寻下一个落脚点的时候,她的视线里出现了一只手。

成芸抬眼,自下而上地瞄着刚刚超过她的男人。

"我扶你吧。"阿南说。

成芸抿嘴,直起身,将手伸出去。阿南拉住她的手。

他对这种山路很熟悉,下盘又稳,有他扶着,成芸很轻松地下了山坡。等到了下面,阿南放开她时,成芸并没有马上松手。

一换成她握着他的手,立马重了许多。

成芸没久握,虚虚搭了个边,就松开了。

阿南抬手,看见成芸似笑非笑地看着他,很快移开目光。

成芸从他身边走过,来到那座风雨桥旁。

不怪阿南说,这只是座旧桥。

这的确是座旧桥,桥身是木制的,已经有好些年头,而且从木头缝隙里长出的杂草来看,这桥应该已经很久没有人走了。

可这并不是阿南嘴里一处"没什么可看"的地方。

成芸走上桥,看着下面的小河。

其实这样一条小河,人们想过的话搭块木板就行了,何必造桥?这桥虽小,可也并不是随随便便建起来的。成芸抬头,看见桥顶复杂的结构。

阿南在她身旁说:"听说是寨里的老人建的,百十来年了。"

成芸回头,淡淡地说:"你突然当起导游,我不适应了。"

阿南闭上嘴。

成芸坐到桥边的栅栏上:"开玩笑的,聊聊天吧。这桥做什么用的?"

"遮风挡雨。"

"管用吗?"

"管用。"

云彩遮住太阳,天阴了一点儿。

成芸靠在木柱上,即便没有穿高跟鞋,她的腿看起来依旧修长。她轻轻地抬起下巴,后脑靠在柱子上,看着阿南。

"你妈妈去世多久了?"

阿南说:"十几年了。"

"你爸爸没再娶吧?"

阿南看她一眼,低低地嗯了一声。

成芸轻笑:"我是该说你们家的男人都是情种呢,还是该说你们家的男人姻缘都不好呢?"

阿南也靠到木柱上,随口说:"不知道。"

成芸拨了拨头发,点了一根烟。

"那你呢?"成芸静静地看着阿南,"你现在还在等你的女朋友吗?"

阿南转头。

风很大。

成芸应该会觉得冷,因为她的头发还没有完全干,风吹起来时,好像飘得有点儿笨重,最后沾着一点儿湿润,轻轻地贴在带着点儿笑的唇边,发尾微弯,黑得瘆人。

她沉默,在等他的回答。

半晌,阿南低声说:"我没等她……"

"那为什么没有找女人?"

阿南转回头,看着桥面,淡淡地说:"没有为什么。"

"你之前的女朋友是什么样的?"

"很漂亮。"

"有多漂亮？"

"……"

阿南不知在想些什么，成芸慢慢直起腰，靠近他，轻轻地说："跟我比呢？"

一缕山风，从桥的这边，吹到另一边，贯穿风雨桥。

阿南紧紧盯着地面，好像木板的缝隙里开出了花一样。

"她很漂亮。"他又说。

成芸就留在了他身边，语气不以为然："七年了，你根本就忘了她长什么样子，别一厢情愿。"

阿南无言。

"跟我说说你的女朋友，听说她骗了你钱，骗了多少？"

"没多少。"

"你还想不想她？"

阿南嘴唇紧闭，目光好像透过桥面，看向了虚无处。过了一阵，他才缓缓开口："她是个摄影师，当时来贵州拍摄一套少数民族的摄影作品，我们是那个时候认识的。后来她走了。"

很简单的故事。

成芸不经意地看了他一眼："艺术家。"她抬手，轻轻拨了拨阿南耳边的头发。阿南的耳朵敏感地一动，他转过头。

他的轮廓好像比往常更深。

成芸的手没有放下，他们之间飘着成芸身上的香味。

那味道不知由什么催发，越来越浓。

"这七年里，你有过别的女人吗？"她的声音越来越低，可也越来越清晰，好像抛开了所有不必要的损耗，每一个字都直接落到他的耳朵里。

阿南死死地低着头，不说话。

成芸漫不经心地说："你不找女人，是不是因为还忘不了她？"

"那女人有毒。"过了好久，阿南莫名其妙地说了一句。

成芸没听清楚，看向他，阿南又说了一遍："那女人有毒。"

女人有毒，这话听着似乎有点儿滑稽。可此时此景，他说出这样的评语，寓意绝不是滑稽。其中有几分埋怨、几分无奈，甚至暗藏了几分夸奖，大家都听得清楚。

可成芸不在意。

你的过往如何，我不在意，也没兴趣。

她的全部注意力，都放在其他地方。

成芸的手指从阿南干硬的发梢滑下，再一次碰到了他的耳朵。他的耳垂那么软，她一碰就轻轻地动。

她的手瞬间被握住。

他的手很大，比她的热。

成芸看着他的手，又看了看他的眼睛，淡淡地说："弄疼我了。"

她的语气同之前一样，表情也没有变，让人分辨不出话中真假。

阿南真的用了力，他的手都在抖。

他紧紧地盯着她。

她也同他对视，目光已经露骨。

热流不会永远在地表之下涌动，乌云也不会永远压着天际，总有火山喷发、天降大雨的一日。

成芸蓦然一笑，微微靠近。她眯着眼睛，眉头都轻轻皱了一下。

她低低的声音在他的耳畔响起，带着湿气，又有点儿委屈："好硬啊……"

好硬啊。

你的手，你的身子，你的人。

好硬啊……

只一个刹那，阿南就把她推到了柱子上。他紧贴着她，气息落在了她的脸上，一下，又一下。他喘着粗气，脸色黑沉，好像一只憋坏了的野兽。

他们的下身紧紧相贴。

成芸在阿南的禁锢之下，仰起头。

阿南俯下身，贴在她的脸边。

他的呼吸还是那么急促，像一台小小的鼓风机，吹着热气，她感觉到脖颈上的汗毛随着他的呼气颤动。

她闻到他身上的味道，意外地好闻。她吸气，鼻尖之处的凉风，让她想起了家乡的雪地。

你见过雪地吗？

刚刚下过的雪，平平的、软软的，在阳光下泛着光，一马平川，什么都没有。

第一个踩上去的人该有多爽快。

你细心规划，在脑中构想图案，然后付诸实践，一脚一脚踩出自己想要的画面，这该有多痛快。

成芸侧着脸，轻轻地蹭，他耳畔的发梢有点儿硬，刮在她的面颊上。

他越硬，她就越软。

成芸的身体渐渐发热，她抬起手，揽住他的腰。

可在他们的身体即将靠得更近之时，他忽然把她推开了。

其实她并没有被推开，因为她身后就是柱子，是他后退了几步，他们才拉开了距离。

她看着他。

他喘着粗气，脸色深沉，嘴唇紧紧抿着，一张黑脸看起来有些凝重。他直直地看着成芸，似乎在思索着什么。

成芸靠在桥柱上，低声说："说吧，想说什么？"

阿南没有很快回答，因为他自己也没有想清楚。两个人就这样站了好久，阿南终于缓缓地摇了摇头，说了一句侗语。

"我听不懂。"

阿南收紧下颌，咬牙，对成芸说——

"你比她更毒……"

山水冷清，天地寂静。

你比她更毒。

足足两分钟的时间，成芸都不知道自己在想什么。最后，她点点头，将风衣系紧，淡淡地说："走吧。"

第四章
风雨桥

张导游一觉睡得饱饱的，快下午了才起床。她抽抽鼻子，虽然还有点儿感冒症状，但精神已经比早上好了许多。

她睁开眼睛的时候有点儿迷糊，模模糊糊地看见一个人在一边收拾东西。

她爬起来："成姐？"

成芸转过身："醒了？好点儿没？"

张导游点头，打了个哈欠后，精神焕发起来。

"成姐，你吃饭了没？等下我带你去寨里逛逛，给你介绍一下侗寨的基本情况。"

成芸笑笑："吃过了，等下你吃吧，吃完饭回贵阳。"

"嗯嗯……嗯？！"张导游瞪圆眼睛，"回贵阳？"

"嗯。"成芸将包扣好，放到一边。

张导游还是一脸震惊："现在？今……今天回？我们不是昨晚才到？"

成芸走到床边，拍拍张导游的肩膀："不好意思，麻烦你了。"

"不不不。"张导游连忙摇头，"不麻烦，只是……"她忽然想到一个情况，拉住成芸的手，"成姐，你是不是想换导游啊？我虽然感冒了，但是一点儿也不严重，完全没有问题啊。成姐……"

"……"成芸觉得她是真的病得脑袋糊涂了,"不换,我跟你一起回去。"

"哦……"

手机振动,成芸掏出手机看了一眼,跟张导游说:"你收拾好先下楼吃饭吧。"

"好。"

手机还在振动,成芸推开房门,顺着走廊往里面走,最后停在尽头处。

"喂?"

"你那边信号不太好啊。"李云崇说。

"嗯,我在山里。"

"哟,怎么又跑山里去了?"

成芸低着头,靠在旁边的墙上。从这里往外看,远处是山,近处是房屋,稍稍往下一瞥,就是一条细长的石路,一铺到尽头。

"走到哪儿了?"

成芸掏烟:"我想想啊……"

"走到哪儿了还要想,脑子糊涂了?"

成芸把手机夹在耳朵和肩膀之间,嘴里叼着烟,一手打火,一手挡风。

啪的一声,火焰蹿起,她低眉垂眼,将烟点着。

"是啊,我糊涂了。"成芸换了左手拿手机,看着远处,低声说,"真的糊涂了……"

李云崇说:"怎么一个电话都不给我打,是不是玩得乐不思蜀了?"

"李总日理万机,我怎么好打电话打扰?"

李云崇在电话另一边笑,道:"这山水悠悠、诗情画意的,怎么没给你好好熏陶熏陶?"

"熏陶什么?"

"温柔点儿。"

成芸也笑了:"行,那我温柔点儿。"

李云崇叹了一声,似乎是活动了一下肩膀。他走动了一会儿,拉开一道门。成芸听到电话里清脆的一声响动,好像哨子一样。

"逗鸟呢？"她问。

李云崇平日不喜欢出门，按现在的话讲，应该算是个"宅男"。不过他也不玩电脑。除了养生，他唯一称得上是喜好的，就是养鸟。

李云崇是个养鸟的高手，京城里出了名的。他年轻的时候专门买了一栋别墅，将里面掏空了，做成一个大型温室，养了不少名品。

不过后来他就不这样养了。

成芸刚认识他的时候，他手里只有十几只鸟了。后来一年一年过去，他养的鸟越来越少，如今只剩了三只芙蓉鸟。

可这三只芙蓉鸟几乎被养成了精，雪白通透，毛如绸锦。笼子一开，它们一声口哨飞上天，口哨一停落上肩，真正是灵得不行。

"嗯？不回答？还真是玩得……"

"没。"成芸打断他，"没有。"

"那怎么不打电话？"

成芸换了个更舒服的姿势拿手机，说："你怎么这么闲？"

"我怎么闲了？你刚才还说我日理万机。"

"那是我想错了呗。"

李云崇笑了两声，低声说："玩够了就回来吧。"

"你就想说这个吧？"

李云崇说："还是你了解我。"

成芸吸了一口气，这根烟抽得很快。

"明后天吧。"

"好，订了航班给我打电话。"

放下手机，成芸转头，旁边的屋门刚好被推开。

她看着阿南从屋里出来，手里拿着一些旧木条，应该是收拾屋子整理出来的。

成芸从他身边走过，脚步未停，留下一句："收拾一下，准备走了。"

她径直走下楼梯，阿南攥着木条，看着她消失的方向，薄唇紧抿。

等到她的身影看不见了，他缓缓低下头。手中的木条因为常年不用，上面积了很多霉痕，纠缠在一起，让人看不透，也理不清。

成芸来到一楼，正好看见张导游在一边啃馒头。

"成姐！"

成芸说："喝点儿水，别噎着。"

"没事没事。"张导游吃得嘴鼓鼓的，说，"我吃好了，咱们什么时候走啊？"

"这就走。"

成芸话音刚落，阿南就从二楼下来了。

张导游看见他，笑着说："谢谢你给我的药啊，真管用。对了，咱们要走了，你准备好没？"

阿南看着成芸，成芸的目光却落在手机上。

张导游有点儿奇怪，在他们两人之间来回看了看，又问了一遍："准备好了没啊？"

阿南这才移开目光，嗯了一声。

成芸收起手机。

"那我上去拿东西，咱们这就走吧。"

张导游跑上楼，不一会儿就下来了。她看着阿南，说："你要不要跟你哥哥打个招呼？"

阿南摇头，转身往外面走。

不知道是因为天色未晚，还是因为走过一遍，回去时好像比来时快了很多，他们一路上都很安静。

阿南的车停在出山口最近的一片空地上。除了他的车，这里还停着另外几辆车，跟阿南这辆很像，都是些伤痕累累即将报废的车。

阿南走上前去解车锁。

锁链拉动的声音在这片空地上显得格外刺耳。

成芸对张导游说："帮我给刘杰打个电话吧，我手机没电了。"

"行。"张导游把手机拿出来，"要告诉他什么？"

"帮我订机票，飞北京的，最好今晚，不要迟于明天中午。"

锁链声停下。

可门又没有被拉开。

张导游又是一怔，问："机票？成姐，你要回去了？"

"嗯。"成芸冲张导游笑了笑，说，"这几天麻烦你了，你服务得很好，回头我会跟旅行社说的。"

"哦……谢谢成姐。"张导游声音渐小。她还是有点儿迷糊，心想：自己这一觉到底睡了多久？

成芸走到车旁，阿南就站在车门口。

她上车，阿南就在门口站着。

"算下钱吧。"成芸说。

阿南顿住，看着她。

成芸说："车钱算好，加上买东西的钱。"成芸一边说，一边弯腰，把旅游鞋脱了，换上皮靴。

等她换完起身的时候，阿南还站在那儿，没有说话，静静地看着她。

"怎么，算不明白？"成芸侧过脸，说，"四天，加上一双鞋、一套内衣、一盒烟。"她看着他，"多少钱？"

阿南转头。

他没动地方，可就是不看成芸。

他不想走，也不想理她。

张导游微微察觉到这剑拔弩张的气氛，小心翼翼地对成芸说："成姐，要不我们先走，回贵阳到旅行社一起算？"

成芸盯着他的侧脸，说了声"好"。

车子闷声上路。

整条道上都没有什么人。成芸将手肘支在窗户框上，一言不发地看着窗外。

张导游有几次从后面探身过来，似乎想活跃一下气氛。可她看见成芸的脸色，就一句话都不敢说，坐回原位了。

其实成芸并没有什么表情。风吹着，她半眯着眼睛，脸就像是一尊雕塑一样，冰冷坚硬。

她看着外面一晃而过的杂草和树枝，心里一片空白，什么都没有想。

车开了一阵子，离开小道，进入盘山公路。

太阳已经渐渐西沉，可天边并没有火红的颜色。

山路上视野很好，成芸就像是看一场慢放的电影一样，看着天色一点儿一点儿暗淡下去。

成芸的脑中开始胡乱思索，记忆跳跃。

她先想到了刚刚到达贵阳的那天。

她还记得贵阳的毛毛雨、街边的小吃摊，还有砂锅里吃一口就险些要了人命的鱼腥草。

然后她的思维很快跳跃到明天，她在想，明天这个时候，她应该已经回到家，回到朝阳公园南路的国际公寓里，站在十五层的落地窗前抽烟。

抽完一根烟，她再洗个澡，毛毛雨、小吃摊、鱼腥草……还有其他的所有所有，就都忘了。

因为时间紧，所以旅行的时间往往会显得很长，其实到现在，也不过是第四天——连一周都不到。

想到这儿，成芸晃了晃脖子。

她这一晃，思绪就断了。

她抬手，看了看表，转头，看着旁边的司机。

"你开得是不是有点儿慢？"成芸淡淡地说。

"不慢。"

成芸说："来的时候你不是这个速度吧？"

阿南缓缓靠上座椅，换了一挡，可完全没见提速。

"快一点。"成芸一边说着，一边看向外面。

"开得不慢。"

成芸转头盯着他，几乎一字一顿："我说快一点儿。"

"要快你自己来开。"

张导游吓坏了。

她要是再看不出成芸和周东南之间出现了矛盾，那就是傻子了。可她又帮不上忙，不敢劝成芸，阿南又不会听她的话。

车里的气氛有点儿紧张。

外面的风在窗口呼呼地吹，成芸盯着阿南的侧脸，阿南盯着前面的路。

半晌，成芸冷笑一声，开口："好，你愿意慢就慢，有本事就把这车开到下辈……"

电光石火间，成芸的眼角扫到什么。

109

前面十米远处是一个转弯,这是一个大弯,差不多九十度的角。

他们的车靠外道,正准备转弯。

那是一瞬间的直觉。

阿南也注意到了。

成芸只说了一半的话,胳膊就动起来了。两人几乎是同时握紧了方向盘,死死地控制方向。

"小心!"黑暗中,不知是谁大喊了一声。

与此同时,对面一辆面包车压着线从黑暗中开出,速度飞快!

路面上有一层薄薄的沙石,是来往的施工车辆留下的。

咣的一声!两车撞了个边,面包车撞到山壁上,阿南的车则滑向外车道。

"啊!"张导游在后座上尖叫。

阿南这车简直就是纸糊的一样,太轻了,这么一滑,瞬间就失去了平衡。

刚刚的撞击让成芸头晕目眩,车翻的时候,成芸只感觉天旋地转。成芸紧闭上眼,瞬间抱住后脑,尽可能地蜷缩起来。

又是一声巨响,车彻底侧翻过来,滑到路边,撞上了防护栏。

这一切只发生在短短的几秒钟内。

几秒钟之后,声音渐息。

成芸缓缓睁开眼。

她耳朵里有嗡嗡的声音,后脑疼,可意识还算清醒。

她觉得呼吸有些困难,动了动,才发现自己被压着。

她垂眼,看见身上的那个人。

他闭着眼睛,满脸是血。

他紧紧抱着她。

"阿南……"成芸呼吸沉重,在狭窄的空间里费力地抬起手,轻轻晃了晃阿南的肩膀,"阿南……起来。"

周围一片寂静,成芸还不知道后座上的张导游怎么样了。成芸的四肢还有剧烈碰撞后的震颤,手抬起,她握了握拳。

成芸深吸一口气,尽量积攒力气,半分钟后,她的意识更清醒了。

她双手放在阿南的肩头,轻推:"阿南,阿南?"

他毫无反应。

成芸小心翼翼地挪动自己的身体,从阿南的怀里出来,再蹭下车椅,弯着身子落到车椅下方的空隙处。

她撑着地面,忽然感觉手心一凉。

她抬起手,看见手上扎着的玻璃片。

车前方的风挡玻璃已经碎了大半。

血珠顺着掌心一点儿一点儿滑下。

成芸神色阴沉,心口因为刚刚的事故还在剧烈跳动。她顾不得这点儿小伤,扒着车窗框,从前面爬了出去。

冷风呼啸,成芸的心渐渐镇定下来。

撞击不是很严重,她只受了点儿轻伤。

成芸瞥了一眼另外一辆车,那辆面包车的车头撞在山壁上,司机的一只手耷拉在窗边,一动不动,人不知死活。

成芸转过头,绕到车的另一边。

她紧贴着窗户玻璃,往里面看。张导游在车后,侧身倒在地上,也晕了过去。

"小张,小张——"

张导游没反应。

成芸来回看了看,车门顶在地上,车窗又太小,拉不出人来。

成芸掏出手机,却怎么按都没有动静。她这才想起她的手机已经没电了。

成芸擦了擦脸,环顾四周。

夜里,山路寂静无比,根本没有往来车辆。

成芸憋了一肚子气,恨不得从山上直接跳下去。

可她到底不能跳。

成芸冲着空无一人的山路号叫一声,然后深呼吸,告诉自己要冷静。

她重新回到车旁,爬进驾驶室内,把后车厢门打开。

出来后,她却发现后车厢卡住了。成芸双手拉着后车厢门,脚踩在车底梁上,使劲往后拉。

成芸拉扯到手上的伤口,血流了满手。她咬着牙,低声恨恨地道:

"给我打开——快打开——"

拉了半天,成芸终于把后车厢门拉开了。

她把车椅推下去,探身进车。

她轻轻叫了张导游几声,对方都没有反应。成芸将她的脸转过来,看到她额头上有血迹。成芸紧皱眉头,小心地托着张导游的身体,一点儿一点儿地将她抱了出来。

成芸将张导游平放在路边,又折回去找阿南。

阿南还保持着刚刚的姿势。

成芸心里凉了一片。

她尝试着把双闪灯打开,可是按键已经不管用了。

风挡玻璃没有完全碎掉,成芸的力气也不足以将阿南托起来。她想来想去,走到路边捡了一块石头,把剩下的尖玻璃砸碎。

等把阿南也拖出车,成芸已经筋疲力尽。

她从张导游的身上翻出手机。

这个地方信号差,成芸拨了好几次才拨通报警电话。结果接电话的小姑娘似乎刚刚上岗,说来说去也弄不清楚事发地点,一个劲地问成芸严不严重。

成芸忍着怒意道:"你是第一天做这个吗?你们上岗前有没有受过培训?!"

小姑娘语气不紧不慢地说:"我们找到你会费些时间,如果伤势严重的话,可以先拨打120,不要……"

成芸盛怒,破口大骂,又道:"你等着,你给我等着!"

成芸恶狠狠地挂断电话,再拨。

五声响后,电话里面一道声音传来,冷漠又疏离:"你好,哪位?"

成芸眼睛扫到路边躺着的两个人,淡淡地说:"崇哥。"

"……"

李云崇的气息瞬间就变了。

这不单单是因为他听出电话那头的人是成芸,更是因为成芸的那声"崇哥"。

她已经好久好久没有喊过他"崇哥"了,因为李云崇不让。

每一次她这么叫他,都能让他回想起从前,想起她还在外面撒野的时候。

她就像一只他一辈子都驯不服的鸟。

李云崇声音低缓地说:"出什么事了?"

成芸的语气控制得很平静,她说:"我们的车在山里撞了,这里太偏,你帮我确认一下位置。"

"撞了?"李云崇语气一沉,说,"你没事吧?"

"我没事,但随……"

"伤到没有?"

"没。"成芸静了一下,又说,"但随行的人晕过去了,不知道伤得重不重。你快一点儿。"

听到成芸没事,李云崇明显松了一口气。

"你现在保持这个手机开机,在原地等着,不要动。将路拦起来,小心点儿,我这就安排。"

"你快一点儿。"成芸说着,就要放下电话。

"小芸……"李云崇忽然叫住他。

成芸手一顿:"什么事?"

李云崇说:"对方清醒吗?"

成芸冷笑一声,不作答。

李云崇一字一顿地说:"切记,安全第一,不管他现在是什么情况,你都不要跟他起冲突。有什么事,等我帮你联系人之后再说。"

成芸的眼睛盯着对面撞山的车,她什么都没说,直接挂断电话。

山风呼呼地吹。

成芸面无表情地走到那辆面包车旁。

司机是个年轻小伙,趴在方向盘上。

成芸抓住他的头发将人拎起来。

人没有知觉,口微张。

她一松手,司机的头又磕在了方向盘上。

她把门拉开,扯着司机的领子,把他拽下来,拖到路旁。

他刚要站起来,成芸照着他的脸就踩了一脚。

司机倒在地上。

他一肚子怨气,大骂了一声,转头就朝成芸扑过来,抬起拳头就要揍她。

一切发生得很突然。

成芸只顾着抬手挡着,根本没有注意到后面冲过来的人。

她拦住司机的右手,也抓住了他的手腕。可女人毕竟力气有限,只够握住,不疼不痒。

成芸显然也知道这一点,所以后仰头颅,对准司机的手腕,一口咬下去。

人的握力再强,跟咬力也是没法比的。成芸这口,差点儿把司机的肉咬下来。

司机手腕疼,加上可能裂了的肋骨和撞击过后还晕着的大脑,重重打击下,终于又晕了过去。

直到司机晕过去,成芸才注意到一个人已经站到身边了。

他低头看着晕过去的司机,默不作声。

成芸死死地盯着他。

阿南转头,跟她对视。成芸恶狠狠地说:"看什么看,想替他打抱不平?"

阿南摇摇头。他脸上还有血,这么一摇,又流了点儿血,挂在鼻尖上,瞅着有点儿滑稽。

"我是想帮你。"阿南说。

成芸还没回话,手机响了。

她接通,是当地警察和救护人员,已经进入山路了,要与她确认位置。

成芸把附近来来回回看个遍,也没有看见具体的指示牌。

一只手把电话从她的手里抽走。

成芸转头,看见阿南正跟电话里的人讲话,几句之后就挂断了电话。他把手机还给成芸,说:"他们应该马上就到了。"

成芸冷冷地看着他,不说话。

阿南又对成芸说:"张导游应该也没事,你不要担心。"

成芸不说话。

阿南被晾了一会儿,低头,踩了踩地面。他脑袋上被撞破的地方还在流血,这一低头,血珠就落到地上。

阿南抬手擦了擦。

成芸转身，抱着手臂站在风里，望着黑漆漆的远山。

静了一会儿，阿南又抬头，看着她的侧脸，说："你没事吧？"

成芸没转头，只淡淡地睨了他一眼："我有事没事你刚刚不是看得很清楚？"

阿南又被噎了回来。这回他不低头了，单刀直入地问："你又想抽烟了？"

成芸侧目："什么？"

阿南眉头微蹙，只不过额头上全是血，旁人看不出来他皱了眉。

"你是不是又想抽烟了？"

成芸猛地吸气："我抽个屁！"

这边剑拔弩张，另一边，山路上闪过亮光。

救援人员到了。

两辆车，一辆轿车、一辆救护车，直接开到倒在一旁的微型车旁边。

成芸大步走过去，指着张导游，对从救护车上下来的人说："那小姑娘……"

"好，我们已经看到了。"

成芸看着车上下来的四五个人，岁数都不小，而且都没有穿医院的衣服。成芸扭头，从轿车上下来两个人，奔着她就过来了。

"成小姐吧？"打头的一个人穿着黑色羽绒服，四十几岁，体形微胖，发际线奇高，"我是县公安局的张鹏，这位是我的同事，你好。"

成芸伸出手，同他握了握，说："你好，麻烦你们了。"

"没事，这条山路修得就不太好，已经出过好几次事故了，唉。"

成芸淡淡地点头，说："嗯，弯路有点儿窄，被人压了线，根本来不及拐开。"

张鹏反射性地看了那边一眼，说："压线啊，这可太不应该了，本来就这么窄的路，还跨线开。对方司机呢？"张鹏气势汹汹地转头，一眼看见了阿南，指着他，说："来，你过来一下。"

阿南走过去，顺便对救护车上的人说："那边还有一个人。"

等阿南过来了，成芸才对张鹏说："这个是我们的司机，面包车司

115

机在那儿躺着呢。"

张鹏问了阿南几句,成芸在一旁站着。张鹏问完,带着同事去现场照了两张照片。

成芸冷眼看着,察觉身边有动静。她转头,阿南正默不作声地盯着她。

"你看什么?"

阿南凑到成芸身边,先左右瞄了瞄,又转过头来小声对她说:"你态度好一些。"

成芸斜眼,阿南一脸血地看着她,道:"对警察态度好一些。"

成芸说:"我怎么态度不好了?"

她态度怎么不好了,他也不是很清楚。阿南想了半天,不知该如何说,最后只能嘀咕一句:"你对警察态度好一点儿……"

成芸不想理他,转身进了轿车。

张导游和面包车司机都被抬上了救护车,中途面包车司机醒了,还叫唤着要车。

张鹏在现场取完证,准备回车上,这一转身才发现还有个阿南。他看了阿南一眼,指了指阿南的脑门:"你要不要紧?先去救护车上消消毒吧。"

阿南说好,往小轿车那边看了看。

成芸坐在后座上,他没看见她,就转头上了救护车。

车上,张鹏又跟成芸聊了几句,后面大家都渐渐安静了。

这也能理解,他们本也没什么可说的。

李云崇做事少有不成的,但他多是掌控大局,并不会事无巨细地管,细枝末节自然有人帮他打理。

他们到达榕江县人民医院的时候已经十二点多了,成芸从车上下来,看见救护车的后门被打开,几个早已准备好的护士推着车过来,把人抬到车上。

成芸有些惊讶地发现张导游已经醒了,还是自己下车的,连忙走过去:"小张。"

"成姐。"张导游看见成芸,想要招手,可手明显抬不高,疼得龇牙咧嘴了还不忘问，"成姐，你怎么样？伤到哪儿没？"

成芸摇头，走到她身边："醒过来了？感觉怎么样？有没有哪儿感觉不对？"

张导游还是心有余悸，说话也有气无力，由两个护士扶着，说："我肩膀有些疼……"

"应该是骨折了。"旁边一个护士说，"你先别说话了，也别使劲呼吸，保持这个姿势别动，先进医院。"

成芸冲张导游点点头："去吧。"

那个司机也醒了，浑身脏兮兮的，脸上还带着成芸的脚印。他捂着肋骨，被推进医院。

最后一个下车的是阿南。

他额头上的伤口被纱布简单包起来，一身满是尘土的破衣服，脸上还有没被擦掉的血迹。

总之，他要多狼狈有多狼狈。

他的脸上又没有什么表情，看着活脱脱一个四流抗战剧里的群众演员。

成芸一句话都没有跟他说，迈步就往医院里走。

医院规模不大，整栋楼里看着空荡荡的，只有急诊室里还亮着灯。

医生先给张导游和面包车司机拍了片子。

张鹏问成芸用不用也检查一下，成芸摇头，说没事。张鹏转头问阿南，阿南也说没事。

"那你们在这里稍等一下，我去给局里打个电话。"

张鹏离开，剩下成芸和阿南两个人站在冰冷的医院走廊里。

凳子就在旁边，可摸一下都觉得凉，根本没人有想坐的欲望。

成芸从怀里掏出烟，点着。

阿南说："医院里好像不让抽烟。"

成芸把打火机放到衣兜里，转头冲着他把第一口烟吐出来："你叫保安来抓我啊。"

阿南双手搭在腰上，提了提裤子，说："你跟我说什么都无所谓，但对警察态度要好。"

"警察是你家亲戚？"

阿南提完裤子，径直走到成芸身边，拉着她就往外走："你要控制不了脾气就到外面等，我跟警察谈。"

"你给我放手！"成芸大叫一声，人已经被他拉到外面。

黑夜，无月。

成芸使劲甩开他，两个人拉扯着，一只大手拉住成芸的手腕，同样坚硬，一个因为用力，一个因为全是骨头。

风衣与夹克相蹭，静静的夜里，全是皮革纠缠的声音。

"你他妈给我放手！"成芸抬脚踢他，"周东南！"

阿南是铁了心让她走远点儿，扯着她直接来到了外面停车的地方。成芸怒道："你的医药费都是我拿的，你就这么对我？！"

阿南抓着她的手腕，一用力，直接将她甩到救护车上，车被撞得一颤，成芸的怒气压住了猛烈的撞击感。

她要起来，阿南一手按住她的肩膀。

"那你的命还是我救的，你就这么对我？"

他好像也怒气冲天，可从脸上并不能看出来。

今夜没有月亮，所以他的眼睛最亮。

两人之间全是冷冷的空气，还有一下一下的呼吸声。

"你救我？"成芸挑起双眉，"我发现你还真是会往自己脸上贴金，你盖在我身上就算救我了？"

"是不是救，你自己心里清楚。"阿南紧紧盯着她，说，"等一下我来跟警察说，你不要说话。"

成芸仰着头，在狭窄的空间里正视他，淡淡地说："凭什么？"

"总之你别说话，先认定责任再说。"

成芸一手拍开阿南的胳膊，就要往医院里走。阿南长臂一捞，直接将她拽了回来。

"周东南，你有完没完？！"成芸狠戾地瞪着他，"责任方百分之百是他，你瞎操什么心？！"

阿南将她扯回车旁，压低声音道："交通事故责任方确实是他，可他呢，你打他干什么？"

成芸侧目："怎么，害怕？"

阿南没说话。

"如果今天不是我反应快，我们三个早就被他撞下山了，那现在你我就在阎王爷面前喝茶了。"

阿南静了一会儿，成芸别开眼。阿南长长地叹了一口气，手松开了。

他好像嘀咕了一句什么，成芸没听清，也没有追问。她抱着手臂，侧身站在一旁，双唇紧闭。

院子里没有灯，也只有他们这个距离，才能勉强看清彼此。

半响，阿南开口了："我也反应过来了。"

成芸转眼，阿南看着她说："我也反应过来了，而且我还救了你。"

"你跟我在这儿邀功呢？"

阿南看着地面道："没，我救了你。"

成芸又说："说吧，你想干什么？你的医药费我出了，修车费我也出了，是不是还得来点儿英勇救人补贴和那一扑的身体劳损费？"

阿南霍然抬头，直直地看进成芸的眼睛里。

那双眼中的冷厉和坚定让成芸浑身一凉，往后几句嘲讽的话卡在嗓子眼里，没有说出来。

"我们都知道……"阿南开口，声音低缓又平静，"你这样对我，是为什么，我们都知道。"

他说着，缓缓靠近成芸。

成芸看着那个黑黢黢的大脑袋一点儿一点儿靠近，挺直腰板，一步也不退。她将下颌收得紧紧的，暗自咬牙都不知道。

"你在报复我，"阿南几乎与她面对面，声音那么轻，却又那么震慑人心，"因为我拒绝了你。"

夜色下，他的目光如此坚决。

他已经为这件事下了结论。

阿南盯着成芸的眼睛，看得极深。过了一会儿他慢慢起身，往医院里走去。

风从他们之间吹过，卷起地上的沙尘。

"那你呢？！"

他走了五步远，听到后面清朗的声音。

"你呢？你既然不要钱、不要好处，为什么一出车祸就扑到我身上？为什么我不提你就一再强调你救了我？"

阿南没有转头，因为还没有想出答案。

"你要让我觉得我欠你的是不是？"

噔噔的高跟鞋声传来，阿南觉得身后的女人越来越近了。终于，她站到他的身后，阿南头都不敢回。

"我的确是在报复你，我不爽了，当然不会给你好脸色，我认。"成芸反问他，"你呢？你敢认吗？"

阿南久久不回答。

身后传来一声冷笑，成芸从他身边走过，淡淡地在他的耳边留下一句："算了吧你。"

阿南的担心全是多余的，张鹏只是问了问成芸当时的状况，然后就去找面包车司机了。

"我过会儿安排拖车处理现场，你们就不用去了。"张鹏从病房里出来时说。

"我跟着去吧。"阿南忽然走出来说。

成芸斜眼看他一眼，不说话。

张鹏打量他，说："你跟着去干什么啊？你就是去，车也提不走。而且我看你那车有些悬了。"

张鹏回忆了一下那辆微型车，感觉几乎已经不能再开了。

"我还是跟着去吧。"阿南坚持道。

张鹏回头看了成芸一眼，想瞧瞧她是什么态度。成芸站在后面，说："随便他。"

张鹏点头，对成芸说："那你先进屋等一下，我们安排车了，今晚送你回贵阳。"

阿南忽然转头看她。

成芸也不知道注意到没有，只轻轻地嗯了一声，转身就往医院里面走。

她刚走几步，听见身后扑通一声，然后就是张鹏惊呼："啊！怎么回事？"

成芸猛地回头，看见阿南倒在地上。

成芸两步冲过去，跟张鹏一起把他扶了起来。阿南眼睛半睁着，看着好像失去了知觉。

成芸扭头大喊："医生！"

空荡荡的走廊里响起回音。

张鹏回过神，也跟着叫人。

没一会儿，走廊尽头跑过来几个护士，推着一辆护理床。

几个人一起把阿南抬到床上，成芸在一边着急地问："他什么情况？刚才还好好的，怎么突然晕过去了？"

医生说："你先别急，我们要检查一下。"

人被推走，成芸一路小跑地跟着，直到他被推进拍片室。

张鹏也跟过来，眉头紧蹙，说："不会有什么事吧？"

成芸没有说话。她翻了翻衣兜，摸到烟盒，可最后也只是泄愤似的攥了一下，没有拿出来。

过了一会儿，阿南被推出来，张鹏凑过去问："什么情况啊？"

"还得再等等。"一个护士说，"过一会儿片子才能出来。"

"那现在呢？"

"先让病人休息，送到病房去。"

阿南被推走，成芸迈步跟上。

走了两步，她想起来什么，又转头对张鹏说："你今晚不用安排我回贵阳了，具体情况我会跟别人联系的。"

"行！我在门口给你留辆车，你出门什么的也方便些。"他说着，从怀里掏出一张名片，"如果要回贵阳，就打这个电话。到时把车留在这儿就可以了。"

成芸拿过名片看了一眼，这是当地的一家包车公司。

成芸抬头，打趣道："你给我留了什么车？可别留警车，怪吓人的。"

"不是警车。"张鹏笑着说，"一辆帕萨特，就在外面停着，这是钥匙。"

成芸接过钥匙，又道了句谢，两个人就分开了。

成芸顺着空荡荡的走廊一路向前，来到一间病房外。她推开门，里面有六张病床，只有一张床上躺着一个人——就是阿南。

护士刚刚给阿南安顿好，看见成芸来了，对她说："等下片子出来，我会来通知你。"

"好。"

护士离开，屋里只剩下成芸和阿南。

刚刚护士给阿南盖了一床被子，白白的，跟他的脸形成了鲜明的对比。

阿南的脸还没有擦干净。

他并不是寸头，头发比那要再长一点儿，看得出有一阵没有打理了，现在额头前面的几绺发丝被凝固了的血粘在一起，像是仙人掌的刺一样，朝着不同的方向支着。

这种造型在不经意间消除了她的紧张感。

成芸走到他身边，靠在另外一张床上，静静地看着他。

不知道是不是头顶有一盏白炽灯所致，阿南的那张黑脸上也难得有些惨淡。

看了将近十分钟，成芸看够了，伸手摸了摸他的头发，又戳了戳他的脸——虽然黑，但还挺软的。

成芸玩着玩着，不知为何，自己叹了一口气。她移开目光，扫视整间屋子。

县级医院，装修和设施都不精致，旁边床位上的被子也没有叠整齐。

屋里有一股医院里独有的气息，混杂着消毒水和药品的味道，被子摸起来有点儿凉。

成芸把手伸到被子下面，好在被子里还挺暖的。

这一伸手，成芸刚好摸到阿南的腹部。

阿南的外套盖在被子上，他身上只穿着长袖的单衣。手盖在他的衣服上，成芸甚至能感觉到下面散着热气的肌肤。

成芸忽然来了兴致，想捏一捏他的肚皮。可她想了想，最后还是忍住了。

她走到窗边，把窗户打开一道缝隙，外面是花丛，可惜如今的时节，已经没有花了。

干枯的树杈上，只有根部有少许的叶子。风吹过，墙根底下的几片垃圾滚了过去。

  风有些凉，成芸没有开多久就把窗重新关上，一转头，阿南坐在床上，正直勾勾地看着她。

  这突如其来的画面，着实有些吓人。

  成芸皱眉，冷冷地说："你诈尸啊？"

  阿南对她的话不太赞同："我又没死。"

  成芸白了他一眼。

  阿南揉了揉脑袋，成芸说："别碰，你知道有什么问题吗？"

  阿南停下手，看向她，反问："有什么问题？"

  "就是不知道有什么问题才让你别碰。"成芸冷着脸，"碰死了自己负责。"

  阿南没回答，晃了晃脖子，说："警察呢？"

  "走了。"

  "都走了？"

  "嗯。"

  阿南好像放心了一样，耷拉着肩膀干坐着。

  就在这时，护士进来了，后面还跟着一个医生，手里拿着刚刚拍的片子。

  成芸走过去，医生拿着片子给她看："没什么大问题。"医生上来先安抚了一下她的情绪，"已经检查了，就是轻微的脑震荡。"

  成芸蹙眉："那怎么会突然晕过去？"

  医生貌似也很疑惑："按理说不应该啊。"

  他转过头问坐在床上的当事人："你现在有什么感觉？"

  阿南低着脑袋摇头："没感觉，没事了。"

  医生很负责任，没有就此完结，又问他："那刚刚晕的时候有什么感觉？"

  阿南想了想，眼神涣散地说："嗯……有些恶心。"说完他又摇头，"已经没事了。"

  医生围着他看了一圈，然后点头说："应该就是轻微脑震荡，不是什么大问题。"

  成芸眯着眼睛，忽然感觉到有一丝不对劲。她一边随意应对医生的话，一边斜眼，不动声色地观察阿南。

阿南一直低着头，看自己的一双黑手，眼神发直。

成芸转头对医生说："费用已经结清了吧？"

"哦，已经结清了。"

"那个小姑娘的呢？"

"都结清了。"

成芸点头。

医生又交代了几句，开了些药就离开了。

屋里重新安静下来。

成芸拢紧衣服，对阿南说："既然没事，那我就先走了。"

她转身，阿南的声音很快传来："你去哪儿？"

成芸说："你说我去哪儿？"

"警察走了。"

"我也要走了。"

"现在已经后半夜了。"

"那又如何？"

成芸冷哼一声，脚下没停地往门口走："警察同志心地善良，给我留了一辆车，满油的，我爱上哪儿上哪儿。我就是直接开回北京都……"

胳膊一紧，成芸被一股大力拉回去，身前是硬硬的胸膛。

成芸抬头，冷冷地道："干什么？你装晕也装得像一点儿，这才多久就生龙活虎了？"

阿南抬脚，把病房门踢上，然后就干站在成芸面前。

成芸低头瞥了一眼，他穿着一双灰色袜子，脚掌又瘦又长。

阿南直接从床上下来，就这么踩在地上。

成芸看了一会儿，又说："想干什么？"

阿南被她这种若无其事的样子刺激了，脸上憋着一股气，眉峰下压，一双眼睛黑得像点了墨一样。

他的手还攥着她的胳膊，没有松开。

成芸还是那副淡淡的样子，深吸一口气，还没开始嘲讽，阿南就吻了下来。

他的嘴唇很软。

成芸站着没有动,心里淡淡地想:不抽烟的男人嘴里味道也干净,温热阳刚,少了一份沉重,多了一份清朗。

阿南吻了一会儿,慢慢抬起头。

成芸淡淡地看着他,道:"亲完了?我可以走了?"

阿南死死地盯着她。

成芸看到他两腮绷紧,牙似乎都快被咬碎了。

此时在阿南的眼里,成芸就像一团迷雾一样。他看不透,也看不懂。

阿南推开成芸,没用力,可成芸还是后退了半步。

成芸站定,看见阿南抬起一根手指,轻轻地指着她,声音低沉,像是在忍耐什么。

"你们都是这样吗?"他说。

"哪样?"

"挑逗别人,自己拍拍屁股走人。"

"你想太多了。"

"我没跟你开玩笑!"阿南大声说。

他第一次这么大声说话,成芸脸上的笑也消失了。

两人冷冷地对峙。

半晌,成芸像是要提醒他什么一样,缓缓地道:"你在风雨桥上可不是这么说的。"

阿南的目光看向成芸眼眸的最深处,他一字一顿地说:"是你勾引我,一路上都是。"

成芸嘴角弯了,可眼睛里一点儿笑意都没有。

她抱着手臂,往后退了退,轻佻地说:"没错,是我勾引你,可你不是没上钩吗?"她歪着头,无所谓地道,"这种事情,你也不会只碰到一次。你愿意就愿意,不愿意也没人逼你。旅途中的插曲,图的就是个爽快。事前婆妈,事后叽叽歪歪,你到底还是不是男人?"

深夜,医院里一片死寂。

"图个爽快?"阿南重复了一遍。

"没错,爽快。"成芸说,"毕竟结局大家都知道。"

夜凉如水，成芸也不知道阿南这么踩在地上，脚到底冷不冷。两人静默了一会儿，成芸先转过身。

一只手越过她的身体，按了墙上的开关。

灯灭了。

屋里瞬间被黑暗吞噬，然后成芸听到一声轻轻的转动声——阿南把门锁上了。

人的感观在黑暗中被放大了数倍。成芸感觉到自己的耳边有温热的气息，和一道低低的声音。

那是一句侗语，音调听在耳朵里有些黏。

她听不懂话中的内容，只觉得这声音让她忍不住收缩肩膀。

下一秒，成芸被身后的男人拦腰扛起，扔到了病床上。

好在病床上垫着一层被子，成芸摔上去也不疼。成芸手肘撑着床，还没起来，阿南就压了上来。

病房里黑漆漆的，今晚外面又没月亮。成芸着实适应了好一会儿才渐渐看清阿南这张跟黑暗融在一起的黑脸。

成芸被他压着，怎么挪都动不了地方。

她眯起眼睛，顶了阿南一下："你个牲口……"

阿南两手握住她的手腕，张开。

她这么仰头看着，阿南的肩膀很宽。成芸反正没多大力气，索性也不挣了，仰头躺在床上。

"这可是病房。"成芸说，"护士过一阵就会来，你不怕弄到半路被人开门围观？"

阿南一顿，好像有点儿犹豫。

成芸瞥他一眼。他难得爆发一次，气势一过，又开始愣愣的。

成芸看看眼下的场景，心想：这到底算什么？

"阿南。"

阿南低头："干什么？"

成芸说："你先松开手。"

阿南抿着嘴。成芸又说："就是做也不能在这儿。"说着，她又充满深意地看了他一眼，说，"除非你五分钟就解决了。"

"……"

"松手。"

阿南把手松开。成芸从床上坐起来,跟他说:"把鞋穿好,跟我走。"

成芸带着阿南从医院出来。医院停车场里没有几辆车,成芸一眼就看到了张鹏给她留的帕萨特。

成芸坐到驾驶位上。

"去哪儿?"阿南问她。

成芸把车发动起来,转头说:"你想去哪儿?"

阿南看着前方,低声说:"我无所谓。"

成芸握着方向盘,想了想,说:"我送你回家吧。"

阿南有些诧异:"回家?"

"嗯。"成芸踩下油门,离开医院。

成芸记路记得很清楚,一个弯都没有拐错。

凌晨三点钟,万籁俱寂。

成芸开车路过刚刚的事发地点,肇事的两辆车都被拖走了,地上还留着一点儿撞击后的痕迹。

成芸开车速度快,一晃就过去了。

"你那车估计不能用了。"

阿南说:"不要紧。"

"你还要开?我发现你真是不怕死啊。"

"再看看,我先修理一下。"

"那破车你还修什么?"成芸下一句本来想说"我给你买辆新的",可念头一转,又觉得现在说这话没什么好的由头,就压下去了。

他们重新回到阿南家的时候,已经快天亮了。

阿南的哥哥在睡觉,阿南和成芸小心翼翼地上楼,打开屋门。

早上的时候刚离开,结果折腾一圈,他们又回来了。

床上的被子还没有收起来。

成芸躺在床上,本来想等等阿南,结果实在太累了,沾了床直接就睡着了。

阿南收拾好东西进屋的时候,成芸仰着头睡得正酣。

他坐到床边,脱了鞋,然后躺到她身边。

成芸一个"大"字形躺在床上,占了大部分地方,阿南挪了挪她。

他并没有马上睡着,趴在床上,双手叠在一起当垫子,侧着头,看着成芸。

她睡觉的时候嘴唇紧紧地闭在一起,就像她生气的时候。

阿南看着看着,想起她说过的那句话——

"旅途中的插曲,图的就是个爽快。毕竟结局大家都知道。"

阿南把头埋在胳膊里,外面的天已经蒙蒙亮了。

阿南过了一会儿才睡着,两个人一起睡到第二天中午。

阿南先起身,出去的时候撞见周东成,后者吓了一跳。阿南给他简单解释了一下,还没说完,成芸也出来了。

饭桌边,成芸对阿南说:"等下去风雨桥。"

"为什么?"

成芸没回答,只笑。

阿南忽然感觉自己的小腿被什么钩住了,从膝盖窝到脚踝,慢悠悠地滑下来。他脸一绷,埋头吃饭。

周东成就在一边傻傻地看着。

吃完饭,离桌前,阿南低声问了一句:"要拿什么?"

成芸说:"你看着拿。"

阿南转身上楼,剩下成芸和周东成两个人。

成芸见周东成一直看着她,说:"我借你弟弟一会儿,等下就还你。"

周东成忽然开口:"你要和他好好的。"

成芸侧头:"嗯?"

"你跟他,好好的。"周东成看起来很认真。

成芸淡笑:"怎么好好的?"

周东成拍了拍自己,说:"我是他哥,我能感觉出来。"

"你感觉出什么?"

"他喜欢你。"

成芸轻笑一声:"我也喜欢他。"

"那你们好好的。"

"嗯。"

成芸从怀里掏出烟来,咬在嘴里,低头点火。

"真是奇了。"她的一句低缓的话语被烟和火苗吞噬了,"你们全家男人的姻缘都这么差。"

阿南下楼,抱着两床被子。

成芸转头,看见他小心翼翼地下楼梯。

阿南抱着被子来到她身边,说:"走吧。"

这回阿南领她走了一条与之前不同的路——从寨子里面穿过去。

一路上,成芸看到好些侗寨妇女,她们穿得朴素,坐在自家门口,有的在缝衣服,有的在聊天。

成芸路过的时候,大家都会看过来,毕竟这里很少有外人来。

从寨子里出去,又走了二十几分钟,成芸看到了那座风雨桥。

阿南背着东西像没背一样,从山坡上跳下去,又抬手接成芸。

来到桥上,阿南跟成芸说:"我先打扫一下。"

他把被褥放到一旁,拿脚踢了踢桥上的碎石,然后把被褥铺在上面。

成芸转头,今天阳光太好,照在浅浅的河中,波光粼粼。

山谷旁的山坡上郁郁葱葱的。

她眺望一个方向,可惜看不到阿南家的杨梅树林。

她静静地看着,忽然被人从身后抱住了。阿南的手从她的腰间穿入,两手交叉,揽着她的小腹。

成芸转头,他还抱着她。

"阿南。"

"嗯。"

"我之前说的,你记住了吗?"

"记住了。"他的眼神很清澈,"图个爽快。"

他把她放倒在被褥上,自己虚骑在她的身上,一件一件脱衣服。

成芸躺着看。

他身上皮肤也偏黑,这种黑同那些去沙滩上故意晒出的古铜色不同。

成芸觉得,这种更美。

他脱完了自己的衣服,又来脱她的。

最后,他拥着她,把最后一床被子盖上。

他们两人的身体紧紧相贴。阿南的身子比成芸的热,成芸抱着他,像抱着一个暖炉。

阿南贴紧她,没有动。

成芸从他的肩膀处抬起头,旁边就是他的耳朵,她轻声说:"想什么呢?"

阿南抱得更紧了。

成芸抬起腿,钩住阿南的大腿,轻轻地蹭。

成芸的腿很长,皮肤嫩滑,臀部滚圆紧实。阿南的身子不经意地抖了抖。

她搂着他的脖子,蜻蜓点水似的亲吻。

她动作轻,意味却不轻。

吸吮的声音就在阿南的耳边,让他皮肤发紧。

她身上带着香,他此时闻着香味更浓。

慢慢地,两人身体燥热,呼吸也不畅了。

成芸的手在阿南的身上游走。

他的身体很滑,成芸不知道为什么一个男人的皮肤也能这么细腻光滑,明明看起来又黑又粗糙。

她抱着他的脖颈,亲吻、舔舐,她的嘴唇摩擦在他鼓起的脖筋上,手摸着他的后背。

他的背摸起来也很细腻,带着男人独特的宽广,隆起的背肌、鼓动的肩胛骨、强有力的脊椎……

她把脸深深埋入他的肩窝里,闻到一股温热的体香。

她空出一只手,摸到下面。

阿南受不住成芸这样的抚摸,胯抖动了一下。

他低着头,紧紧靠在成芸的脸边,浑身的肌肉都绷紧了,臀部更是硬得如石头一般。

成芸贴着他的脸,动作温柔。

他们都看不到下面,可他们都感受得到,那并不是一幅难以想象的画面。

慢慢地,阿南的两条腿都在抖。

成芸微微侧过头，本想亲亲他，却刚好看到他饱满的耳垂。成芸没忍住，张口含到嘴里。

那一瞬间，她的耳边响起了一声闷闷的呜咽，像哭又不是哭，听着苦却又不苦。

手瞬间湿了。

成芸从木桥的桥柱空隙看见泛着光的河水，晶亮如宝石。

风轻轻地吹。

成芸说："你是第一次吧？"

阿南没有回答，始终埋着头，紧紧抱着她。

"你没碰过女人。"

成芸剩下一只手，也把他抱紧了。

"你们还真的一家都是情种……"她摸了摸他有些软的发梢，说，"来吧。"

地上有土，有灰，也有小石子。被子上还带着点儿潮湿的霉味。可成芸觉得，这儿很干净。

时光是这样安静，山水又是如此包容。

整个世界都在对他们说——来吧。

成芸长长地吸气，仰起头。她的脖子修长，与下颌一起，连成一道柔软的弧线，如同起伏的山峦。

她没有闭眼。

她看见风雨桥顶的层叠结构，看见从木梁的缝隙中长出的野草。

阿南的动作由慢至快，成芸紧紧抱着他，随着他的动作大口喘息。

成芸三十岁了，有过很多男人，却没有过这种经历。

阿南的技巧并不好，从头到尾都是成芸在引导。

不过他很认真，很仔细。成芸觉得他有自己的节奏——慢慢地认识你，慢慢地认识你的身体。

他也没有持续很久，不到二十分钟就结束了。

成芸觉得挺好。

事后，成芸有些懒，没有穿衣服，直接坐在被褥上。阿南拿被子将她转着圈地裹起来，像个粽子。

成芸从风衣里拿烟，另一边，阿南没了被子保暖，手忙脚乱地穿衣服。

等他把衣服穿好，成芸拍拍身边的被褥："坐下，歇会儿。"

阿南把外套披上，坐在她身边。

他们看着面前的小河，绿草葱葱。

成芸说："北京这个时候，已经没多少草了。"

阿南靠在被子上："是吗？"

成芸一根烟抽完的时候，阿南问她："你在北京是做什么的？"

成芸正往地上戳烟头，闻言一愣。这还是阿南第一次问她关于她自己的事。

"没做什么。"她接着把烟掐了，随口说，"卖保险的。"

她转头，看向阿南。他还是一如往常，平静的脸色，没什么神采的眼睛。

"你呢？"成芸说，"你这么多活儿，一直忙下去？"

阿南摇头："我在攒钱。"

成芸终于从他嘴里听到一点儿值得深究的东西，抓住了话头问下去。

"攒什么钱，要干什么？"

阿南看她一眼，缓了一会儿才说："我想开个店。"

"卖土豆还是内部票？"

"……"

成芸呵呵笑，声音慵懒又清脆。她从"粽子"里伸出手，推了阿南一下："开玩笑的。"

阿南像个不倒翁，歪了歪，自己又转了回来。他反问成芸："如果你开店，想做什么生意？"

"我？"成芸说，"跟我有什么关系？"

"你给点儿建议。"

成芸哼笑一声："我一直以为你主意挺正的。"

阿南不说话，成芸扭头，嗯了一声，说："我想想啊……要是我啊，就开个火锅店。"

"火锅店？"

"啊。"成芸说，"方便，快，操作简单。"

阿南看着她，一脸探究。

过了一会儿，他下了结论："是你自己喜欢吃吧。"

成芸瞥他一眼，又掏出根烟。

"不行？"

"你做饭好吗？"

"我不会做饭。"成芸说着，反问阿南，"你做饭好？"

阿南点头："挺好。"

成芸白他一眼："又不是非得做饭好才能开饭店，难道所有饭店老板都是厨子出身吗？"

阿南难得点点头："有道理。"看表情，他好像还挺认同成芸的话。

成芸抽了一口烟，冲着远处的河水眯起眼睛。

静了一会儿，她才淡淡地开口："要多少钱？"

阿南没听清："什么？"

"你开店要多少钱？"

阿南想了想，说："几十万吧。"

"你现在攒多少了？"

"……"

阿南没回话，成芸扭头，看见他低头盯着石头，像是能盯出花似的。

成芸想起什么，冷笑一声，一脸鄙夷地说："让你那艺术家前女友骗走了？"

阿南蹙眉："那都多久以前的事了。"

"你让她骗了多少？"

阿南闭上嘴，明显不想提这件事。

成芸转过身——她裹着被，转身很困难，只转了半圈，就把脚伸出来，白花花的一截，照着阿南的腿就踹过去。

"问你话呢！"

不倒翁又自己转了回来。

"六七万吧。"

成芸想了想，说："七年前，六七万也不是小数。"

阿南忍不住转头看她，问："你说就说好了，还笑什么？"

成芸一脸幸灾乐祸的表情，嘴角弯得老高，还一本正经地问阿南："我笑了吗？"

"……"阿南两手抱在膝盖前面，叹了口气。

成芸笑够了，又问："你多大出来打工的？"

"十五。"

"啧啧，攒了四五年的钱啊，一朝让人骗走，真是无妄之灾、晴天霹雳，我真不忍心回想你当初的情形……"

她那表情和语气，哪里有半分的不忍心？

阿南猛吸气，觉得必须跟她理论一下，谁知成芸马上就转移了话题："你十几岁就干活儿挣钱，念书了吗？"

阿南憋着气坐回去，闷声说："高中就不念了。"

静了一会儿，阿南转头看成芸。

成芸看着远处，淡淡地说："我也一样。"

"什么？"

成芸看向他，说："我也是高中念到一半就不念了。"她又问阿南，"现在攒了多少了？"

阿南说："你问这个干什么？"

成芸说："我检查一下你这几年认真干活儿没。"

"……"阿南低了低头，说，"二十万吧。"

下午两点，太阳从正上方往西偏了一点点，水面更加晃眼，看得久了，让人忍不住想睡觉。

成芸抬起手，指着河流，说："给我捡块石头来。"

莫名其妙的要求。

阿南问："为什么捡石头？"

成芸说："我要穿衣服了，不想你看，行不行？"

"……"阿南抿了抿嘴，站起身。成芸敏感地瞄到什么，赶紧拉住他的裤子。

"是不是脸红了？"

阿南站着，现在个子高的优势就体现出来了，成芸仰头也只能看见他的下巴。阿南低声说了句"没有"，就迈开步子，去往小河边。

水很浅，成芸看着阿南小心地选落脚的地方，踩到河中央，弯腰往水里看。

看了一会儿,他直起身,回头。

成芸马上大喊一声:"偷看是不是?你个色狼!你小心以后越长越黑!"

"……"

阿南回头是为了找石头,本来根本没有要看的意思,听见成芸大吼,直起腰。

"我没看!"

"我瞎啊?!"

"……"

阿南也不想解释了,转过身,换另外一个方向找。

成芸咯咯地笑。

她把自己的衣服拿过来,一件一件穿好,最后穿上鞋,站起来。

阿南还在那儿弯腰找石头。

成芸抿唇,把自己的包拿了过来。

那是一个黑色的手提包,质量很好,不过现在包被磨破了一点儿皮子——因为之前的车祸。

成芸拉开拉锁,翻了一会儿,从内层的小包里取出一个小盒子。

上个月月初,成芸去了一趟香港,转了一圈,最后买了一颗裸钻回来。

十二克拉的艳彩黄钻。

三百四十万人民币。

成芸把盒子打开,钻石安安静静地躺在里面。

她当时去香港,带的也是这个包。

她买回钻石之后只拿出来过一次,给李云崇看。

"我当你去买了什么。"那时李云崇对她说,"没听你说过喜欢钻石啊。"

"是不喜欢。"成芸坐在他对面的沙发上,说,"可没别的好买。"

李云崇摇了摇头,啧啧两声,低头摆弄手里的茶具。他对茶道有所研究,家里的茶叶、茶具无一不是上等的。

"之前给你的那套翡翠首饰你也不喜欢,你知道我费了多大力气才弄来的？翡翠最养女人，尤其是老翡翠，而且这套是有年头的，我等了两年才收到手。"他一边说一边拿过桌上的小盒，"你就喜欢这些俗货。来，我瞅瞅，得，还是黄的，俗上加俗。"

成芸把钻石盒子扣上："你让我买首饰，我买了，你还不满意。"

"好好好，满意，我满意。"李云崇放下茶盏，对成芸说，"有些东西不是一年两年就能出来的，咱们慢慢养。"他指着那钻石盒，说，"你先把它收起来，等过十年，你再看这东西，我保证你恨不得把它一辈子压箱底。"

成芸没再说什么，随手把盒子放到包里。

一个月后，钻石随着成芸来到这里。

成芸转头，阿南还在找。

他双手拄在膝盖上，眼睛盯着河底。

成芸把钻石拿出来。

阳光下，钻石反射的光五彩斑斓，一点儿白、一点儿黄，一片灿烂，就像烈日晃着双眼，就像河水映着太阳。

成芸把钻石放回盒子里，踩上栏杆。

这桥很小，成芸个子又高，踩着栏杆一伸手，直接够到桥顶的横梁。她把盒子放在上面，跳了下来。

"哎——"成芸冲撅着屁股找石头的阿南喊了一声。

阿南转身，成芸说："你找到了没啊？！"

阿南没说话，把手高高举起来。

这个距离，成芸也看不清他手里拿着的是什么。

她下了桥，往阿南身边走。

等走近了，看见阿南手里的石头，她不禁无语。

阿南把石头给她，成芸拿过来反反复复地看——要花纹没花纹，要颜色没颜色，青黑交杂，而且形状还不好，一点儿都不圆润，拿着都扎手。

成芸禁不住问了一句："你觉得这石头好在哪儿啊？"

阿南低头看看石头，又抬头看看成芸："像你。"

"……"成芸猛地一抬手，阿南忙往后退了一步。

成芸到底没有把石头砸过去，一脸气地说："转过去！"

阿南:"你又要干什么?"

"让你转就转。"

阿南又背过身,成芸回到桥上,把石头放到包里。

"回来吧!"她冲阿南喊。

阿南回到桥上,鞋底有些湿,成芸指着他的鞋子,说:"你别踩到被子了。"

"不会。"阿南站开了一点儿,左右看看风雨桥,说,"你干什么了?"

成芸笑笑,说:"我把石头藏起来了。"

阿南反射性地转脑袋要找,成芸拍了他一下:"你急什么?藏就藏了。"

阿南看她:"为什么藏?"

"藏着玩。"

"……"

"再坐会儿。"

成芸坐到被子上,阿南也坐下。

这一次,他们的话少了很多。

就像一部电影看到结局,大家或是疲惫,或是回味。毕竟这个时候,人的感触最多。

等到电影散场,人就开始遗忘,忘记故事里谁已经满足,也忘记谁还求而不得。

导演不会给所有人想要的结局,就像生活。

对于成芸来说,关于这片山水,关于这个故事,已经有始有终。

傍晚,成芸站起身,对阿南说:"走吧。"

两人往回走,上山坡的时候,阿南又忍不住回头。

成芸在一旁等着。

太阳已经渐渐落山,那座桥同她第一次见到的时候一样,又破又旧。它在这儿待了太久,久得跟山林河水都重合在一起。对它来说,他们的来去,可能跟一阵风吹过并无差别。

成芸转头,看见阿南的侧脸——黝黑的皮肤,高高的眉骨,干净又挺拔的鼻梁,还有紧闭的双唇。

恍惚之间,她有一种感觉,好像他同之前有些不同了。

可当他转过头来,又用那双愣愣的眼睛盯着她时,她又觉得,一切都是自己的错觉。

"走吧。"成芸转头,低声说。

他们离开风雨桥。

成芸知道,他一定会回去找。

他们回到侗寨的时候,天已经黑了。

两人"忙活"了一下午,饿是肯定的。好在周东成已经准备好饭菜,成芸一进屋就闻到香味,往桌子上看,菜品丰盛,像是准备一阵了。

"哎哟,这上道的哥哥。"成芸走过去,冲周东成一笑。

她看到桌子上的饭菜,觉得周东成那灰头土脸的形象瞬间高大了起来。

阿南进屋,两兄弟说起侗语,成芸不管那么多,坐在凳子上。

"我就不客气了啊。"她拿起筷子就开吃。

阿南和周东成说了一会儿,也坐到饭桌边。

成芸吃了一会儿,抬头问周东成:"哎,大哥,有酒没?"

周东成呆呆地看着她。

阿南说:"有,你要喝吗?"

成芸:"喝啊。"

阿南出门,过了一会儿拎了半箱啤酒回来。成芸看见了,笑着说:"我还以为你会抱着坛子过来呢。"

阿南没理会她的调侃,把啤酒放到桌边,拿了两瓶出来。

成芸看向周东成:"怎么,不喝酒?"

"我哥不能喝。"阿南把酒开盖,拿给成芸一瓶,"我陪你喝。"

成芸接过,也不拿杯子,微微倾斜瓶嘴。

叮的一声,两个瓶口碰到一起。

阿南抬眼。

成芸挑眉,说:"祝你今后生意兴隆。"

阿南无言,只静静地看着她。

成芸说完，仰起头，对着瓶子喝起来。

一瓶酒就这么下了肚。

阿南跟着她喝。

一旁的周东成不明所以，呆愣地看着，饭都忘了吃。

阿南一共拿来八瓶酒，两人一人四瓶。

啤酒是成芸没接触过的牌子，跟以前的雪花挺像，大瓶，劲够足。不过劲再足，四瓶也绝对不能放倒成芸。

阿南也是如此。

阿南将酒喝光后，眼底见了一点儿血丝，可目光依旧清澈。

成芸拍拍他的胳膊："你什么量啊？"

阿南说："这个酒的话，十五六瓶吧。"

"不错。"

夜深人静。

酒足饭饱的成芸躺在床上。

她听见楼下叮叮咚咚的盘子声——收拾桌子的工作落在周东成的头上，阿南在下面帮他。

睡意渐浓，成芸鞋子一脱，翻了个身。

过了一会儿，房门嘎吱一声打开，阿南走进来。他手里提着热水袋，放到被子底下，然后躺到床上。

他把睡着的成芸抱在怀里，闭上眼睛。

短短的四个多小时之后，成芸醒了。

她转头，阿南睡得正沉。

他还抱着她。

成芸从床上坐起来，把衣服穿好，然后回到床边，考虑要不要偷偷拍张照片留作纪念。

最后她想了想，觉得还是算了。

她低头，亲了一下阿南的脸。

黑暗里，阿南一身的酒味，落在成芸的鼻中，生生地变成了甜香。

她点了点他的脸蛋，声音冷漠，眼睛里却还留着一丝温情："以后找个好女人，好好过日子吧。"

她拿起包和外套，推开房门。

凌晨四点多,天还没亮。

一脚迈出门,成芸回头,最后看了一眼躺在床上的男人,然后关上门,走进寒风中。

等她坐到车里的时候,天没有刚刚那么黑了。

晨光初现。

成芸点了一根烟,转动方向盘。

成芸当天中午回到贵阳,直奔机场。

飞北京的飞机,最早一班是下午三点,成芸吃了点儿东西之后就在机场的咖啡厅里坐着等。

手机充好电,开机。

上面显示有四个未接来电,两个是李云崇的,另外两个号码成芸不认识。

李云崇的电话成芸没管,拨了剩下两个号码。

一个是张导游的,她告诉成芸,她已经回旅行社了。

"我跟刘杰打过招呼了。"成芸说,"你的医药费他会负责。"

"好的,谢谢了。"张导游还有点儿不好意思,"碰见这样的事真是对不起,影响成姐的行程了,还有好多地方没有去呢。"

成芸笑着说:"以后有机会的。"

"那成姐再来贵州还来找我吧。"

"行,我存下你的号码,下次有机会来,一定再找你。"

又闲聊了几句,两人就挂了电话。

成芸拨通另外一个号码,这是个座机号码。

电话另一边是一个女孩。

"喂,你好,这里是苗王银器。"

成芸脑中灵光一闪,似乎明白了这通电话的缘由。

"刚刚有人给我打过电话吧?"

"嗯?我看看……哦!您是成小姐吧?"

成芸说"是"。

"您之前问的那款凤凰头饰,请问现在还需要吗?"

成芸说:"怎么,问过老板了?"

"对的,这款头饰是苗族银匠花了两年时间做成的,您也看到了,做工非常精细……"

店员滔滔不绝地介绍着,成芸的脑中却过着另外的画面。

她想起她踏入这家银店的时候,那是几天前?两天?三天?明明这么短的时间,为何她如今想起,却好像过了很久一样?

人心瞬息万变。

"喂……喂?成小姐?您还在听吗?"

"哦,在。"成芸淡淡地说,"你们老板说多少钱卖?"

"这个,因为真的是精品,所以价格也不低。"

成芸笑道:"那是多少钱?"

"要五万。"

"你那材质只是镀银,又不是纯银,要五万?"

"这个还是要看做工的。您看,我们把这款头饰放到最前面,您当时也问了是不是镇店之宝。"

"你给我个实诚价。"成芸两腿交叠,靠在咖啡厅的沙发椅里,揉了揉眼睛。这两天睡眠严重不足,她在哪儿都犯困,继续道:"我看看能不能接受,能接受我就要了。"

"成小姐,我们给的价格已经……"

"五万我不会买的,你要不跟你老板再商量一下?"

"那您看多少钱能买?"

成芸打了个哈欠:"你先砍一半再谈吧。"

"这……"银店售货员说,"这个价格肯定是不行的。"

"那就不用了。"

说着,成芸就要挂电话,售货员连忙说:"那我再问问老板。"

机场的空调温度开得高,成芸热得脱了风衣。

她招呼服务员,指了指桌上的摩卡,说:"再来一杯。哦,帮我冲得浓一点儿,提神。"

喝了半杯咖啡,成芸总算精神了一些。

电话又来了。

"成小姐,我们老板说了,如果您真的想要的话,两万五是最低价了。"

成芸觉得好笑，咧着嘴，顾及对方的面子，没笑得太张扬。

"啊，这样啊……"成芸有一搭没一搭地回话。她能听出售货员有点儿紧张，可能是还没卖过单价几万元的东西。

成芸靠在椅背上，也懒得再讲价了，说："行吧，我要了。"

售货员一听，马上说："那太好了，那不知道成小姐是打算汇款邮寄还是找人来店里提？"

"汇款。不过啊，我先说好，你们给我邮东西，我拿到检查好了之后，才能结全款。"

"这……"

"你也不能让我直接给你两万多块钱，那你们要是给我乱邮呢？"

"这肯定不会的。"

"咱们两边各行个方便，你跟你老板说。行，就给我发账号，不行就算了。你们要是怕给了东西拿不到钱，那我也不要了。"

"那我再问问吧。"

电话又挂了。

过了几分钟，成芸又接到店家的电话，来问成芸的地址。

其实这东西要还是不要，都没多大的意义，成芸买，纯粹只是闲的。

她转过头，看向外面。一架飞机正准备起飞，在跑道上加速行驶。

她这一趟出来，唯一称得上有意义的，就那一个，只有那一个。

下午三点，飞机准时起飞。

成芸看着窗外，感受着飞机加速带来的压力。

终于，飞机离开地面，穿过云层，来到万米高空。

成芸转过头，闭上眼。

北京

第五章
北 京

下午五点四十分，飞机落在首都国际机场。

机舱门一开，还没吹到风，成芸就感觉到这天有点儿邪。她拢了拢衣服往外走，掏出手机。她刚打开手机，叮叮咚咚的消息声响起，下一秒，电话就挤进来了。

"喂喂喂？成姐，你可回来啦！"

成芸把手机拿开一点儿："刚落地。"

"我已经到了，就在外面等着，您老人家直接来一号出口就行了。"

从出口出去的一瞬，成芸险些被冻成冰棍，尤其是在大门的风口处，门一开，强风刮来，还夹着雪，成芸觉得自己浑身的皮都缩紧了。

成芸捂着脸，听到一声呼喊："成姐，这儿！"

成芸瞟了一眼，奔着一辆黑色轿车走了过去。

车里温度高，总算让人舒服了一点儿。成芸坐到副驾驶的位置上，搓了搓手。

这个口口声声喊成芸"成姐"的人叫曹凯，别看他喊她姐，其实年纪比成芸大不少，这声"姐"纯粹是面子话。

曹凯今年四十一岁，勉强算壮年，是李云崇的得力部下。他们不仅工作上走得近，生活上也走得很近，李云崇的很多事情是他来处理的。

曹凯是土生土长的北京人，嘴贫面善，见人总是笑，刚过不惑之年，法令纹就深成两条沟。

"我还真担心来着。"曹凯发动车，"今儿报的是大雪，你瞅瞅这天沉的。"

"你等久了吧？"

"哪儿呀？"曹凯摇头，"没一会儿。今天李总在家设宴，给你接风。"

成芸笑道："接风？还是打个电话让他们早点儿吃吧，别再等我们回去，饿死了。"

六点多的北京城，车还没出机场，路就堵上了。

"不怕。"曹凯转身，从后座上拿东西。

企业的中层领导，肚子是一大特色。因为要够东西，曹凯腹部还用了力，从成芸的角度看，就是扭了个儿的柚子，不忍直视。

"来。"曹凯总算够到了，"点心，你要是饿了就先垫一垫。"

成芸接过点心，说："你是不是又胖了？"

"当然不是！"曹凯瞪着眼睛，把安全带拎起来给成芸看，"主要是它勒着我，不方便。"

成芸从袋子里拿出一袋小面包，拆开了吃。

"你老婆给你准备的减肥餐你吃了吗？"

"吃了。"

"就这效果？"

"我在外面还吃别的啊。"

"减肥餐就是加餐呗。"

"你可别跟我老婆说啊。"

成芸呵呵笑着。

路上车太多，车像挤牙膏似的往前挪。

"对了，我听说怎么着，还出了点儿事啊？"曹凯降下一点儿车窗，点了一根烟。

"嗯。"成芸嘴里还塞着面包，"车被剐了一下。"

"你可不知道那天晚上啊。"曹凯皱着眉，"李总几个电话，我们这大晚上赴汤蹈火的，噼里啪啦地联系人。所以说，以后这种穷乡僻壤咱就别去，尤其是晚上，这次幸好没事，万一真有什么事，那可委屈死了啊。"

成芸吃着面包,眼睛看向外面。

车堵了半个小时,天已经黑透了。

她的眼睛里却亮得很,路灯、车灯……尾气顺着打开的一丝玻璃缝飘进来……她吸入鼻腔,一股子人间烟火气。

"没什么,小事故。"成芸把吃完的面包袋放回去,说,"是不是前几天来人查了?谁来了?"

曹凯眉头微皱,不知道是因为听见了这个问题,还是被烟熏的。

"有一对老夫妻到公司退保。保单查不着,前台就没给退。"

成芸神色不变:"然后呢?"

"后来他们找了家小报社,带来一个实习记者。"曹凯说到这儿,忍不住嗤笑,一脸鄙夷,"那是个新入行的记者,什么都不懂,跟着老头、老太太来秘密采访,装他们的女儿。前台是新人,就认死理,查不到保单就是不给退。"

成芸听着,也掏出烟来:"然后呢,前台给他们看记录了?"

"没。"曹凯挑眉,"那当口,正好李总开会出来。"曹凯转头,眼睛微微一眯,"李总是什么人?一眼就看出来那是记者了。"

"点透了?"

"没有,点什么?"曹凯说,"他跟他们说前台是个新人,系统用得还不熟练,回头他会亲自处理。那记者也是想出名想疯了,还专门上保监局举报去了。什么东西都没有,她能举报出什么来啊?人家保监局都没怎么搭理她,这事就算拉倒了。"

"保单呢?"

曹凯看着前面塞得满满的车道,淡淡地说:"当然是找到了。"

成芸笑道:"找到就好。"

曹凯的手机铃声响起,他把烟掐了,接电话。

"李总。"

成芸的眉尖不由自主地一动。

"还得一会儿,这机场高速又堵上了。成姐说要不你们先吃吧?"

"啊,那也行,我们尽快。"

谈话很短,曹凯放下电话,说:"说等。这是接风,你不去人家根本不开席。"

李云崇的住处离首都机场很近，如果不堵车的话，二三十分钟就到了。可这一堵，曹凯足足开了一个半小时。

"可算是到了。"曹凯这车开得额头都冒汗了，车里的空调也关了，"安全送达，你赶紧去吧。这外面可冷了，你别耽搁。"

"嗯。"

曹凯把车停在李云崇家门口，成芸下车。

寒风刺骨。

李云崇的院子里种了不少树，有松有柏，这个季节仍能见点儿绿色，十分不易。

她按响门铃。

门前的台阶被打扫得很干净，她头顶是一直亮着的门灯，灯光不晃眼，是嫩黄的色调。

成芸呼出一口气，面前是白白的雾气。

门打开，李云崇亲自来开门。

成芸抬头，忽然感觉额头凉了一下——开始下雪了。

暖气、空调加上地热，屋里的热乎气一瞬间把风雪推远。

李云崇穿着一身居家服，站在玄关处，笑盈盈地看着成芸："回来了？"

"嗯。"

"快进来吧。"

李云崇侧身，成芸进屋，道："曹凯在停车，应该很快就来了。"

"他直接就走了。"李云崇一边说，一边弯腰从门口的鞋柜里取出一双棉拖鞋，"快换上鞋，一层潮气重，凉。"

"走？"成芸顿了顿，"他不吃饭吗？"

"公司那边还有点儿事，他就不一起吃了，改天再来。"

成芸点头，把鞋接过来："我自己来吧。"李云崇松开手，看着成芸换好鞋。

"身上怎么脏兮兮的？"李云崇皱着眉说，"这哪儿是休假，你挖煤去了吧！"

"挖煤我就去山西了，贵州有什么煤？"

成芸直起身，把风衣脱了，挂在门口。屋里隐约有些声音，成芸探身看了一眼，小声对李云崇说："都有谁啊？"

"郭佳两口子。"李云崇说。

"两口子？"成芸顿了一下，看着李云崇说，"她丈夫也来了？"

"嗯。"李云崇说，"你先上楼，我让红姨把水都放好了，你先洗个澡，然后下来吃饭。"

成芸说："直接上去吗？不太好吧。要不我先露个面？"

"不用，反正都是些熟人，我跟他们聊聊就行了。"

成芸了然，穿着拖鞋上楼。

二楼楼梯边就是一间卧室，门口放着一个大型盆栽，盆栽被照顾得妥妥当当，未理会节气，现在依旧繁茂。

成芸推开门，一个近六十岁的女人正坐在床边叠衣服。听见声音，她转过头，一看见成芸就笑了起来。

"成小姐回来了。"她的声音有点儿哑，比年纪更为苍老。

成芸冲她笑笑："红姨。"

红姨名叫廖红，老家在广西。

这个女人有点儿可怜，无夫无子，一辈子没有结婚。她早年因为家里穷，就跑出来打工，三十多岁时来到李云崇家给李云崇的母亲干活儿，因为脾气对老夫人的胃口，一干就是二十多年。她虽然是个用人，但家里人都对她很客气，李云崇也唤她一声红姨。

红姨把手里的衣服放下，打开浴室门。

"都已经准备好了，洗漱用品、拖鞋，还有换洗的衣服。"

"好的。"

"那我就先出去了，你有事就喊我，我就在外面。"

浴室很大，里面有一个大型按摩浴缸，此时放了大半的水，热气蒸腾。屋里太热，成芸快速脱了衣服，先去淋浴间冲了一遍，才到浴缸里泡着。

舟车劳顿，成芸尽量提起精神，可被热气熏得久了，还是有点儿犯迷糊。

她从浴缸里出来，觉得自己再泡下去可能会直接被淹死。

换好衣服，吹干头发，成芸出屋。

红姨已经叠好衣服了。

"成小姐,喝口水吧。"红姨手边就是成芸的水杯。

成芸拿起来喝了一口,说:"我下去了,红姨。"

成芸下楼时,隐约听见李云崇在跟别人说话,具体谈什么还不清楚。等到她走进大厅时,坐在沙发上的郭佳第一个看见她,眼睛一亮:"成芸!"

郭佳比成芸大三岁,不过发福得较早,不到三十五岁双下巴就已经十分明显。

李云崇背对着成芸坐在一个单人沙发上,听见郭佳说话,也回过头:"收拾好了?"

"嗯。"成芸笑着走过去,"对不住大伙啊,久等了,我刚刚一身土,也不好上餐桌。"

"什么话啊?"郭佳拉着成芸坐过去,"我看看,没事吧?"

成芸斜眼看了李云崇一眼:"我那个小车祸,你拿喇叭宣传的?"

李云崇淡笑,不回话。郭佳拍了她一下:"怎么说话呢,还不想告诉我啊?"

"没事就好,出门在外还是小心为好。"另一人道。

成芸不是没有注意到另外一侧的沙发上坐着个人,只是还没来得及开口,现在他说了话,成芸就顺势打招呼:"这位就是崔教授吧?"

"哎?你们见过?"郭佳有点儿糊涂。

虽然她与成芸很熟,但是崔利文一直忙工作,跟李云崇这边并不熟。可今天郭佳感觉两边好像不是第一次见面。

"一面之缘。"成芸淡淡地说。

李云崇在旁边道:"之前我有事找崔医生帮忙,我和成芸请他吃了顿饭。"

郭佳点头:"想起来了,挺久了,瞧我这记性。"

郭佳跟成芸是好友。

郭佳的母亲跟李云崇的母亲有私交,所以之前郭佳经常来李云崇家里,一来二去,跟李云崇没怎么熟悉,倒是跟年纪相仿的成芸熟了起来。郭佳本来没工作,在家闲着,后来待不住了,就在成芸的公司里谋了个闲差,现在两人还算是同事。

李云崇又说:"崔教授现在是协和医院的专家了吧?年纪轻轻,前途无量啊。"

"哎哟,李总可别这么叫我,现在这'教授'都是骂人的。"崔利文开玩笑道。

成芸坐在一边听着他们寒暄,并不多话。

过了一会儿,郭佳在旁边一拍大腿:"得了,人齐了,咱们开饭吧!"她撑着腿站起来,脚上一麻,差点儿坐回去。成芸扶了她一下,郭佳笑着说:"瞅给我饿的。"

来到餐厅,成芸一见桌上的摆设,挑了挑眉。郭佳一边入座一边说:"怎么样?专门定做的,纯铜加厚火锅。"

火锅很漂亮,冒着热气,底下是一块薄薄的方台。

成芸无意间瞥向李云崇,李云崇已经入座。

成芸收回目光,坐了下来。

桌上无酒,李云崇如非不得已,很少喝酒,也不喜欢成芸喝。

四个人围着火锅,边吃边聊。郭佳话多,一个劲地说,还问成芸出去玩这一路碰到什么新鲜事没。

"没什么新鲜的。"成芸说。

"贵州好玩吗?"

"不好玩。"

"有什么景点吗?"

"没什么。"

"……"郭佳拿手戳成芸,"就知道吃是不是?"

恍惚之间,成芸觉得这段对话有点儿耳熟,等她开始回想的时候,远比那一次短暂相遇多得多的记忆涌入脑海。

成芸的手微微一顿。她抬起头,刚好看见李云崇正看着她。

他坐在成芸对面,两个人中间隔着一个冒热气的火锅。他的视线在热气中看不分明。

李云崇已经放下筷子。

他生活习惯很好,晚饭从来只吃七分饱。除了抽烟这一项,他的习惯好得几乎可以写成一本养生教科书。火锅里涮了不少东西,可他只吃了点儿青菜和两个小烧饼。

"吃吃吃，还怎么吃都不胖，人比人真是要气死人了。"郭佳在一旁说。

成芸笑道："我当然得吃，我这一天都没怎么吃东西。"

"巧了，我也是。"郭佳长叹一口气，"本来想着减减肥的，结果肚子不争气，少吃一顿就心慌。"

"你们女同志天天要减肥，这都容易减出毛病来。"崔利文在一边说，"最好的办法就是学李总这样，注意饮食平衡，定时定量，身体养好了，毛病自然就少了。"

"怎么，你嫌我胖啊？"

"冤枉，我什么时候嫌过你胖？我是让你学学健康的生活方式。"

"哎哟——"郭佳夸张地感慨道，"你先给我学学看啊。李总那是什么精神，苦行僧都没他定力强。"

两口子一唱一和。趁着他们耍嘴皮子，成芸抓紧时间吃了几口肉。那边话音一落，她又放下筷子。

他们也没谈什么正事，一顿饭就在这些琐碎的事情中结束了。

饭后他们又闲聊了一会儿，郭佳和崔利文起身告辞。

"改天我找你，咱们好好聊聊。"郭佳在门口拉住成芸。

"行啊，这周你哪天有空？给我打电话。"成芸说，正好旁边两个男人也在说话，成芸转头说，"我请客。"

郭佳拍拍她，跟崔利文走了。

红姨下楼收拾桌子，李云崇到茶几边泡茶。

成芸走过去，说："怎么想起找郭佳的老公来？"

李云崇热了水，坐在沙发里休息："碰巧了，医生工作也忙啊，他今天正好有空，就跟着郭佳一起过来了。"

成芸坐到他对面，没有说话。

茶泡好，李云崇给成芸倒了半杯。

成芸不喜欢喝茶，苦不说，还烫。可李云崇喜欢，她没办法，次次来都要喝。

茶几旁边是个小小的香炉，此时里面没有点香。可之前燃过的香粉还没有清理，依旧散发着淡淡的味道。

"你这出去一趟，可真是不让人省心。"李云崇淡淡地说。

成芸垂眸："不是什么大事。"

"车都翻了，"李云崇眉头微蹙，额上的皱纹明显，"还不是大事，那你告诉我什么是大事？"

成芸耸耸肩："这不是回来了吗？"

"你玩也该有个限度。"

成芸拿起桌上的一个空杯子把玩起来。

李云崇伸出手，指了指她："以后记着，去哪儿晚上也不能开盘山路，碰着那些不长眼的司机，你都没处喊冤去。"

成芸从桌上拿了块点心吃："知道了。"

"今儿太晚了，你就住这儿吧，明天请个假，歇一天再上班。"李云崇说。

"明天再过来，我今天回家住。"

"这么晚，别折腾了。"

"我好多东西不在这儿。"

"我帮你拿来了。"李云崇指指楼上，说，"都在二楼。"

成芸干嚼了几口饼干，李云崇看着说："这是郭佳刚刚拿来的点心，吃一口就行了，不要吃太多零食。"

成芸把嘴里的点心咽下去，打了个哈欠："那我上楼了。"

"哦，对了。"成芸走了几步，李云崇在她身后说，"当时跟你一起的两个人，一个导游一个司机，他们情况怎么样，用不用帮什么忙？"

成芸往楼上走："药费我都出了，钱也都结了，不用帮什么忙。"

成芸上楼梯上到一半，李云崇的声音又传了过来，这次他们之间隔了半面墙壁，李云崇的声音显得有点儿低沉："都结清了吗？"

成芸脚步微顿，缓缓地说："结清了。"

她等了一会儿，李云崇没有说话，她又低声自语了一句"都结清了"，才上了楼。

成芸走了几天，事情积攒了一大堆。她没请假，准备第二天一早直接去公司。

成芸的公司离李云崇的公司较远，位于丰台区。公司旁边就是长途汽车站，平日人流量就多，如今赶上年底，汽车站外从早到晚都一堆一堆的人。

成芸起了个大早，洗漱穿衣。

整个房子里都很安静。成芸下了楼，碰见浇花的红姨，问有没有早饭。

"哎哟，你怎么醒得这么早啊？"红姨惊讶地说。

"我要去公司一趟，家里有什么吃的？随便给我垫一口。"

李云崇的房间在三楼，虽然离得远，他听不到，但成芸还是不由自主地把声音压低了。

"你等李先生一起吃吧。"红姨说，"昨天晚上他还在讲。"

成芸笑笑："不用了。"她在一楼搜刮一圈，奈何李云崇这人平日对饮食太讲究，别说垃圾食品，就连零食都看不见。

"昨儿个这儿的点心呢？"成芸指着茶几。

"哦，那是郭小姐昨天晚上带来的稻香村点心，昨天晚上上楼之前李先生让我都倒掉了。"

"……"成芸忍不住白了一眼，又往里面走。

推开一道门，成芸看见什么，咧嘴一笑："好嘛，让我逮着了。"

红姨跟在后面，一看成芸拿的东西，赶忙阻止："哎哟，不行啊，成小姐，那是给鸟吃的啊。"

成芸把饼干拆开："有什么关系，这不就是我之前买的？"

红姨一脸懊恼："这鸟嘴馋，不过一个月了，李先生也只给了一块，成小姐你可千万不能吃啊。李先生知道了会怪我的。"

成芸昨晚没吃太饱，半夜就饿了，但是懒得动，就没下床，现在好不容易找到一盒饼干，没道理放下。

"放心，不会怪你。"成芸把饼干卷了卷塞进包里，打算路上吃，"他都习惯了。"

成芸出门，雪已经停了。

昨夜的雪不小，地面上堆积了厚厚的一层。成芸估计了一下温度，感觉得有零下十五六摄氏度，她这身衣服还是有点儿勉强。

不过好在她有车。

成芸临出差前一夜也是在李云崇这里住的，车也停在了这里。她把车库门打开，一辆黑色的雷克萨斯停在里面。

因为她出门早，路上还不是很堵。成芸开车到了公司，刚好碰见两个员工。

下车打了招呼后，成芸来到自己的办公室。

事情越攒越多，成芸排好工作表，一件一件处理。

七点多的时候，公司员工陆陆续续上班。成芸拿起办公桌上的电话，拨了一个内线，电话响了一声，一个男人接通。

"领导。"

成芸看着手里的东西，说："小徐，来一下。"

徐志勇马上道："好的，马上。"

成芸放下电话，没有半分钟，办公室外就传来噔噔的跑步声。门被叩响，成芸说了句"进来"。

徐志勇进屋，反手关好门。

"领导。"

徐志勇今年二十九岁，研究生毕业后来到成芸的公司，是技术部的组长。说是技术部，其实说白了就是电脑维修部门，偶尔做一下系统的维护和更新，主管后台。

他来到成芸面前，戴着一副厚厚的眼镜，身材瘦削，一笑脸上全是褶子。

成芸手里拿着几份报告，没有马上说话。徐志勇偷偷瞄了一眼，是前几天的业务报告。

"领导出去几天，玩得怎么样啊？"徐志勇开口问。

"还行。"成芸抬头，"看我瘦了没？"

"瘦了。"徐志勇说，"外面吃不好啊？"

成芸笑笑，放下手里的东西："我不在这几天，公司情况怎么样？"

徐志勇一拍手："一切顺利啊。"

成芸抬眼，看着他："有人来找过你吗？"

徐志勇不太明白："谁找我？没人找我啊。"徐志勇也不是刚刚入行的人，一听成芸的问话，就觉得可能哪儿有问题。成芸没有继续说，给他时间回想。

"哦对了，领导，"徐志勇想起什么，往前凑了凑，"前几天，有人到总公司那边闹事，你听说了没？"

成芸摇头:"没啊。事情大吗?"

"还行,刚有一点儿苗头,就被压下去了。"徐志勇说,"简直就是无理取闹。现在这帮记者可不怕事大,就要给你闹起来,闹对了就为民请命了,闹错了自己也没损失。"徐志勇冷哼一声,"像咱们不是人似的。"

成芸说:"最后解决了?"

"解决了。"徐志勇满不在乎地挥挥手,"其实就是前台业务不熟练,好像是高层出面,把保单查到了,就退了。"

成芸点点头:"没人来我们这儿?"

"跟我们有什么关系啊?"徐志勇觉得成芸顾虑太多,"我们是代理公司,他们才是大头,找人也是找他们。"

成芸点头:"好,你们辛苦了,去忙吧。"

徐志勇离开办公室,成芸靠在转椅上,转了半圈,拿起报表,重新看起来。

积压的活儿虽多,不过成芸真干起来也挺快。不到十一点,事情她已经处理了大半。门口又有人敲门,没等她回话,直接进来了。

成芸头都没抬:"你又迟到啊。"

郭佳嘻嘻哈哈地过来,羽绒服衬得她的体形更圆了。成芸抬头,看见她捂着肚子过来,说:"偷地雷啊?"

郭佳走到成芸面前,唰的一下把羽绒服敞开。

"当当当当!"

郭佳一亮相,羽绒服里面露出个盒子来。成芸一看,问:"什么东西啊?"

郭佳把盒子一开,成芸刚瞄到盖子就把手里的东西放下了。

"过来!"成芸把盒子里的东西拉出来——小酒坛,不大,封得严严实实的,酒坛上面光溜溜的,什么标签都没有。

成芸拿过来闻闻:"什么酒啊?"

郭佳坐到成芸对面,拍拍酒坛,说:"我舅舅家自酿的内蒙古奶酒,上次你不是让我带吗?我记着呢!"

"你有心啊。"成芸把酒拿过来看来看去。

成芸之所以跟郭佳关系好,一定程度上是因为酒。这俩女人都好喝酒,可李云崇和崔利文,一个养生,一个是医生,都不让她们喝,两个人只能偷偷摸摸上外面来过瘾。

成芸拍拍酒坛:"今晚上我那儿。"

郭佳一笑,眼弯脸圆:"就这么定了。"

"跟你老公说了吗?"

"他今天值班,我说不说都一样。"

成芸放下酒坛,随口道:"医生都忙啊,不过协和的教授,赚得也不少吧?"

"凑合,我俩过日子足够了。"郭佳笑着说,"谁也不能跟李云崇比啊。而且,他平常也不太让我往外宣传,毕竟他那科……"郭佳眯着眼睛,蹭了蹭成芸,意思是"你懂的"。

成芸没给面子:"啥?"

"啧,妇科啊。"郭佳的表情有点儿夸张,"一个老爷们儿当妇科教授,说出去总有些那什么嘛。"

成芸笑了笑,没有再说。

成芸晚上下班,李云崇的短信准时到了,问她晚上的安排。成芸告诉他要跟郭佳出去,李云崇回了一条"注意安全"。

成芸开车,带着郭佳回到了自己的公寓。

房子在朝阳公园旁边,地理位置优越,十五层,不高不低,人往落地窗户前一站,不会被挡住视线,也不会因为太高犯迷糊。

只是成芸这房子是简装修,甚至可以说是无装修。

成芸买下房子的时候直接叫装修公司的人将房子掏空了。除了床,屋里没有什么像样的家具,家电也基本都是摆设。一百七八十平方米的房子,被成芸搞完,活生生像个仓库。别人问成芸为什么这么弄,成芸就说:"东西多了不方便。"

李云崇对她的行为不管不问,反正她住在他那儿的次数远比住在这儿多。只是在一次路过歇脚的时候,李云崇实在忍不了了,就让人买了几幅油画挂在墙上。

仓库瞬间就变成了现代艺术展厅。

成芸和郭佳进屋,成芸把灯都打开,将空调温度调到最高。

"来来来。"成芸招呼郭佳来到落地窗户旁,那儿有张小圆桌,旁边是两把圆形的椅子。

"你这屋里怎么一点儿人气儿都没有啊?"郭佳走过去,说,"家里让你弄得比宾馆还冷清。"

成芸说:"我东西少。"

郭佳笑,意味深长地碰碰她:"都放李云崇那儿了吧?"

成芸也笑,不回答她。

坐到窗户边,郭佳把酒打开。成芸拿来两个杯子,郭佳一看,说:"不对,你看你这杯子,这是香槟杯,哪儿有拿这个喝白酒的?"

"要不就剩碗了,你要想对碗干,我没意见。"

"得,就这个吧。"

一人半杯酒下肚,浑身都热起来了。

"爽。"成芸笑着说,"我打电话叫点儿小菜来。"

"快打。"

十分钟不到,外卖就送到了。成芸把盒子打开,放到桌上,两人一边吃一边聊。

郭佳虽然爱喝酒,不过她的酒量比不了成芸,一杯酒喝完,脸上就明显上了色。话题从工作到行业,再到家庭,两个人天南海北地聊了一通。郭佳一边感慨现在生活压力大,一边说家庭关系如何处理。

成芸让她慢点儿喝,静静地听着她发牢骚。

"我告诉你,现在那些小姑娘真是了不得。"郭佳冷着脸,看着成芸说,"你知道吗?那实习护士,电话都打到家里来了。"

成芸抬眼看她,没吭声。

郭佳眯着眼睛道:"你说现在有些小丫头,也不管人家结没结婚,上来就要电话,好像这辈子没碰见过男的似的。还有那些病人,都躺病床上了,还不忘要人微信。"

成芸抿嘴笑:"你老公长得帅,岁数不大,业务水平又高,有人喜欢正常。你得换个角度想,这么多医生、患者喜欢他,他不还是跟你过日子?"

"哼。"郭佳冷笑一声,嘀咕,"跟我,他跟我结婚为的是什么,你还不知道?"

"那又怎么样?你有家世、有背景,他就爱这个。"成芸喝了一口酒。

郭佳听了,缓缓咧开嘴:"没错,他就爱这个。"

一口气松下,郭佳吃了两口菜,又冒出别的想法来:"你呢?"

成芸一顿:"我什么?"

"你跟李云崇啊。"

成芸说:"我跟他怎么了?"

"啧。"郭佳戳了成芸一下,"他这次有没有跟你提结婚的事?"

香槟杯的杯口小,可微微晃动,酒面上依旧有细微的波纹。

"什么结婚?"

郭佳一听她的口气就知道了,靠回去:"还没说?"皱着眉头道,"不对劲啊……"

成芸抬眼,郭佳的一张胖脸严肃起来:"你出车祸的那个晚上,李云崇的电话直接打到我老公的手机上了。我的天,吓死我了,你知道吗?我都不知道他们俩熟到这个份儿上了!"

"他给你老公打电话干什么?"

"让我老公准备啊!"郭佳一副"你怎么这么蠢"的表情,"他怕你受伤,这边什么人都联系好了。不过好在你没什么事。"

成芸低头不语。

郭佳看着她,又说:"有时候我真不懂你们。"

成芸依旧低着头,郭佳也看向外面灯火辉煌的城市。

郭佳有点儿醉了:"说真的,一开始我也挺瞧不上你的。"她说,"长得漂亮,没什么背景,只身一人过来北漂,傍上个极品王老五。跟你说,换谁谁都嫉妒。"

成芸笑着。

"不过李云崇也出乎我意料。"郭佳皱着眉,"这么多年了,他身边来去的女人太多,可还真没对谁上心过。除了你,我都没听说有人在他家里住过。而且他现在这样,要说对你没上心,也没人信。"

"不过说来也奇怪。"郭佳晃着酒杯,说,"他年纪可不小了啊,眼瞅五十岁了。而且他也不像花花公子,按理说早应该成家了。可他到现在一次婚都没结过。他自己也不着急?还是怕有人图他的钱啊?至少也该要个孩子吧……"

成芸打断她的话:"你这么关心他干……"

"啊!我知道了!"郭佳一拍手,成芸心里一颤。

郭佳像是说秘密似的,跟成芸说:"他是不是有私生子了……才这么不紧不慢?"

成芸长叹一声。

郭佳误会了成芸这一声的含义,连忙改口:"不过应该不会,你是李家准儿媳,这谁都知道。老夫人都见过你了,那屋里都有你的房间了,你们虽然没领证,但全天下你在李云崇面前名最正!不过……"郭佳话锋一转,又说,"姐在这儿多一句嘴啊,你一听一过,别挂心。"

成芸说:"你说。"

郭佳将酒杯放到桌面上,说:"像李云崇这样的男人啊,你也别怪他想多想少。女人看十年,可能觉得太贵重了,但人家不一定这么想。说白了,男人到了一定高度,除了自己,什么都不在乎,但你有时候看不出来。"郭佳伸出手,把五指张开,"好比我们一人两只手,分一只帮你,你就觉得高兴。李云崇拿两只手帮你,你更觉得不得了。可你不知道,他跟我们不一样,他修成千手观音了,两只手推你,背后藏着多少只手推别人,你根本看不见。"

成芸笑了,把酒杯举起来,冲着郭佳淡淡地说:"你看得好深。"

郭佳端起酒杯,跟她碰了一下。

"我说这么多,就是让你放宽心。女人不要陷太深,他要真无意,你得懂得给自己谋后路。"

"我知道。"

窗外一条街上都是饭店和宾馆,灯红酒绿。

这座城市的夜晚声色犬马、纸醉金迷,好像一层一层地盖着纱——可如果真的掀开帷幕,下面又有几分复杂?

无非是人心。

无非是恩仇爱怨。

这世上的事,人们说得天花乱坠,其实又有几分复杂?

成芸按部就班地生活。她工作、休息,偶尔被郭佳拉出去喝喝小酒,或者被李云崇叫去家里坐坐。

成芸每次去李云崇那儿，基本都是相同的模式，要么吃饭、喝茶，要么喝茶、吃饭，然后就坐在沙发上聊天。

有时候成芸实在熬不住，到最后就一边聊一边睡。每次碰到这种情况，她醒过来时，身上总是盖着毯子。

年底公司事情多，又是总结会，又是拜年会——这也是李云崇一年到头为数不多出门应酬的时候。

有的应酬成芸跟着他参加，有的则不。

元旦当天，李云崇陪几个朋友在外面吃了顿饭，回来的时候叫成芸来家里，说有东西给她看。

好不容易放假，成芸本来想在家好好睡一觉，结果李云崇一个电话，她又得起来。

成芸赶到李云崇家的时候，已经是晚上了。她进屋，发现李云崇一个人在家。

"红姨呢？"成芸脱了外套，挂在衣架上。

"回老家了。"李云崇说，"她也好久没有回去看过了。她虽然没有丈夫、孩子，不过兄弟姐妹还是有的。"

成芸点点头，两人走到客厅里。成芸坐下喝了杯热水，暖和了一会儿，才说："你有什么给我看的？"

李云崇笑着说："哦，对对，有东西给你看。"他起身，去旁边的柜子上拿了一个袋子来。

或许是年龄的原因，也或许是生活浸染，李云崇不管说话做事，总是不紧不慢，给人一种十拿九稳的感觉。

李云崇从袋子里取出一个文件夹，放到茶几上，用手指轻轻点了点，说："你看看这个。"

成芸放下杯子，把文件夹拿过来。

当她看到文件夹的时候，成芸反射性地觉得李云崇要说的是公司的事情，恰好前不久还冒出点儿问题，她的思绪已经在一瞬间调整为工作状态。

所以当她把文件夹里的文件拿出来时，她着实怔住了。

她嘴里还有口香糖，都忘了嚼。

"你还真的……"成芸睁大眼睛，"你真买了？"

李云崇眉头微蹙，一副埋怨状："什么叫我真买了？我之前跟你说的，你以为我在开玩笑？"

成芸无语地低下头。她手里是两份地产资料，不过不是北京的。那两块地，一块在贵州，一块在云南。

成芸把材料放到茶几上，又开始嚼口香糖，这回嚼得比之前快了些。

"你挑挑看。"李云崇说，"这两块地都是我找人精心选的，你喜欢哪里？"

成芸像是开玩笑似的看他一眼，说："也找风水先生算了？"

"哎，你别这个语气。"李云崇凝神指点，"所谓宁可信其有，不可信其无，图个心安而已，算算对我们又没损失。不说这个，你先看看你喜欢哪里。"

成芸没有看，反而说："你离退休还有十多年呢，急什么……"

"你又没好好听我说话。"李云崇眯起眼睛，"我说了，我干到五十五。"

成芸不说话了。李云崇把茶几上的两份材料摊开，说："两块地我都订下来了，只不过还没有决定要哪块，你帮我提点儿意见。"

成芸说："你喜欢就全买好了。"

"这种房子不用多。"李云崇说，"一套足够了。"

"那……"成芸低头，思忖片刻，低声说，"那就云南吧。"

"怎么，去了趟贵州，不喜欢？"

成芸说："两个地方都不错。"

"那怎么不选贵州？"

成芸抬眼，看着李云崇道："云南这名字好听。"

李云崇笑了。

他年纪不小了，脸上自然留有岁月的痕迹，每次一笑，眼角都有着深深的皱纹。那是长年累月的笑容积攒下来的痕迹，成芸已经见过无数次。

她有时会回忆起第一次见到李云崇时的情形。

郭佳说她在他身边十年了，其实，要比那还久。

十二年，刚好一轮。那年李云崇才三十五岁，英俊而亲和。

那个夜晚,他靠在自家别墅门口,冲着偷偷溜进高级住宅小区推销保险的她说:"你是哪家的业务员?大冷天的就穿条小裙子卖保险?"

那时,他也是这么笑的。

成芸把口香糖吐了,喝了一口茶:"红姨走了,谁照顾你?"

李云崇好笑地说:"我又不是三岁小孩,非得要保姆来照顾。"

成芸转头,在空空的屋子里扫视一圈,说:"你也给张师傅放假了?"

"元旦嘛,厨师也得给自家老小做顿饭。"

成芸放下茶杯,说:"这几天我住在这儿吧。"

"行啊。不过……"李云崇话锋一转,看着成芸道,"你住这儿,那谁照顾谁就说不好了。"

成芸耸耸肩膀,不回应。

元旦过后,更多人开始期盼新年假期,公司里的聊天话题也从"年底业绩"渐渐变为"年假要怎么用才划算"。

进入二月,年味更浓,成芸住的国际公寓大楼上挂了好多红灯笼,一到晚上一起亮,公寓大楼便像一棵会发光的大枣树一样。

每次站在楼下,成芸都能很快找到自己的屋子——因为只有她的房子,从头至尾都是光秃秃的。

公司的人事部门和后勤部门买了不少东西,把公司外面和院子里装点一番。离除夕还有一个星期的时候,已经有人开始请假了。

公司很忙,假不好请,可成芸还是给很多人放了假,结果就是包括成芸在内的几个领导加班严重。李云崇对此不太满意。

他经常对成芸说,驭下要严,自己也要自律,可成芸总是记不住。

成芸又一次加班,李云崇打来电话时忍不住说她:"你就是做事太凭心情,兴致一来,就不顾后果。"

成芸不置可否,随口道了歉,接着干活儿。

手头的工作不少,成芸觉得自己想赶在放假之前结束工作的可能性太小。加班结束后,成芸离开公司,天已经完全黑了。

她跟值班的员工打了声招呼,准备回家。

因为避过了晚高峰时期,成芸开车还算顺利,虽然也没有一路畅通,但最起码路上没有堵得走不动道。

街上的路灯亮着，两边挂着灯笼。灯光昏黄，照着灯下残留的小雪堆。十字路口有点儿拥堵，成芸把握时机，开车拐进了一条小道里。

成芸对这片很熟，每条小路都认得，就连一条路上有几家奶茶店都清楚。

这条路有点儿曲折，路灯很少，不过也不暗，因为街边有很多小店，晚上都亮着灯。

成芸很喜欢这条路，这儿让她想起小时候在家乡的街上玩闹的情景。只不过那条街在他们那儿已经算是了不得的商业街了，而这条街在北京只是一条没什么人来的小巷。

成芸往窗外看，思索着要不要停下买点儿快餐直接带回去。

就在她思索之际，余光忽然瞥到什么，那一刹那成芸几乎是过电一样，大脑没有做出任何思考，脚已经把刹车踩到底了。

还好车速不快。

还好她后面没有车。

饶是这样，路边也有行人对这种突然式的刹车方法表示不满，从车边走过时抱怨了几句。

可成芸听不着。她看向外面，马路对面不远的地方停着一辆破摩托车。

车上，坐着一个人。

那人腿长，一脚踩着脚蹬，一脚直接踩着地。

他双手插在衣兜里，好像在等谁。

因为是夜晚，天色暗，成芸不能一眼分辨出什么。她把车窗降下来，没有了黑色的车膜，冷风灌入，成芸眯起眼睛看。

很快，一个中年妇女从旁边的小吃店里出来，手里还拎着一个外卖的塑料袋。她出来后直奔摩托车，跨坐上去。司机踹了一脚摩托车，转身骑走。

成芸二话不说，发动汽车跟了上去。

小道里，摩托车开得并不快，成芸跟他保持五十米左右的距离。其实这个距离，她跟着已经算是明目张胆了，但那摩托车司机一点儿都没注意到，一心一意地辨认方向。

又拐了个弯，摩托车停在路口。

中年妇女下车，从包里掏钱。

成芸也下了车。

司机收完钱，插在后面的裤兜里，要走，成芸在后面喊了一声："喂！"

司机好像没听着，摩托车开动，往一条小巷子里拐。

成芸一股无名火上来，从后面跑着追进去。这条巷子里更黑，细窄的街道两边无树无灯，墙角是堆积起来的黑雪。

成芸憋着气大喊一声："周东南——"

这一嗓子就不只是声音大了，细细听来，里面几乎有一股狠绝的味道。

暗巷之中，风雪飘摇。

摩托车停了下来。

成芸脚下不停，一路跑到摩托车前面。

司机围着一条大围巾，把半张脸都裹了起来。他看着挡在面前的女人，抬手把围巾拉下来。

他呼吸之间，一股白气冒出来。

这时，他才像是回应一样，说了句："嗯？"

成芸看着他拉下围巾，露出那一张黑脸，眼珠子都快瞪出来了。

成芸一开口，声音都发抖："你干什么？"

周东南不太懂，说："什么干什么？"

成芸指着他，问："你到底要干什么？"

周东南一脸茫然："什么？"

成芸猛地转过身，又转回来，深吸一口气，阴沉沉地说："你什么时候来北京的？"

"哦。"周东南把手套摘下来，搔了搔脸，说，"刚来。"

成芸无意追究他话中的真假，又问："你来北京干什么？"

"给人送点儿东西。"

成芸冷笑一声："你又干上快递了？"

周东南没回答。

成芸手叉着腰，脑中乱得一时竟然也不知道该说什么。

周东南倒是先开口了。

"不冷吗？"

"什么？"

周东南打量着她，冲她努努下巴："你穿这么少，不冷吗？"

成芸低头，这才发现自己连外套都没披就直接追下车了。神奇的是她现在根本不冷，非但不冷，简直热成一团火。

"北京真冷。"周东南低声说了一句，又把手套戴上了。

成芸深吸一口气，说："你只送东西？"

周东南看着旁边，含混地嗯了一声。

"送完东西就回去？"

周东南的围巾把脖子团团围着，他不说话了。

"我不管你干什么。"成芸缓缓地说，"别来找我。"

周东南的目光转过来，静静地看着她。

成芸语气冰冷："我们两清了，你自己该知道。"

周东南微低着头，看着路上残留的雪印，过了好久才回话："我知道。"说完，他又补充一句，"你给了我很多。"

"你知道就好。"成芸收回目光，语气没有一丝波动地说，"送完东西就回贵州去。"

成芸说着，与他错身而过。

阿南就坐在摩托车上，双手插在衣兜里，一脚踩在地面上。

巷子里太黑，不知道有没有人回头。

那天晚上成芸忘记了自己是怎么回家的。

她回到公寓，把自己摔到床上，躺了好久好久。

坐起来是因为冷，她忘了开空调，而等她开了空调后，又发现自己的外套找不到了。

如果说成芸的房间还有什么优点的话，那就是找东西方便。成芸所有的东西都可以乱放，因为一眼看过去，屋里一共就那么几样，她放哪儿都能找到。

所以在找了十分钟依旧没有找到外套时，成芸几乎气炸了。

她在空荡荡的房子里号叫一声。

屋子虽然空，但还不至于有回音。

喊完一嗓子，成芸忽然想起来，衣服在车里，她忘了拿回来。等她意识到这一点时，整个人都没了力气，一屁股坐在沙发上。

点了一根烟，成芸盯着天花板，才慢慢清醒过来。

多长时间了？

窗外灯火辉煌，成芸看着缓缓盘旋的烟雾，心想：到底多久了？一个月，还是两个月？

她有点儿记不清了。

事实上，她很惊讶自己居然还能认出他，并且在那条追逐的道路上顺畅地喊出他的名字。

她以为她忘了——当初偶尔的一次停留，她真的以为自己已经忘了。

记忆就像一本书，可成芸天生就不是喜欢看书的人。她现在的感觉就好像被强行拉着复习课本的高中生一样，被迫看了好多章节，心烦意乱。

成芸抽完一根烟，又点了一根。

回忆总要有个起始。

成芸咬着烟，想起了她从贵阳下车的那个瞬间。有了这个瞬间后，一系列的记忆都扑面而来。

成芸恍然想起，她还没有问张导游的身体怎么样了，也没有问刘杰旅行社的钱都结清了没有。甚至那个苗王银店的头饰，在她给对方发过地址后，对方也就再没消息了。或许是店长反悔，或许是他们不想先发货后收钱。

不过这些都不重要。

成芸揉了揉脑袋，最后想到了周东南。

她不知道他来了多久，也不知道自己在公司附近碰见他到底是巧合还是其他。

他居然还开起黑摩托来了？

成芸急躁的脾气下去，忽然莫名其妙地哼笑了一声。

这人就跟繁华世界里随处可见的野草一样，别的没有，扎根能力无人能敌。

她最后想到——他是不是来找她的？

成芸站起身,来到窗户前。她脚下是一条明亮的街道,已经半夜,街上没有多少行人,不过还是有车辆通过。

玻璃窗上反射的成芸的影子显得有点儿冰冷。

不管他是不是来找她的,结果都一样。

这段插曲让成芸当天晚上只睡了两个小时。第二天起床,成芸有点儿脾气,上班时若有若无地散发着"没事勿扰"的气场,很多人注意到了。

郭佳中午来找成芸吃饭,一边吃一边聊家里的事,说着说着感觉成芸不在状态,问了一句:"怎么了?"

成芸摇头:"没什么。"

"今天晚上出去玩,我叫了几个人,唱歌去。"郭佳说,"去不去?"

"我不去了。"成芸低头吃了一口饭,说,"我今天要加班。"

"你是老板,成天加什么班啊?"郭佳皱着眉抱怨。

成芸一听一过,没有回话。

其实她今天并不需要加班,她是硬生生地在办公室里坐到九点的,因为昨晚,她就是九点走的。

成芸不知道自己是什么心态,好像是想要抓住某些证据一样。不过她完全没有考虑如果真的找到证据,下一步要做什么。

九点整,成芸拿包走出公司。

开着那辆黑色的雷克萨斯,成芸再一次拐进了那条小巷。

晚上太冷,街上的行人来去匆匆。

成芸把车停在昨天的位置,车窗开了一条缝隙,然后就坐在车里抽烟。

路边奶茶店的灯箱坏了,灯一闪一闪的。

成芸跟胸口压着东西似的,怎么深呼吸都没有用。

可这晚她并没有看到周东南。

她开车回家,心里想,或许真的跟他说的一样,他只是来送东西的。抑或他除了送东西,还有其他的事情要做。只不过,这些事情和她无关。

可能是她自己想多了。

想到这儿,成芸呼出一口气。可是她呼完一股气之后,另外一股气又冒了出来，一下一上，收支平衡。

胸口还堵着。

成芸忍不住在车里骂了一句。

李云崇最终选了云南的那块地。

这块地不在省会昆明，也不在大理、丽江这些云南著名景区，而是在玉溪。

成芸对这两个字的概念仅仅在于烟。

"玉溪是个好地方。"李云崇说，"马上就过年了，要是有空，我带你去看看那片地。"

既然已经决定了，李云崇的效率也高了起来，他跟成芸说："年前我找一家建筑公司，设计几套方案，到时候咱们再选一选。"

成芸本来以为李云崇只是一时兴起，但是现在看来，好像完全不是这样。

"你不用这么急吧？"成芸把一沓材料放到茶几上，说，"就算要住，也还有五六年，万一以后你又碰到更好的地方了呢，这儿不白买了？"

"现盖的房子能住吗？"李云崇冲了冲手头的茶具，说，"房子弄好，要搁一搁、沉一沉，到时候才好住。"

成芸简直无话可说了："行，都随你。"

那天晚上李云崇约了几个朋友，在家吃饭。李云崇把自己买的地拿出来给他们看，几个男人围绕着地皮聊得不亦乐乎。

有两个人带了老婆，吃完饭，成芸跟那两个女人坐到一边闲聊。

她们不熟，但是不妨碍一起聊天。

屋里温度高，加上刚吃完饭，几个女人脸上都泛着潮红。成芸站起身，去旁边推开半扇窗户。

隔间是李云崇养鸟的地方，成芸无意之中瞥了一眼，意外地发现笼里只有两只鸟了。

她微微一顿。

她记得从贵州回来的时候，明明还有三只的。

"哎，成姐看鸟呢？"

成芸扭头，曹凯站在她身后。那桌的男人还没聊完，看起来曹凯是下桌上洗手间,回来时路过这里。

"我透透风。"曹凯一边拿着牙签剔牙,一边说,"太热了,李总家采暖真好,大冬天屋里跟蒸笼似的,都能直接穿背心、裤衩。"

成芸没说话,又转头看着鸟笼。

曹凯喝了酒,人微醺,眼神也有点儿迷离。

他见成芸看着鸟,目光也落到上面。

不知道是对成芸说话,还是自言自语,曹凯淡淡地开口:"李总养鸟真是讲究。"

成芸侧目。

曹凯指着鸟笼说:"又精了一步。"

成芸听不懂,转过头问曹凯:"我之前看还有三只,怎么越养越少了?"她知道李云崇不可能把鸟养死,少了那只可能是他放走了,或者送人了。

曹凯看她一眼:"你不知道原因?"

"我上哪儿知道?"

"贵精不贵多呗。"曹凯简单地解释道,"养了大半辈子,总会悟出些东西。你看那些武侠小说里写的,高手练功练到最后,全九九归一了,这万事万物一个道理嘛。"

莫名其妙,成芸嗤笑一声,刚想损他几句,门铃响了。

屋里谈笑声未落,曹凯奇怪地问了句:"还有谁要来啊?"

"应该没人了。"成芸也有点儿疑惑,对曹凯说,"我去看看,你回去坐吧。"

曹凯点点头。成芸往门口的方向走过去。

餐厅离门口有一段距离,隔了一堵墙,似乎连里面的人说话的声音都小了许多。

门铃响了两下就停了,成芸走到门口,一边问是谁,一边抬手准备开门。

一种莫名其妙的感觉涌上心头——在成芸的手落到门把上的一刻。

就像是某种直觉一样,没等外面的人回答,她已经把门打开了。

寒风灌入。

他还穿着那天的那身衣服——一点儿花纹都没有的黑色短款羽绒

服、牛仔裤,脚上是一双棕色的高帮鞋,脖子上围着一条厚厚的围巾,在领口系了个大结。

这次他还戴了顶帽子,整张脸只露了一双眼睛出来。

成芸预感成真,迅速地往后看了一眼。她在这里看不到屋里的情况,听声音,每个人都在忙自己的事。

成芸从屋里出来,将门关上一些,压低声音,恶狠狠地说:"你干什么?!"

周东南把手套摘下来,用手拉了拉围巾,露出嘴巴,说:"你别出来,外面太冷了。"

成芸险些抬脚将他踹下去,指着他说:"我说的话你都当耳旁风了是不是?"

"没。"

成芸被他这装傻充愣的态度激得眯起眼,只说了一个字:"滚。"

周东南低了低头,又抬起来看着她,神色平静,说:"我是来送东西的。"

"送什……"成芸刚开口,周东南就指了指下面。成芸目光下移,才发现地上有个大箱子。

"什么东西?"成芸踢了一脚。

周东南连忙扶住:"别踢。"他说,"你的头饰。"

头饰。

周东南怕她想不起来似的,又提醒她:"你在苗寨里买的。"

成芸瞠目结舌。

周东南又说:"你要不要检查一下?如果没有问题的话,我给你账号,你把钱给了。"

停,等等,问题太多,成芸尽力地厘清思路,想选一个最能代表她心情的问题。还没等她选完,屋里传来声音。

"怎么了,是谁?"

是李云崇,他正朝这边走过来。

成芸把箱子拉到屋里,推了周东南一下,看也没看他一眼,只低声说了句"晚点儿再说,你走",就把门关上了。

她拖着箱子过了玄关,李云崇刚好露面。

"谁啊？"

"快递。"

李云崇也看到了地上的箱子，说："这么大，你买什么了？"

成芸闷头推箱子，说："之前在贵州玩的时候定制的，一个装饰品。"

李云崇下了桌，自然有人跟过来。

曹凯和另外一名男士过来，一看这场面，都连忙过来帮忙搬。

李云崇在一旁看着，曹凯撅着屁股把箱子搬起来，问成芸："成姐，放哪儿啊？我给你拿楼上去？"

成芸还没开口，李云崇说："拿屋里来，咱们欣赏欣赏。"

大箱子被抬到客厅里，女人不聊了，男人也不吹了，全围了过来。

成芸想象征性地笑笑，却发现笑不出来。

李云崇抬抬下巴："打开。"

曹凯帮忙找剪刀，一边问成芸："成姐，你买的什么装饰品？还挺沉的。"

"嗯。"成芸点点头，看着箱子被一点点拆开，说，"银饰，在苗寨里买着玩的。"

旁边一个人问："都这么久了才送来？"

成芸随口说："找人现做的。"

箱子被打开，那个凤凰头饰端庄地呈现在众人眼前。

头饰跟成芸在店里看到的一模一样。密集的银片拼成长长的凤尾，在吊灯下泛着亮光。头饰两边的挂坠也被很好地包了起来，以防磕碰。

大伙看见，你一句我一句地夸东西漂亮。

成芸总算有些缓过神，微笑着一一应对。李云崇却自始至终一句话都没有说。

九点多，客人离开，成芸到门口送客。

等她回来的时候，李云崇正坐在沙发上泡茶。那个凤凰头饰还在地上放着。成芸过去，把头饰装到箱子里，回身的时候，李云崇看着她。

"在哪儿买的？"

"苗寨。"

"这都两个月了，才想起来要送？"

成芸坐到他对面:"说了是定做的。"

"又不是什么新鲜玩意,用得着定做一个吗?你喜欢银饰,北京的工艺大师有一堆,我帮你联系就好了。"

成芸还有好多话可以解释,比如喜欢民族文化、当时一时兴起、被店员说动了心……可她不想解释了。她往沙发上一靠,说:"我买了又怎么样?"

李云崇不动声色地皱了一下眉头。

茶几上的水壶烧好了水,壶口冒着热气,盖子也噗噗地响。

李云崇低头,把水壶拿下,几不可闻地叹了口气。

成芸心里烦躁,站起身:"我先走了,明天还要上班。"

"小芸!"李云崇沉声叫她,成芸转头,看见李云崇站了起来。她缓和了一下情绪,说:"我今天有点累儿了。"

"累了就在这儿休息。"

"我今天要回家。"成芸拎起包,穿好外套。

成芸在玄关处穿鞋时,李云崇走过来。成芸拉了两下鞋柜都没有拉开,李云崇弯腰,说:"里面可能卡住了,你别急。"他晃了几下,柜子被拉开,他把成芸的鞋取出来。

成芸低头穿鞋,李云崇说:"想回家住就回家住,别板着脸,大过年的。"

成芸拉上鞋子拉链,低声说:"没有。"

"什么没有?"李云崇说了一句,"你这暴脾气,多少年了,还是改不了。"

成芸憋着气,胸口发闷。

她摇摇头,说:"没,我先回去了,明天再来。"

李云崇说:"明天晚上几个朋友来聚一聚,你有什么想吃的,提前告诉我,我准备一下。"

成芸穿好鞋子,站到门口把门打开,说:"那我明儿个白天想想,想好给你打电话。"

成芸从李云崇家开车离开,小区里面张灯结彩,满是过年的氛围。

成芸开车刚出院子,拐弯时狠狠拍了一下方向盘,喇叭清脆地响了一声。

她知道李云崇会烦,可没想到自己也烦成这样。

她与李云崇相熟多年,知道他的忌讳。李云崇不喜欢她跟过去的事情有瓜葛——尤其是她独自外出,身边没有他的过去。

而且近几年李云崇年纪大了,越发啰唆。以前遇到这种情况,他最多警告一句,现在换了路数,不警告了,全改成这种似有若无的埋怨。

成芸往常都能忍,今天没忍住。

回家的路上赶上堵车,成芸憋了一肚子火没处撒,把手机翻出来。

她记得她存了那家银店的电话号码。

这种不重要的事她通常不过脑子,找了半天还打错了一个,最后费尽千辛万苦,终于找着了。

这是个座机号,这个时间店里应该已经下班了,可这种店都是商住两用的,电话响了几声,还是有人接起来。

成芸劈头盖脸就是一顿痛斥。

从商家失联到延误发货再到泄露客户资料,成芸语速极快,气势又凶,吼了足足十秒钟,对面的人都没反应过来是什么情况。

"请问,您是哪位啊?"

"哦,你们已经忘了我是谁了对吧?"成芸一手扶着方向盘,冷笑一声,"刚刚送货过来,就忘了客户是谁,你们生意做得大啊。"

对面的小姑娘还是没懂,跟成芸沟通了老半天,才弄清楚她就是那个买了"镇店之宝"的客人。

"不是啊!"小姑娘一弄清楚,马上就反应过来了,"我们十二月底就发货了啊。"

成芸皱眉:"你说什么?"

"我们十二月底就发了。哦,对了……"小姑娘想起什么,说,"还是你的朋友亲自来店里提的呢。"

成芸头晕眼花:"我的什么?"

"朋友啊。"小姑娘感觉成芸的耳朵不太好用,"他亲自来店里把东西提走的。"

这个"朋友"是谁,已经无须她多说了。

成芸怒道:"他说是我的朋友你们就信?你们也不打电话跟我确认一下?"

"这……"小姑娘淳朴善良,完全没有想到还有这一层,"我们店里的人跟他都是认识的,他也帮我们送过货。那天他过来店里问是不是有个北京来的顾客留了名片,我们就以为你们认识,后来他把钱都付清了,说把地址给他,他亲自拿过去。"

"他付钱了?"

"嗯,我们把地址给他,他就把东西拿走了。"

"你们就是想省邮费吧?!"

"成小姐……"

成芸基本懂了。他这是花钱换地址,把货送到了再让她把钱打到他的卡里。

成芸真想把周东南拎到自己面前问一句"你他妈怎么这么聪明呢?"。

电话里的小姑娘还战战兢兢的:"是不是东西没送到啊?"

成芸已经没心情跟她说什么了:"没有,送到了,就这样吧。"

她挂了电话,一时心情很复杂。

她有点儿恨,有点儿气,也有点儿无奈。

她回想起之前他被她抓包的那天,他还大言不惭地说他只是送东西的。

他确实是来送东西的,不过是不是"只",就不好说了。

成芸回到家,将东西扔到一边,先洗了个澡。

洗完澡出来,她发现手机上有个未接来电。她拨回去,周东南接了电话。

电话里很静,他应该不在外面。

"你还有什么想说的?"成芸点了一根烟,盘腿坐在床上,"当初我说的话你都当耳旁风了是不是?"

周东南的声音低沉又平缓:"没,我记着。"

"你就这么记的?"

窗外红彤彤的,满街都是灯笼,成芸没有开灯,她的窗户也被周围邻居家的灯笼映出热闹的红光。

屋里面则黑黑的。

周东南静了一会儿,才说:"我只说了我记着。"

成芸冷笑一声，周东南又说："我又没说我也同意。"

"你跟我在这儿玩文字游戏是不是？"成芸眯着眼睛。她虽然没有开灯，可是窗户大，外面灯光很亮，直接照在她的床上，颜色变幻。

"随你怎么想。"他说。

随我怎么想？成芸看着烟头上的淡淡火焰，心想：我还能怎么想？

"钱你就别想要了。"成芸看了一会儿烟，淡淡地说，"你拿的钱也够多了，别把我当冤大头宰。"顿了顿，她又说，"也别拿我当好人赖。"

周东南说："不会。"

电话那头又安静了。

成芸预期的所有环节都没有上演——事实上成芸也没有预料到会出现什么样的对话，只是隐约觉得，不该是这个气氛。

"算了……"她低头，空调在角落，暖风吹得急，把她的头发丝吹了起来，"东西你也送到了，什么时候离开北京？"

周东南说："你要送我吗？"

"……"

"我开玩笑的。"

成芸咬牙切齿，一字一顿地道："你再说一遍？"

周东南总算坦白了："你要是一定要问出什么的话，我可以告诉你，我不会走。"

烟灰掉到脚上，成芸哗了一声，弹开。

"怎么了？"周东南问。

成芸把灰烬踹到地上："烟掉了。"

"烫到了？"

"……"

"烫到没有？"

"没。"

事态朝着不可预知的方向发展了。

成芸把烟掐灭，说："周东南，我知道你不傻，你也不要跟我装，咱们把话挑明了说行不行？"

"我已经说了。"周东南说，"我不会走的。"

成芸直接从床上站起来了："你不走要干什么？你留在北京要干什

么?你不要说是为了我来的。当初我已经跟你说清楚了,你也同意了,钱我没少给你,你何必把事情做得这么难看?"

成芸轰完连珠炮,周东南才缓缓地说:"我就是为了你来的。"

百折千回的球被对方一个直球顶回来,成芸觉得自己不会玩了。

她许久说不出话,周东南说:"那我挂了,明天我换个北京的手机号,这个号打电话太贵。"

"……"

"我会发短信给你的。"

成芸炸了:"你不要给我发,也不要找我!"

电话那头的人静默了三秒,忽然说了一句:"你上你的班,我不会找你的。"说完,他就挂断了电话。

成芸觉得他最后的话有点儿奇怪,可来不及细究,手机里已经是忙音了。

咚的一下,手机掉到床上。被子厚,声音闷闷的。

成芸躺在床上,睁着眼睛。

天花板很高,只要一黑,屋子就像没有顶一样。

成芸歪过头,看见放在角落的箱子,里面是周东南带来的头饰。成芸看了一会儿,觉得箱子慢慢变得透明了,里面的银饰凤凰像活了一样,死死地盯着她,好像要跟她说什么。

成芸摇了摇头,转身睡觉。

除夕夜的前一天,成芸白天照常来公司上班。不过今天谁还有心思工作?整个公司沉浸在一种躁动的氛围里,成芸睁一只眼闭一只眼,划水的、摸鱼的,她就当没看见。

下午的时候,成芸给员工开了个总结会。

会是总公司让她开的,回顾过去,畅想未来——说白了就是稳定一下即将飞出去的军心。

会上该说的话早已经有人准备好,成芸照本宣科地念了一遍,然后就脱稿聊了起来,最后嘱咐大家新年假期一定要注意安全。

会议结束,郭佳过来跟成芸说:"你怎么跟高中老师似的?还注意安全……"

成芸说:"高中老师都这么说的?"

"对啊,你没念过高中啊?"

成芸笑道:"我忘了。"

她们一起往外走,公司后面的居民区里有鞭炮的响声。

鞭炮是最普通的大地红,成芸站在公司门口,听完了鞭炮声才走。

"走吧。"郭佳挽着成芸的胳膊,"坐你的车,我就不开车了。"

李云崇的聚会上并没有家人。

李云崇的母亲八十多岁,身体并不是很好,一直在外地静养。他还有个姐姐,也不怎么来北京。所以每年李云崇的聚会,他都只是请一些关系比较好的朋友。

成芸开着车,穿过张灯结彩的街道。

家里布置得敞亮,宾客盈门。

成芸进屋换拖鞋的时候忽然想起了周东南——她今天一天都没有接到他那所谓"换号"的短信。

当然,这并不是说她在等他的短信。只是他说了,她就留意了一下。

"小芸。"成芸抬头,李云崇穿着一身休闲装,笑着招呼她,"来,我做了西湖醋鱼,你喜欢吃的。"

成芸随着李云崇进屋,脸上带笑地与来客挨个寒暄。

一年只有一次的聚会,李云崇不限制大家喝酒,桌上有茅台、干红、啤酒,各式各样的酒摆了一堆。李云崇喝酒不行,大多的敬酒是成芸挡下来的。

喝到最后,成芸脸泛红光,意识清楚,动作却已迟缓。

就在那觥筹交错的某一个瞬间,成芸忽然想到,那个小黑脸现在在干什么呢?

酒足饭饱,大家又开始闲聊。成芸喝得有点儿多,聊天不在状态。李云崇发现了,偷偷在桌下碰碰她,示意她上楼休息一会儿。

"那我先上去。"成芸侧头,小声对李云崇说。

"行,你睡一会儿,等会儿我叫红姨给你端碗银耳汤醒醒酒。"

成芸打着哈欠上楼,现在休息一会儿,等下还得起来。

成芸不是第一次在李云崇家参加这种聚会，聚会历来都是这个顺序——吃饭、聊天、喝茶、打麻将。这也是李云崇一年到头为数不多自愿熬夜的日子，所以成芸一般会陪到最后。

现在刚刚走完第一项，等到喝茶、打麻将的时候，她还得下去。

楼上一间客房里已经睡了一个人，是李云崇的同事，也是喝酒喝倒下的。

成芸走进自己的屋子，没有开灯，关上门就直接倒在床上。

门一关上，楼下的觥筹交错、欢声笑语，她通通听不见了。可世界又不是静的，外面的鞭炮声、礼花声此起彼伏。

她觉得有点儿闷，下床来到窗边，把窗户开了一道小缝。因为这一指宽的缝隙，外面的声音更加响亮，风雪夹着淡淡的鞭炮味，钻入成芸的鼻腔中。

成芸重新回到床上，把脸埋在枕头里，闭上眼睛休息。她这样压着脸，呼吸很困难，可她现在连翻身都不想。

等到实在憋得透不过气时，成芸缓缓转头——鼻尖从软软的枕头上挪开，她闻到自己呼出的浓浓酒气。

砰的一声响，成芸仰起脖子——窗外是一个大大的礼花。

礼花质量很好，又圆又大，变换着颜色，持续了很长时间。

成芸看着外面的礼花，心想它的光亮应该也照在了自己的脸上，赤橙黄绿，一闪即逝。

成芸把放在裤兜里的手机拿了出来。

她翻看通话记录。

成芸的脑子里有点儿昏沉，她也不知道自己在干些什么。她用迷醉的眼睛看着手机屏幕，一个贵州号码在一堆北京号码中显得有些格格不入。

她之前与那个人交换过手机号码，可她不知道是不是这一个——在回北京的时候，她把号码删掉了。

成芸的酒劲还没过去，太阳穴发涨。

外面又一个礼花炸开，成芸按下了通话键。

她的头枕在伸直的手臂上，另一只手拿着手机。

她静静地听着。

嘟——嘟——

成芸从来没有觉得电话的声音如此催眠。她耷拉着眼皮,感觉自己下一秒就要睡着。

可她没睡,因为下一秒电话接通了。

周东南的语气万年不变:"喂。"

成芸没有应声。她听到他的声音的一瞬,长长地舒出一口气,舒到最后也发出声音,黏黏的、软软的、似是毫无意识的一声长长的"嗯"。

周东南那边静了一会儿,说:"喝酒了?"

成芸话没出口,嘴角先弯了:"你怎么知道的?"

周东南没有说理由。电话里很安静,成芸又问道:"你不在外面?"

"这都几点了,我还在外面?"

成芸下意识地把手机拿开,眯眼看屏幕,十一点了。

"我以为你会通宵拉活儿。"

"没有这么挣钱的。"

"那你怎么挣钱?"

"……"

成芸静静地等着,等着周东南说他的挣钱方案,可到最后,周东南只是问了一句:"你打电话给我干吗?"

成芸一怔,好像清醒了一点儿。

我打电话给他干吗?

成芸在心里问了自己一遍,然后从床上坐起来。头还是有些沉,她捂着额头,吸了一口气,再开口时,语气比刚刚硬了许多:"你还在北京吗?"

"当然在。"

"什么时候走?"

"我跟你说过了,我不走。"

"你还留在这儿干什么?东西你也送完了,为什么不走?"

"因为你。"

搭配着这道平淡的声音,成芸微醺的脑海中瞬间浮现了周东南那张黑黑的、凹陷的、面无表情的脸。

一瞬间,成芸感觉到一种深沉的刺激感,这种刺激就像是一道小小的电流,穿过她的身体,不疼不痒,可让人不由得竖起汗毛。

她坐在床边,弯下腰,不由自主地抱住自己。

刚刚的礼花已经放完,外面安静了几秒钟,又一支礼花绽放的声音响起了。这次的礼花离这儿更近,成芸背对着窗户,隐约看见地上被外面的礼花和灯笼的光照出的自己的影子。

影子细长,一晃就没了。

也不知道过了多久,成芸终于问了一句:"你住在哪儿?"

周东南说了一个地址,成芸立马确定了地方——她对那片太熟了,就在她的公司旁边。

他简单得犹如一条直线。

"你租了房子?"

"嗯。"

"周东南……"

"怎么?"

成芸还保持着蜷缩的姿势,埋着头,呼吸之间满是酒的味道。她闭上了眼睛。

"我跟你说真的,你走吧。"

周东南一言不发。

"我不知道你想要什么,但我可以告诉你,没有的。"成芸像是待在烟花编织的梦里,缓缓地说,"没有的,你什么都得不到。"

电话里很安静,一直都是成芸在自言自语。

"我给你的钱不少了,这些钱足够你回去开个店,你还可以把杨梅树林弄一弄,给你哥去做,你们家的人这么会干活儿,生活一定会越来越好。你留在这儿不会有结果,只会越来越失望。"

成芸说完,就等着周东南回话。

等了半天,就在成芸以为不会有结果的时候,周东南终于开口,低低地说:"你不对我说句新年快乐吗?"

成芸咬牙:"你怎么就是不知好歹?"

"那我跟你说好了,新年快乐,成芸。"

越是黑暗的屋子里,你就越能看清烟花有多美丽。

成芸嘴唇颤抖,周东南的声音就像是黑夜里铺展被褥的手,把所有

· 181 ·

的褶皱都慢慢抚平了。

"你怎么不说话?"他问。

成芸低着头:"你让我说什么?"

周东南认真地思考了一会儿,说:"这两个月,你想过我吗?"

成芸说:"没有。"

她没有撒谎,从回到北京到在大街上看到他的那一刻前,她从没有想起过他。

周东南还想确认:"一次都没有?"

"一次都没有。"

电话里,周东南叹了口气。

成芸忽然问了一句:"你想过我吗?"

周东南没有马上回答——因为这个问题很欺负人,毕竟答案大家都知道。

"我想过。"最后他还是回答了,"我一直都在想你。"

成芸没有注意到,在听到周东南的回答时,她的嘴角已经不由自主地弯了起来。

她慢慢直起身,语气意味深长地说:"你想我哪儿了?"

叹息声再次响起,这一次比之前的都沉。

"你又开始了。"

成芸忽然咯咯地笑起来。

"你笑什么?"

"笑你。"

"我怎么了?"

"你个小雏鸡。"

"……"

夜和酒精让这个女人大胆,电话里那个男人的心意更是让她肆无忌惮。

"你能不能说点儿好听的?"周东南说,"大过年的……"

"我说错了?"

"没错。"

成芸歪了歪头,周东南又说:"我没经验,下次会更好。"

下次。

成芸深呼吸了一下，淡淡地开口："我不该跟你说这些。别来找我，周东南。"

门外传来上楼的脚步声，成芸在挂掉电话的一瞬，听到周东南的回话。

"我说了，我不会找你。"

李云崇进屋的时候发现成芸坐在床上，有些诧异。

"这么快就醒了？"

成芸抬头看他："你们开局了？"

她说的开局指的是打麻将。

"没，哪有这么快。"李云崇见她没有睡觉，直接把灯打开，进洗手间里洗了洗脸，又出来。

她看着李云崇明显有些疲惫的身影，问道："累不累？"

李云崇冲她笑笑："怎么，我有那么老吗？我才四十多岁而已。"

"你又不常熬夜。"

李云崇看了看她，没说话，走到她身边坐了下来。他坐得很近，近到两人的胳膊几乎贴在一起。

成芸身子没动，侧过头看他："干吗，不嫌挤？"

李云崇笑了。他一抬手，成芸就闻到他身上的檀木香，香味并不浓。

手落在成芸的额头上，李云崇拨开了她的头发，好像想把她看得更清楚一些。

李云崇年岁不小，可依旧俊朗，尤其是身上那种沉淀的气质，更增添了他的魅力。成芸知道，有很多很多女人喜欢他，从她刚认识他的时候起就是这样。那些女人为了博他一眼，费尽心力。

可最终，他也只看了她一个人。

不……成芸看着近在咫尺的面容，心想：准确地说，应该是他最终挑选了她。

他挑选了她相伴而行，挑选了她分享秘密。

他看懂了她，所以选择了她。

他摸着她的头发，亲和又温柔，目光中满是爱惜与欣赏。

李云崇几乎不说夸奖女人的话，可行动中每一丝一毫的赞扬，都不会被人忽视。

李云崇慢慢靠近成芸，成芸没有动。那一股淡淡的檀香，感觉会把时光凝固。

李云崇在成芸的脸颊上亲了一口，轻轻的。

"李云崇……"她低垂的眼睑因为面前的人如此近距离的接触而颤抖，如一只抖动翅膀的蝴蝶。

李云崇不想听她的话一般，鼻尖在她的脸边缓缓移动。

成芸屏息，没有再说什么。

过了一会儿，李云崇慢慢直起身。他没有说话，只是握住了成芸搭在床边的手。

"下楼吧。"成芸说。

"不再休息一会儿？"

成芸站起身，将手从李云崇的手里抽出来，打了个哈欠："本来也不怎么累。"

"那就下去吧。"

成芸跟在李云崇身后下了楼，底下已经玩得热火朝天。自动麻将机已经摆在客厅中央，曹凯最先看见他们，吆喝："来了来了，开局！"

李云崇回头问成芸："你要来吗？要不坐那儿歇会儿？红姨做了银耳羹，我让她拿给你。"

成芸扯着嘴角摇头："不用。新年第一圈，我当然得上场讨彩头。"

这话被坐在一边嗑瓜子的郭佳听见，她嚷嚷着说："你要讨什么彩头啊？"

成芸看向她，目光严肃地说："发大财。"

屋里人哈哈大笑，李云崇也面带笑意地坐到麻将桌边。曹凯也坐过去，评价道："真是朴实的彩头。"

"我他妈也要发大财！"郭佳叫唤着从沙发里跳起来，撸起袖子，"我也来！"

成芸坐下，摸了摸衣兜，好像要翻东西。

桌子上滑过来一盒烟，成芸停住手，抬头。李云崇把自己手里的烟点着，又把打火机扔了过来。

成芸抬手，烟、火一齐拿下。

她一点儿没睡，可一点儿都不困。

她今晚能赢钱。成芸也不知道这样的想法从何而来，只是莫名地觉得，今天很走运。

结果当晚成芸预感成真，果真大赢了几把。

她觉得手很顺，这种顺也是有顺序的，从心里开始——心顺、手顺，牌也顺。

有人赢，自然有人输，不过这麻将打的就是开心，大家还是玩得热火朝天。

刚给成芸点了一炮的李云崇被曹凯和郭佳调侃，脸上带着浓浓的笑意，也不回嘴。

桌上的人除了郭佳，其他的都抽烟。几圈打下来，麻将桌边烟雾缭绕，烟头堆了半个烟灰缸，红姨过来倒掉。

"等等。"成芸刚好抽完一根烟，叫住红姨，把烟在烟灰缸里掐灭。她抬头，看见红姨疲惫的脸色。

麻将机正在洗牌，成芸在撞牌声中对红姨说："太晚了，你先睡吧。"

"不用，没事。"

成芸喊了李云崇一声："叫红姨休息吧。"

李云崇点头，说："嗯，太晚了，你先睡吧。我们这儿就不用你管了。"

红姨见李云崇也点头了，就说："那我先睡一会儿，要是有事就再叫醒我。"

后半夜两点，牌打到白热化阶段。

他们本来打得就不小，加上上一局黄了，这一局长了毛，大家都谨慎地对待手里的牌。也就李云崇一个人，放松地靠坐着，按照自己的老打法，节奏稳定。

曹凯开玩笑似的提醒他："李总，成姐可已经上听了。"

郭佳托着下巴："不是又要点炮吧？！"

李云崇笑得无可奈何："我点，她也得收才行。"

郭佳和曹凯在旁边问什么意思，李云崇不答。

成芸一直盯着自己的牌，就当没听见。

其实刚刚李云崇已经点炮，可成芸并没有和牌。

她知道李云崇不是故意点炮给她，只是照着自己平时的风格打，可还是没接下那张牌。

又过了一圈，牌到最后，郭佳摆摆手："得了，分张吧，又黄了。"

一人摸了一张牌，李云崇看都没看，只用手摸了一下，就直接亮开。

郭佳一哆嗦。

曹凯长叹一口气："海底捞啊。"

一个满番，全体出局，又要重新开牌。

曹凯忍不住摇头："大过年的散散财，爽！"

郭佳在一边说："不行了，我得去趟厕所转转运。"她就坐在成芸上家，趁着码牌的间隙去了趟洗手间。

成芸也想洗脸，就跟着去了。

两个女人熟得很，没那么多讲究，一起进了洗手间。成芸在镜子前抹了一把脸，郭佳过来夸张地哼哼。

"没办法了，输得底朝天。"

成芸还盯着镜子里自己的脸，拿手指蹭了蹭鼻尖。

郭佳戳她一下，成芸不耐烦地皱眉："干什么？"

"赶紧下桌。"郭佳在水池旁边挤成芸，"你俩这牌霸凑对打，还让不让别人玩了？"

"怎么说呢，谁凑对了？"

"你说谁凑对？"

成芸觉得鼻尖有点儿干，拿起柜子上面的润肤膏抹了抹："他打他的，我赢我的，怎么叫凑对打？"

"还不是一家的？！"郭佳干瞪眼，"他给你点多少炮了？！"

"他也没少给你们点啊。"

郭佳听不着后一句，紧着赶成芸下桌。

"今天李总杀气太重，完全不留情。"郭佳掰着手指头数，"这才几圈，我已经快输给他一万块钱了。"

成芸耸耸肩："他今天手气好。"

"我回家得让我们老崔骂死!"

"玩嘛,骂什么?他是协和医院的教授,差这点儿钱?"

郭佳冷哼一声,盯着成芸说:"怎么花钱跟挣多少没多大关系,这你还不懂吗?有人挣得少,但肯花;有人挣得多,但寄给这个一点儿,寄给那个一点儿,抱着钱跟要孵蛋似的。我家那个什么类型,你还不知道吗?"

"……"

成芸听郭佳提过,崔利文家境不好,父母一辈很穷,可以说是集全家之力供他读书。好在他寒窗苦读数十载,最终学出了点儿名堂。他对父母非常孝顺,工资一半都要寄给家里。

不过崔利文长得帅,郭佳也是真喜欢他。

既然她真喜欢,以郭佳的家庭情况,也不差这点儿钱了。

"行吧,反正我也玩得差不多了。"成芸说着,像故意气郭佳似的,冲她笑道,"新年新气象,我这门开得响哦。"

郭佳瞪着眼睛撞她。

回去之后,成芸随便找了个由头下桌,换另外一个人上去。

她坐在沙发上,喝水休息。电视开着,不过没什么好节目,成芸拿着遥控器啪啪啪地来回按,画面一晃而过,根本就没入脑子。

她抬头,李云崇他们还在打麻将。

李云崇打麻将的方法跟成芸不同,或者说是理念有差别。

这种差别经常让人误会。

成芸打麻将手法刁钻,攻其不备,根据自己的情况决定赢什么样的牌,一般上听极快。而李云崇不是,他的打法如果你刚刚接触,会觉得这是一个新手,或者说是一个不太会玩的人,因为他放牌、点炮都像从来不考虑一样。

可如果打熟了,你就会感觉出他的可怕。

李云崇从来不在乎小牌,有时候明明可以很快听牌,也会为了做自己想要的牌面随意拆牌,而且就算已经没有机会做成他要的牌了,他也不会凑合着和牌。

开始的时候,成芸觉得这种打法很傻,如果一直做不了还干等着,那不是一输到底了?

她跟李云崇说她的想法时，李云崇只是笑笑。

"我跟你打个赌。"那时他对成芸说，"以后，你也会像我这样玩的。"如今她已经明白了他的意思。

输输赢赢，那些面子，那点儿钱，他不在乎。他玩得太多了。

他打牌的乐趣就在于做自己喜欢的牌，端出那种任你风起云涌，我自岿然不动的气势，甚至有时候别人点炮他都不和，只玩自摸牌。

往往别人辛辛苦苦打了一晚上赢来的钱，他最后一个收尾，别人全都出局。而更可怕的是，他这样的打法，成功的次数居然很多。

曹凯就曾说，有时候打牌，技术倒是其次，关键就是看运势。而这个运势，多数取决于自我的心态。

"要不怎么说人都是跟自己战斗的呢？"曹凯说，"跨过自己那关，心态自然就平和了；心态一平和，运势就来了。"

曹凯对于李云崇是三百六十度螺旋崇拜，每次碰到李云崇的事情，简单的也给说得无比复杂，而且光复杂不行，复杂里面还得加点儿玄之又玄的东西，这样才最好。

所以每次成芸都听过就算了。

李云崇跟她打赌是五年前的事情，直到现在，成芸还是在用她自己的方法。

李云崇偶尔说起，成芸就告诉他，你的境界我不懂。

可李云崇看起来依旧信心满满，对于成芸的说法，只表示，时候未到而已。

"早晚有一天，"李云崇拍拍自己身边的位置，笑着对成芸说，"我拉你上这儿来。"

成芸看着无聊的电视节目，最后在沙发上睡着了。客人什么时候走的她都不清楚。

醒来的时候是第二天上午，成芸躺在床上，懒懒地翻了个身。

窗帘透着蒙蒙的光。

成芸下床，拉开窗帘。

今天有点儿阴，明明是白天，却不见太阳，云不是成片的，而是一股一股，犹如搅拌过后的奶昔，泛着淡淡的旧黄色。

成芸洗漱过后下楼，李云崇还在睡。

今天是除夕，不过成芸知道，晚上不会有什么人来。李云崇家的除夕夜很安静，远没有前一夜热闹。

按他的话说，闹腾了一年，最后一天，也该安静安静了。

成芸坐在沙发上休息了一下，楼梯拐角处出现红姨的身影。昨晚她也很累，今日老态更加明显，手里端着要洗的窗帘，往洗手间走去。

她甚至没有看到成芸。

没有灯，没有阳光，屋里一片死寂。

成芸坐了一会儿，站起身穿好衣服出门。

公司没有什么事情要处理，但她在家闲着更无聊。

成芸开车往公司走，街道两边行人不多，很多商铺门口贴了新的春联。成芸的公司也贴了春联，在大门口，是后勤部门买的。

中午的时候，成芸坐到办公室里。她拿了几份文件，却一点儿都没有看下去。她打了个哈欠，转头看窗外，还是旧黄的色调。

看样子，这一天是出不了太阳了。

天阴沉沉的，感觉要下雪。成芸无聊时搜了搜天气，今晚果真有雪。

她又无聊地看了一会儿，最后把文件扔到一边，脑袋倒在办公桌上。

她没有照镜子，不然就会知道自己的眉头一直皱着。

成芸觉得脑子里有点儿乱。她看着窗外阴沉沉的天，时间久了，更觉得心里憋得慌。

她转头，将额头抵在桌子上，闭上眼睛。

她想调整一下心态，最后发现全是枉然。

这样下去永远没有结果——她在心里对自己说。因为她一直在刻意回避那个让她有些心烦的理由。

办公室里静悄悄的。成芸坐起身，拿包出门。她觉得她需要透透气。

成芸没有开车，走在大街上。路边不时有与她错身而过的行人。寒风刺骨，大家的脸上都没有什么表情。

成芸在一个十字路口停下脚步。

她忽然有一种奇怪的感觉。好像越是在这样喜庆的日子里，人察觉到的孤寂感就越是强烈。明明应该是一年中最热闹的一天,可天这么阴,风这么冷,气味这么呛,人这么沉默。

成芸走着走着,慢慢停下脚步。

这是一条老巷子,成芸经常来这边散步。她见证了这些年这条巷子的起起伏伏。

之前两年,巷子里开过几家精品女装店,可最后都开不下去了。反而那些不怎么卫生的快餐店、五金店,还有老杂志社存活了下来。

好多店在成芸来这里工作之前就已经有了。

又走了一会儿,成芸路过一家奶茶店。她停下脚步,买了一杯奶茶。

她在奶茶店门口喝了几口,转头环顾之时,发现这个地方就是之前周东南给她的地址。

成芸没有惊讶。对于这个发现,她波澜不惊。

她甚至想到,如果他有能力,那现在一定会站在自己面前,用那习惯性的、带着几分嘲讽的冷笑看着她,说一句:"你不就是想来这儿吗?"

成芸把刚刚喝了几口的奶茶扔了,换了一根烟。

奶精搭配着烟草的味道,简直回味无穷。

成芸再次迈开步子。

她终于明白了当初周东南那句"你放心,我不会找你"的意义何在。他还有后半句没有说完:我不会找你,因为你一定会来找我。

成芸迈步,往一处居民区走去。

她都不想细究自己到底为什么把那个地址记得那么清楚,哪条街、哪条道,甚至哪号楼、哪单元、哪层……她都记得。

路边有一个农贸市场,过年期间人格外多,进进出出的顾客手里提着一堆袋子,装满了做年夜饭要用的材料。

这个市场后面,是一片居民房。

这一带并不是很繁华,楼房也全是以前的公房,最高的六七层,没有电梯。

最关键的是,房子高低错落,又年代古老,很多小区和楼栋门口连牌子都没了。成芸找了半天,才找到阿南说的那一栋——在小区的最边上。

成芸没有马上上楼,先站在楼下,仰着头数。

阿南说他住在四层。

406——成芸自己也住过这种楼,很清楚构造。数了一会儿,她找到了阿南的房子。

楼头的一家,屋型把山。

成芸一边仰着脖子看,一边挪动步伐,结果差点儿被绊倒。她低头,看见一根点完的炮仗横在地上。

成芸踢开炮仗,深吸一口气,上楼。

楼道里很阴,也很挤,好多长时间不用的东西堆在角落里,上面落了一层厚厚的灰。楼道的墙也很脏——倒不是说有人涂涂画画,这种脏更多地体现在时间上。

每一样东西上都会流过时间,可结局不同。有人悉心照顾,东西就会有一种优雅的沉淀感,而反之就是像这里一样,满是肮脏。

成芸目不斜视,闷头往上走。

来到四楼,成芸在楼道口站了一会儿。

不知道是隔音效果太好,还是这里没什么人住,整个楼道安安静静的,静得成芸都能听清自己的呼吸声。

成芸在楼梯口观察了一会儿后,拐到楼道里面。

走了几步,她看到一扇不起眼的门。

成芸没有再进行什么心理活动,抬手就敲,三声,又轻又快。

屋里没动静。

成芸皱眉,又敲了几下。

里面还是没动静。

他不在啊。

成芸转身,靠在门边上。她从怀里掏出烟,点了一根。

走廊上没有窗,虽然是白天,光线也很暗淡。

成芸吸了一口烟,低头看见皮鞋的鞋尖。她轻轻滑动,抹开地上的一层灰,盯着地上胡乱画出的图形,入了神。

周东南回来的时候,看见的就是这样一幅画面。

女人的身影像是一张黑色剪纸,棱角分明。

成芸发呆发出了境界,完全忘我,以至于根本没有注意到有人来了。

周东南也只是在看见成芸的一刻顿了顿,然后便走过来,掏出钥匙开门。

钥匙孔就在成芸身边,他一伸手过来,成芸吓得一激灵。她再凝神,周东南的钥匙已经插了进去,他一边拧,一边抬眼,与成芸对视。

成芸直起身,两人大眼瞪小眼,成芸想开口,却不知道该说什么。

太长时间的发呆让她的思路变慢了。

周东南把门打开,说:"进来。"

进来。

他说的不是进来吧,也不是进来吗,只是进来。

成芸活过来了。

"你上哪儿去了?"

周东南把没有拿钥匙的那只手往上提了提。

成芸这才看见他手里拎着几个塑料袋,里面土豆、黄瓜等装了一堆。

周东南说:"我去市场买了点儿菜。"

成芸怔住了。

周东南把门敞开,对成芸说:"来。"

屋子就在旁边,朝南,就算阴天也比走廊里亮堂。可成芸像较着一股劲一样,就是不往那边看。

"你不想进来?"周东南问。

成芸僵持着,不说想,也不说不想。

成芸一直以为,就算周东南意乱情迷,抱着点儿不切实际的想法来北京找她,也只是一时冲动而已。就算周东南在电话里明确地说他不走的时候,她依然坚持自己的看法。

可今天来了,她发现不对。

有些事情,不需要过多解释,仅仅一个画面就够了——周东南把手里的塑料袋拎起来,对她说:"我去市场买了点儿菜。"

夏日的暖阳,十二月的飞雪,他自然得宛如真理,让成芸连反驳的念头都没有。

周东南见成芸半天不说话，嘀咕了一句："别站着了，外面太冷了。"他伸过手，直接把成芸拉进屋。

门关上，成芸回过神。

人已经进来了，再出去未免矫情。成芸看着周东南的背影，撇了撇嘴。周东南进屋后把买来的菜放好，成芸就在屋里转悠。

屋子很小，一室户型，四十多平方米，厨房在进门的右手边，非常狭小。房间内没有什么家具可言，东西很少——一张小桌子、一个凳子，桌子上放着吃过没有洗的碗。

屋子很旧，打扫得也不怎么干净——试想一个来京打工的单身男人的住所，能有多干净？

地上堆着没有洗的衣服，床上的被子掀开一半，被子和床单上的褶皱密集而有序，只消一眼便可以轻易看出这个男人离开床时的动作。

床是双人床，很矮。成芸站在床边，想象着周东南躺在床上睡觉的样子。

厨房的水声停了，周东南从里面出来，成芸看过去时，他正好在甩手上的水。

"你就没条手巾？"成芸有点儿嫌弃地看着他，"这天气，你就这么随便地晾着，不怕手被冻裂了？"

周东南说："没事。"

成芸觉得屋里有点儿阴冷，环顾四周，在角落的墙面上发现一台旧空调，机身都泛黄了，出风口上都是灰。

成芸往桌子那儿看，桌上没有空调遥控器。

她来到床边，一手掀开被子。床上有一条三角裤衩，不知道穿没穿过，反正被被子压得皱皱巴巴的。

"……"成芸无语，转头。

周东南看见这个场面，也有点儿无言，挠了挠脸，对成芸说："我的屋子有点儿乱，没有收拾。"

成芸嗯了一声，表示看出来了。

周东南又问："你要找什么？"

"空调遥控器。"

"哦。"周东南从她身边走过，在枕头底下随便一摸，拿出一个与墙上挂着的空调极其般配的遥控器。

他按了一下,空调开了。

屋里又安静了。

或许是发现屋里没有坐的地方,周东南转身开始收拾床。他把内裤捡起来,又把被子叠了叠,然后铺平床单。

成芸在他身后看着,忽然开口问:"你这房子多少钱租的?"

周东南手上动作没停,还在收拾:"没多少。"

成芸说:"怎么,还不能告诉我?"

周东南弯着腰,双手按在被子上,没有回答。

成芸也没兴致问了,多少又如何?她留给他的钱足够他在北京生活。

一想到这一点,成芸又觉得有点儿憋屈。

她不是恶心,是憋屈。

她不是没碰到过这种情况。

露水姻缘——或者根本连露水姻缘都称不上,只是简单得不能再简单的一夜情之后,对方纠缠不休。这让成芸觉得恶心。

但是绝大多数时候,成芸不会留给这些男人任何跟自己的真实身份有关的信息。

只有极少数人知道她是谁,也曾有人把花送到成芸的家里,渴望继续发展,都被成芸几句话赶走了。

周东南跟这些人不同。

难道他不是在纠缠她吗?他当然也是,只是看起来并不像。除了那天给她送了东西,他没打过她的电话,没有询问过她的情况。明明他住的房子离她的公司只有十分钟的距离,可他不曾来她的公司找她。

相反,电话是她先打的,也是她先上门的,甚至当初他现身北京也是她用一双毒眼率先发现的。

可他就是在这儿。他就跟路边的杂草一样,毫不起眼,可随处都在。

虽然他不是刻意的,但成芸依旧感觉自己被人无形之中拿捏了,这个认知让成芸觉得憋屈。

成芸这边胡思乱想,周东南已经收拾好床了。

"过来坐一会儿吧。"他说。

成芸回过神,看着已经被抚平的被单,说:"不坐了,我这就走了。"

周东南不说话,看着她。

成芸侧过头,不与他对视,低声说:"我走了,你也快点儿走。大年夜不回家,跑到这么老远的地方来,真不知道你怎么想的。"

没人回话,成芸回头,看见周东南坐在床上看着她。

他脱了羽绒服,里面是一件灰色的卫衣,下面是深色牛仔裤,肩宽腰窄,微驼着背坐着,更显出一股独特的男人味道。那一张棱角分明的脸上神色平淡,黑漆漆的眼睛就那么静静地看着成芸。

成芸不得不承认,他还是有那么一点儿帅的。

可这又如何?

成芸转身就走。

"你真要走?"

成芸扭头,周东南还是刚刚的样子。

"当然要走。"

周东南看了她一会儿,缓缓地说:"你真奇怪。"

成芸皱眉:"什么?"

"你看见我,马上就要走。可我不在的时候,你又甘心地等着。"他一边说一边站起来,"成芸,今天是除夕。"

成芸抿着嘴:"除夕又怎么样?"

周东南朝她这边走了几步,成芸被他堵在墙前。他语气平淡:"你不祝我新年快乐吗?"

成芸总觉得他想说的根本就不是这个,可是什么,成芸又不想问。这种矛盾感让成芸焦躁起来。

"新年快乐。"成芸很快说出口,看也不看他,转身就往门口走。

"你真的要走?"他又问了一遍。

成芸好像被他话中的某些深意刺激到了,手已经放在门上,人停下,转头:"不然呢,你告诉我留下干什么?"

她眼神锐利,周东南愣了一下,才张了张嘴,说:"今天是除夕,我买了菜,还有烟。"

他话还没说完,成芸已经夺门而出。

她狠狠地摔上门,楼道里一声巨响,震得门口灰尘四起。

她几乎一路跑下楼。

到了楼下,她脚步还是没停。

"成芸!"

楼上的一声呼唤,终于让成芸回了一次头。

灰暗的天空下,冷风四起。她从打开的窗子里看到他的影子,只可惜有点儿远,看不清楚,只有模糊的灰色卫衣。

"回去——"成芸盯着那道身影,大声吼道,"回贵州去!"

她大喊出声,周东南只是看着。

天灰蒙蒙的,黑云压境,上下之间,一片暗潮汹涌。

成芸急促地呼吸着,胸口大起大伏。她不再看他,转身离开小区。

路口处,成芸深吸一口气,冷风入肺。

街道上的车辆、行人来来往往,成芸却觉得一切都定格了,就如同她的大脑。

也不知道是什么,把这一切凝固了。

"又是西湖醋鱼。"这是成芸进门后的第一句话。

已经五点半,李云崇正在家里做饭。成芸回来的时候他过来开门,身上还系着围裙——他用的跟家里厨子用的不是同一个。他下厨的次数少,也没有特地准备什么,用的一直是之前买餐具的时候被送的一套。

"就你鼻子灵。"李云崇一手拿着锅铲,把成芸迎进门。

"你几点起的?"成芸一边往屋里走一边问他。

"三点吧。"李云崇说,"起来你就没影了,跑哪儿去了?"

成芸走到客厅,把包扔到沙发上:"去公司了。"

"家里就这么闷?"

"也没。"

"你总不会告诉我,你去处理公务了。"

成芸转头,看见李云崇笑得意味深长。

成芸可以说是李云崇一手带出来的,他对她了解至深。成芸一年里的工作计划和项目总结,很多是李云崇帮忙弄的,甚至很多是李云崇代替她做的。

成芸对于工作比较懒散，这他们都知道。

成芸斜眼看见李云崇的表情，不服气地从沙发上转过身："我就不能处理公务了？"

"能能能。"

语气敷衍。

成芸翻了个白眼，两腿一抬，一上一下放在茶几上。

李云崇无语地盯着眼前一双又尖又瘦的脚，说："你能不能好好坐着？"

成芸头一仰，躺在沙发上，干脆将眼睛也闭上了。

"小芸。"

"……"

李云崇索性自己动手，把她的两只脚放到下面。

"坐有坐样、站有站样才行，你不是小孩子了。"李云崇走到她身边，一边抱怨一边把她拉起来，"好好坐着，现在像什么样子？"

"你去做饭吧，好不？"成芸皱眉，"让我歇一会儿。"

李云崇这才想起他的鱼："你瞧瞧你瞧瞧，都怪你吧，我都忘了鱼了。"

成芸摆手："快去。"

李云崇往厨房走去，走了几步又回头叮嘱："真的累了就上楼好好睡。"

成芸有点儿不耐烦："知道了。"

"小芸。"

成芸长长地嗯了一声："知道了。"

李云崇这才回厨房接着做饭。

成芸没有上楼补觉，虽然她真的觉得有点儿累了。说起来她今天也没有做什么，但就是累。

西湖醋鱼的味道越来越浓郁，从厨房里飘出来，连路过的红姨都在夸。

"真香，李先生好手艺啊。"

成芸开玩笑地说："那等下你也来一起吃好了。"

红姨也听出她在开玩笑，摆摆手，笑着离开了。

红姨在李云崇家里做了好多年，李云崇对她很尊敬，但他这个人有个习惯，那就是将很多事情限定得十分严格。或者说，那是一种属于他本人的自持。

熟悉他的人都懂。

除夕夜，李云崇拉着成芸，他们换了一个小的餐桌，桌边只有他们两个人。

桌上的菜也不算多，一盘鱼、两盘青菜、一碗汤、一份凉菜、一份甜品，全出自李云崇之手。

客厅的电视调到中央台，晚会一如既往地无聊，但放着也算应景。

李云崇脱了围裙，里面是一套居家休闲装。他坐到桌边，给成芸和自己倒了半杯红酒。

两人一边聊一边吃东西，食物大多进了成芸的肚子，李云崇晚饭一向吃得不多。

这样的习惯让他保持了较好的身材，没有像曹凯他们一样，腆着个大肚子到处走。

"过年放假想去哪里玩？"李云崇问道。

"玩？"成芸从饭碗里抬头，"你不回去看阿姨了？"

成芸嘴里的阿姨是李云崇的母亲。

李云崇的父亲前些年病逝了，母亲今年八十二岁高龄，住在杭州。往年过年放假的时候，李云崇都会带着成芸去杭州看望她。

"她跟我说今年不用去了。"李云崇说，"她要去德国见老同学。"

"……"

李云崇看着成芸目瞪口呆的样子就笑了，说："怎么，惊讶？你是不是觉得她的同学差不多都该死光了？"

成芸耸耸肩。她跟李云崇没有多少避讳："是啊。"

"我也觉得奇了。"李云崇说，"她大学的几个好朋友，活得一个比一个欢实。你还记不记得前年她的朋友来中国，一个男的一个女的，我开车带他们去逛故宫？"

成芸笑了："记得，你回来的时候说你被吓死了，一车四个人加起来快三百岁，你车速都不敢超过四十迈。"

想起李云崇谈论此事时的表情，成芸仍觉有趣，筷子戳在鱼身上，呵呵笑。

笑到一半，她忽然感觉到手上一温。

李云崇握住了她的手。

成芸的脸上还带着笑意，嘴慢慢抿起来。他们背后是电视里传来的夸张的笑声，端着浓浓主持腔的一男一女两位主持人正在念春联。

李云崇也笑着，问成芸："想不想去哪里玩？"

他突然的问题让成芸有点儿发愣。

"什么玩？"

"过年放假，出去转转。"

成芸浑身疲惫，哪儿有心思玩？她伸了个懒腰，一边说："大过年的，在家待着好了，转什么？"

"哎，在家待了一年，总要出去活动活动。"

"怎么待一年？我两个月以前还在外面出差。"

"你出了我没出啊，我可是在北京憋了整整一年。"

成芸放下筷子，歪着头看着李云崇，说："你是不是有事要出门啊？"

李云崇身子微微后仰，咧着嘴笑道："你又看出来了。"

"去哪儿？"

"朋友叫的，这几天要去趟日本，你跟我一起。"

"日本？"

"嗯，你就去玩一圈，买买东西、泡泡温泉。"

成芸吃得差不多了，筷子尖在盘子里面有一下没一下地乱画。

"我不想去。"

"为什么不想去？"

"我最近出门出够了，不想再动了。"

"机票都已经买好了。"

"退了好了。"

"小芸。"

成芸放下筷子："我真的不想去，你去好了。"

餐厅里安静了一会儿，李云崇松开手，靠坐在椅子上，说："那就再等几天吧。"

成芸一听他这么说,就知道他还没放弃。

只是她最近真的不想再出门了,不知道是不是上一次出门的"后遗症"太强烈,以至于她现在一想到出门就太阳穴发涨。

"你去吧。"过了一会儿,成芸才说,"我在家里等你。"

李云崇脸色不变:"过年又没有事,你留在家里做什么?跟我一起去。"

"我真的不……"

"小芸。"

李云崇的声音渐沉。

成芸忽然觉得刚刚吃完的鱼在嘴里残留的味道有些泛腥了。

"你要哪天走?"

成芸虽然问出了这句话,可她的语气听起来并不好。

李云崇叹了口气,没有回答。

成芸觉得自己的后颈有些发烫。她把桌子上剩下的半杯酒一饮而尽,然后长出一口气,声音放缓,说:"你先告诉我哪天,我再看时间。"

李云崇拿起餐桌上的烟,点着一根。

"明天。"

"明天?!"

"签证早就弄完了,明天下午的飞机。"

明天。这说与不说有什么区别?

李云崇不急不缓地抽烟,好像是在等待什么。

成芸沉默许久,说道:"要去几天?"

"四天左右吧。"

"好吧,我等下回家收拾一下。"

这话出口,就代表她已经答应了。李云崇的脸色总算好看了一点儿:"不用回家收拾,随便带几件,到那边再买好了。"

"我上次把东西都带回家了,这边已经没有什么了。"

"那也不用,这么晚了,你怎么回去?"

"打个车好了。"

"今晚你还想打到车？"

"打电话叫一辆。"

"小芸。"

成芸觉得自己的脸因为李云崇说的这两个字变得滚烫。

她站起身，看着李云崇："我要回家拿东西，你不让我回去我就不去了。"

李云崇盯着她的眼睛，神色不变。他把手里抽完的烟掐灭后，才缓缓地说："今天除夕，不要生气，要不明年一年都过不好。来，坐下，我去泡壶茶。"

"不用泡，我先回家了。"

"我说了你不用回。"

成芸站起身："你要是早一天通知我，我可能就不用回了。"

李云崇在茶几旁边倒水，目不斜视。

他的声音永远那么四平八稳："哪天通知还不是一样？"

成芸也不知道怎么了，脑子一热，把凳子踢到一边。

凳子磕到旁边的台子上，咚的一声。

李云崇的水洒了。

他把茶壶重重地放到茶几上："小芸！"

他极少会提高音量，这样一声，表示他已经很生气了。

成芸紧紧抿着嘴。

灯光下，她的皮肤因为酒精和突如其来的脾气微微发红，眉头微蹙。

成芸的头发不算长，将将到肩膀，梳不了马尾辫。通常吃饭或者工作的时候，她只把发根扎上，如今几缕黑发从她的额前落下，随着她的呼吸微微起伏。

她的目光太冷，又太烈。

"我要回去。"她说。

李云崇定定地看着她，随后好似妥协一般，点了点头。

"好，你想回去收拾东西就回去。"他坐到沙发上，随手拿了一个小本放到茶几上，说，"你的护照，自己收起来吧。"

成芸把护照装到包里，李云崇又说："明天下午两点的飞机，你上午过来这边就好了。"

成芸拿起包就往门口走。

玄关处，成芸穿好大衣，李云崇站在门口送她。

"两点，你不要睡过了。"

成芸打开门："不会。"

她往外走了几步，鞭炮、礼花的声音此起彼伏。

"小芸。"

成芸回头，李云崇站在门口，门灯昏黄的光照在他的头顶，他的神色隐匿在阴影之下。

"你回去也好。"他缓缓地说，"晚上静一静，自己好好想想最近几天到底怎么了。"

"什么怎么了？"

就算在昏暗的灯光下，成芸依旧看到李云崇皱了一下眉头。她不待他再开口，转头道："我知道了。"

走了几步，成芸听见身后关门的声音。

成芸忽然站住。

她在原地站了很久，最后转身，从兜里掏出车钥匙，开着自己的车走了。

不知道有没有抓酒驾的？成芸一手握着方向盘，一手拿着一根烟。

最好有，她想。

可惜老天不肯遂她的愿，她并没有碰到抓酒驾的，今晚的警力大多被分到主干道上，成芸走的路上人烟稀少。

她开着车行驶在北京难得空荡的街道上，满嘴烟酒的味道。

憋了一天，到现在这场雪还是没有下。天比上午更沉，压顶一般。成芸的脑中一片空白。

刚好遇到一个红灯，成芸将车停下。

忽然之间，像是蓄了力一般，整个京城开始响起热烈的爆竹声。

一个大礼花就在她前方的立交桥上空炸开，姹紫嫣红。

成芸瞥了一眼手机。

十二点。人们在辞旧迎新。

车的隔音效果很好，所有的鞭炮声都像是在另外一个世界响起，又沉又闷。

灯绿了,成芸却没有走。

她后面并没有人催她,整条街上就只有她这一辆车。

又等了一个红灯,成芸忽然开了窗,把烟使劲扔出去,而后手握方向盘,狠狠地打了一个转向,朝另外一个方向开过去。

空无一人的楼道里有淡淡的饭香味。

三层的声控灯坏了,成芸上楼的时候踢到一个袋子,袋子里面不知道装着些什么,可能是旧衣服,踢在上面有些软。

成芸被绊了一下,咬着牙把袋子一脚踹开。

剩下的半层楼,她走得更快了。

昏黄的灯亮起,照在旧门板上,让新贴的对联红得发焦。

成芸双手插在衣兜里,走得极快,快得衣角翻飞。

在距离楼道尽头足足五米远的地方,她已经挥起了手,等她的手落下时,刚好落在406的门上。

防盗门被拍得整个震了一下。

成芸拍完后,又抬起手,可这回还没拍下,便听见了屋里的声音。

他是跑过来的。

或许不能称之为跑,成芸的脑中浮现出周东南的两条长腿,他从床上到门口需要几步呢?两步,还是三步?

她的思绪断断续续的。

门开了。

屋里很暗,只有电视的光。电视里正放着春晚,晚会已经进行到最后,照例找来一堆艺人合唱《难忘今宵》。

老曲调是春晚让观众产生维系感的虽无聊却实用的方法。

成芸看着他。

他刚刚洗过澡,头发还没有完全干。他还穿着那件灰色的卫衣,屋里没有开空调,他可能是想省电。

周东南的手还在门把手上,他静静地看着成芸,眼中或许发着亮,成芸看不真切。

成芸缓缓抬起手,摸在他的脸上。她的手上还带着外面的寒气,摸得他微微动了动。成芸审视一般,从他的脸颊轻轻摸到下巴。

周东南不再动了。

她的目光从他的脸上移到他的眼睛上。

周东南张了张嘴,没有发出声音。

成芸拿开手,推着他的胸口往前走。周东南后退几步,成芸把门关上了。

她双手背在身后,靠在门上,微微仰着头,脸上一点儿笑意都没有。

她的唇很红,脸色苍白,电视的光照在她淡漠的脸上,映出一种摄人心魄的冷冽感。

"做不做?"

周东南低声说:"你喝酒了。"

"做不做?"

周东南的呼吸渐渐可闻,他的声音也越发沉闷:"你怎么过来的,开车吗?"

成芸没有回答,缓缓地张开口——她的唇像一朵绽开的花,鲜艳的舌则是花蕊,上面沾着蜜:

"做,还是不做?"

周东南深吸一口气,抬起手,使劲揉搓了一下自己的脸。而后他迈开脚步,走到成芸面前,捧着她的下颌就吻了下去。

成芸闭着眼睛,很快地迎合他。

《难忘今宵》已经唱完,所有的演员都到台上谢幕,主持人感情充沛地念着总结词。

尽管这些词年年换汤不换药,可真等他们说完了,仍然会给人一种今年已经圆满了的错觉。

周东南已经刷完了牙,成芸尝到他嘴里的味道,那种干净、香甜的味道。

成芸已经忘记周东南上一次吻自己是什么样了,所以对比不出这一次他的吻是不是变得更为激烈,更有侵占性。

他吻得成芸忍不住轻吟出声。成芸的双臂架在周东南的肩膀上,她亲吻他健壮的脖颈。

那种酒店式的廉价沐浴露的味道此时闻起来，格外催情。

她察觉到有东西抵在了她的腰间。

成芸咧开嘴，他们额头相抵，周东南闭着眼睛。他的睫毛意外地长，扫在她的眉骨上，让她浑身酥麻。

"快点儿……"她说。

周东南一把将她抱起，转身放到床上。

他的床很低，低得几乎没有起架，好像一张厚厚的床垫直接放到了地上。

床单有些乱了，上面还有一床棉被。

成芸躺在床上，一动都没动，周东南把她的外套脱掉。她里面穿着一件圆领的长毛衣，腰间系着一条细细的黑带子。

周东南把带子解开，双手一起伸入毛衣下，慢慢地往上推。

成芸感觉到一双大手从她的胯部开始，摸到腰、腹，而后从两肋上去，又摸到她的胸口。

她忍不住挺起胸，他的手又绕到背部的空隙。他把她的胳膊高举，将毛衣直接脱下。

他在看到那件蓝色的刺绣文胸时，微微顿了一下。

成芸看着他，他的视线在那一刻的停顿后像是点着了的火烛一样，在黑暗中爆发出力量。

他动作变快了，脱掉她的裤子，又脱了自己的。最后，他抱着赤裸的成芸，又一次将脸埋在她的发丝之间。

成芸揪着卫衣，淡淡地说："还差一件。"

周东南好似等不及了一样，把她放在卫衣上的手拉下去，手直接伸到了成芸的腿间。

他没有做什么前戏，或者说，对他而言，前戏已经做得足够多了。从两个月前的那个早上开始，到如今，他再做什么都嫌多。

成芸在酒精和激烈的撞击之中，慢慢回忆起了那时的感觉。

他跟那时比，变了许多，成芸抱着他宽阔的肩膀想。

那时他完全生疏，紧张而矜持，现在却不是。

可他也有没有变的地方。成芸一直觉得，对于这件事，周东南有他自己的节奏。

他比之前进步了，这是成芸事后唯一的结论。

"怎么样？"周东南又出了一身汗，双肘支在成芸的身体两侧，胸口与她紧紧贴合。

"你觉得怎么样？"成芸没反应，他又问了一遍。

成芸有点儿想笑，歪着头，看着面前黑不溜秋的大脑袋。

"什么怎么样？"

"刚刚，你觉得好吗？"

成芸淡淡地看着他，一语不发。

周东南体重不轻，压在她的身上也很沉，但成芸没有让他起来。

"我感觉很好。"周东南说。

其实人跟动物真的没有太多差别，发情的时候身上也会有气味。成芸就在周东南的身上闻到一股味道，那味道在这不开灯的小屋里，格外清晰。

"你不用跟我说你的想法。"成芸说。

周东南看着她，说："你觉得舒服吗？"

成芸笑出声，一脚把周东南蹬开，反手从旁边的衣服里摸出烟，点着一根："想让我舒服，你再练去吧。"

周东南没再说什么，懒洋洋地翻了个身，躺在成芸身边。

其实成芸说谎了。

她看着电视上一晃而过的画面，有点儿淡漠地想着，她刚才感觉很好，可好不好又有什么意义？

春晚开始回放了，成芸听着那熟悉的开场白，想起刚刚听到这些的时候，自己还坐在李云崇家的饭桌前吃年夜饭，现在则赤条条地躺在一张破床上抽烟。

成芸屈起一条腿。空调已经被周东南打开，暖风吹在微微濡湿的身上，她感觉到嘲讽般的凉意。

周东南爬起来，光着屁股收拾床，他的身影在成芸面前晃来晃去，成芸有点儿不耐烦："你能不能老实地待一会儿，不累吗？"

周东南听了她的话，放下手里的衣服。他把成芸拉起来，在她后面垫了一个大枕头。枕头是长枕，一半给了成芸，一半留给自己。

两个人一语不发地看电视。

外面的鞭炮声依旧有,但是跟刚刚相比已经小了不少。

成芸抽完一根烟,酒也醒得差不多了。

电视里正在说相声,观众嘻嘻哈哈,电视前的两个人却一点儿表情都没有。

过了一会儿,成芸感觉到身边的人转过头。

"你饿不饿?"周东南问。

"不饿。"

"我有点儿饿了。"周东南一边说一边下床往厨房走去,成芸从身边捡起一条裤子甩到他身上,周东南弯腰穿起来。

周东南在厨房里叮叮咚咚地弄了一会儿,成芸已经快要睡着了,迷迷糊糊之间闻到一股香味。她睁开眼,周东南端着两盘菜从厨房出来:"你也吃点儿。"

上床是很费体力的,成芸不得不承认。

她披了件衣服,从床上下来,来到桌边。

周东南只做了两道菜,一盘黄瓜炒鸡蛋,一盘炒土豆丝。

成芸坐下,周东南递给她一双筷子。

她挨个菜尝了一口,周东南问她:"怎么样?"

成芸挑眉:"这就是周大厨的实力?年夜饭就做这么两盘菜,你省钱也不是这么省的。"

周东南闷头吃饭,吃了几大口之后才说:"随便吃一口,不用做那么多。"

成芸看着盘子里的菜,忽然说:"你晚上没做饭?"

菜的量跟她今天下午看到他拎回来的几乎一样,也就是说他刚刚才开灶。

"对。"周东南说,"本来打算睡了。"

"饿着睡?"

"那时候也不饿。"

成芸讽刺地说:"晚饭不吃不饿?"

周东南嘴里一堆菜,筷子还要去夹另外的菜。

"不饿。"他说话的时候明显噎着了,眉头皱到一起,成芸嗤笑了一声。周东南费力地咽下这口菜之后,才看着她说:"气也气饱了。"

成芸定住，脸色瞬间沉了下去，白了他一眼，不再说话。

周东南也不在意，指着盘子说："你还吃吗？不吃我都吃了。"

成芸把筷子扔到桌子上："你吃你的。"

周东南把剩下的菜全倒到自己的饭碗里，大口地扒拉了几下，嘴里塞得像金鱼一样。

成芸看他这个样子，冷哼一声："别呛着。"

周东南的眼睛好像亮了一下。成芸等他把嘴里的东西都咽下去，问他："看什么？"

周东南说："那时你也说过，还记着吗？"

成芸皱眉："什么？"

周东南说："那时你也让我别呛着。"

当初那个小吃摊，成芸第二次见到周东南，他埋头吃米线，被坐在一边嫌弃他声音大的成芸抱怨了一句。

生活多奇怪啊。成芸迎着周东南的目光，在心里对自己感叹。

人很难说清人生这条路到底是宽还是窄。有时你走起来畅通无阻，有时走起来宛如钢丝。有时你百般地寻求改变却不得其所，而有时只是不经意的一个转身，则变数突生。

他到底算什么？

成芸移开眼。

周东南把盘子、碗收起来，拿到厨房里洗。过了一会儿他出来，甩了甩手。

有几滴水珠落在成芸的身上，成芸好像没有感觉到一样，盯着地面发呆。

最后一点儿水被周东南擦到自己的牛仔裤上，他走到窗边，说："下雪了。"

成芸抬起头。

憋了一天的雪，终于下了。

成芸也来到窗边。雪下得不小，鹅毛一般的雪花大片大片地落下，因为雪花大，所以显得降落得很慢。

成芸感觉到一双手穿过她的腰，从身后抱住她。

"前面是暖气片，你不怕烫手？"她说。

"还行,不是很烫。"

成芸不说话了。她看着窗外的大雪,过了好一会儿,才低声说:"周东南,回家吧。"

又是这个话题。

周东南没有生气。他的声音很平静,他问她:"你为什么让我回去?"

"你只是一时冲动,这样不会有结果。"

"你真这么想吗?"

"嗯。"

周东南轻轻叹了口气,好像不是为自己,而是为她。

成芸又说了一遍:"你这样不会有结果,回家吧。"

"你知道我要什么结果?"

成芸侧过头,却因为腰间的桎梏不能看到他的神情。她说:"你要什么结果?"

周东南的声音很低,与外面的雪花相同,看似轻飘飘,却仍有重量。

他说:"你看,你都不知道我要什么结果,怎么就知道没有结果?"

结果,结果。

这个讨论本身就不会有结果。

成芸漠然。

周东南抱着她的手紧了一些。

他深深地吸气,看着窗外的雪,在她的头顶呢喃自语:"北京真冷……"

成芸起晚了。

大年初一是阴天,这在某种程度上更加促成了她睡过头的结局。

不过,阴天不是最关键的理由。

成芸拿着手机,指着还在床上的周东南,目光凶恶。

"你关我手机是不是?"

周东南从旁边抓了衣服递给她:"你先把衣服穿上。"他一边说,另一只手去够空调遥控器,把空调打开。

"周东南！"

床上的男人看过来。

他神色有点儿懒，面对表情严厉的成芸，表现得异常淡定——这不能怪他，因为成芸虽然眼神锐利，但是造型并不可怕。

经过那乱七八糟的一夜后，成芸两只眼睛带着宿醉后的微肿，头发完全炸开了，站在床前，只穿了件文胸就瞪圆眼睛指着周东南，形象甚是搞笑。

周东南从床上坐起来，揉了揉脸。

他穿着昨晚那件卫衣睡的，衣服被他压得全是褶皱。

周东南把被子掀开，露出赤裸的大腿，腿上的颜色也没白到哪儿去，大腿有力，小腿修长，膝盖和脚掌的骨节十分清晰。

周东南只穿了一条三角裤衩，掀开被子后就开始找裤子。

成芸被他这无所谓的态度刺激了，音调再高一度："你昨晚是怎么说的？！"

周东南停下手，再一次看着她。

其实也不是昨晚，按时间来算的话，已经是今天了，具体一点儿就是七个多小时之前，凌晨三点，成芸要走。

周东南不让。

"太晚了，睡我这儿。"

成芸打了一个哈欠，还在穿衣服，冷冷地道："是睡你这儿还是睡你啊？"

"……"

手腕被拉住，成芸抬头，周东南看着她说："你想再来也可以。"

他那个表情不像开玩笑。

成芸笑了一声，把手挣开，点了点周东南的胸口："二十几年憋了不少存货是不是？"她把周东南推开一点儿，弯腰穿鞋，淡淡地说，"不想憋了就找个女朋友去，到时候随时随地来。"

鞋子穿到一半她就被拽了起来。周东南扯着成芸的衣领，目光果决。

成芸冷着脸冷着声道："松手。"

周东南吸气几次，就在成芸做好他破口大骂甚至动手打人的准备时，周东南又松开了手，变回原来的样子。

"以后的事以后再说。"他语气平淡地说，"今天住我这儿。"

"我明天还有事。"

"那也是明天的事。"

"我要去机场。"

周东南一顿："你要出门？"

"嗯。"

"去哪儿？"

"去哪儿跟你无关。"

"去几天？"

"周东南，你是真傻还是装傻？"

周东南站了一会儿，然后转身回到床边，开始换床单。

将被单扯下后，他从柜子里拿出一条干净的重新铺好，成芸则站在窗边默默地看着他做完这一切。

"来。"他铺完床，转头对她说，"过来睡觉。"

成芸有种无力感。

周东南说："你明天几点的飞机？我会叫你。"

僵持了一会儿，成芸脱掉脚上的鞋。

她觉得自己真的太累了，否则不会这么容易就被他说服。

刚刚穿上的衣服也脱了，成芸赤条条地倒在床上。

一沾床，成芸就开始庆幸自己的决定。谁愿意在大年夜浑身疲惫地走进风雪里，然后再开几十分钟的车回家？谁都不愿意。

成芸拿出手机，睡眼蒙眬地定了闹钟，又跟周东南说："八点叫我，我要洗个澡。"说完，她把脸埋在枕头里，准备睡觉了。

周东南碰碰她："你这么睡不闷吗？"

成芸不耐地扒开他："别说话。"

成芸很快睡着，周东南没有。

他在成芸睡熟之后看了她好久。屋里没有开灯，他只能借着电视机的微弱亮光看清她的轮廓。半响之后，周东南拿过成芸的手机，鼓捣了一会儿，把闹钟关掉，关完之后还觉得不太保险，干脆把手机关机了。

放下手机，周东南伸手，扳着成芸的肩膀把她翻了过来。

成芸完全没有动静。

等了一会儿,成芸还是没动静,周东南把手指头放到成芸的鼻子下面。

她还在喘气。

周东南这才放松地把她抱在怀里睡下。

他们一觉睡到十点半,周东南是在成芸的一声怒骂中醒过来的。

之后就是现在的场景。

"我今后要是再信你……"成芸气得腮帮子都红了,"我把成字倒着写!"

她发了半天火,发现周东南像没听见似的,不仅神色不变,连目光都没有与她对视。成芸顺着他的目光低头,看见自己几乎光着的身体。

成芸抬眼,一个字一个字地挤出来:"周东南,我去你大爷的。"

周东南靠在床头上,说:"多吃点儿吧。"

"……"

周东南发自内心地说:"你太瘦了。"

成芸捡起地上的一只拖鞋甩过去。

周东南及时俯身躲开了。

"哎?"成芸眼珠一瞪,觉得周东南能躲过去完全是靠运气,很快捡起另外一只拖鞋,瞄准的时候,手机振动了。

成芸的手机从来都只调成振动模式,那嗡嗡的声音她听过无数遍,可这一次有些不同。那振动声仿佛并不是电话,而是闹钟,把她从睡梦中叫醒了。

这样的感觉或许有些奇怪,因为她明明已经醒了。

成芸放下拖鞋,接通电话。

"怎么还没有到?"

成芸下意识地把手机拿开一点儿,看了一眼时间,十点五十分了。

她深吸一口气说:"我睡过了,等下直接去机场。"

电话里静了一会儿,成芸的目光落在窗外,这场雪真的下了很久,到现在都没有完全停。

李云崇说:"怎么这么不小心,昨天不是提醒你了?"

成芸说:"不会晚,下这么大的雪,飞机肯定要延误的。"

李云崇听完叹了一口气，说："确实延误了，要四点起飞，给你打电话就是让你别急，不过现在看来你确实一点儿也不急。"

成芸嗯了一声："那等下我去机场。"

"你现在收拾好了吗？收拾好了过来我这儿也行，到时候我们一起走。"

成芸扭头，床上一片混乱。

她的眼睛不经意间扫过周东南。

他裤子穿到一半便停下了，静静地坐在那儿看着她，目光与平日无异。

成芸很快移开目光，又说："没收拾好，我刚起来。我就不到你那里去了。"

"那也好，等下不要开车，路况不好，你直接打辆车。"李云崇顿了顿，又说，"或者我叫人去接你？"

"不用，我自己去。"

"路上注意安全，不要急。"

"知道了。"

成芸挂断电话，屋里一片安静。

成芸把手机放到一边。现在时间还很充裕，她打算洗个澡。

"有干净毛巾吗？"她问周东南。

周东南没有说话，用手指了指柜子。成芸拉开，里面有条没有拆封的粉色毛巾。

成芸刚想嘲笑两句，余光看到了什么，又把抽屉拉出来一点儿，里面有一支粉色的新牙刷、一个塑料牙缸。成芸直接把抽屉拉到头，最里面还有一把木梳，也没有拆包装。

周东南虽然不是寸头，但绝对用不着木梳。

手指攥着抽屉的把手，成芸听见身后的声音："都是新的，你用吧。"

成芸默不作声地把毛巾拿出来，换上拖鞋走进洗手间。

直到关上门，她这口气才出来。

抬头，刚好看见镜子里自己的样子，成芸觉得脸上有些僵硬。她使劲捂了一下脸，把头发全都拢到脑后。

洗手间不大，瓷砖地面，成芸把坐便器的盖子盖上，转身开了淋浴。

热水很足。

坐便器的后盖上放着一瓶洗发水和一瓶沐浴液。

洗发水很大一瓶，便宜货，碱性特别强，成芸洗完之后觉得头发都快硬了。她用手扶着墙，想让热水多冲一冲。

人闭着眼睛的时候，其他的感觉就格外敏感。

成芸霍然转头，脸上的水珠都来不及抹掉。

阿南走进来，反手把门关上。

洗手间本来就不大，水汽蒸腾得半步以外的人都看不清楚。

水声哗啦。成芸也没躲，看着他，抬抬下巴示意："衣服。"

周东南是穿着衣服进来的，淋浴的水从成芸的身上溅出去。他刚站了这么一会儿，卫衣前胸已经湿了一片。

他把手里的东西递给成芸——一瓶护发素，同样是新的。

成芸接过的同时背过身去，有点儿不想看周东南的脸。

背身代表着撵人，周东南虽然木，但不傻。

可他没有走。

水冲在头发上，成芸觉得发梢更涩了。

又像是有某种预感一样，成芸身体微微一颤。颤抖过后，她感觉到有湿漉漉的衣服贴到她的背上，像一面沉默的墙壁。

他就站在她的身后，不过并没有抱她。

他在她的耳边开口，声音穿透水帘，低沉又压抑："你骗我是不是……？"

成芸没有说话。

"你在高速休息站的时候跟我说，你没结婚，也没有男朋友。"周东南抬手蹭了一下脸上的水，又说，"你在三宝的时候跟我说，你告诉我的都是真话。你是不是骗了我？"

成芸忽然把水关了。

洗手间里一下子就安静下来，这让成芸接下来的话更为清晰。

"然后呢？"她把湿润的黑发掀到脑后，转过头看着周东南，"我骗了你，你打算怎么办？"

周东南浑身湿透，头发打绺，满脸的水珠没有擦净，滴滴滑下，好像在哭。

尽管成芸知道，他并没有哭。

这个男人比她想象中坚定得多。

周东南的目光在她的脸颊上流连，从饱满的额头，到黑长的眉毛，再到高挺的鼻梁和紧闭的双唇，还有那双眼睛——结着冰一样的眼睛。

周东南缓缓摇头，转身离开洗手间。

水汽渐渐散开，温度一点儿一点儿降下来，成芸重新打开淋浴，却觉得水温怎么都调不对了。

那天，直到成芸离开，他们都没有再说一句话。

她走出楼洞，大雪铺了满地。新年伊始，一切都是新的。

她没有打电话叫车，还是开着自己的车前往机场。

路上有扫雪的环卫工人，穿着荧光的颜色鲜艳的衣服，在白雪皑皑的街道上，却没有显得很突兀。

这个世界无时无刻不在一种诡异的和谐里。

成芸在等红灯的时候点了一根烟。

"你在高速休息站的时候跟我说，你没结婚，也没有男朋友。你在三宝的时候跟我说，你告诉我的都是真话。你是不是骗了我？"

你是不是骗了我？

成芸降下一指宽的车窗，靠在车椅上，无聊似的把一口烟吐得无比绵长。

如果我说我没骗你，你会相信吗？

要是她这样说，他会有什么反应？

成芸不打算往下想。

第六章

驯　鸟

机场高速不负众望地堵车了。成芸脸上没好气，看了看时间，好在还来得及。

"大年初一，都闲得慌吗？老实在家待着多好。"她拿起车上的盒装口香糖，倒了两粒放到嘴里打发时间。

等她赶到机场的时候已经快下午一点了，成芸一路小跑换了登机牌，然后给李云崇打电话。

"我到了，你在哪儿？"

她一边说一边看登机牌，朝着安检的方向走。

"别走了，我看见你了。"

成芸瞬间停住，来回看。她在原地转了两圈，肩膀被人拍了一下。

"毛毛躁躁。"李云崇点评道。

成芸看见他，长舒一口气，将登机牌当扇子给自己扇了扇风。

这次出门只有她和李云崇两个人。李云崇拖着一个浅灰色的小型帆布商务旅行箱，不管是颜色还是料子都很容易脏，可这箱子李云崇用过许多次，还像新的一样。

李云崇的目光也落在成芸的身上。他上上下下打量一圈，说："你这是回去收拾了？收拾成空手了？"

成芸把手里的包拿起来一点儿："怎么空手，这儿不是有个包吗？"

"衣服都没换。"

成芸眨眨眼,确实没换。她不仅外衣没换,就连内裤都没换——没办法,情况特殊,她根本没的换。

李云崇上下看了她一眼,语气有些不满地说:"穿成这个样子,像话吗?"

她瞥了一眼李云崇。

李云崇穿着一件蓝白相间的细纹衬衫,衣角收在白色的西服裤里,外面套着一件中长款的黑色羊绒大衣。

他保养得很好,虽没有年轻人那种夸张的肌肉,但身材也是修长有型的,加上气质极佳、服装得体,一眼看过去,简约而优雅。

李云崇蹙眉,接着说:"气色也不好,你到底是怎么休息的?"

成芸不想再说,转身碰了一下李云崇的胳膊:"走了,先过安检。"

直到过安检的时候,成芸才认认真真地看了看自己的登机牌。

北京飞往名古屋。

她算了下时间,得晚上七八点才能到。

两人到了头等舱的候机室里,成芸对李云崇说:"你先歇一会儿,我出去一下。"

李云崇把行李箱放到脚边,指着沙发:"坐下。"

"我去买点儿吃的。"

李云崇看着她:"你连饭都没吃?"

"嗯,起晚了。"成芸掏出钱包要往外走,手被李云崇拉住了。

"坐下。"

"要饿死了。"

李云崇将她拉到沙发里。休息室内铺着地毯,沙发是艳丽的红色,成芸一屁股坐下,李云崇借着力站起来。

"你看着东西,我去买。"

成芸看着他道:"我去就行了。"

李云崇看她一眼,说:"你照镜子看看你那黑眼圈,坐着歇着吧。"

李云崇往外面走,成芸在他身后喊:"帮我买汉堡和薯条!"

十五分钟后,李云崇拿着一袋素包子回来了。

"……"

李云崇无视成芸紧皱的眉毛,坐到她对面,说:"少吃那些垃圾食品,你先垫一口,晚上到了再正经吃饭。"

下午四点钟,飞机准时起飞。

成芸一上飞机就睡着了。

她这两天太累了,心累,身体累,脑子也累,而且她还说不清究竟哪个更累一些。

中途成芸醒了一次,身边的李云崇正在看报纸,她一句话都来不及说就迷迷糊糊地又睡过去。

七点十分,飞机抵达名古屋。

一出机场,成芸就忍不住浑身抖了抖。

李云崇看着她问:"怎么了?"

成芸就说了一个字:"潮。"

李云崇笑了。

成芸不是第一次来日本,次次都有这样的感受。

对于她这种土生土长的中国内陆北方人,日本这种空气湿度着实不能适应。名古屋的机场外面十分开阔,风很大,空气中的湿度也够足,成芸走了没多远,一捏手,手心手背上都黏黏的。

"过一会儿就好了。"李云崇说,"这一带湿气是有些重,往市区里走一走就适应了。"

去往酒店的路上,李云崇接了几个电话,都是用日语讲的。

放下电话,李云崇对成芸说:"今天太晚了,我就不让朋友过来了,明天再聚。"

"随便啊。"成芸说着,"反正那些日本人我一个也认不出来。"

李云崇笑着说:"总共也就见过两三个人,你也记不住?"

李云崇年轻的时候在日本留过学,有几个至交好友,他们有空了经常互相看望。李云崇带她来过三次,成芸只能勉强记住一个叫松原的,还是因为他这名字跟她家乡附近的一个城市名相同。

来到预订好的酒店,李云崇去前台拿门卡。

屋子是套间,一共有两间客房,里面的一间大一些。

李云崇把行李放到外屋,问成芸:"累不累?想不想出去吃东西?"

成芸坐到凳子上:"不出去了,打电话叫吧。"

"也行。"

在李云崇打电话期间，成芸去洗手间洗脸。

虽然是套间，但是房间并不大，这个洗手间还没有李云崇自家的宽敞。不过麻雀虽小，五脏俱全，整个洗手间近乎一体式，一尘不染。

李云崇曾对成芸说过，日本这个地方寸土寸金，什么东西都小，难有广度，却颇有深度。

李云崇就在酒店的餐厅叫了两份定食。成芸并不是很饿，李云崇也习惯了晚饭少吃，结果本来就很少量的食物，两个人通通剩下大半。

"你睡里面的屋子。"吃完饭后，李云崇对成芸说。

成芸看他并没有换衣服，就问他："你要出去？"

"嗯，我出去一趟，一会儿就回来，你累了就先休息。"

成芸点头："那我先睡了。对了，明天可以睡懒觉吗？"

"当然不行。"李云崇努努嘴，"明儿个一早，有人来接。"

成芸耸耸肩，进屋了。

她考虑了一下自己的身体状况，觉得自然早起不太现实，灯都关了，才去床头摸手机，打算定个闹钟。

闹钟……

手按在手机屏幕上，成芸恍惚间不知在想些什么。

半晌，她把手机放到一边，自己转到另一侧睡下。

…………

黑暗里，有一双大手在抚摸她的脖颈、锁骨、胸口……

成芸猛抽一口气，睁开了眼。

屋里漆黑一片，死寂一片。

成芸的心还在剧烈地跳动，就算眼前什么都没有，她的眼睛依旧睁得很大。

她翻过身，把手机拿过来。

屏幕亮起的一瞬间，成芸被晃得禁不住眯起眼睛。

她看到上面显示的时间，凌晨三点。

又是凌晨三点。

屋里很安静，李云崇在外面睡得很熟。

成芸觉得嘴巴有点儿干。她爬起来，手摸到床头的灯，想了想，没有打开,摸黑把床头柜上的水瓶拿过来。

喝过水,她点了一根烟,靠着床头,静静地坐着。

那是谁?

她有点儿冷漠地回想梦里的那张脸。

那是谁?

那人皮肤那么黑,还能是谁?

深夜之中,成芸骂了一句。

结果她就睡不着了。

六点多的时候,成芸稍稍眯了一会儿。七点半,闹钟响了。

她关掉闹钟,深感自己最近有精神衰弱的趋势。

李云崇比她早一步收拾妥当。成芸洗漱完从屋里出来,看见摆在床上的几套衣服。

她没有休息好,脑子也比往常迟钝,看了半天,才问李云崇:"这是什么?"

李云崇说:"我昨晚买的,先换一件试试。"他把行李箱放到旁边,说,"选一套,剩下的我收到箱子里。"他见成芸一直不动,又说,"你别嫌我眼光差,先将就一下,如果实在不喜欢,到了京都再买。"

他把她的沉默理解成对衣服不满意,其实她只是睡眠不足,反应迟缓而已。

"穿我自己的行不行?"

"你要换了身像样的衣服来,我也不用大晚上跑出去买了。"

成芸耸耸肩,随手拿了一套衣服进屋。

屋里,大床上放着她刚刚准备穿的外套。

她移开眼,开始换衣服。

李云崇说话自谦,什么嫌弃他眼光差,其实他讲究得很。估计他在买这些衣服的时候,甚至都考虑到了鞋子颜色的搭配。

一身黑白的女士套装,皮草领口,简约又不失细节,朴素又难掩优雅,成芸若不说话,倒很有几分矜持的日本贵妇感。

成芸在镜子前站了一会儿,叹了口气,把胡乱扎起来的头发散开,揉了几下,重新梳理。她将碎发都梳理好,盘了一个一丝不苟的低发。

她打开包,里面只有简单的化妆品,成芸打了个底妆,画了眉,又上了一点儿口红。

再次回到镜子前,她对自己淡淡地挑眉。

镜子里的女人有一张苍白的脸,黑衣黑发、黑眉黑眼,还有一张撕开了那无形的禁欲感的红唇。

这样他总该满意了。

谁还敢说李云崇的眼光差?

她开门出屋,李云崇在见到她的那一刻眼神变了,好像一刹那焕发了光彩。不过他为人矜持,就算惊艳,也只是一瞬。

成芸走过去问:"怎么?"

他笑着对成芸说:"美成这个样子,我都不知道要说什么。"

成芸呵了一声:"人靠衣装,佛靠金装。"她扇了扇领边的皮草毛,"都是你的高级货衬的。"

李云崇淡笑,目光明显不同意她的话,可又没有再说什么。

他抬起手,成芸瞄了一眼——连手套都是一套。她接过那双带着皮草护腕的黑色手套,戴上。

"走吧。"李云崇说。

门口停着一辆车,那个她勉强能记住叫松原的男人坐在副驾驶的位置上。看见李云崇,他下车打招呼。

两个人握着手寒暄。

松原看模样也将近五十岁了,个头还没有成芸高,又十分瘦弱,大冬天穿了一身西装,稀疏的头发被梳得很整齐。

他带着些日本男人独有的自持感,规规矩矩之中又透着一丝深沉之意。虽然他其貌不扬,但是从他的言行举止中不难看出,他并不是一般的劳动阶层。

松原跟李云崇打过招呼后,又转头跟成芸打了招呼。

他不会说中文,只别扭地叫了一声"成小姐",然后缓缓地冲她比了一个大拇指。

成芸冲他点头:"谢谢。"松原夸赞过她,转头给了李云崇一个老男人之间富有深意的眼神。

李云崇摆摆手,笑着拍他的肩膀,两人一起走向外面。

司机年纪也不小。

日本的环境卫生搞得好，福利也好，人均寿命长，这就使得社会老龄化严重，很多工作是中老年人做的。

松原跟李云崇一路上闲聊不停，成芸坐在后座上，昏昏欲睡。

她根本听不懂那两人在说些什么，加上这几天睡眠不足，车刚开了一会儿，就忍不住直点头。

手被拉了一下，成芸强打起精神看向李云崇。

"嗯？"

李云崇小声说："困了？"

成芸点头："有点儿。"

李云崇把椅子放下一些："那就好好睡一会儿，等到了我再叫你。"

成芸躺下之后，李云崇跟松原不再聊天了。

她觉得自己没睡多久，再睁开眼的时候就已经到京都了。

成芸知道，京都是李云崇当初读书的地方，也是他在日本最喜欢的城市。

成芸对日本完全不了解，所有的概念都来自李云崇。他第一次带她来日本是六年前，那时他带着她把日本整个转了一遍。成芸喜欢东京，觉得那里最热闹，玩起来最过瘾，李云崇只是笑笑，告诉她："京都才是日本的精髓。"

李云崇在京都有一处住所，不是现代的洋楼，而是那种传统的日式宅院，车直接开到了这里。

成芸不知道李云崇平日让谁打理这里，但每次来的时候，这里都一尘不染。

推拉门被涂成了传统的红褐色，进了门，能看到一户典型的日式住宅，通透的木结构建筑稍高于地面，房间由拉门隔开。

屋里很暖。

几人步入一个宽阔的榻榻米房间，房间的墙壁是用水墨画装饰的，屋子正中央摆放着一张低矮的桌案，桌案正中央放着一个梅子青釉的花瓶，当中插着一截花枝，花枝上对称开着两朵淡粉色的花。

时近中午，和煦的光线透过精致的木百叶窗洒进屋里。

整个房间构造极其简单，却无比精致，精致到让人产生一种无法形容的禁闭感。

李云崇与松原跪坐在榻榻米上，成芸暗自松了松小腿，也打算跪坐的时候，李云崇拍了拍她的手。

"你坐着便好，这样跪坐你受不了。"说完，他又转头对松原说了一句话。

成芸看着他们，李云崇说完之后，松原朝成芸抬了一下手。

李云崇道："坐吧，自便就好。"

她坐下后，李云崇又与松原交谈起来，两人神色轻松，偶尔谈到什么有趣的话题，会一起笑出来。

过了一会儿，成芸听到屋外有声响。身旁的两人不再闲聊，看向门口。

拉门开了，进来两个盛装打扮的女人。

成芸不是第一次见到艺伎，距离上一次差不多已经有一年之久了。

两个艺伎个子虽矮，但体态婀娜，脸涂得煞白，由两个打伞的男人护送着进来，进来之后朝屋里的人行了一个礼，护送的人就离开了。

外面又有人端来茶具，两名艺伎一语不发地跪坐下来，开始茶道表演。

松原和李云崇重新聊起来。

成芸左边是两人聊天，右边是艺伎泡茶。

不管哪边都同样无聊。

艺伎泡好了茶，先为松原和李云崇奉上，半臂的距离外，成芸闻到她们身上独特的香味。给李云崇奉茶的艺伎背对着她，成芸看到艺伎被涂白的后颈。

艺伎的服饰经过多年演变，已经定型，脖颈连着后背的位置，露出好大一片。

李云崇曾给她解释，这是因为男人们通常觉得女人的背颈是一个性感的部位，所以艺伎会涂白背颈，并且露出来。

成芸转眼，看着给自己奉茶的艺伎。她低着头，脸上一丝表情也没有，端茶的手很稳，每一个动作都像经过精雕细琢，没有丝毫偏差。

奉过茶后，艺伎跪坐在一旁，一动不动，就像是两个瓷泥做的假人。

这两个艺伎跟她上一次看到的不太一样，上次是晚上，艺伎来之后表演的不是茶道，而是歌舞。

她还记得上一次看到的景象。

厚厚的白妆、繁复的和服、精美的头饰，那是与黑夜相对的凄绝。

她们跳舞时在笑，可又笑得与常人不同，就好像活在自己的世界里一样。

李云崇和松原谈了好久，中途松原起身去洗手间，李云崇转头对成芸说："等下我带你去拜访一个人。"

"谁？"

"等下你就知道了。"

"你们还要聊多久？"

"怎么了？"

"我出去等行吗？"

李云崇说："干吗要出去？外面那么冷。"

"没事，我穿得多。"

"坐不住了？"

"脚麻了。"

李云崇说："你看看那两个人，她们跪坐了这么久都没事。你这么随意地坐着还麻。"

"她们练多长时间了？"成芸站起来，趁着那日本人没回来，原地做了几个蹲起。衣服一拢，她对李云崇说："我出去了，你们谈完了叫我。"

"别走太远。"

"走不远，抽根烟而已。"

成芸从屋里出来，转头一看，那两个艺伎还坐在那里，一动不动。

成芸第一次见到这种艺伎，开始怀疑她们是不是练得连眼睛都不用眨了。

她在院子里一连抽了三根烟，总算精神了一些。

成芸没有离开院子。她有那心，也没那力气。

过了一会儿，李云崇出来叫成芸。

"吃饭了，饿了吧？"

艺伎已经离开，他们三人来到另外一个房间内，桌子上摆好了饭菜。

饭菜精致，分量很少。不过少不少也无所谓，因为成芸到现在也没什么胃口。

吃过饭，他们总算要出门了。坐在车里，李云崇小声对成芸说："等下要拜访的是个了不得的女人。"

松原坐在前面，指挥着司机把车开到一条小道上。

成芸问李云崇："什么意思？"

李云崇笑着说："你刚才不是问我要见的是什么人吗？我告诉你，是个了不得的女人。"

"怎么个了不得法？"

李云崇没有回答，反问成芸："你看刚刚那两个艺伎怎么样？"

"什么怎么样？"

"感觉。"

成芸回想了一下："应该训练了挺久吧？"

李云崇摆摆手，淡然道："差远了。"

成芸没说话，李云崇接着道："现在日本的艺伎行业渐渐商业化，很多学徒最多也就练了两三年，就开始出来表演。"

"人家为了给你泡杯茶，练了两三年，你还要怎么样？"

李云崇哼笑一声，看向成芸，声音低沉地说："学表容易学里难，她们身上少了味道。"

"你要什么味道？"

李云崇看着前面，说："等下我带你去见的那个女人，你看到她就懂了。"

成芸不再说话。

车子在一条幽静的小路路口停下，成芸下车，看到这条青石路一路延伸至一座小院内。

院旁种满了树，棵棵修剪整齐。

成芸跟在李云崇身边，松原走在最前面，叩门。

来开门的是一个老妇，看年纪最起码有八十岁了。

成芸在一瞬间就知道，这个老妇就是李云崇口中的那个女人。

她满脸沟壑,穿着日本传统和服,头发在脑后盘成一个小发髻。

她在对门外的客人笑。

成芸看着她的笑,忽然感觉到一种诡秘的氛围。

她朝三名客人行礼,松原同她讲了几句话,她把他们迎到屋子里。

她的院子没有李云崇的大,但收拾得非常整洁。她带他们进屋,坐在榻榻米上,为他们泡茶。

这动作很熟悉,成芸想起刚刚那两个年轻艺伎。

她的动作比起那两个人更加成熟,举手投足之间,几乎已经达到一种与灵魂交融的境界。

她并不像那两个年轻艺伎,脸上一丝表情都没有,她一直带着笑,而且,那并不是属于老年人的慈善、和蔼的笑,她的笑依旧是那种优雅魅惑的女人的笑。

看着这个女人的一举一动,成芸似乎明白李云崇口中的味道是什么了。

她眯起眼,在松原与艺伎交谈之际,起身离开房间。

李云崇跟了出来:"怎么连声招呼都不打?日本讲究这个,你也不是不知道。"

成芸点了一根烟,一句话都不说。

李云崇在她身边说:"她叫和子。"

成芸吐了一口烟,烟雾迅速散开。

"艺伎行业有一个不成文的规定,艺伎在从业期间不能恋爱、结婚,因为要保持这份行业的纯洁感。所以艺伎大多十几岁出道,二十几岁就离开了。"

他们站在庭院中,天稍稍阴沉了一点儿,微弱的阳光透过树丛,将庭院照得一片灰绿。

"这么短的时间,培养出来的艺伎不过是懂一些皮毛,这个行业真正的内涵她们无法得知。"李云崇淡淡地说,"但是和子不同,她将一生都奉献给了艺伎行业,就算年纪大了,没有客人了,也没有放弃。我还记得自己第一次见到她的时候。那时我只有十几岁,正在念高中,她已经将近五十岁。我在看到她的第一眼就被吸引了。所以我让松原暗中资助了她。"

成芸目光漠然地看着前方，一语不发地听着李云崇说话。

"艺伎跟妓女不同，卖艺不卖身。和子一生都没有结婚，没有男人，但依旧很美，那是一种沉淀的妩媚，一种女人真正的美。"李云崇在形容和子的时候，神态不知不觉中带着一丝崇敬和倾慕之意。

成芸睨着他，忽然笑了一声。

李云崇转过头来。

成芸往洁净的地面上弹了弹烟灰，李云崇看见了，也不制止，他的注意力似乎都放在成芸接下来的话上。

"是啊。"成芸笑着说，"她的确笑得好媚啊。"

李云崇看着她。他知道她还没有说完。

"不过那不是妩媚。"成芸转眼，与李云崇对视，眯起眼睛，一字一顿地说，"那叫鬼媚。"

李云崇面无表情。

"如果真的只卖艺，何必把领子敞得那么开？"成芸微微歪着头，"艺伎、艺伎，说到底，还不是落在一个'伎'上？大概唯一的特殊之处就在于你说的，日本人喜欢把东西做绝了。"

她把抽完的烟头扔到地上，一脚踩灭："我知道你说的她身上的那种味道是什么。"成芸看着他，漆黑的眼睛好似看到他心里的最深处。

李云崇一动不动。

成芸的身子忽然向前，与他交叠。

她在他的耳边压低声音短促地说："你知道人发情的时候也会有味道吗？"

风吹过，但院子里依旧寂静无声。

李云崇紧闭双唇。

"我告诉你，有的，尤其是女人。不过等欲望满足了，味道也就没了。"成芸抿着唇，好像在笑一样，"可你的和子不同，你转头，看那边……"

李云崇缓缓看过去，刚刚出来的时候，门没有关严，屋里松原跟和子有说有笑。

成芸像是给他解说一部情景剧一样，低声说："你看那个屋子是不是很规矩，四四方方的，像个封闭的箱子一样？"她在他的耳边轻轻地说,"和子这辈子的欲望和味道全关在那个箱子里,散都散不掉。你们来了,觉得满屋芳香,帮她吸走了一点儿。可等你们离开后,她身上就会涌出更多。"

不远处,和子似乎察觉到什么。她转过头,看见李云崇时,一下子挑起黑黑的眉毛。她知道今天有贵客要来,特意化了妆。

那张老态龙钟的脸上,泛着憧憬的笑容。

成芸直起身,说:"等你们都走了,她自己还要在这盒子里待着,待一辈子,直到被这味道活活熏死。"

李云崇扭头,狠狠地看着成芸:"你要学会尊重别人。"李云崇声音低沉,甚至阴狠地说,"你再敢胡说八道试试看。"

成芸面不改色,又说:"各人求的不同,她要这么活,是她自己的事,外人的确没资格说什么。"

李云崇的脸上涨出淡淡的红,他缓缓摇头,失望地说:"成芸,你跟她差得太远了!你现在连她万分之一都不如。"

成芸听了他的话,赞同地点了一下头:"我本来就没什么水平,你又不是不知道。"

松原远远地叫李云崇,李云崇转头应了一声,临回去时,对成芸说:"你给我在这儿好好反省一下自己说的那些混账话!"

成芸看着他回到屋子里,转头又掏出一根烟。

她想那些混账话了吗?当然没有。在那灰白的烟雾里,成芸觉得自己的头更疼了。

有时候她真的想跟李云崇好好谈一谈,可她知道,他们根本没的谈。

十二年了,他仿佛铜墙铁壁,他们根本没的谈。

成芸知道,李云崇生气了。

这从他们到东京之后,李云崇没有管她半夜出去玩就能看出来。

从庭院的那次谈话之后,他们之间仿佛陷入了僵局——不是冷战,只是僵局。他们相处同往常差不多,可有些更深的东西,却怎么都理不顺。

李云崇在东京待了两天,成芸基本都是跟他分开行动的。她偶尔觉得这样也不错，至少不用再陪他跟那些日本老头子聚会。

东京也是个不夜的城市，它的夜晚没有京都那么妖冶，却多了一丝迷醉的混乱。

成芸不用跟李云崇聚会的另外一个好处是她可以尽可能地补觉。到东京的第二天，李云崇下午出门，成芸睡了一觉，直到晚上八点才醒过来。

李云崇还没回来。

成芸有些饿了，正好睡够了，精神也足，换了衣服自己出门了。

李云崇订的酒店在新宿，是东京最著名的商业区，一到晚上灯火辉煌，满街都是人。成芸路过一个便利店，进去买了一个面包。

她一边吃着面包一边闲逛，不知不觉来到一条步行街上。

她抬头，看见街头一个大牌子。

来日本玩有个好处就是即使不会日语，她走在路上也不至于当睁眼瞎，很多句子靠蒙也能蒙个大概。

歌舞伎町一番街。

"啊……"

成芸的记忆又一次被翻出来了。

这条街，她来过。

成芸想起什么，扯着嘴角笑了笑。吃完面包，她把包装袋扔了，往街深处走去。

在日本这么讲究干净的地方，这条街已经算得上脏乱。不过来这儿的人也没有多少会注意脚边的垃圾，仿佛正是因为有这些垃圾，才使得这条街成了这条街。

街上大多是年轻男女，打扮前卫，路边是各种各样的酒吧和风情店，店门口站着拉客的店员。

随处可见男男女女拢紧衣服站在街上。他们不怎么走动，眼睛却来回地瞄着过往的行人，碰见觉得可以试试的客人，就上前打招呼。

街上的店铺灯光都很刺眼，很多选用了扎眼的纯色调。如果在外面的街道上碰见一间这样的店铺，或许你会感觉很掉档次，可在这里不同，所有的店铺都是如此，姹紫嫣红之中，有一种诡异的和谐感，在黑暗的天幕下，犹如群魔乱舞。

成芸走了一会儿，在一个大牌子下停下脚步。

那是一个悬挂得很高的牌子，白色的灯光，上面有两排照片，二十个男人。

牌子很大，每个男人的头像下面都有几行文字，看起来是介绍。牌子最上面有一排字，成芸认得后面的几个字，是排行榜，前面一串英文似乎是一家店的名字。

这个习俗还没变。

成芸早几年来这里的时候也看见过这样的牌子，这是牛郎店的广告牌，上面的男人都是店员。

忽然，身后有人说话。成芸转头，一个日本年轻人站在她身后，脸上带着笑容。他穿着一身休闲装，脖子干净细长，头发被染成黄色，喷了发胶定型。

他体形比较单薄，大冬天穿着一件休闲外套，露出锁骨来。

成芸穿着高跟鞋，比他高出一些。

他又说了一句话，成芸才回应说："听不懂。"

年轻人一愣，呃了一声，手指挠着下巴，好像在想什么。

成芸站在那儿看着他，他忽然啊了一声，用有些蹩脚的发音说出："Chinese（中国人）？"

成芸英语再差，这个词还是能听懂的，冲年轻人点点头。

年轻人恍然地啊了一声。他指着成芸刚刚看的那个牌子，又指了指成芸，费劲地说："You like it（你喜欢那个）？"

成芸明白他的意思，淡淡地笑了。年轻人看她笑了，自己也笑了，试着拉成芸的手，又朝街对面指。

成芸跟着他来到店铺门口，年轻人请她进去。

她抬头，看见店铺的牌子，上面正是刚刚看到的那串英文。

牌子是很梦幻的粉色，不过不是芭比娃娃那种公主粉，而是那种廉价、尖锐而刺眼的粉——就像把公主的梦境提炼了出来。

年轻人一脸期待地看着她，成芸不再多说什么，推开店门进去。

她刚进去时，店门两侧都是鲜花，大多是客人赠送的，有的花篮上还放着照片，上面写了许多祝福的话。

这家店跟酒吧的环境很像，有外场和内场之分。成芸有过经历，刚进去就指了指里面。年轻人了然,带着她进了一个包房里。

包房很宽敞,有黑皮沙发,里面的墙上铺着暗色的玻璃柜,玻璃柜里面摆着各式各样的洋酒。周围竖立起高高的封闭式鱼缸,里面亮着梦幻的彩灯,各种观赏鱼缓慢悠闲地游来游去。

成芸在沙发上坐下,年轻人跟她说了几句话,她从他的神色看出,他大概是想让她等一会儿。

年轻人出去之后,过了一会儿,进来另外一个男人。他年纪稍大一些,圆寸发型,留着一撮小胡子,一进屋就冲成芸行了个礼。

"你好。"

成芸挑眉。

男人自我介绍道:"我叫藤井,在中国生活过,能说中文。"

"哦。"成芸笑了笑,"你们业务范围还挺广。"

藤井的中文说得很熟练:"店里来过中国客人。"

藤井一边说,一边递给成芸一个机器——不大,比平板电脑厚一点儿,屏幕上是这家店的标志。

他帮成芸点了一下,屏幕跳入一个界面,跟门口的牌子很像,不过这里介绍得更为详细。

与保守的中国女性观念相比,日本女人大多比较开放,对自我的认知度也高,很舍得给自己花钱。不过随着时间推移、时代演变,很多中国女人的观念也与从前大不相同了。

成芸一边随手翻着,一边问藤井:"你这儿有很多中国客人吗?"

藤井说:"旅游旺季的时候,确实是这样。"

其实像这样的店也并非像外人所想,很多女人来只是寻一时放松,而店员的提成很大一部分是靠卖酒,这里的酒都不便宜。

成芸翻来翻去,排在前面的几个男人看着还行,后面的就不怎么样了。

成芸随便点了几个人,刚要放下机器的时候,下一页的照片跳出来。

这个人不是很好看,走的是肌肉男的路线,皮肤晒成了深深的古铜色。

成芸手一顿,藤井在一边问:"这位,也需要吗?"

成芸把机器放下，摇摇头："不用了。"

当晚，成芸在这家店里花了一百多万日元，大概六万人民币。

按一个人算的话，这已经算不错的消费，几位店员很高兴，兴致勃勃地玩了许多游戏，虽然语言不通，但也在极力讨成芸欢心。

藤井是唯一能跟成芸沟通的，一晚上下来，说得嗓子都冒烟了。

他们这样有一部分是职业精神，另一部分就是成芸个人的原因。

大家喝到最后，屋里的气氛很热闹，同时也隐约透着一股迷乱的味道。

有几个男人坐在成芸身边，或是用眼神，或是用若有若无的碰触，暗示着成芸什么。其中一个年纪小一点儿的男人搂着成芸的肩膀撒娇，成芸听着那软软的语调，笑得喘不上气来。

藤井偷偷问她，需不需要其他方面的服务，成芸抽了一根烟，摇摇头。

十一点左右的时候，成芸离开。她临走时，藤井把自己的名片塞给她。

"如果有需要，欢迎再次光临。"

成芸呼吸着外面的冷风，散了散酒气，说："好。"

成芸走出店铺，拐了个弯，随手扔掉名片。

时近午夜，可东京的街道上依旧人来人往，灯火通明。成芸回到酒店，开门发现屋里一片漆黑。

成芸撇撇嘴，李云崇难得聚会到这么晚。

她把灯打开，一转头，吓了一跳。

李云崇就坐在客厅的沙发上，淡淡地看着窗外。

成芸反手关上门，一语不发地进了里屋的洗手间，洗了一把脸。

镜子里的自己眼角带着血丝。她扒着眼皮仔细看了看，眼底也有些泛红。

成芸伸了个懒腰，把头发扎起来。

她出来的时候，李云崇还是刚刚的样子，似乎一动也没有动过。

酒店的窗前有一个玻璃小圆桌，两边分别有一张沙发，成芸走过去坐到李云崇对面，掏了一根烟，随手捡起桌子上的打火机点着。

"谈谈吧。"她说。

李云崇的目光落在玻璃窗外的城市里，异国他乡，夜似乎比往常冰冷。

他一句话都不说，成芸缓缓吐出嘴里的烟，低声说："几点回来的？坐这儿多久了？"

安静了许久，李云崇才慢慢转过头，轻笑了一声。

成芸抬眼："你别这样。"

李云崇道："怎样？"

成芸细长的手指夹着烟，眼睛看向窗外。她来回咬了咬牙，好像在活动下颌一样，想了许久，才转头，真切地、发自内心地说了句："李云崇，没必要。"

"没必要什么？"

"你这趟跑来日本，给我看这些、讲这些，都没必要。"

李云崇微微侧过头，好像要仔细听成芸的话。

"我是什么样的人，十二年前你就知道了。"成芸看着他，平静地说。

李云崇不急不缓地说："人之所以是人，就是因为懂得学习。"

"我这么早出来工作，你指望我能学明白什么？"

李云崇平静地看着她，缓缓道："或许从小的经历真的会影响人很多。不过无妨……"他说着，撑着双膝，慢慢起身来到成芸身边，手摸着她的头发，一下又一下，"你不懂的，我慢慢教给你，十年学不会，你就学二十年，总会有懂的一天。"

成芸安安静静地坐着。

"小芸，你要记住，凡事过犹不及，人真正的成熟在于懂得克制。我在你身边，往后你拥有的只会越来越多。我希望到最后，你能从这些东西里面找到真正值得坚持的，而不是抱着一时的低劣的欲望徘徊、挣扎。"他慢慢抱住成芸，看着成芸面前缓缓飘起的烟雾，说，"到那个时候，你才算真正站到我身边来了。"

窗外灯影晃动，成芸淡淡地吸了一口烟，说："李云崇，事情没有那么复杂，你不过是……"

"小芸。"

成芸的话被打断。她盯着房屋里虚无的一处，低声说："崇哥，你别魔怔了。"

脸颊被轻轻点了一下,李云崇像是惩罚淘气的小孩一样,说:"说了别这么叫我。"他在她的头顶"呵呵"笑了两声,又说,"你还是太年轻,咱们慢慢来吧。"

他的语气与以往无差,永远平和安稳,似乎胜券在握。

成芸不知道要说些什么。

李云崇松开手,说:"洗个澡,好好睡一觉,明天回国了。"

说完,他走回房间。

成芸一个人坐在客厅里,烟已经燃尽了。她把烟头在烟灰缸里掐灭,转头看着窗外,长长地呼出一口气。

她早就该知道。

他们没的谈。

他是铜墙铁壁,他们根本没的谈。

回到北京,下飞机的那一刻成芸跟李云崇说了句:"今明两天我要在家歇着。"

李云崇点点头,随她去了。

他没有多嘱咐什么,也没有邀她去他家休息。十二年了,他们之间的模式已经定型,他们都知道在这样的节点上,两个人在一起很难和平相处。反而分开一段时间,双方都冷静一下,才是良策。

曹凯来接李云崇。上车的时候,曹凯发现没有成芸的身影,问了一句。李云崇告诉他,成芸自己有事先走了。

"成姐忙啊。"曹凯一边开车一边说。

李云崇坐在车后座上,神色淡然地看着窗外。

曹凯透过后视镜看了一眼,道:"李总,日本怎么样啊?玩得好不好?"

窗外的电线杆一闪而逝,李云崇的脸色晦暗不明。

"毫无收获吧。"李云崇淡淡地说。

曹凯一愣,李云崇一句话让交谈的气氛变了。曹凯态度变得严肃,微微坐直身体,等着李云崇接下来的话。

李云崇静了一会儿,忽然冒出一句不搭边的话来:"曹凯,你知道

234

什么鸟最难养吗？"

曹凯不知李云崇到底什么意思，没有贸然回话，只道："这……我也不养鸟，不太清楚啊。"他试着猜了一下，"是不是那种比较野的不好养？"

"不。"李云崇笑了，说，"大多数人会有你这样的认知，觉得野鸟最难驯服，其实这样说并不准确。准确地说，应该是半路收的鸟最难驯。"

李云崇话中有话，曹凯听出来了。

"每种鸟都有自己的脾性，不过只要功夫到位的话，任何一种鸟从小驯化，都可以训练出来。但那些半路收来的鸟，之前好多习惯已定型，你再想改，就要花费数倍的精力和时间。"李云崇凝视着窗外的景色，语气有些疲惫，"之前越是活得放肆，你收来之后便越是难以管教。"

曹凯明白了李云崇的意思，握着方向盘的手慢慢收紧。他听得仔仔细细，却不敢轻易插话。

看了一会儿外面，李云崇仿佛陷入沉思一般，慢慢闭上了眼睛。

第七章

欲　望

　　成芸回到家是十一点多。她洗了澡之后觉得有些口渴,从冰箱里拿了一瓶冰镇啤酒,咬开瓶盖就开始喝。
　　一瓶酒喝完,成芸放下酒瓶,打了个嗝。
　　她坐在床边,阳光顺着玻璃窗照在空荡的地面上。
　　屋里静悄悄的。
　　她把酒瓶放到一边,转身又去冰箱旁。这一次,她把剩下的啤酒全拿出来了。
　　她一瓶接一瓶地喝,喝到第六瓶时,醉了。
　　她的酒量比这个好得多,可这次她喝得太快,加上旅行的疲惫,很容易就醉了。
　　她等的就是这个时候。成芸打了个哈欠,翻身躺到床上。
　　两个小时后,她被胃疼弄醒了。
　　舟车劳顿,加上空腹喝了六瓶凉啤酒,成芸就算是铁打的也受不了了。她平时很少有胃疼的毛病,少数的几次也是喝酒喝的。
　　成芸紧皱眉头爬下床,下地的时候一阵头晕,身体东倒西歪,直接坐到地上。她捂着头,缓了一会儿,按着胃部去洗手间。
　　成芸扒着马桶便开始吐。
　　她没吃东西,胃里是空的,吐出来的都是酸水,就算如此,吐完之后也比刚刚好多了。

成芸冲了马桶,来到水池边漱口。

偶然间一抬头,成芸看见镜中的自己——头发披散,脸色苍白,满眼的血丝。在卸去所有的妆容之后,她眼角的细纹也更清晰了。

她看了许久,好像不认识自己一样。

现在几点了?两点,还是三点?

成芸晃了晃头,回到卧室,重新躺到床上。

她觉得自己需要叫一份外卖,不然可能坚持不到两天就死了。她翻了个身,从枕头底下摸出手机,打开通讯录开始找外卖电话。

成芸找了半天,最后目光却没有停留在外卖号码上。

与之前不同,他现在在她的通讯录里已经不是一串号码了,有了自己的名字——成芸把他存成了"周老黑",一个充满乡土气息的名字。

她上一次见到他是什么时候来着?是不是临去日本的那个早上?还是那一夜的梦里?

他走了,还是没走?

成芸从脑袋顶上把枕头拉下来,盖在脸上。同时,她按下了通话键。

电话通了。

人没走。

"喂?"

手机里有风,也有汽车鸣笛和来往行人的声音。他那边的纷乱与成芸这边的死寂形成了鲜明的对比。

"成芸?"他的声音好像一块石头,沉在嘈杂世界的最下面。

周东南呼着冷气问:"你回来了?"

成芸嗯了一声。

周东南忽然问她:"你怎么了?"

成芸没懂,疑惑了一会儿才反应过来她的脸还在枕头下面,这让她的声音很闷。她把枕头拿开,又对周东南说:"没事。"

电话那边静了一会儿,周东南又说:"你怎么了?"

成芸不知道他是没话找话还是真的察觉出了什么,把手垫在头下面,说:"有点儿恶心。"

"恶心？怎么恶心？"

成芸呃了一声："也没什么。"

"乱吃东西了？"

成芸转过身，看着窗外。周东南又问了一遍，成芸才说："没，空腹喝了点儿凉酒。"

"哦。"

轮到成芸了，她却不知道要跟周东南说些什么。冷场了一会儿，她决定干脆挂断电话。

就在她要挂断的时候，周东南忽然开口了："我去给你送吃的，你在家等着。你想吃什么，还是上次那个地址吗？"

成芸沉默地听完周东南的话，才低声说："不是。"

"不是什么？"

"不是上次的地址。"

这回轮到周东南停顿了，成芸拿手指抠被单的边缘。过了一会儿，周东南开口说："你有自己的家，他不是你丈夫。"

成芸不抠被子了，哼笑了一声。

"你家在哪儿？"周东南不管猜出了什么，语气还是那个样子。

成芸不语。

周东南很有耐心："嗯？在哪儿？"

成芸深吸一口气，告诉他自己的地址。

"有想吃的吗？"他又问。

成芸在盯着外面的马路，阳光有些刺眼，屋里没有开空调，单靠暖气，微微有点儿凉。成芸的脑袋转得有点儿慢，周东南也不急。

过了一会儿，成芸缓缓说："想吃方便面。"

周东南嗯了一声："吃什么味的？"

"红烧牛肉的。"

"等着我。"

等着我。

成芸放下手机，拿手盖住脸，深深地出气。

她不想往深处思考什么，竭尽全力地让脑子只停留在红烧牛肉方便面的那个层面。

周东南来得比成芸预计的快，门铃响起时，成芸还在床上躺着。

周东南又是那副只露出眼睛的打扮，浑身捂得严严实实的。反观成芸，只穿着一套睡衣，一扇门隔着，两个人好像活在两个季节。

周东南身上的寒气让成芸忍不住往后退了一步，他一边跟着挤进屋，一边说："关门，冷。"

成芸看到他手里拎着两个塑料袋，里面不像是有方便面的样子。

"方便面呢？"

周东南不说话，往屋里看了看："这是你家？"

成芸盯着他："方便面呢？"

成芸的房子太大，又空旷，周东南扫一眼基本就全看完了。他收回目光，看着成芸道："你一个人。"

成芸抱着手臂："有几个人你不会看？"

周东南点点头，把鞋脱了，换上拖鞋，拎着塑料袋就往里面走。

成芸被他这自来熟的架势唬住了，直到他转过头问她厨房在哪儿才反应过来，问："你要干什么？"

"做饭。"

"做饭？"成芸瞪着他，"我的方便面呢？"

周东南转头往屋里走。

"喂！"成芸叫了一嗓子，周东南已经找到厨房进去了。

成芸紧跟过去，周东南正在厨房里面摸摸这儿，碰碰那儿。最后他拧开水龙头，冲了冲手。

"你是新搬来的吗？"他问。

成芸靠在门口，冷笑。

周东南瞥她一眼："你去穿件衣服。"

"你到底来干吗？"

"做饭。"他还是刚刚的回答。

成芸双唇紧闭，盯着他。

周东南甩完手上的水，转头对她说："你等等我，我再去买点儿东西，你家缺的东西太多。"

二人错身而过的时候，成芸一把拉住周东南的胳膊。

周东南侧头："嗯？"

他们离得很近,男人结实的躯干在成芸穿着睡衣的单薄身体前显得格外健壮。她抬眼看他,周东南一张黑脸上表情木讷。

"怎么了?"他又问。

成芸轻叹一口气,松开手:"等一下,我跟你一起出去。"

"你出去干吗?"

"我就不能有东西要买?"

成芸回屋换了套衣服,跟周东南一起出门。

公寓旁边有个小型超市,东西不多,但是做碗面条足够了。周东南去拿油和调味料,成芸则在另外一列柜子前走动。

她先结账出了超市,过了一会儿周东南才出来道:"买好了,走吧。"

重新回到家里,周东南进厨房做他的红烧牛肉面,成芸在床上躺着玩手机。

二十几分钟后,周东南端了两碗面条出来。他看了一圈,最后发现屋子里只有窗户边上那个玻璃圆桌。走过去的时候脚上踢到什么,周东南低头,看见地上横七竖八的一堆酒瓶子。他转头看了成芸一眼,床上的女人没有察觉,还在玩手机。

周东南叫成芸:"吃饭。"

成芸这才懒洋洋地爬起来。周东南脱了外套,成芸看着那件灰色的卫衣,说:"你一件衣服穿到死是吗?"

"没有,昨天才换的。"他把筷子递给成芸,自己埋头先吃起来。

客观来讲,面做得不错,牛肉筋道、不腻,上面还撒了香菜,颇有饭店的作风。只不过面量太大,满满的一大碗,汤汁都要溢出来了。

成芸指着面说:"你这么开店的话,等着赔死吧。"

周东南拿筷子挑了挑面条:"又不开面馆。"

成芸反射性地要问他打算开什么,可刚要问的时候,又把话咽下去了。

成芸剩下了大半碗。

周东南吃完自己的那份,指了指她的,问:"不吃了?"

成芸朝着面碗抬抬下巴,周东南顺势拿过去,几下扒拉完,又把汤喝了。

"……"

成芸看着对面那人狼吞虎咽的样子，默不作声。

周东南放下碗的时候，听见咚的一声。他抬眼，看见一管护手霜。

周东南很快看向成芸："这是什么？"

"你自己不会看？"成芸站起来准备下桌了。

成芸想去外套里找烟，结果走了两步就被人从身后抱住了。

周东南贴在她的脸边，他的身体那么烫，刚刚吃完的牛肉面的热量全体现出来了。

"给我这个干什么？"他低着头问。

成芸一动不动："你洗手后都是甩干的吗？糙也不是这个糙法，再弄下去就跟你哥一样了。"

周东南的鼻息落在成芸的耳边，他轻轻地蹭着她，说："你是不是不想让我变成我哥那样？"

这个问题，她要怎么回答？

成芸不说话。

她不说也无所谓，周东南把成芸打横抱起来，转身放到床上。

床垫是舒适的手工定型棉，里面是六环高碳钢弹簧，弹性极好。成芸在上面一起一落，乘船一样。她轻颤了两下后，周东南压了上来。

"不会的。"他说。

成芸面无表情。

她什么都没说，可周东南好像还要回答她一样，说："我不会变成我哥那样。"他说这话的时候，眼睛并没有看成芸的脸，而是看着她的身体。

成芸还穿着那件丝绸睡衣，平躺在床上，身体的曲线在周东南居高临下的目光中一览无余。

她也不动，任他看着。

半晌，周东南抬手摸过来。

成芸以为他要摸她的胸，可最后他的手落在了她的胃上。那么大的一只手，动作轻得不像话。

他的手太热，那层薄薄的丝绸简直形同虚设，他的温度直接传达到她的肌肤上。

"还疼不疼？"

成芸说："疼又能怎么样？"

周东南看向她的眼睛，语气平淡无奇："疼就去医院看病。"

成芸盯着他的眼睛，说："不疼呢？"

周东南拿开手，俯下身，亲了她的脸一下。亲完之后他就直接留在了她的脸颊旁，说："不疼就做别的。"

饱暖思淫，古人诚不我欺。

成芸不说话，她的头发散开，露出饱满的额头，配着那一对黑长的眉毛和薄薄的嘴唇，看着竟然有股英气。

周东南缓缓抬手，摸着她的脸颊。手移到唇角的时候，成芸居然张开了口，直接把他的手指含在了嘴里。

这谁还受得了？

周东南二话不说，抽出手往下，开始寻找睡衣的入口。

他的粗手刮过成芸的大腿根，成芸痒得笑出了声。

成芸中午刚刚洗过澡，身体干净而柔滑，带着沐浴露和护肤液的味道，周东南光摸还觉得不爽快，大脑袋在成芸的身上蹭来蹭去地来回闻，惹得成芸拍他的头："你是狗吗？"

周东南没答，直起身，坐在她的身上开始解裤腰带。

牛仔裤脱了，里面还有条绒裤，可他身下鼓鼓囊囊的一坨已经看得清清楚楚了。

与之前那天不同，这次天还没黑。

同电视机麻木的冷光相比，夕阳暖得致命。周东南脱了裤子，他的腿在橘红色的晚霞里，好像披着光一般。

成芸有些发怔，抬起手，拉着他的卫衣，想帮他脱掉。

可周东南仿佛已经忍不住了，握着她的手腕伸向两侧，又抬起腿横跨在成芸的身上。

周东南扒了她的衣服，然后重新调整自己的姿势。

他的动作比起上一次更勇猛，又多了一层温和。

成芸怔住，这简直要命。

周东南的温和慢慢地让成芸感到焦躁。可她又不想表现出来，因为周东南就看着她——这一次他不再埋头于她的脸侧，而是撑着双手，在她的脸上方,眼睛一眨不眨地看着她。

她像较着劲,他却不是。

周东南的表情不变,脸色因为浓浓的性感而越发黑沉,微张着口,呼吸重,却又均匀,下身也跟着他的呼吸,一起一落。

这是第几次?他已经有了这样的认知。

将她的身体当成一把锁,他自己便是钥匙,他不急于享乐,而是耐心地一次又一次尝试。

他黑漆漆的眼睛犹如最精密的仪器,盯着她一丝一毫的变化。

成芸的两条腿开始细微地抖动。

某一刻,所有的槽口都严丝合缝——锁开了,她的一切都展现出来。

成芸毫无防备。矜持、敌意、反抗、冷漠……所有的所有,都没了。

她软弱地长吟一声,头颅高昂,双手死死地扯住周东南的卫衣领口。

女人放下了其他,完全沉浸在性带来的愉悦里。

老天会给所有的性爱一个封闭的世界。

性起,世界构成;性终,世界坍塌。

在此时此地,这个世界就是成芸空荡荡的公寓。在这里,除了欲,什么都是虚的;除了欲,什么都是假的。

再没有比床上相拥的两个人更加紧密的了。

身体不会骗人。

女人像拔了刺的蔷薇花,张开花瓣,却不是娇艳欲滴的——她是另一种美,更为凄厉,更为热烈,更为深远。

他总觉得她的眼睛里带着湿意,可她一直侧着头,不让他看真切。

背上的手已经不仅仅是拉扯,她那种用力的方法好像是要撕碎他一样。

她的感情太旺盛,只随便露出一角,就已经让人难以招架。

周东南盯着她的脸,有那么一瞬,他迷失了。

他迷失得甚至忘记了自己。

可随后他又想到,她现在这副形态都是他赋予的,便紧紧地咬住了牙,挺身而入。

夕阳的光照在她的身体上,让她起伏得更加明显,宛如一条无人之舟,在欲海当中沉浮。

周东南一路忍到现在,也已经是极限。沉静的世界里,只有急促的呼吸声。

窗帘大敞,落地窗外残阳如血。

她的身体也变成了潮红色。

这一次,他进行了很久,比之前两次加起来都要久。

长久的性爱没有让成芸觉得枯燥。她的身体仿佛一个黑洞,有无限的引力,近乎要把他抽干。

将近四十分钟之后,周东南有些坚持不住了。他中间忍了好几次,到现在再也忍不下去了。他最后看她的一眼里,少有地带着表情。

他有些不甘心。

终于,他咬紧牙关吼叫一声。那个老天为他们构造起来的世界坍塌了,一切都结束了。

成芸仰面朝着天花板,不知是在休息,还是在回味。

周东南躺在了她的身上,满头大汗,不停喘着粗气。他举起手,摸到她的脸上,一只大手包住她的半张脸,大拇指轻轻地抚摸那细滑的皮肤。

"你太可怕了……"他说。

成芸闭着眼睛,也在沉沉地喘息。听了周东南的话,她说:"不是有毒吗?"

周东南静了一会儿,好像是在思索问题,最后说:"不,那时我说错了。"

成芸说:"你没说错。"她的语气不带一丝感情。

周东南翻身,重新撑在成芸的身上。

成芸睁开眼,这回真的有些惊讶了,挑着眉道:"再来?"说完,她自己就先哼笑一声,"周东南,别逞能。"

周东南不理睬她的嘲讽。

他就那么跪着,低头看着她的身体。看了一会儿,他慢慢抬起手,仿佛一个虔诚的信徒,摸遍她身体的每一处。他的动作轻柔得如同羽毛，每一下触碰都像品尝，也像清理，帮她扫去一切灰尘。

成芸嘴唇颤抖。

周东南抚摸了整整两遍，才停下。他靠近成芸，轻声说："我说错了，没毒的。"

身体不会骗人。

他的气息落在成芸的脸上，还残留着一点儿牛肉面的味道。

成芸仿佛不想再说什么一样，转过身，冲着窗外蜷起身体。

周东南就在她身后抱着她。

红云只剩一角，戏剧落幕，老天也跟着退场了。

两个人都有种食过饕餮之宴后的慵懒，成芸背对着周东南，好像睡着了一样，一动不动。

他们没有情侣之间的耳鬓厮磨，可依旧相贴到夜幕降临的一刻。

"我得走了。"周东南说。

成芸没有回话，周东南凑到成芸的耳边，又说了一遍："我得走了。"

成芸依旧无声。周东南叹了口气，坐起身。

穿完衣服，周东南来到门口。屋里没有开灯，现在已经很黑了，不过他一直睁着眼，也适应了屋里的黑暗。

他找到鞋，穿好，却没有马上离开。

他在门口站了许久，转头对床上的人影说："成芸，今天过后，我会找你的。"

他曾经对她说过，他不会去找她，但今天过后，他会了。

周东南说完就要走，可刚开了门，忽然想起什么一样，又折返回来，到桌边把那管护手霜揣进兜里，这才离开。

他没有等成芸回话——就算等到了，也无所谓。

他们两个人都知道，她的回答和他的决定，是两回事。

人走了，屋里重新陷入死寂。

虽然刚刚他还在的时候，也没有人说话，可跟现在不同。

成芸拉起被子的一角，盖住赤裸的身子，一躺到深夜。

转了二十分钟之后，成芸放下手里的衣服。

一旁的店员经验老到,一看成芸的表情就知道她不满意。

"小姐,我们这儿还有今年冬天新上市的款式,请您看一看。"高级的奢侈品店,服务员都跟别处不同,好似端着一股说不出的架势一样。她看得出成芸是个买主,虽然成芸挑了二十分钟都没有下单,但是对成芸依旧热情。

成芸转头,看向销售员手掌示意的方向。

销售员面带微笑地说:"这款是今年宝缇嘉的秋冬新品,纯棉开衫毛衣,翻领牛角扣,是典型的欧美简约风,不知道您喜不喜欢?"

成芸一语不发地看着。毋庸置疑,衣服是好衣服——上万块的毛衣怎么可能差?同样,这也不愧是主打产品,刚刚进店的时候她就注意到了,店里的男模穿起来休闲又高雅。

其实模特的身材跟周东南的差不多,虽然周东南没有那么精雕细琢的肌肉,但是基本体形没有相差太多,可当成芸在脑海中把男模的脸替换成周东南的之后,一切都打住了。

成芸微微蹙眉,对店员摆摆手:"不用了,麻烦你了。"

店员服务到位:"不要紧,欢迎下次光临。"

成芸出门,在外面抽了根烟。

她已经走了一上午了。一早出门的时候,她完全没有想到现在的场景。那时她只是不想在屋里待着,想出门,去哪儿都行。结果她脑袋一片空白地上路,开车开了一个多小时,来到了商业区。

过年的氛围还没有完全散尽,但街上的店铺大多已经开门营业。成芸找个地方停好车,自己步行闲逛,路过第一家男装店的时候停住了脚步。

这是家奢侈品店,这条街上都没有便宜货。

成芸在门口站了好半天才进到里面去。反正来都来了,她是这么跟自己说的。

结果最终演变成现在这样。

在这一上午里,她逛了许多大牌店铺,看了十几套衣服,一套都没有买。

不对劲,总之就是不对劲。

成芸抽着烟,不经意间瞥见马路边一个环卫工人。

那句话怎么说来着?成芸有点儿恶毒地想:穿上龙袍也不像太子,

说的就是周东南。

成芸想着想着，自己嗤笑了一声，把烟掐灭丢到垃圾桶里，转头去取车。

这次上了车，她直奔西单商场。

这回衣服变得好选多了。成芸在一家店里挑了两件长袖棉T恤，本来想拿一蓝一白，但又想到他的工作，换成一黑一灰。

衣服原价就不贵，加上店铺还有新年活动，成芸结账的时候，两件衣服加一起还不到六百块钱。成芸拎着单薄的口袋，觉得有点儿寒碜。

想了想，她又在楼上的一家店里选了一件羽绒服。售货员拿着一件屎黄色的羽绒服对成芸一顿狂吹，说是今年韩国最流行的款式，卖得特别好，库里已经没剩几件了。

成芸一边听一边笑："韩国今年流行这个颜色啊？"

售货员一脸当然地说："是啊，上身好看。"

成芸笑够了，说："你给我换个黑的。"

回家的路上成芸觉得饿了，在家楼下的小超市里买了碗阔别已久的红烧牛肉面，又买了两根香肠，回家就泡上了。

叉子插在方便面盒上，成芸一边等着面熟，一边拿出手机打了个电话。

成芸把这碗牛肉面吃得连渣都不剩，吃完没多久，门铃响了。

上门收件的快递员问："请问您是要寄同城快递吗？"

"没错。"成芸用手里的纸巾擦了擦嘴。

"好的，请问您要快递些什么物品？"

成芸把包好的衣服递给他，说："务必要本人签收。"

"没问题。"

快递员走了，成芸回到屋里，一头栽在床上。

快递员在下午五点的时候将包裹送到，不过当事人并不在。快递员给收件人打了个电话。

对方是个男人，声音很低，语言简洁，一副不想浪费时间的样子。

"谁？"

"哦，你好，这儿有你的快递。"快递员说。

对方好像在大街上，周围有行车的声音，他很快说一句"打错了"，然后就挂断了，看起来是坚信自己不会有快递的样子。

快递员低头，重新一个数一个数地输入，再打，还是刚刚那个男人。

"先生，有你的同城快递。"

这回对方停顿了一下，快递员怕他又挂电话，赶忙问："请问您是周先生吗？"

"周什么？"

"呃……"快递员看着收件人姓名，说，"周老黑先生？"

"……"

"喂？"

电话里还有一个大妈的声音，有点儿不耐烦地问："到底走不走啊？"

男人说了一句："不走了。"

快递员又问："您什么时候能回来呢？"

那男人抬脚踹了一下摩托车，说："你等我三分钟。"

快递员还真就等了三分钟，三分钟一到，一辆摩托车开进小区，停在他身边。

"是周……先生吗？"

对方没说话，接过包裹就拆。快递员连忙从兜里掏出笔递给他："等等……请先签字。"

那人戴着手套，拿笔随便画了几笔，看不出个所以然来，不过对于快递签收来说已经够了。快递员拿着单子离开，出去的时候发现他还在原地拆。

那有力的大手使劲抠了几下，包裹就全开了。包裹里面是两个卷起来的袋子，他将手伸进去，掏出来几件衣服。

他站在小区里，拿着衣服翻来覆去地看了半天，直到一个声音打断了他。

"那个，不好意思，能帮个忙吗？"一个女人的声音传来。

二十多岁的女孩正抬头看着面前的男人。她穿着厚厚的羽绒服，脚上是雪地靴，一副普通的打扮，个子不高，一双眼睛很大，梳着马尾辫,感觉充满活力。

她旁边是两个巨大的旅行箱,跟她娇小的身形形成了鲜明的对比。

女孩冲他笑道:"大哥,能帮我搬一下不?就是这个楼。"她指了指旁边的楼。

周东南打量了她一下,转头看向她刚刚指的楼——也就是他住的单元楼。

女孩一脸期待地看着他。

周东南说:"十五。"

女孩没懂,眼睛眨了眨:"什么十五?"

"十五块钱,搬东西。"

刘佳枝的脸上几乎是一瞬间写上了"无语"两个字,周东南又问:"搬不搬?"

她真是服了,嘴上没说,心里把面前的男人骂了一万遍。

这人真是穷疯了,这点钱都赚!

可她又真的累得不行了——今天一大早跑出来,家里加上公司的行李,装了满满两大箱,弄到租房的地方已经折腾了整整一天。

她这边还在思考,周东南已经把摩托车停好准备上楼了,刘佳枝大叫一声:"哎,大哥,你等一下!"

周东南站在单元门门口看着她。

刘佳枝就瞧了那么一眼,就把自己要撒娇的话咽回去了。凭她多年的经验,这不是个能听懂撒娇软话的人。

"十五就十五。"刘佳枝认了,"帮我搬了吧。"

周东南走过来,刘佳枝站到一边。谁知周东南没有马上搬,而是先伸手。

刘佳枝盯着那只大手,眼珠子差点儿瞪出来。

周东南说:"十五块钱。"

刘佳枝气得拿出钱包的时候手直哆嗦。她从里面掏出十五块钱,塞到周东南的手里。周东南把钱揣进兜里,问了句:"几层?"

"404!"刘佳枝没好气地说。

周东南微顿了一下,把自己手里的袋子递给刘佳枝:"帮我拿这个。"之后便一手拎起一个箱子,往楼里走。

那两个箱子很沉，周东南拎着也不轻松，两条胳膊上的肌肉绷得像石头一样。刘佳枝跟在他后面，盯着他的背影龇牙。

这人要是热心帮忙，刘佳枝肯定会在后面说点儿感谢的话。可现在不同，她给了十五块钱，虽然不多，但也是瞬间化身消费者，上楼的时候紧着提醒他："小心小心！我箱子里有好多东西的。"

周东南一语不发地把两个箱子一口气拎到四楼，放下的时候长出一口气。刘佳枝有点儿感慨男人的力气就是跟女的不同，还没感慨完，发现他已经在开隔壁房间的门了。

"……"刘佳枝指着他问，"你住这儿？"

周东南嗯了一声，伸手把衣服袋子从刘佳枝的手里抽走。刘佳枝连忙说："那我们是邻居呢，我刚租下这间房子。我叫刘佳枝，佳人的佳，枝杈的枝。"

秉承着邻里之间要相互爱护的观念，刘佳枝朝对方伸出了友谊的橄榄枝。周东南把门打开后，才发现刘佳枝正伸手等着他。

"哦，我叫周东南。"他也伸手，两人象征性地握了握。

"你不是本地人吧？"刘佳枝借着楼道里微弱的光打量周东南。她感觉他的口音和长相都不太像北京的。

"嗯。"周东南说，"不是。"

"也是租房子？"

"嗯。"

"你这房子多少钱租的？"刘佳枝越聊越起劲，"我总觉得中介把我坑了。"

周东南没说话，刘佳枝察觉到第一次谈话就谈这么深入的问题有些快了，挠了挠鼻子，又说："你是来北京打工的吗？"

周东南静了一会儿。就在刘佳枝以为他不会再回答的时候，他慢慢开口说："不是。"

刘佳枝坐到自己的大箱子上，说："那你干吗来了？"

周东南语气平常："我来找我老婆。"

"……"刘佳枝嘴巴微张，感觉跟面前的人沟通时明显有障碍，"你老婆在北京？她怎么没跟你一起住？你……"

话没说完，周东南打开门要进屋。

"哎哎！"刘佳枝紧着上前一步说，"那什么，我是个记者，咱们……"

门已经被关上了。

"赶死啊……"

刘佳枝瞪了紧闭的防盗门一眼。她还以为他能看在邻居的面子上帮忙搬个家，现在一看，完全是自己想太多。

"一点儿风度都没有。"她抱怨了一句，开始掏钥匙。

新年伊始。

假期在碰杯声和稀里哗啦的麻将声中结束了。

第一天上班，所有人都有些萎靡，包括成芸。她记得之前看过的一本杂志上说，人的生物钟只需要三天就可以完全改变，成芸觉得说得有理。

郭佳第一天干脆请假没来。她跟崔利文回了公婆家，打电话请假的时候还抱怨来着，说住得太差，吃得也不好。

崔利文老家在安徽省芜湖市的郊外。他本人在北京混得还不错，每个月都往家里寄钱。崔利文的父母在当地算是比较出名的了，别人一提都知道，崔家儿子有出息，在北京飞黄腾达，是个大医生。

崔利文很孝顺，每年过年基本都要回家看望父母，郭佳有时候跟着，有时候不跟。不过只要她跟着去了，待遇绝对是最高等级的。公婆大概也清楚儿子一人在外不容易，得多靠儿媳妇家照看，每次郭佳去了都热情招待，热情到让人搞不清楚到底谁是长辈。

有时候人太热情也会让别人觉得累，这就是郭佳不太喜欢跟崔利文回老家的原因之一。

还有另外一个原因，就是她每次去都会被逼问孩子的问题。当然了，公婆不会明目张胆地逼问，但是潜移默化地，有事没事说两句，还说得小心翼翼，那种生怕问急了郭佳会生气的模样着实让郭佳心烦。

郭佳跟崔利文抱怨过，崔利文只说："家里急，爸妈想抱孙子，这有什么？"

"我跟你说了很多遍了，孩子肯定会要，但急什么啊？"

"老了嘛，总要唠叨。我听了半辈子，已经有抗体了。"

郭佳躺在床上跟崔利文闲聊,说:"现在都是晚婚晚育,孩子得等准备好了再要。"

"嗯,听你的。"崔利文翻身抱住她,低头亲她。

郭佳揉了揉丈夫的脑袋,说:"做事得多考虑,孩子也不是说生就生的,得各方面条件都最好了再要。而且现在越是有钱、有文化的人,孩子越不急着要。"郭佳想到一个范例,"你看李云崇,四十好几了都不急。"

崔利文闻言一顿,然后翻身,看着黑乎乎的天花板,不知想到什么,嗤笑一声。

"怎么了?"郭佳问。

"没怎么。"

"那你明天跟爸妈说,让他们别催了。"

"我说了也没用,忍两天。"

郭佳在被子里踢了崔利文一脚。

这些事都被郭佳当成了谈资,她无聊的时候打电话给成芸抱怨,成芸听完劝了她几句。

"崔大夫说得对,忍两天就好了。"

"你就好了,"郭佳说,"也没人催。"

成芸不置可否。

上班第一天的下午,李云崇发来短信,邀成芸去家里吃饭。

成芸看着那条短信,许久之后,回复了一个"好"。

下班的时候,成芸拿出手机看了看,除了一些流氓软件发了几个广告,没有其他的信息。

她收起手机,拿着包离开。

李云崇开门时笑容依旧。

"第一天上班怎么样?"

"还行。"

"累不累?"

"不累,没多少活儿。"

"快换鞋吧,地上凉。"

一切依旧。

成芸进屋,去洗手间里洗了手。

走到桌边,成芸入座的时候看了一眼——桌上饭菜精致,三菜一汤,其中包括一条鱼,两个人吃很丰盛了。成芸的目光扫了一眼中间摆着的鱼。她坐下后抬眼,李云崇像是等着她一样,两人四目相对。

他没说话,淡淡地抿嘴笑着。

成芸拿起桌角的杯子喝了口水。

"鱼做得怎么样?"李云崇问。

"不错。"成芸放下杯子,说,"一条鱼煮煮就得了,做这么精细干什么?你这摆盘已经堪比大厨了。"

"还不是被你认出来了?"李云崇的语气听着不像有什么遗憾,他拿起筷子,夹了一块鱼肉放到成芸的碗里,"做成什么样你都能挑出来。"

成芸把鱼肉塞进嘴里,李云崇又道:"你是不是不用尝味道,光凭感觉也能知道哪道是我做的?"

成芸说:"没那么夸张。"

"能有个一眼认出我做的菜的人,于我而言也是件幸事。"李云崇淡笑着说,"这不是一朝一夕能做到的,需要很多时间。真的习以为常了,就说明有人已经在我身边很久了。"

成芸低头吃饭。

"我记得刚开始的时候,你一点儿也不喜欢这道鱼。"李云崇好像完全不饿,从桌上拿出烟来,点着。

成芸拿筷子的手微微一顿。

李云崇虽有翻手为云、覆手为雨的实力,但自身修养很好,熟悉他的人都知道,此人自律得可怕。成芸与之相处十二年,还没碰到过两个人吃饭吃到一半,他掏烟抽的情况。

成芸看他一眼,李云崇的全部注意力都放在接下来的话题上。言语间,他根本没有注意这根烟。

成芸不讲究的地方比他多多了,看了一眼之后什么都没说,又低头吃饭。

李云崇如回忆一样,缓缓地说:"那个时候你最喜欢吃路边的烧烤,还带我去过一次。"

成芸扒饭的动作慢了一些。李云崇翻开了很久之前的记忆。她不喜欢回忆，但并不代表忘记了。

在十二年前的某一天，李云崇给她在北京找了个住处——一家快捷酒店的标间。

成芸开始的时候不要，跟李云崇说："再过一个月，一个月后我就离开北京了。"

李云崇说："那就住一个月。"

成芸最终住下了。

她之前住在货运站附近的一个黑旅馆里，一天二十块钱，大通铺，跟一群长途货车司机住在一起。

所以那个小小的标间，对她来说已经近乎天堂了。

有一天成芸把李云崇叫出来，说想请他吃顿饭。

成芸的想法很简单，李云崇帮了她，她就想把她觉得好的东西分享给他。

成芸到北京之后，最喜欢前门附近的一个烧烤摊。一天晚上，她带李云崇到那儿，点了满满一桌东西。

吃完饭，李云崇问她一句："你攒了多久的钱？"

成芸实话实说："半个月。"

李云崇说："半个月的钱就这么轻易地花了？"

成芸擦擦嘴，看着他，说："你帮了我，我得报答你。"

李云崇好像并没有被她的话打动："报答我也不急于一时，你还有事情没有做，就这么把钱都花在吃烧烤上了，回家的车票都买不起了吧？"

她确实买不起了。

成芸说："没事，等我找到他就好了。"

"找不到呢？"

她看着旁边的烧烤架，稚嫩的脸上是一双亮晶晶的眼睛，映着炭火。

"找得到。"

李云崇静静地看着她。

火星在安静的黑夜里明艳无比，在转瞬即逝的一刹那，释放了所有的热度。

半晌，李云崇摇头，语气有些漠然："做事冲动，性子太烈。"

他一边说一边拿起没有吃过几口的羊肉串，上面有一层椒盐。手一松，羊肉串掉到盘子上，他又淡淡地说："味道太呛。"

说完之后，他再看成芸，发现她并没有听到自己的话。

她还盯着烧烤架，一心专念，再无他物。十八岁的成芸已经很美了，除了姣好的五官和高挑的身材，还带着一股满是执念的气质。

就像那些知晓自己生命短暂的火花，等待那瞬时的奉献。

李云崇静静地看着她，不再说什么。

…………

"你还记得吗？"抽着烟，李云崇问成芸。

成芸点了点头，说："有印象，不过太久了，记得不太清楚。"

李云崇听了，慢慢叹了口气，说："的确太久了啊……"他透过烟雾看着坐在对面的人，过了一会儿才说，"人要有记性。你吃过亏，该明白什么才是正确的，也该明白要怎样走，路才会长远。你现在已经变了，变了好多。"

成芸不言，李云崇把烟掐灭，隔着桌子探过来，拉住了成芸的手。

"但是还不够。"

成芸抬眼，李云崇表情深沉，继续道："不要再冲动了，小芸。"

成芸不回话，他的手就越拉越紧，攥得成芸松开了筷子。

"就算是现在，你依旧想得太少、太简单，也太单薄。"李云崇紧紧盯着成芸低垂的脸颊，声音低沉，"你不愿意欠别人的。你要了别人的东西，总要还些什么，可你不知道其中的价值并不对等。对有些人而言，什么都敢说是因为他什么都不懂。同样，一个人什么都能放弃，说明他什么都没有。"

李云崇沉下脸时格外吓人。

"他就是一个不小心掉到水里的塑料饭盒，是个没有分量又难以分解的垃圾。你以为他在找什么？他只不过是在你这儿空手套白狼罢了。你一时冲动，换来的是接下来无穷无尽的伤害。"

成芸抬眼："你到底想说什么？"

李云崇眯起眼睛，盯着成芸："有些事你忍不了，可以不忍，但是你不能有误解。"

成芸将碗放到桌子上,说:"误解什么?"

李云崇目光灼灼,缓缓地道:"误解那就是感情。"

客厅的长沙发上放着成芸的黑色皮包。此时,包里的手机正一下又一下地振动着。

可餐厅里的两个人并没有听见。

在另外一个公寓的房间门口,一个男人正在等着。

拍了楼道里的声控灯太多次,他懒得再动了,干脆就待在黑暗里。黑暗的楼道里唯一的光亮来自他的手机。

他把围脖往上拽了拽,挡住冰凉的脸,眼睛直勾勾地盯着屏幕。

手机只剩下一格电了,可他还是每隔两分钟看一次。

一天的活儿干得并不轻松,他等得太久,靠着大理石墙壁蹲了下来。

在蹲下之前,他拿手擦了擦墙面。他怕墙太脏——毕竟他今天穿的是一件新衣服。

叮的一声,电梯门开了。

周东南没有注意到,靠在墙壁上,脑子里昏昏沉沉的。时间过去太久了,他已经半睡半醒。

成芸从电梯里出来,慢慢地走到蹲在门口的男人面前,停下脚步。

她高高在上,看着他的视角近乎垂直。

走廊里的灯因为她的脚步声亮了起来,周东南迷糊之间睁开眼,首先看到一双笔直的长腿。成芸穿着一条黑色的皮裤,在楼道有些发黄的灯光下,整个人利落又明艳。

周东南抬起头。

楼道里只有他们两个人,寂静得让人心凉。他的额头上因为抬眼的动作挤出几道抬头纹,眉毛又黑又浓,微微挑起,直直的两条,搭配着一双玻璃珠似的眼睛,看不出任何想法。

成芸微低着头,头发在脸颊两侧垂下,挡住了光。

她站得很直,寒冷的空气让她的面孔凝结,而安静的模样让她看起来更为麻木。

周东南说:"你回来了?"

成芸嗯了一声。

周东南慢慢站起来。因为蹲了太久,他刚站起来的时候膝盖有些受不住,扶着墙晃了晃腿,又跺了跺脚,最后才直起身来。

成芸的视线就追随着他,慢慢抬起来。

她的双手垂在身体两侧,一手拎着黑色的皮包。或许是灯光的原因,抑或是化过妆的原因,她眼角的颜色极深。

周东南站起来后,他们只隔着半步远,轻易就可以看清彼此。

周东南的头发有点儿乱,神色也微显疲惫,他抿抿嘴,还没有从模糊的意识中完全清醒。可他还记得一直看着成芸。

"你回来了?"他又问了一遍。

因为楼道里很安静,他的声音也不由自主地降低了很多,低低的嗓音,只有这样的距离,别人才听得清楚。

"几点了?"他慢慢有些清醒了,揉了揉脑袋,翻出手机,按了半天才发现手机已经没电自动关机了。

"十二点半。"成芸帮他回答。

目光从手机上挪开,周东南看着成芸,说:"回来得这么晚?"

成芸又嗯了一声。

周东南说:"你怎么不接我的电话?"

"我有事。"

"哦。"周东南点点头。

周东南双手插在羽绒服的衣兜里,靠在墙上,身体放松。成芸不说话,他就这么站着,完全没有要离开的意思。

过了一会儿,楼道的灯灭了,周东南抽出手,随意地打了个响指,又将手揣回兜里。

周围一灭一亮,成芸开口道:"你等多久了?"

周东南的脑袋枕在墙壁上,找到一个点,然后来回晃动,活动脖子。他随口说:"没多久。"

是不是真的没多久,两个人都清楚。

成芸淡淡地说:"人不在就回去好了,等在这儿不累吗?"

周东南停下晃动，低头，与她对视，低声说："你看着比我累很多。"

成芸眼睑微颤，随即眯起双眸。

周东南说："你给我买的衣服，怎么样？"

成芸不是没有注意到他穿的那件新羽绒服，这衣服设计着实一般，只不过周东南个子高，体形又不错，随便穿什么看起来都不错。

"保暖吗？"成芸问。

"嗯，比我之前的好。"周东南收了收下颌，嘴唇抵在竖起来的领口拉锁上，"北京太冷了。"说完，他又看着成芸，道，"谢谢你，我很喜欢这个。"

成芸盯着他，似是随意地说："不用谢我，总不能让你白花了力气。"

周东南一顿，随即脸色沉了下来。

"回去吧，今天太晚了。"成芸打开包，开始翻钥匙。

下一刻，手腕被攥紧，成芸被猛地一拉。她与周东南换了位置，人被推到墙上。

这回变成周东南低头，逆着光。他的五官比成芸的更加深邃，好像山鬼。

包掉到地上，成芸低头瞄了一眼，钥匙滑了出来。周东南也注意到了，抬腿，把钥匙一脚踹开。

成芸索性靠在墙上："你要干什么？"

周东南咬着牙，憋着气似的说："你明明……明明……"

"明明怎样？"

周东南看着她，万种念头汇聚脑海，可偏偏一句都说不出口。

成芸等待着，等了许久，久到走廊的声控灯都熄了，面前的男人还是不知要从哪儿开始。

黑暗降临。

成芸迎来了一个吻。

她闭上眼睛，很轻易便张开唇瓣，接受了他。

周东南的脸很烫，吻无声，强硬迅疾，半分温柔都没有，湿润而灵活的舌头在每一次纠缠间满是沉醉。

他步步向前，到最后，将成芸紧紧地挤在了墙壁之上。寒冬之中，变得坚硬的牛仔布料包裹着同样绷紧的躯体，挤压着成芸。

她忍不住吸气收腹，仿佛身前身后都是坚固的墙壁一般。

周东南吻着，一直吻着，就好像自己所有的话都在这个吻里。

话说不完，吻就不会停。

慢慢地，成芸觉得自己的呼吸开始有些困难了。可她没有叫停。

那种压抑着的、带着些许沉重的窒息感，让她浑身的毛孔都在叫嚣，她觉得好爽。

最后，在成芸即将脱力的时候，周东南停下了。他的身体抵着成芸，不然她一定会顺着墙壁滑下去。

他的脸贴着成芸。

"还说吗？"黑暗的廊道里，他的声音低不可闻，"那些话……你还说不说……？"

成芸低着头，额头靠在周东南厚实的肩膀上。她拼命地喘息，闻到的都是他脖颈深处的汗味。

周东南移了一步，发现成芸顺势要往下倒，连忙站住脚。

"成芸？"

成芸一语不发，恍惚之间好像进入了另外一个空间，自顾自地发呆。

周东南又尝试着轻轻晃她，发现还是没什么作用，干脆弯腰将她打横抱起。

他抱着成芸，在走廊里啊了一声，声控灯亮了。他保持着身体平衡，慢慢蹲下，用手指钩住成芸的包，站起来后又去捡钥匙。

成芸家的门不太好开，周东南开了老半天才打开。

进屋后，他也没有开灯，反身抬脚将门关上，然后直接进去，把成芸放到床上。

他压在成芸的身上，感觉到身下女人的胯骨顶着他的腰。

同样，成芸也感觉到他身体的变化。

周东南盯着她的脸，成芸回视他。

女人的表情比男人复杂得多，也尖锐得多。周东南被那炽烈的挑衅的眼神一激，手臂一撑，坐起来就开始脱裤子。

如果夕阳带给人的是鬼魅的温柔，那黑夜就是彻底的霸占。

…………

成芸瘫倒，周东南躺在她的身上。

他紧紧地抱着她。

视听味嗅触，五感混沌。

成芸的脸紧紧地埋在枕头里，身体还在贪婪地回味刚刚的感觉。周东南就抱着她。他同样疲惫，反应迟缓，可还在极力地保持意识清醒。

慢慢地，他感觉到自己的胳膊上覆上一只轻柔的手。

他听到成芸的声音，轻得仿佛是窗外的一片雪花，风一吹，就不见了。

所以他屏息，一点儿都不敢惊动她，静静地听着她唤他："阿南……"

如果成芸这个时候回头，会看到周东南那张脸上少有地出现了表情，可她没有回头。所以她只能感觉到周东南把头深深地埋进自己的脖颈中。

周东南紧紧抱着成芸，紧紧抱着。

公寓外，阴冷的天空下，一辆黑色轿车安静地停在楼下。

天渐亮，车才缓缓开走。

第八章

十二年

"想不想吃东西？"

将近一夜未眠，临近清晨的时候，周东南先开了口，问成芸饿不饿。

"不饿。"成芸没睡好觉，精神有些萎靡。

周东南听了，扒着成芸的脸贴过去："真不饿？"

成芸扇了他一巴掌："要吃你自己吃去。"

周东南真的从床上坐起来了："我得吃东西了，等会儿还要干活儿。"

成芸在软枕里躺着养神，听见他的话，转过头来："周东南，你有病吗？一天一宿没睡觉，现在还要出去跑黑车拉活儿，你很缺钱吗？"

周东南本来坐在床边提鞋，听见成芸的问话，扭过身子，长臂一伸，把她扯过来。

"干什么？"一宿不睡，成芸眼睛发涩，语气不佳。

他低头亲她，像吃水果似的在她的嘴唇上吸了吸，吸完也没有挪开，贴着她说："叫我阿南。"他一边说一边拿鼻子顶了顶成芸，又说，"就像刚刚那样。"

成芸感觉到周东南的脸上稍稍有些干，嘴角的地方还破了皮。

当初的某些记忆又回来了，在风雨桥上，她摸着他的背，他浑身上下一片光滑，就像侗寨的山水，细腻又温柔。

成芸心里有点儿沉。她看着他，把话挑明了："阿南，我给你的东西你看到了吗?"

周东南点了一下头,低声说:"看到了。"

"那……"

"成芸。"周东南打断了她,黑漆漆的眼睛在浓密笔直的眉峰下面,看着安静又平和,"我干活儿干习惯了。"

"劳累命是吧?"

周东南又亲了一下成芸,从床上下去。

"家里还有吃的吗?"他一边说一边往厨房走。

成芸在床上喊了句:"柜子里有一箱八宝粥。"

周东南一连喝了两碗八宝粥,才穿上羽绒服离开。

成芸在门口送他,周东南说:"你睡一会儿吧,太累了。"

"你怎么不睡?"

"嗯……算了,你不想睡就不睡吧,我走了。"周东南站在门口,又补充了一句,"下次我再来找你。"

成芸关上门,听见电梯到达时叮的一声。

周东南出门的时候是早上五点。

今天又是北京常见的阴霾天,五点钟了,天还黑着,只有一点儿朦胧的亮光。

街上安安静静的。

周东南从暖和的房间里出来,被冷风一吹,把领子又拉起来一点儿。他找到自己的摩托车,骑上离开。

周东南拐到一条小路上,往家走。

道路空旷。

在菜市场和周东南居住的小区中间,有一条没有街灯的暗巷,周东南的破摩托车,灯也不太管用了,他尽可能地在巷子里骑得慢一点儿。

就在快要到小区门口的时候,周东南忽然感觉不对劲。

在这种感觉出现的下一秒,一个人影从旁边蹿出来,拉住他的胳膊。

周东南手还扶着摩托车,被那人一扯,失去平衡,脚也来不及踩地,直接歪倒下去。

好在他还算灵敏,在车倒下去的时候直接往外跳了一下,没有让车砸到腿。

摩托车失去控制,倒在地上,还往前滑了半米才停下。

周东南摆臂,想要甩开那人的手,可来人明显不是能轻易被打发的,周东南挣了一下,没有挣开。

周东南再次甩臂,用了更大的力气,拉扯的手被弹开了一点儿。可就在这时,周东南脚下一软——身后有人朝他的膝盖窝狠狠地踹了一脚。

又上来两个人,拉扯着周东南的衣服,连推带拽地把他弄进了巷子深处。

天还是很阴,巷道里更是黑得伸手不见五指。

周东南被推到墙上,下一秒肚子上就狠狠地挨了一拳。他闷哼一声,捂住肚子。围着他的人又把他的头撑起来,朝他的后脑扇过去。

"你他妈挺牛啊。"扇他的那个人往前站了站。他个头比周东南矮了不少,但体格比较结实,听口音,明显不是北京本地人。

太黑了,周东南看不清楚他的长相。不过周东南很清楚他长什么样子——因为不久前的白天,他来找过周东南。

"跟你说话呢,你听不见?"不满的话音一落,旁边又有人顺势在周东南的肚子上补了一拳。

周东南的后背撞到墙上,他闷吼一声,使劲推开那个人。他力气不小,那人被轻易地推开数步远。

不过周东南力气再大也敌不过对方人多,这一反抗,对面马上开始围殴。

"别打脸,朝身上打!"刚刚打头的那个矮个子喊道。

这些人说白了就是流氓。不过他们比一般的街头地痞强一些。他们是有组织的。

周东南也明白这一点,他越反抗,他们越是没完没了,所以他捂住头颈,不还手,咬牙撑着。

他们果然打了一会儿就停了,为首那个矮个子把周东南拉起来。

"之前跟你说的话,你当我们是开玩笑的是不是?"他抓着周东南的衣领,"让你离开北京,听不懂?"

周东南低着头,一句话都不说。

矮个子嗤笑一声,半开玩笑地说:"你要买不起回去的车票,哥儿几个帮你买一张。"

围着的其他人只顾着看住周东南,听了矮个子的话,没有笑也没有动。

矮个子说完,脸色慢慢沉下去。

"你要是买得起还不走,那就是自己找事了。"

"谁让……喀喀……"隔了很久,周东南好不容易开口,还被自己身上的伤带着咳了几声,他捂住嘴缓了一下,才低声说,"是谁让你们来的?"

矮个子又是一脚,周东南一口气没上来,弯下腰去。

矮个子蹲在他面前,说:"别给脸不要脸。"

"谁让你们来的?"周东南的声音轻得不能再轻,"他叫什么?你让他自己来找我。"

"给脸不要脸。"矮个子骂了一句,屈起膝盖撞到周东南的胸口上。周东南终是撑不住,跪倒在地。

矮个子还要再下脚,旁边有人拉了他一下。矮个子收住气势,伸出一根手指,点着周东南的头道:"老话怎么讲?事不过三,对吧?这次你要再不听劝,那下次就不只这样了。"

说完,他站起身,领着其他人从路边捡了几根棍子,到周东南倒地的摩托车旁站住脚,抡起来就开始砸。

周东南的破摩托车本来就是二手的,他平时骑着都感觉不结实,更别说被人这么轮番砸一遍。

不一会儿的工夫,摩托车就报废了。

几个人活动活动肩膀,扔了棍子离开。

周东南倒在阴暗的巷子里,额头顶在冰凉的地面上,喘着粗气。

他一天一夜没有休息,精神已经差到极点,现在又被人揍了一顿,腹部的伤口牵动内脏。他忍了许久,最后双手撑着地,干呕了几下。

六点多了,天总算开始蒙蒙亮。

周东南坐起来,靠着墙,每一次呼吸,嘴边就出现一股白雾,很快又散了。

天这么冷,好像身上的伤痛都跟着冻结、麻木。

周东南在心里对自己说:不要困,不要睡,在这儿睡会出事的。可他的眼皮还是不由自主地往下耷拉。

恍惚之间,他好像看见了什么。

青山绿水，浅溪小桥，还模模糊糊地有一个女人，站在桥上笑着。

但是很快，那画面燃烧起来，熊熊烈火，将桥烧得灰也不剩。女人的身影早已不见，火光之中，只有他一个人。

周东南皱着眉头大口大口地喘气，可还是觉得呼吸困难。他脖筋暴出，双臂抖动。

"喂……"

好像有人在叫他。

"喂，喂？"声音越来越响，不是好像，是真的有人在叫他。

"哎哟！你怎么在这儿睡觉啊？你是不是喝多了？在这里睡觉要死人的！喂！周东南——"

周东南猛地睁开眼。

刘佳枝戴着一顶棉帽子，糖果造型的，最上面还有个大球，跟着刘佳枝的动作乱晃。

刘佳枝一脸担忧的样子，圆圆的眼睛瞪得老大。她使劲晃周东南的肩膀，道："没事吧？！醒醒！快点儿清醒一下！"

周东南被她晃得伤口疼，拨开她的手，自己扶着墙慢慢站起来。

"你怎么回事？"刘佳枝说，"你是不是喝多了？你在这儿躺了多久？用不用去医院？"

她一堆问题问出来，周东南一个也不想回答。他低声说了句"谢谢"，就往外走。

刘佳枝老大不满意。

她可是冒着上班迟到的风险来看他的，要不是在小区门口认出了那辆破摩托车，她根本不会注意到巷子里还躺着个人。

这种大冷天躺在外面，他真的会被冻死。

想到这儿，刘佳枝更不满了，加上之前周东南搬箱子跟她要钱的事情，她一股火冒出来，噔噔噔地迈开小短腿跑到周东南面前。

"我说，你什么态度？！"刘佳枝说，"我可是救了你，你就这样？"

周东南走到摩托车旁，摩托车已经完全被拆成零碎了，不能再用了。他弯腰，慢慢蹲了下来。

"谢谢你。"

刘佳枝听见周东南低低的声音。从这个角度，她只能看到他冲着报废的摩托车垂下的头。忽然之间，她后面那些埋怨的话就说不出口了。

刘佳枝蹲在他旁边，犹豫着开口："你……你这车怎么弄的？"

周东南没有吭声。

刘佳枝往车那边挪了挪，说："撞了？你怎么跑巷子里去了？"

周东南手撑着膝盖，慢慢地站起身："没什么。"他说，"不小心弄的。"

他把车往一边拖，拖到角落里，掏出钥匙往里捅。刘佳枝跟过去，说："怎么，你还想锁车啊？你别逗了，这车不能用了。"

周东南手一顿，而后慢慢放下。他双手插到衣兜里，低着头往回走。

刘佳枝跑过去拍他一下，结果周东南差点儿栽倒。

刘佳枝看了看自己的手，又盯着他，道："你没醒酒啊？"她凑到周东南面前，一看他痛苦的表情，又被吓了一跳，"怎么回事啊？我这掌力……"

"没事。"周东南摇摇头，拖着步子往楼里走。

"用不用我扶你啊？"刘佳枝说。

"不用。"

"无法沟通……"刘佳枝在后面瞪了他的背影一眼，"脑子有问题吗？"她又低头瞄了一眼表，大叫一声"迟到了"，便火急火燎地跑出小区。

成芸站在摊位前有一阵了。

她穿着一身深夜蓝的修身喇叭羊绒外套，西装领内是修长的脖子，一张脸白皙精致。脚上是尖细的高跟鞋，她单肩挎着一个皮包，双手戴着手套揣在衣兜里，外面露出浅色的护腕绒毛。

后排一个卖鱼的盯着她好半天了。

当然，对面的那个人也看了她好半天。

周东南帮一个老太太把选好的豆角过秤装袋，老太太眯着眼睛数了半分钟的钱，给完之后拎着豆角颤颤巍巍地走了。他转过头，第六次问成芸："你站这儿干吗？"

成芸也学刚刚那个老太太，把眼睛眯起来。她眉如黛，眼细长，眼角的深棕色眼影在菜市场顶棚的强光照射下，显得更为魅惑。

市场上来来往往许多人，可她只盯着他，眼睛这样一眯，意味深长。

周东南垂下头看土豆。

成芸往前走了两步，来到摊位前。摊位的设计是里面比外面的地面要高出一截，让菜品呈坡形摆放，方便顾客购买。成芸就顺着坡度往上看，找寻周东南收紧的下巴。

"喂。"成芸轻轻叫了一声。

周东南微微抬起眼："嗯？"

成芸说："你能不能告诉我你在干什么？"

周东南抬抬下巴，好像让她自己看一样。可成芸就干盯着他，周东南只能闷声说了句："我卖东西。"

成芸深吸一口气，转头环视一圈。

市场内人声鼎沸，现在正是下班高峰期，很多上班族下了班之后路过市场会买点儿菜，回家做晚饭。周围吵吵闹闹，选菜、讲价的声音此起彼伏，一吸气，全是菜叶、番薯、蟹蚌、牛肉等味道，饮食人间。

成芸今天下班很早，临出来的时候突发奇想要来看看周东南。将车开到他家楼下后，她发现他不在家，打电话问，才知他在菜市场。

她原本以为他在买菜，没想到是在卖菜。

"你怎么跑这儿来卖菜了？"

"没什么，碰巧。"

他干活儿总有自己的一套路数，在贵州的时候成芸已经深有体会。她不再关心他转行的问题，问道："你几点……"成芸想了想，决定用个正式点儿的词，"几点下班？"

"七点半。"周东南说，"不过提前一点儿也行。"

"好啊，我等你。"

旁边卖东西的都在看菜摊前的这个女人，只有周东南不看，他微微有些局促，想赶人，嗓子又好像被掐住了。成芸有点儿享受他这种状态，视若无睹地从腰包里掏出什么，一斜眼看到墙上挂着的无烟标志，又扭头看了看一心一意地看着土豆的周东南，撇撇嘴，把烟放回去了。

七点钟，成芸就开始催他："别干了。"

"……"

"差不多到点了，收拾一下走了。"

"……"

"你看我干什么？"

"再等会儿。"

成芸想抽烟了。她直起身："我去外面等你。"

成芸刚走，周东南旁边的摊主马上过来，一脸八卦地问他："那谁啊？"

周东南埋头把今天的钱理了理，随口说："我老婆。"

"嚯！"那人惊讶之余又有点儿不信，上下打量他，"哥们儿行啊。"

周东南没说什么，把钱收好，准备收摊。

一转眼，摊位前面又站了一个人，周东南反射性地问了句要买什么，那人缓缓回答："我买你妈。"

周东南抬头。又是那个矮个子。

周东南反射性地眺望远处——成芸不知道在哪儿抽烟，他在这儿看不到她的身影。

周东南压低声音："你要干什么？"

"兄弟，你说这话生分了啊。"矮个子摆摆手，"来，借一步。"

周东南停顿一秒，然后把钱揣到衣服兜里，对旁边的摊主说："帮我盯一下。"随即跟着矮个子走了。

二人走过几排海鲜摊位，又穿过了肉食区域，矮个子把他领到市场最里面的楼梯间。市场是两层的，二楼是居民住宅。市场有另外的上楼通道，平日这个楼梯间没有多少人来，被生鲜区的店铺堆着满满的空泡沫箱，里面散发着鱼腥味。

楼梯间的门一关，静了。

矮个子不急着说话，先点了一根烟抽。

周东南瞟了瞟四周，矮个子看见了，不屑地笑了一声，说："不用看，今儿就我一个人来。"

周东南的目光落到他身上，矮个子又说："今天不是来动手的。"

说着，他歪着脖子看着周东南，有点儿感叹地说："你也真行啊，摩托车给你卸了，你改成卖菜了。这菜摊给你砸了，你还打算干点儿什么？"

周东南的眼睛黑漆漆的，他说："你们别乱来，再乱来我就报警了。"

矮个子丝毫不害怕，鼠眼盯着周东南，说："我们干啥了，你就报警？我随便说点儿啥都能成真？那我现在咒你妈了，成功了没？你是不

268

是也要报警啊？"

周东南眉头紧蹙："你再乱说一句试试看。"

矮个子嗤笑一声，嘀咕了一句"尿"。

他嘴里叼着根烟，抽了一会儿，再次抬头看周东南，这回居然是有点儿真诚地看着周东南，说："兄弟，我跟你说真的，走吧。"

周东南不说话。

"好汉不吃眼前亏，你在这儿倔，一点儿意义都没有。"矮个子说着，从怀里掏出东西递过来。

周东南看着，那是一张卡。

"来吧，不就是要这个吗？"矮个子眼睛里精光四射，好像把周东南完全看穿，"你跟我不用扯没用的，我也跟你挑明了。密码六个六，卡里有一千五百万，你跟那女的赖多久她都不会给你这么多的。"他说完，烟也不抽了，等着周东南的回应……

周围的鱼腥气更浓了。

没等多久，周东南就伸手把卡拿了过来，然后看得入神。

矮个子哎了一声："这就对了。"他又把烟放到嘴里，长吸一口，烟短了半截。

带着点儿完成任务的轻松，他拍了拍周东南的肩膀，有点儿酸地道："看不出来，你还挺有远见。你忍那几下忍得值啊，一下忍来一千多万！"

周东南还是没说话，愣愣地站在那里。

矮个子觉得他是没见过这么多钱，一时吓傻了。他看着周东南这副德行，忍不住妒忌，抬脚踹了周东南一下："哎，你觉不觉得这钱有我一份功劳啊？"

周东南看着他，矮个子一抬眉，额上都是褶。

"兄弟现在发了，是不是多少分点儿，意思一下？"

周东南回过神。

"不给。"他说。

矮个子脸上一哂，怒上心头，反射性地又想动手，可转念想到之前被人吩咐的话，只能把气咽下去。他冷嗤一声，态度不佳地说："拿了就赶紧滚，再赖就不是拿钱了，那是拿命！"说完，矮个子从周东南身边走过，狠狠撞了他一下。

周东南把卡拿在手里看了一会儿,然后掏兜,把那张卡和刚刚卖菜的百十来块零钱放到一起,卷了卷重新塞回兜里。

周东南回到摊位上,旁边那个帮忙看摊的男人问他:"怎么了?那是谁啊?"

周东南摇摇头:"没事。"

"看他那样,挺凶啊。"

周东南收拾好东西,说:"没什么,谢谢你帮我看着。"

"哦,没事。"那人往旁边努了努嘴,"你快去吧,人家等好长时间了。"

相距十几米远的市场门口,成芸静静地站着。

她安静站着的样子像一根黑色的锋羽。她在寒风之中独立,冷漠地期待着什么。

周东南把羽绒服穿好,围巾系上,朝她走过去。

"饿了吗?"他问她。

"还行。"两人一边往外面走,成芸一边说,"你饿了吧,想吃什么?"

周东南斜眼看她,成芸说:"请你吃顿饭,去不去?"

"回家吃。"周东南把手抬起来,给她看自己拎着的一袋子蔬菜和肉。

成芸一脸嫌弃:"你从自己的店里偷拿的?"

"不是偷拿。"周东南说,"那个摊位是我帮别人看的,本来的摊主老婆要生孩子。我帮他看摊,每天吃饭的菜可以从那里拿。"

"我们说好的。"他又补充道。

成芸有点儿诡异地盯着他:"你才来北京多久,连菜市场卖菜的人的老婆要生孩子都知道了?"

周东南一脸淡定,说:"我给他们送过东西,聊天时聊到的。"

菜市场门口的小路上不太干净,树根下面有堆积的菜叶子。成芸跟着周东南顺着小道沉默地走了一会儿,忽然感觉有点儿不对。她停下脚步,问周东南:"你的摩托车呢,今天没骑?"

"嗯。走着来的,反正离家近。"周东南转头说,"你的车停在哪儿了?"

"你家楼下。"

就在这个不经意的瞬间,周东南余光瞥到马路对面。在一家小型的彩票中心门口,他又一次看见了那个矮个子。那人夹在一群买烟和买彩票的人当中，一身土灰色的衣服，看着格外不起眼。

矮个子阴沉沉地盯着他。

"怎么了？"成芸声音很轻，神色淡淡的。

周东南将目光从矮个子移向成芸的那一刻，忽然觉得周围好静。

有风吹过，吹起她漆黑的发丝，发丝飘在眼前，顺着脸颊勾出轻柔的弧度。她缩紧肩膀，从大衣领口能看见她细长、对称的脖筋。

不知道是不是因为女人爱美，大冬天，她每次出现都穿得很少，单衣单鞋，漆黑的外衣。就算冻得嘴唇发青，脸色苍白，她也一意孤行。

"真像只乌鸦……"他轻声说。

"什么？"

周东南抬起手，解开了围巾。

成芸眉头一挑。

他一只手拎着菜，只能用另外一只手给她戴上围巾。围巾很长，围上之后两边垂下来。

周东南觉得这样围跟没围差不多，又抬手把多出来的部分绕了一圈，结果绕得太随意，直接把成芸的半张脸遮上，头发也弄乱了。

一边遮完，周东南又去遮另一边。

成芸忍不了了，扯着围巾，露出嗔怒的双眼："周东南！"

周东南见她终于有动作了，就放下手，说："自己戴。"

成芸无话可说地哼了一声，把围巾戴好。

男人和女人系围巾的方法截然不同，成芸系好之后脖口还是露出一大块，周东南看着说："你这样还不如不戴。"

成芸双手插兜地往前走："够暖和了。"

走了几步，发现人没跟上，成芸转头："干吗？走呀。"

周东南迈开步子。二人并肩走了一会儿，周东南默不作声地拉过成芸的手，成芸转头看他，他只看着路。

寒风之中，好像有人嗤笑了一声，笑声有几分不屑、几分缠绵。

另外一个人并没有在意，只是紧紧握住那只干瘦的手。

他们一路向着家走去。

"先就这样吧。"曹凯的声音压得很低，电话打完，他慢慢直起身，腰有点儿受不了。

这是一家高档日料店,宽敞的包间内铺着榻榻米,方桌两端是两张藤编的和式椅。曹凯这种分量的肚子,对于这种椅子真是深恶痛绝。可李云崇喜欢这家店,每次来的时候都跟曹凯说"你就当锻炼身体了"。

门口进来一个传菜的服务员,端上来两盘冰镇帝王蟹,又出去了。

"吃东西啊,发什么呆?"李云崇拿起一只蟹腿,对曹凯说。

"啊,好的。"曹凯也拿起蟹,不动声色地看了一眼李云崇的脸色,后者一派平稳。他估摸了一下,觉得李云崇心情好像还可以,斟酌着开口:"李总,那个……钱……已经被拿走了。"

店里环境幽暗,有若有若无的音乐声,李云崇不发一言。

"可是,我听人说……"曹凯拿手蹭了蹭鼻子,好像不知如何开口。

李云崇眉头微皱,说:"有什么不能说的?婆婆妈妈。"

曹凯说:"今晚成姐去找他了。"

李云崇吃蟹不喜欢蘸酱料,饱满的蟹脚用工具一掐,咔嚓一声,露出里面白花花的肉,原汁原味。

曹凯接着说:"她找那个男的的时候,我派去的人刚见过他。他拿了钱,不过出去的时候,又领着成姐走了。"

他一边说,目光一直没有离开李云崇的脸。李云崇噗地笑出来,倒不见生气的神色,只是笑到最后,太阳穴上的一条血管连到眉角,充涨起来,好像一条扭曲的蚯蚓。

"一晃多少年了,嗯?"李云崇笑呵呵地说。

他笑完,一刹那唇边抿起,眼神阴郁。

"十二年了,她真是一点儿长进都没有。"

屋外响起了三弦和乐,搭配着琴声与箫音,混出一种微妙的脱节感。

曹凯知道李云崇说的是什么事。

十二年前,成芸为了一个男人孤身来京……

"连名字都有几分相似。"李云崇幽幽地说,"王齐南、周东南……呵……"声是笑的,音是冷的。

曹凯抿嘴,某刻也禁不住寻思,想不到过了这么久,李云崇还记得清清楚楚。他以为李云崇早就忘记了那个断了眉的男人的名字。

王齐南也拿了李云崇的钱，多少来着？曹凯记不清了。跟周东南一样，王齐南拿到钱后也想再找成芸。

　　可他没有周东南这么幸运，还没来得及见到成芸，就被抓起来了。

　　被关了半年后，王齐南因病死在狱中。

　　曹凯垂着眼，面对满桌佳肴，一点儿胃口都没有。

　　李云崇的声音中如同藏了万千雷雨，每一字每一句，闷声阵阵。

　　"贪得无厌，他以为拉着个女人就抱住聚宝盆了？"李云崇的目光落在曹凯的脸上，曹凯浑身是汗，答也不是，不答也不是。

　　李云崇根本没打算听曹凯回答。他眯起眼睛，透过曹凯、透过虚空，好似盯住了那个马路边上草芥般的男人。

　　"蛇吞象。"他阴郁地说，"也不掂量一下自己的斤两。"

　　曹凯颔首，李云崇又道："没有良心怎么可能有真心？很多人生下来就是跪着的。"他说着说着，好像被自己说服了，唇边又带上释然的笑意。他看向曹凯，语气依旧平和："那些卑劣的人，灵魂本身就是空洞的，更不用谈感情。你说对吗？"

　　曹凯默默点头。

　　李云崇喝了一口茶。

　　曹凯终于说了句："李总，他……我们找人吓唬过他两次，也揍过，但是他好像都忍了，也没报警。我们把他的车砸了，他现在卖菜去了，你说这……"

　　李云崇有点儿好笑地看着曹凯，道："换你二十几岁的时候，揍你两拳，给你八位数，你忍不忍？"

　　"嗯……"曹凯低头，哑然笑了。李云崇拿起手帕擦了擦手，随口说："这人跟王齐南没什么不同，这种垃圾真是死也死不完。"

　　曹凯手里握着蟹，也想不起来要吃。忽然之间，他想起了什么，连忙放下蟹，腆着肚子往前凑："对了，李总。还有件事我没来得及跟你说。"

　　李云崇瞥过去。曹凯心里一颤，说："之前的那个记者，前几天又回来了。"

　　"那个女的？"

　　"嗯。不过她也没干什么，就是在成姐的公司附近租了个房子。"

"成芸的公司附近？"

"对，然后我那天叫人留意了一下，结果发现她刚好跟那个姓周的租了同一栋楼，两个人是邻居。"

"是吗？那还真巧。"李云崇看起来并不是很担心。

曹凯说："那周东南……"

李云崇一听到这个名字，眉头反射性地一紧。曹凯顿了一下，才说："要不要再找人……？"

"何必呢？"李云崇说。

曹凯一愣："什么？"

"他不想走，就不走好了。"李云崇伸出修长的手指，指了指桌子上的两个小盘，"想要分开两样东西，挪这个动不了，那就挪另外一个好了。"

曹凯说："成姐那边……"

李云崇淡淡地说："女人就是想得太少，容易被一时的感觉蒙蔽，记不住前车之鉴。让她懂事就好了。"

"咱们要怎么做？"

李云崇放下手帕，速度极慢，好像在思考什么。

土豆焖牛肉、炒菜花，两道家常菜，周东南做得熟练无比。

他焖了一锅米饭，大半进了自己的肚子里。周东南吃饭时永远两耳不闻窗外事，如牲口一样专注，成芸也不打扰他。

直到他吃完饭，从碗里抬起头，成芸才不紧不慢地把自己的碗推过去。

这次周东南没接。

"你吃。"他说。

"饱了。"

"你吃得太少了。是我做得不好吃？"

"我本来也不怎么饿。"

周东南放下碗，黑漆漆的眼睛凝视着成芸："你身体不太好吗？"

"什么？"

"抽烟喝酒。"周东南细数，"熬夜纵欲……"

"……"成芸跷着二郎腿,哦了一声,冷冷地看着他,"那我把最后一项禁了?"

周东南默然地拿过成芸的碗,扒了几口,剩下的饭全部下肚。

"今晚留在我这儿吧。"他吃完饭,最后一口还在嘴里,对成芸说。

"我今天有点儿累了。"成芸看着他。

"不要紧,我也累,今天就睡睡觉。"周东南说。

成芸笑了:"咱们俩哪次不是'睡睡觉'?"

"别闹。"周东南站起身,把碗筷收拾到一起,拿到厨房,边走边说,"你休息一下,热水已经烧好了,你要洗澡的话随时洗。"

厨房里又开始传出咣当咣当的声音,成芸深吸一口气,站起身。

她把空调打开,脱掉外套,打算听周东南的话,先洗个澡。

她记得上次毛巾是放在旁边的柜子里。她走过去,拉开抽屉,把毛巾拿出来。被拉出来的毛巾带出来一管护手霜,已经被用了一半。

男人用东西不讲究,随便握着挤,护手霜整个扭曲在一起。成芸把毛巾搭在身上,双手拿着护手霜,先慢慢将其捋平,再一点儿一点儿地推上去。

这种温柔,成芸自己都没意识到。

很快将护手霜弄平整了,成芸又把用过的地方卷起来,重新放到柜子里。

就在要关上柜子的时候,她忽然注意到什么。

在柜子里面,有一个小小的盒角。

眼熟的盒子。

成芸把抽屉完全拉开,一盒白色的软包万宝路露了出来。

"烟也准备了?"她嘀咕了一句,把烟盒拿出来,这才发现烟已经打开了,里面少了六七根。

成芸怔住了。

她握着那熟悉无比的小盒,耳朵里还是周东南在厨房里洗碗的声音。

水哗啦啦地流着。

成芸蓦然转头,在屋里来回寻找。

周东南的屋子里很乱,可成芸敏感至极。她在床头发现一个打火机，从印的字来看，应该是他从楼下的便利店里买的。

成芸环顾四周，屋里没有烟灰缸。她的目光停在窗台的旧花盆上。她走过去，里面果然有掐熄了的烟头。

一、二、三、四、五、六、七……

七支烟。

成芸在窗台前站了好一会儿，然后把烟放回抽屉里。

烟不是她的。

走到厨房外，靠在门口，成芸头贴着门框，安静地看着里面的人。

周东南洗完了碗，正在刷锅。黑黑的大铁锅，不知道是他从哪儿收来的，看着结实，一碰脆弱得掉渣。

周东南双唇紧抿，全部的心思都在那个大锅上面，刷完之后，一手拎着翻过来甩水。

就在翻大锅的间隙，他注意到门口的成芸。

"你不去洗澡？"

"我看看你。"

周东南手一顿："看我干什么？"

成芸没有说话。如果是平时，她一定会说几句来挤对他一下，可现在她什么都不想说。她想听他说。

周东南把刷完的锅放到灶台上，拿过抹布擦台面，擦完又洗了洗手，往外走。

成芸堵在门口，没有要让开的意思。

周东南走到她面前，成芸仰头看着他。

"怎么了？不让我出去？"

"阿南。"

成芸忽然叫他，周东南一顿，卡住了。

成芸等着他回应，周东南过了好一阵才闷声说："今天不是累了吗？"

成芸轻声说："难道我每次叫你阿南，咱俩都得上床吗？"

"那倒不是……"见成芸不是这个意思，周东南缓过气来。

他不是不想，只是身上还很疼。

成芸不让开，周东南就站在她身边等着，反正他也喜欢看着她。

276

她的眼睛里有话，他等着她说。

过了一会儿，成芸说："你喜欢我吗？"

"喜欢。"

"这么苦也喜欢？"

周东南看着她，低声说："不苦。"

薄唇一张一合，成芸下定论："撒谎。"

周东南深吸一口气，好像要把心里某些涌出来的感受狠狠压下去一样，说："成芸，我不撒谎。我说过的都是真话。"

成芸不言，紧握着胳膊的手关节泛白。

他说没说真话，看眼睛就知道了。她要使出浑身力气，才能接住他的目光。

周东南靠近她，低声说："你跟我回贵州，就什么都不苦。咱俩好好过。"

回。

多么神奇的字眼。

他说的不是去，而是回。

成芸张开口，声音已经几不可闻："要是回不去呢？"

静了一会儿，周东南已经恢复如初。

他说："回不去也不苦。"

厨房很旧，灯光很暗，里面堆着杂七杂八许多东西，他站在其中，显得更为拥挤。

安静的画面，看着有些像八十年代的低成本电影。

成芸嘴唇轻颤，不知道是因为想说话，还是因为其他。

"你……"

"我去洗澡了。"成芸低低地道了一句，很快转头，进了洗手间。

关上门，她把水阀开到最大。

水很烫，身体更烫。

成芸扶着青色的瓷砖墙壁，水流直下，砸在她的身上，顺着她瘦弱的身体流淌下去。

头晕目眩，她觉得天都要塌了。

上一个，或者说是她认为的，唯一让她爱到能甘心去死的男人，早已带着她的心消失得无影无踪。

如今,她已经三十岁了。

这些年,好多感情她已忘记。

这个时候,老天偏偏让她碰见一杯清酒,碰见一个为她学会抽烟的男人。

刘佳枝正在苦哈哈地吃着饭。

一碗牛肉粉,她吃出了无限的感慨。

想她刘佳枝,虽然不是什么大富大贵之人,但好歹算是中产家庭出身,又是独生女,奶奶疼、舅舅爱,从小到大备受关心,可以说是十指不沾阳春水,哪像现在?

她朝旁边看,店铺没擦干净的玻璃上照出她的影子——小小的一只,就算在吃热腾腾的牛肉粉,依旧冻得缩成一团。

这家店省钱省到不开空调吗?!

刘佳枝想拍桌子以示不满,结果手还没拿上来,就刮到碗边上,牛肉粉的汤溅出来,刘佳枝喊了一声后站起来。

旁边桌子边坐着几个准备跑夜班的出租车司机。对于蹦起来的刘佳枝,他们只看了一眼就转头接着吃面。

刘佳枝看着羽绒服上留下的印子,欲哭无泪。

一扭头,她忽然在路边发现了某个人的身影。

刘佳枝动作比思考更快,什么都还没想,就跑出去推开门,朝外面大喊一声:"周东南——"

周东南正双手插着兜,脸深埋在围巾里,闷头走路。听见有人叫他,他停下脚步看过去。

"周东南!这儿!这儿——"刘佳枝站在面馆门口,一边蹦一边招呼他。

周东南走过去。站在四级台阶上,刘佳枝总算能体验一次俯视周东南的感觉。

"干什么?"周东南问。

"你下班了?"刘佳枝说。

周东南听她的问话,目光渐渐低沉,回想起几个小时前接到的电话。

那是原来的摊主打来的,告诉他明天起不能再帮忙干活儿了。

"为什么?"他问对方。

摊主支支吾吾地说:"我弟妹最近正好闲着了。"

"我可以不要钱,每天拿点儿没卖完的菜就行。"

他话说得挺实在,摊主好像完全没有听到一样,嗯嗯啊啊地磨叽了半天。周东南忽然说:"是不是有人找你了?"

"嗯?"这句话摊主倒是听清了,"人?什么人?"

周东南握紧手机:"哥,你别怕,他们不会找你麻烦的。"

摊主啧了一声:"我不知道你在说啥,行了啊,就这样了。你也别再给我打电话了啊,什么哥,没熟到那份儿上。"

说完,对方就挂断了电话。

周东南没有再拨回去。

"喂,周东南?"刘佳枝伸手在他面前晃来晃去,"怎么了?又发呆了?"

周东南回过神,摇摇头,低声说:"没有。"

"你吃饭了吗?"

"还没。"

"来一起吃啊?"

周东南抬头看了面馆的招牌一眼,刘佳枝看出他有些犹豫,心里合计他居然连这点儿钱也要省,连忙补充了一句:"我请客!"

周东南很快点头:"好。"

他从刘佳枝身边错身过去,刘佳枝在他身后做了个鬼脸。

"老板,再要一份牛肉粉!"刘佳枝冲里面喊了一句。

两个人面对面坐着。

"你怎么看起来这么蔫?"刘佳枝说。

周东南随口说:"没有吧。"

怎么没有?刘佳枝在心里撇撇嘴。

可能是出于做记者这一行的本能,刘佳枝很喜欢观察形形色色的人。

对于自己这个邻居,刘佳枝一开始的印象就是抠门。他是典型的小市民心理,跟她有严重的代沟,情商低,没爱心,不懂得帮助别人,还爱占小便宜。

可不知为何，慢慢地，刘佳枝总感觉他跟她最初想的不太一样。他并没有特别表现出什么，可这种差异感还是随着时间的推移越来越明显。

"对了，"刘佳枝不想干坐着，找了个话题问周东南，"你老婆找到了吗？"

周东南本来低着头，不知道在想些什么，听见刘佳枝的问话，抬起眼看她。

刘佳枝心里一动。她没想到，这么近距离仔细看的话，这个黑家伙还有点儿帅。

"找到了。"

结果他下一句话，让刘佳枝刚刚产生的那点儿异性相吸的感觉完全消散了。

也对，对他来说可能这辈子也没什么大事要干。

"你是不是跟你老婆闹矛盾了啊？怎么从来没见过她？"

周东南可能觉得有点儿闷，解开围巾，把羽绒服的拉链拉下一半，双手插兜，弓着腰坐着。

"没闹矛盾，她还有些事而已。"

"你是哪里人啊？"

"贵州。"

"你老婆也是？"

周东南摇摇头。

"她是哪里的？"

周东南还是摇头。

这人又犯病了，刘佳枝偷偷白了他一眼。

正好牛肉粉来了，周东南闷头开吃。

刘佳枝本来被诸多事情烦得没什么胃口，但看到周东南吃得这么欢，自己也被感染了，食欲大振。

哧溜哧溜，两个人一语不发地对着吃牛肉粉。

周东南嘴大，肺活量也足，吃得比刘佳枝快些。刘佳枝吃完的时候，就发现对面的人正静静地看着自己。

刘佳枝反射性地舔了舔嘴边的油。

"看啥?"

"你吃东西真多。"

刘佳枝瞪大眼睛,有点儿难以置信地看着周东南:"啥?"他说女生吃得多,这简直就是控诉!

"我吃的还叫多?"刘佳枝指着自己的碗,一不小心看到里面空空如也,咳嗽一声,"是……是吃完了,不过我都饿了一天了,拖着这么娇弱的躯体辛辛苦苦在外面奔波,吃得多点儿怎么了,怎么了?"

周东南摇摇头,说:"能吃是好事。"

刘佳枝眼睛还瞪着,周东南说:"记者都得在外面跑?"

"你还记得我是记者?"刘佳枝眼睛一亮,还以为周东南什么都没记住呢。

"嗯。"

"本来不需要的,不过我最近要查一件事。"

周东南点点头。

刘佳枝说:"一开始的时候还没这么夸张,只是偶尔碰到个小事件,不过我总觉得这个小事件里透着一股诡异感。"刘佳枝眯着眼睛,拍拍自己瘦小的胸脯,"我以我未来名记……名记者的名誉担保,里面肯定有鬼。"

周东南又点点头。虽然刘佳枝知道对面坐着的人什么都听不懂,但是话一开头,就收不住了。

她平时身边没有人可以谈这些,同事和家里人都觉得她是没事闲的,主编更是说她想出名想疯了,可她不服。今天碰到周东南,她什么都不用担心,不用担心他会多嘴,也不用担心他会泼冷水。

"你知道保险业吗?"

周东南第一个想起的是成芸的那张名片。他知道她在保险公司上班,除此之外,只在广告上见过保险相关的东西。

他摇头:"不懂。"

刘佳枝飞速运转大脑,想着要怎么把事情简化到让对面那个简单生物理解的程度。

"我这么跟你说吧。"刘佳枝摊开手,"两家公司,有一家大佬公司,工作是收钱保人平安,还有家小弟公司,是帮大佬公司分担工作的。这个小弟公司收来的钱,按照规定,必须全数上缴给大佬公司,自己只能挣个手续费。我这么说,你能懂吗?"

周东南点头。

"那我就接着说了啊。"刘佳枝伸出一根手指头,"那些交钱要买平安的人,和大佬公司之间会有一个单子,类似证明书——证明自己花过钱了。大佬公司会给小弟公司一些单子,收钱的方法是一样的。不过按照业内规矩,那些填写完的单子,小弟公司是没有资格保留的,必须连带着钱全部上交到大佬公司。"

"然后,这个单子不是一锤定音的,如果买家这边有什么特殊情况,可以……嗯,退货。退货知道吧?就是把单子退了。"

"明白。"

"有一次,有一对老夫妻,他们想要退单子,但是到大佬公司查账的时候,没有查到。他们没有查到证明,大佬公司的小职员就没有给退。这对老夫妻找到报社,想用报社来恫吓大佬公司。我当时简单了解完,就有种莫名的直觉,这里面一定有什么问题。"

"你查到问题了吗?"

"那次没有。"刘佳枝想起什么,气上眉梢,"被人拦下来了。不过不要紧……"刘佳枝话锋一转,"后来我查到了。"

她一谈起自己的工作,眼睛都冒着光:"那对老夫妻的单子退完之后,又有几个退单子的,但是大佬公司都给退了,而且特别利索。"

她说完,紧紧盯着周东南,以为他能嗅到什么精髓来,结果周东南一直面无表情地坐在那里看着她。

刘佳枝放弃这个念头,聚精会神地说:"接下来才是重点!你知道吗?小弟公司签的单子跟大佬公司签的单子稍稍有些不同,那就是小弟公司的单子上会有他们的证明章和电话等能代表他们公司的东西。有一个人在退单子的时候,不太懂操作流程,给这个小弟公司打电话,然后直接去小弟公司退单子,小弟公司也给退了。"

说完,刘佳枝狠狠地拍了一下桌子,好像是给自己的演讲圆满地画上句号。

只可惜演员跟观众之间的鸿沟太大,她不用问就知道,周东南浑身写着"没听懂"三个字。

"我之前说了,小弟公司只能赚手续费,没有权限退单,但小弟公司里有人偏就做了,跟大佬公司一样,你没觉得有什么奇怪的吗?"

刘佳枝彻底放弃了让周东南理解的想法,自问自答,就当让自己再一次厘清思路。

"我的理解是这样的——这个小弟公司卖了假单,或者一单多卖,反正肯定是有猫儿腻,多收的钱,就被存在一个私账上。之前那对老夫妻偶然撞见这种情况,但是有人运气好,化解了。"刘佳枝的手指咚咚咚地敲着桌面,眼睛微眯,"我已经知道他是谁了。私账上面头一个应该就是他。"

"还有谁?"

"还有谁?"刘佳枝瞥向周东南,"小弟公司里,那个私自进行退单的人。其实这很容易想明白,经过老夫妻的事情,大佬公司的那个人为了防止以后再有人闹,干脆给人开了会,但凡有人来退单,让工作人员不管三七二十一,通通退了。大佬那边又图省事,告诉小弟公司的那个人——如果有人到他们那儿退,也一样退了。多一事不如少一事,安稳为先。"

周东南勉强点点头:"哦。"说完,他好像也有点儿感慨,"你确实很辛苦。"

刘佳枝耸耸肩:"不要紧。"她笑了,又说,"其实在这块土地上,这不是什么稀奇事,跟查贪一样,隔墙扔砖头,砸到谁是谁,没人清白。"

刘佳枝两手搓了搓,说:"所以呢,这件事我基本上十拿九稳……只不过现在这块还没人盯,这才是机会。"刘佳枝说得热血沸腾,眼睛里也燃起了一簇火苗,"我现在想的,就是找到那个在小弟公司退单的人,跟他携手把事情做大。小打小闹对我来说没有任何意义,也没前途。"

刘佳枝自顾自地描画着宏伟蓝图,直到周东南站起来的时候才回过神。

"我得走了。"他说,"谢谢你请我吃面。"

"哎。"刘佳枝也站起来,"我跟你一起。"

周东南走得快,刘佳枝扑过去拉着他:"慢点儿啊,刚吃完饭,急什么啊?"

周东南放缓脚步,说:"走吧。"

"喂。"刘佳枝踢了踢路边的垃圾,"你老婆是不是不要你了啊?"
"……"
"是不是啊?是不是啊?是不是啊?"
吃饱喝足,女孩随意地消遣,男人只顾闷头走,没有回答。

成芸盯着电脑发呆,连郭佳敲门都没听见。
门开了道小缝,郭佳探头进来,看到办公桌后面的成芸,啧了一声直起身。
"就说这个点,你怎么可能不在屋里。"她直接进来,反手关好门。
成芸抬眼瞄了一下,又回去看电脑。
"看啥看得这么专注?眼睛都钉在电脑里了。"郭佳凑过去,微胖的身躯压在成芸的身上,成芸哎了一声:"起来,压死我了。"
"我不!"郭佳越压越起劲,趁着成芸躲闪的空当看向电脑,一边看一边念叨,"门市买卖……哦?你要买门市?要干啥?有什么大计划?赶紧招来!"
成芸将她推起来:"你先给我好好站着。"
郭佳从成芸的身上下来,靠在办公桌上:"怎么突然要买门市了?"她一边说一边扭头接着看屏幕,"姐来看看你选什么地段啊,贵……贵阳?"
成芸枕着皮椅,手握着鼠标点了几下,自顾自地往下看。
郭佳戳戳成芸:"干啥?跑贵阳去买房子?"
成芸看屏幕看得仔细,随口嗯了一声。
郭佳眉头紧蹙:"你听到什么风声了吗?贵阳房价要涨?"
"……"成芸白了她一眼,"毛病。"
郭佳踹了成芸一脚。
成芸总算说:"没打算怎么着,随便看看。这些你比我懂,来帮我挑挑。"
郭佳说:"你先说为啥跑贵阳买房?"她眨巴了几下眼睛,挤对成芸,"你要买也该去云南买啊,李云崇不是已经在玉溪搞了块地吗?"
成芸置若罔闻,把屏幕转过来一点儿:"来。"
郭佳被她拉到跟前,把几个网页来回浏览几遍,随口说:"门市买来是想开店？"

成芸将屏幕移过去后，干脆把凳子也给她，自己站起来在办公室里闲转。

"买门市当然是要开店。"成芸拿起桌上的水杯，喝了一口水。

"开什么店？门市得根据你干什么来买。饭店、书店、澡堂子，这选的肯定不一样。"

"饭店吧。"

"饭店啊……"郭佳啪啪啪地点了几下，"饭店那就是地段了。你要开高、中、低哪个档次的？"

成芸说："不知道，随便。"

"没有随便这个选项！"

"那……低档的吧。"

"低档？"郭佳狐疑地看了成芸一眼。

"嗯。"

"你到底要干啥？"

成芸说："帮别人看的，别问了。"

"哦。"郭佳恍然大悟，"原来是给别人看，低档饭店……"

"火锅店。"成芸在一边补充。

"那就跟大排档差不多呗。这个光在网上看不行，你得实地考察，找人流量大、消费水平又不是太低的地段。"

成芸嗯了一声，道："到时候再说吧，保不齐随便买个二手房直接就开业了。"

"手续着手了吗？"

成芸打了个哈欠："肯定没。"

"……"郭佳一脸嫌弃地看着成芸，"真是物以类聚啊。你那朋友是不是也像你似的，过一天是一天？"

成芸缓缓摇头，看着郭佳，认真地说："我比他聪明多了。"

"那完了，别开了。"郭佳盖棺论定，"肯定赔个底朝天。"

成芸哈哈大笑。

在距离成芸公司不远的小区里，另外两个人也在聊着。

刘佳枝要整理材料,今天没有去上班,弄了半天之后,休息的时候刚好听见外面有动静。她扒着猫眼看,是那个黑黑的邻居回来了。

刘佳枝很快把门打开,抢在对方开门进屋前叫住他。

"周东南!"

周东南转头:"嗯?"

刘佳枝穿着一身浅粉色的棉睡衣,上下一套的,上面印着小兔子的图案,脚上也穿了双很搭的兔子棉拖鞋,把整只脚都包在里面,外面是两只兔耳朵,她一动,它们就跟着动。

"你去哪儿啦?"刘佳枝说,"这么早就回来了?"

"哦,我去找工作。"

刘佳枝随便一问,没想到还问出话题了:"找工作?你原本的工作呢?"

"不做了。"周东南不想多解释什么。

刘佳枝显然没有这么轻易放弃:"不做了?那你现在找到工作了吗?"

"还没。"他早上出去转了一圈,因为情况特殊,不得不考虑很多。周东南看着刘佳枝,忽然想起来她是土生土长的北京人,就又问了一句:"你对这儿熟悉吗?"

"当然了!"刘佳枝一跺脚,"我可在这儿生活了二十几年。"

"那你知道这附近有劳务市场吗?"

刘佳枝眉头一皱:"啥?"

"还是算了。"周东南转身开门。

"别算了!劳务市场是吧?你等着。"刘佳枝转头往屋里跑,还不忘朝他喊,"你等一下,五分钟……不,三分钟!"

周东南就站在门口等了三分钟。

三分钟之后,刘佳枝拿了几张纸出来:"喏,给你。"

周东南拿过来看了一眼:"这么多?"

"北京的几家劳务市场都是大型的,我挑的都是离这里比较近的,下面是地址和交通方式。"不愧是记者,做事条理性很强,刘佳枝满意自己的工作效率,一摆手,有点儿得意地说,"不用谢了!"

周东南把纸折起来:"那我去了。"

刘佳枝蹦起来："我说不谢，你还真不谢啊？！"

周东南扬起手，留给刘佳枝一个背影："谢谢。"

"喊。"刘佳枝撇嘴，又大喊一声，"祝你找工作顺利啊！"

周东南按照刘佳枝给的地址坐公交去了劳务市场，可到那儿之后才发现，事情没有那么简单。

北京早年间就取消了好多路边自发的劳务市场，变成集中化管理。刘佳枝给他找的几个都是大型的正规人才市场，招人的确实不少，正规企业、正规管理，人进去就得登记。

周东南排了一会儿队，总算到他了。他坐下后，对方二话不说，先跟他要简历。

"我没简历。"周东南说。

"那……身份证件呢？"

他身份证也没带。

"这个……你最起码得把身份证带着。要不户口本？驾照？"对方接连发问，周东南摇摇头，站起来给后面的人让位置。

他又挑了个看着不是那么大的地方，去了之后才发现除了规模不同，办事流程是一模一样的。

他从劳务市场出来，在门口歇了一会儿，周围人来人往、车水马龙。

周东南决定不再去下一家了。

刘佳枝理解的劳务市场跟他理解的不太一样。

下午三点多的时候，刘佳枝又听到门外的声音。

其实从周东南走的那刻起，刘佳枝就一直惦记着这件事，脑子里像绷着一根弦。现在周东南回来了，弦松了，她嗖的一下就蹿出去了。

"怎么样怎么样？顺利不？找没找到工作？"刘佳枝眼睛瞪得溜圆，好像找工作的不是周东南，而是她自己。

周东南已经将钥匙插在门里了，可没有拧。他转过身，对刘佳枝说："没找到。"

"为啥没找到？都不合适？"

周东南也不知道要怎么跟她解释这些。刘佳枝又说："那我再帮你找几个地方吧?"

周东南摇头:"不用了,谢谢。"

"没事,很快的,你等等我。"说着,刘佳枝一扭头,又要往屋里走。周东南手一伸,拉住她的胳膊。

"真不用了。"

刘佳枝停住脚步,周东南松开了手,软绵绵的睡衣上被他握出了手掌印。他的手好大啊。刘佳枝再开口的时候,声音不由自主地小了一点儿。

"怎么不用啊?"

"我自己找吧。"

"你家有网吗?"

周东南摇头。

"不对,你连电脑都没有吧?"

"没有。"

"那你上哪儿找,去网吧找?那还不如在我这儿查了。"

"不用,我自己找得到。"

他一而再,再而三地拒绝,刘佳枝有点儿不高兴了:"你是不是觉得我给你找的地方不够好啊?不满意就跟我说,事情都是沟通出来的嘛。"

周东南摇摇头:"不是不够好……"他努力措辞,"只是需要交的东西太多了。"

刘佳枝聪慧,稍微转了个弯就反应过来了。

"今天谢谢你。"周东南说着打开了门。

"慢着!"刘佳枝紧紧攥住周东南的手腕,"别,我懂你的意思了,不用正规材料、手续的是吧?我给你弄!"她好像跟谁较上劲了一样,"我之前误会了,不就是临时工吗?我找!找不着,我这记者不干了!"

周东南好像被她这突如其来的陈词镇住了,没有说话。

刘佳枝伸出一根手指头,脸色颇为正经地说:"跟你说,记者这行就是要走进社会、走进生活、走进群众!要不就是纸上谈兵,都是空架子。你放心,你这工作,我帮你找定了。"

周东南看着她,暗沉的楼道里,他的眼睛更黑了。刘佳枝忽然觉得刚刚的发言有点儿夸张，干咳两声，说："反正就是……就是……咱俩是一个层次的，是一起的。你别以为我高级到哪儿去，我肯定能帮你找到合适的工作就是了。"

周东南看了她很久，刘佳枝也梗着脖子回视他。

过了一阵，周东南说："谢谢。"

他这就是同意了。

刘佳枝欣然道："不客气，你等我消息吧。"

周东南又说："但你不是跟我一个层次的。"

"嗯？什么不是？"

周东南把钥匙拔出来："你不是跟我一个层次的，只是看着像。"

"什么意思？"

周东南摇了摇头，自顾自地说："谁跟我是一起的，我自己知道。"说完，他进了屋子。

刘佳枝一个人在门外愣神，待了好一会儿。

楼道里传来声响，几个老大婶拎着菜篮子上楼。在她们绕过四层楼梯的时候，刘佳枝忽然了悟了什么。

最近一些日子里，她偶尔会觉得周东南与她最初评价的"沉默愚钝，爱占便宜"的形象不太符合。

他心里藏着某些东西，可碍于表达能力，说不出来。

而就是这些东西，让他那些普通又平凡的行为，变得不再那么流于表面。

那天，成芸本来是想去找周东南的。

他们前一天晚上通了电话，没说什么实质性的话题，成芸告诉周东南她下午开会开到差点儿睡着，周东南告诉她他最近换了份工作。

"你怎么总换工作？"

"嗯……"电话里，周东南的声音很低，"上一个不做了就换了。"

"现在干什么？"

"别人介绍的，在物流公司。"

"物流？"

"就是搬东西，工资日结。"

"哦，辛苦吗？"

"还行。"

成芸洗过澡，躺在床上，两人就这么有一句没一句地聊着。成芸困意渐浓，直打瞌睡，回话也渐渐变得语无伦次起来。

"成芸，你是不是要睡觉了？挂了吧。"

成芸已经睡着了。

"喂？那我挂了，你记得把手机拿开点儿。"

成芸迷迷糊糊地进入梦乡，梦里好像有人低声跟她讲话，这让她第二天起床的时候，有点儿恍惚。

她拿起身边的手机，准备给周东南发条短信，想让他晚上过来。可她抬头时，发现晨光顺着窗户照进来，光洁的地面上几乎什么都没有，屋里又空又静。

她想了想，告诉他晚上去他家。

周东南很快回复："好，我等你。"

周东南放下手机，把东西搬过去。

他转头，还有好多东西没搬，想了想，干脆请假。今天上午算打白工，周东南早回去几个小时，先去菜市场买菜，出来的时候，抬头看了看天。

明明早上的时候天还是晴的，下午就见不着太阳了。

周东南低着头往回走。

忽然有人叫他。

刘佳枝也提前下了班，正在奶茶店门口买饮品。

"来呀。"她朝周东南招手，一双毛茸茸的大手套动起来稍显笨拙。

周东南闷着头走过去。

他很感谢她。虽然他每次说谢的时候都让人觉得态度很随便，可他真的很感谢她。

现在这份工作就是刘佳枝帮他找到的，而且她明显托了关系。他去干活儿的时候没人多问过什么，薪水也很理想，每天结算。虽然他干起来累一点儿，但很安稳。

"喝不？我请你呀。"刘佳枝笑眯眯地说，"对了，你今天怎么回家这么早，是不是消极怠工了？"

周东南摇头："今天有事。"

"请你喝奶茶。"刘佳枝转头对店员说，"一杯燕麦奶茶，帮我多加点儿燕麦哦。"

三月伊始，风冷得没有那么惊人了。

刘佳枝拿着两杯奶茶从台阶上下来，笑呵呵地把其中一杯递给周东南。没等周东南接下，刘佳枝忽然哎了一声，身体被后面路过的人撞过来，手里的奶茶没拿稳，掉到地上摔破了，热腾腾的奶茶流了满地。

"喂！"刘佳枝使劲转身，"你干什么？这么宽的路，你还撞着人走？"

撞她的那个人个子不高，二十多岁的样子，也是个年轻人，打扮得普普通通，其貌不扬。

"就碰一下怎么了？"小青年一脸不服，"碰一下能怀孕啊？"

刘佳枝本来只是随口抱怨一句，没想到对方说话这么难听，一瞬间也火了，拉着他的胳膊道："你会不会说话？你撞了别人还有理了？你给我重新买一杯！"

"我给你妈买一杯。"小青年看起来完全没有要和解的意思，推了刘佳枝一下，刘佳枝小胳膊小腿，一被人推就往后倒。

周东南扶住她，刘佳枝完全不怕，站稳了又冲上去："你讲不讲道理啊？你今天不赔我奶茶就别想走了！"

小青年抬手就是一巴掌。

周东南拦了下来。他一直盯着小青年的举动，所以很轻易就拦下来了。

"别动手。"他说。

小青年没有解释，没有谩骂，直接抬脚踹他。

周东南一咬牙，反手把小青年的双手钳住，将他推到地上。

刘佳枝的声音渐大："你还敢打人？！你信不信我报警啊？"

小青年在地上扭过头，直直地盯着周东南，一口口水啐在他的脸上，挣扎着起来，又朝刘佳枝扑过去，啪的一声，甩了刘佳枝一耳光。

刘佳枝疼得放声尖叫。

周东南很快扯住小青年的衣服，这回用了十成力，把他从刘佳枝身边拉开。

但是很快,他们周围又上来两个人,这两个人貌似跟小青年是一路的,不分青红皂白,指着周东南和刘佳枝一顿骂。

刘佳枝被扇了一耳光,气得眼泪都冒出来了,捂着脸就要去挠对方。

小青年站着不动,给她挠了一下,脸上也出现一道印子,然后再次还手。

周东南没想到事情会闹这么大,将刘佳枝拉到自己身后,想要跟对方沟通一下。

就在他要说话的瞬间,他的余光忽然扫到街角,看到了一个熟悉的身影。

留着平头的矮个子正在暗处不急不缓地抽烟。周东南的目光与他的撞到一起,他丝毫没有躲避的意思,面带嘲讽,好像在看一场戏一样。

身后刘佳枝还在喊叫,周东南扭头,看见她被抽得有些红肿的脸颊。

眼底血丝蔓延,周东南再去看街角,矮个子已经不见了。

小青年们还纠缠不休,满口脏话,刘佳枝已经被气得有点儿晕了。

小青年骂得正起劲,忽然感觉眼前一黑,再一定睛,周东南面容阴沉地站在他面前,一只大手掐着他的脖领,好像已经气到极点。

"有完没完?"周东南的声音还在克制。

旁边一个人上来拉他:"动手是吧?你是……"

周东南侧身就是一脚!这脚用了大力,那人骂人的话还没说完,就被踹飞了。

周东南转过头,眼睛里像是渗血了一样。

"你们有完没完了?!"

几乎没人料到他会大吼出这一声,围观的人都不由得往后退了半步。

接下来的一切都在男人盛怒的吼叫声中开始了。

每个人都惊呆了,包括刘佳枝。

大概没有人能想象到,只为了这么一杯被摔坏的奶茶,人能动气到这种程度。

因为没有人知道这杯奶茶后面的故事。

后来警察来了，把人带走的时候还听围观的人说，现在这些年轻人，也不知道哪儿来的火气，为了一点点事，打得那么狠。

警察问："狠吗？"

狠！他们简直是互相往死里打了。还好警察同志来得快，结果没太严重。

地上的塑料袋里，黄瓜和土豆滚了出来，还有一条刚刚在市场里被宰了的鱼，明明内脏都掏空了，鱼嘴却还在一张一合。

派出所里，对方三人态度极好，称是因为发生口角，才动了手。

刘佳枝有点儿慌了。她给家里打电话，跟警察说要找律师来，警察瞥她一眼，问她："你动手了吗？"

周东南终于说了第一句话："跟她无关。"

刘佳枝出来了，周东南和那三个人一起被治安拘留，要十五天。

刘佳枝在派出所外面打了无数个电话，有人说帮忙看一下，可过了一会儿回电话来，都说不行。

"这事没的谈。"

刘佳枝打电话打到手机没电的一刻，天已经黑透了。她握着手机站在大街上哭，很后悔——要不是她斤斤计较，碰到了这伙神经病，周东南也不会摊上这样的事。

没有人知道那杯奶茶后面的故事。

那天晚上，成芸没有去成周东南家。

事情来得很突然，李云崇叫了几个公司高层吃饭，临近傍晚的时候直接把车开到成芸的公司门口接人。饭局规格不低，成芸拒绝不了。

在去酒店的路上，成芸给周东南发了信息，周东南没有回。

这次并不是简单的饭局，他们讨论了很多事情，其间李云崇频繁出去接电话，剩下成芸一个人，代表李云崇跟他人应酬。

平常这种饭局基本是曹凯陪着李云崇来的，但今天曹凯有事。

成芸喝了不少酒。她心里有事，醉得比平日快。

迷离的双眼透过光滑的玻璃窗看向外面，黑漆漆的天好像一个巨大的猛兽，要把一切都吞噬。

饭局一直进行到深夜，成芸醉醺醺地坐上车，李云崇吩咐司机直接回家。

到了自家别墅，李云崇跟红姨一起扶着成芸上楼，回到成芸的房间里。

"我去熬点儿银耳羹吧。"红姨说。

李云崇的目光一直留在床上的女人身上。红姨有点儿奇怪，屋里没有开灯，今夜天又阴，他到底在看什么呢？

"不用了。"夜幕之下，他的声音听着很冷。

红姨点头，悄悄出去。

成芸翻了个身，似乎醒了一点儿。她做的第一件事是掏手机，屏幕亮起的一瞬间，她眯起眼，同时看到了坐在身边的人。

"休息吧。"李云崇说。

"我要打个电话。"成芸一张嘴，酒气就散开了。

她当真就在李云崇的面前打了这通电话。

对方的手机关机了。

成芸挂断，要再打一遍时，李云崇把她的手机抽走了。

"休息吧，明天再说。"

成芸蹙眉，伸手去拿手机："我跟人说好了。"

"说好什么？"

"手机给我。"

屏幕待机的光没一会儿就暗下去了，李云崇在黑暗里笑了一声："好，给你，你打吧。"

成芸把手机拿回来，重新拨打号码。

手机依旧关机。

她再打。

对方还是关机。

李云崇就坐在床边静静地看着。

成芸一直打到头晕眼花，倒在枕头上沉睡过去。

她迷迷糊糊地进入梦乡，梦里好像有人低声跟她讲话，就像昨夜一样。

说话的人五官深邃，声音低沉，就像从前一样。

第九章

过 往

成芸出生在白城。

她在这儿出生,在这儿长大,第一次真正意义上出远门,是十岁那年的春节,成芸的母亲带着她坐火车赶往哈尔滨。

成芸到现在还能回忆起当时的新鲜感。

绿皮火车,一节又一节,开得奇慢无比。

成芸的母亲叫吴敏,是个车间工人。她长得很美,有人说她长得像一张以前的上海老电影海报里的明星,成芸觉得不像。

成芸看过那张海报。比起明星,她觉得吴敏更像画面角落里那株美丽却不起眼的花。

春节期间,客流量格外大,她们两人本来是没有座位的,但上车之后很快就有人分给她们半张卧铺。

分卧铺的人一直跟吴敏聊天,成芸就扒着车窗往外看。

一月末,大雪漫天,窗外茫茫白雾,远远看着,秃山好像棉花一样,又白又光溜。

车厢里有好多人,满满的红尘味,旁边有人摸她的脸逗她,她就冲他挑眉笑。她刚十岁的小脸被车厢里的热气熏得饱满细腻,丁点儿瑕疵都没有,豆腐一样,碰一下都怕坏了。

吴敏没有关注过成芸,当然,也没有关注身边那个分给她们母女卧铺后,一直缠着她说话的男人。

吴敏垂着头,不管别人说什么,都有一句没一句地回答,心不在焉。

这怪不得她。对于这个三十岁出头的女人来说,她这次做的决定太重要了,重要到她需要用她那不怎么聪明的脑子一直想,想到成功或者失败的那一刻为止。

到达哈尔滨的时候,吴敏给成芸买了一身新衣服。红红的小棉袄,上面还绣着小动物的图案,穿在成芸的身上,她可爱得像画里的娃娃。

吴敏来到一户人家门口。冷清的楼道里,她在门前足足站了半个小时不敢敲门。成芸不知道她在想什么,虽然觉得很冷,不过也没有打扰吴敏。

外面的鞭炮噼里啪啦地响。那个时候,过年放鞭炮比现在狠多了,晚上一宿不停,初一出门,地上都是鞭炮纸,踩上去像踩在地毯上一样,是软的。

屋里有人说话,好像是在吃年夜饭,还有人在打牌。

吴敏就在门口站着,站到最后,哭了出来。

成芸被冻得实在受不了的时候,拉了拉吴敏的手,说:"妈,我冷。"

吴敏跟这才想起成芸一样,反身抱住她,将脸埋在新袄里,号啕大哭。

没人能听见这个哭声,鞭炮声把一切都淹没了。

最后吴敏带她离开哈尔滨,回到白城。

从那天开始,吴敏日渐消瘦。

在成芸慢慢长大,了解家中的一切后,她渐渐明白,那一趟哈尔滨之旅就是一道分界线。

界线往前,吴敏是一朵娇艳的花,期盼朝阳;界线往后,吴敏只是为活而活。

吴敏对成芸的态度不冷不热,称不上无视,但也绝不是关怀。成芸知道,自己只是吴敏与成澎飞一段爱情的证明。

可这爱有始无终。

吴敏很少对成芸提起成澎飞,好像那段记忆只能她独享一样。可后来她病了。重病之中，她把之前的所有事情一股脑儿地倒给成芸。那爱那么刻骨，必须要留有证据。

记忆很乱，她经常停顿，又前后拼凑不齐。

说实话，成芸对吴敏和那个来白城演出的哈尔滨文工团男演员之间的故事并不感兴趣。可她还得听，谁叫吴敏是她妈？

成芸十六岁那年，吴敏死了，还不到四十岁。

她死的前一天跟成芸说，在葬礼上一定多注意，看看都有哪些人来。

谁来？

谁也没来。吴敏未婚生子，一世不明不白。亲人间关系淡薄，闲言碎语她也不听，完全活在自己构想的世界里。

平生梦一场，像冰像雪，日光晒过，了无痕迹，平平凡凡，波澜不惊。

吴敏死后，成芸的舅舅来找她，想接她回去，说帮她介绍了好人家结婚。成芸不去。舅舅把她骂一顿，说："你这个出身，想找正经人家都不容易，不要不知好歹。你也想像你妈那样吗？"

成芸说："我觉得我妈那样也挺好。"

她没逞强说谎。她是真的觉得，吴敏那一生也挺好。

吴敏是成芸唯一认定的家人，吴敏死后，成芸没有找过任何亲戚，退了学，开始打工。

她在很多地方打过工，旅馆、饭店、歌舞厅……在那样一个有些躁动的年代，她吃了许多苦，走了很多路，也见了很多人。其中，就包括王齐南。

王齐南是一家音像店的老板，出租和售卖光盘录像带。店规模很小，老板、店员都是他一个人，店开在老街深处。

成芸第一次去王齐南的店，是给他送东西。

那时她在酒吧打工，半夜要下班的时候，老板给她五瓶啤酒，让她辛苦一下，给个朋友送去。

九十年代的东北，乱得超乎想象。

那时王齐南二十六岁，在道上混得也算是有了点儿名号。成芸给他送酒的那天，他就在自己的店里看片。

他看的是什么片，就不用多说了。

夏夜，屋外蛐蛐不停地叫。屋里也有人在不停地叫。

男人背对着柜台，穿着一件普通的短袖灰衬衫，因为燥热，将袖子撸到了肩膀上，露出坚实的臂膀。

成芸把酒轻轻地放到桌子上。

王齐南回头。

一眼画面定格，天雷勾动地火。

成芸忽然乱了，好像在一瞬间懂了当初吴敏对她说的："想给他，我什么都想给他。"

王齐南长得不赖，只是眉毛因为早年斗殴，中间留了道疤，看着有点儿凶。

当然，他也称不上温柔，如怒目的金刚一样，看啥都不耐烦。

可成芸就是爱他。

王齐南开始没怎么拿她当回事。他觉得她太小，玩玩可以，当不得真。成芸也不在乎，他要玩什么，她就陪他玩什么。

王齐南在道上混，仇家不少，有一次成芸来找他，刚好碰见砸店的。那次太狠了，来了很多人，王齐南跟人拼红了眼，看见成芸，大吼一声"滚远点儿"。成芸跑到隔壁的水果店，从切西瓜的老板手里抢来刀，闭着眼睛扑过去。

一个小姑娘哪里会砍人，王齐南夺下刀，人比之前凶了几倍。

成芸被劳教几个月，出来的那天，王齐南来接她。

两个人就在看守所门口亲了起来。

从那以后，左邻右舍都知道，楼下音像店那个凶神恶煞的老板有伴了。

成芸经常和王齐南闷在二楼的小黑屋里，做得天昏地暗。

王齐南喜欢出门玩，有辆摩托车，经常带着成芸到处逛。

东北冷，一到冬天就大雪纷飞，满城雾凇。王齐南带成芸去公园，那个年代逛公园还收钱，他们就把摩托车停在附近，然后偷偷爬墙进去。王齐南先跳，在下面接成芸。成芸总是故意跳得重重的，她知道王齐南一定能稳稳接住她。不过接下来，他肯定会掐她的脖子，骂她几句。

王齐南好像刚烈的火钳，冬日也只穿件皮夹克，里面是单薄的衬衣。他们在公园里跑来跑去，跑累了，王齐南干脆把夹克也脱掉，在冰雪里打着赤膊，大吼出声。

两边的雾凇抖下雪粒，好似也被惊到。

世间太白，成芸只看得清他的眉他的眼、他的须他的发。

再后来，碰上"严打"，王齐南被一个被抓进局子的朋友赖上，成了东北扫黄打非大枪之下的一只家雀。

他跑了。

他跑得太急，只来得及告诉她，他过一阵就回来。

过一阵，到底多久才过完这一阵？

没出半个月，成芸就开始到处找人问，一来二去终于打听到王齐南是去了北京，投奔他以前当兵时认识的大哥，找那人救命。

北京。

北京。

成芸只在电视上见过繁华的首都。

她想收拾一下自己的行李，发现其实什么都没有。这坚定了她要找他的决心。带着攒下的全部的钱，成芸坐上前往北京的列车。

火车上，她想起了多年前带着她去哈尔滨的妈妈。她觉得跟吴敏更亲近了。

那一年，成芸十八岁。

北京那么大，她又不敢明目张胆地透露王齐南的身份信息，想找到他简直是天方夜谭。

积蓄很快要花完了，成芸只能在北京找工作。

跟从前一样，她什么都做，餐厅服务员、修车工、推销员……北京的工作比她想象的多，同样比想象的苦。

跟她住在一起的打工仔告诉她，卖保险很好赚钱，让她也去卖。

成芸找到一家正规的大型公司。她很庆幸在去应聘的时候自己已经成年。她做了最底层的保险员，经过两天简单的培训，开始挨家挨户地推销保险。

成芸在很小的时候就知道自己的优势，所以常笑着。她的业绩比别人好一点儿，不过也只是好一点儿而已。她无法专心，她的心在别处。

日子很苦，王齐南一点儿消息都没有，成芸渐渐焦躁。

尤其是在夜晚，她睡在一个客车站附近的小旅馆里，一个大通铺上，好多人挤着。她经常睡不着。那个时候，她就特别想王齐南。

一个冬日的夜里，她不想在旅馆内待着，便坐公交乱走，偶然看见了一个高级住宅区，庭院规整，四周围墙高筑。

她翻了翻包，各种保险单都带着，偶然想：这里的人，应该会买保额很大的保险吧？

成芸偷偷溜进小区，小区里很安静，连普通的路灯都显得那么精致。她先敲开一家的门，开门的是一个老太太。成芸说出来意，她露出震惊的表情，上下打量成芸。

"我们不买保险。"她又问，"你是怎么进来的？"

她再三盘问，成芸扭头跑掉了。

成芸觉得自己来这个小区是个错误的决定。

被冻得手脚冰凉，成芸狠狠一跺脚，转身要走。就在此时，她发现自己身边又是一栋小楼。

楼门口的院子被打扫得干干净净，没有像刚才那个老太太的院子那样，外面挂有风干得看不出模样的食品。这里栽种着松柏，冬日里也郁郁葱葱。院子里面规划整齐，石路上平滑洁净。

门口的灯亮着，色调暖暖的。

成芸抿了抿嘴，走过去，按响门铃。

一个男人开了门。

男人很英俊，面色温柔。他不动声色地打量成芸，听完她的话之后，似乎觉得有点儿好笑，靠在门板上说："你是哪家的业务员？大冷天的，就穿一件小裙子卖保险？"

成芸低头，看见自己一双长长的腿。

她冷得快要没有知觉了。

成芸哆哆嗦嗦地从包里拿出宣传单给男人看，他没有接，只是瞄了一眼，然后便挑起眉："平泰？"

成芸嗯了一声。

"哪家分公司的？"

成芸瞄他一眼，只觉得眼皮都要被冻住了。

"买不买？"她说话简明扼要。

男人瞠目："哦，就这么卖？"

成芸再次觉得来这个小区是个错误，皱着眉，转头就走。她走了两步又退回来，把李云崇手里的单子拿回来，再走。

背包带被人拉住了。

"不卖了？"

"不卖了。"

"怎么不卖了？"

"太晚了。"

"也太冷了，对不对？"

成芸抬头，男人已经松开手。他把门敞开了一点儿，对她说："来，进来。"

成芸站着。

男人往她身后指了指，说："再不进来，等下有人来抓你了。"

成芸回头，看见正往这边走的保安。

"来。"

屋里亮着灯，成芸看到了门口的玄关、后面的屏风以及长长的通道。

男人自顾自地往里走，说："我对这个保险有点儿兴趣，你正好帮我介绍一下。"

成芸最终进了屋。男人引她来到客厅，厅堂里有一张大地毯，踩上去松松软软的，矮茶几上规矩地摆放着各式各样的茶具，茶几旁边是沙发，正上方悬挂着一幅扇面白描。客厅的角落是被人细致照看的植物，郁郁葱葱，绽放的白玉兰散发着香气。

这个家很漂亮，就是太静，静得屋里的一切都好像是摆设一样。

男人坐在沙发里，成芸把宣传单递给他，刚给出去才发现这张已经被折得像破纸一样，连忙收回来，重新换了一张给他。

"不介绍一下？"

成芸咳嗽一声，开始磕磕巴巴地介绍保险。她本来就是半吊子，脑子又被冷风吹糊涂了，讲得乱七八糟。

男人听得呵呵直笑。

成芸看见他的神情，闭上嘴。

"不说了？"

成芸指着他手里的宣传单："上面都有，自己看吧。"

男人消遣似的扫了一遍单子，在成芸没注意之时，从宣传单中抬眼。骤冷骤热，对面的女孩儿脸蛋红得发肿。

男人放下单子，凭空道了句："红姨。"

一个保姆打扮的中年女人走过来。男人指了指成芸，红姨点头进了厨房，没一会儿，端过来一杯茶。

男人说："生姜红枣茶，你脸色不太好，喝一点儿补充血气。"

茶水很美啊，清亮透明，冒着热气。

"喝一点儿吧。"男人轻声说。

成芸看了那茶水好久，然后低声说了句"谢谢"。

第一口不好喝，成芸顿了顿，憋着气一口干了。

她放下碗时，男人淡笑。

"够豪爽的啊，不知道的以为你在喝酒。"

男人靠在沙发里，等她把茶水的热劲缓完，才说："介绍一下吧。"

"不看单子了？"

男人摇头，此介绍非彼介绍，她听不懂，他就引路了。

"我叫李云崇，你叫什么？"

关于李云崇的一切，成芸是很久之后才知道的。

在很多人看来，李云崇像是一本晦涩难懂的书，复杂守旧，又吝惜给人注解，他们只能用漫长的时间一点儿一点儿接近他。可成芸不这样想。

当真正开始了解他的时候，她很轻易就懂了他。可她开始了解他，也已经是在他们见面后的第三年。

这之间空白的几年里，李云崇站在一个旁观者的角度，照顾着这个茫然的女人。

她失去了一切，王齐南带走了她的一切。她的心明明已经脆弱得不堪一击，可她就算是哭泣，他也无法在她的身上看出软弱。她在逞强，年纪轻轻的女孩，在等死的过程中，活得很硬，满心满眼的不甘，咬牙往下咽最后一口气。

李云崇时不时想起那个断眉的男人。他猜想，成芸对待绝境的态度或许跟那个男人有关。想到最后一刻前，他往往会停下，好像在刻意回避什么。

三十几岁的李云崇，心性已经成熟，但还欠缺一丝包容。他拒绝承认吸引他的女人是别的男人塑造出来的。

李云崇是个很有耐心的人。他有充足的自信。他静静地观察，慢慢地等。

而成芸终于在某一天发现，时间已经过去很久了，那个男人已经离开很久了。她开始不再日日思念，不再夜夜梦回。

此时，她环顾四周，发现了一直站在旁边的李云崇。

李云崇依旧温和，看出成芸的变化，欣喜地说："你看，我说的没错吧，是不是快忘了？"

成芸不答。李云崇坐到她身边，又说："你还太小，见的世面也太少，轻易付出一切，失去之后就觉得世界都崩塌了。其实他带你看的，只是世界很小的一部分。"

成芸静静地看着他。李云崇的眼睛里那么明白地写着钦羡与渴望，他自己都不知道。

李云崇为她安排工作。从培训，到证件、手续，到最后上岗，他一手操办。他带她出门，带她见生意伙伴，见私交好友。除了他自己，他什么都给成芸看。

她本来是想走的。

一个夜晚留下了她。

那是一个下雨的夜，雨水洗去夏日的闷热，带给京城少有的潮气。李云崇一边抱怨该死的天气，一边按照计划出门。那是他组织的朋友聚会，安排在一家会所内，餐饮、洗浴、玩牌、打球。数个小时的消遣让人忘记外面的大雨，大家放松到有些疲惫。

玩牌期间，成芸烟瘾犯了，趁别人玩得高兴，偷偷出去。会所里有吸烟区，可成芸忽然犯懒，就在会议室后找了个小隔间。

烟还没掏出来，她就听见外面来了三个人——曹凯、崔利文，还有另外一个公司的管理层，王鑫。

这三个人都是李云崇嘴里的青年才俊。李云崇喜欢让成芸见这些岁数不大、前途无量的人。在成芸待在他身边的日子里，他总是不遗余力地安排各种各样的聚会和拜访活动，觉得这样会潜移默化地感染她，给她动力。

三个人出来透气，顺带闲聊。

漫漫长夜，寂静隔间，这简直是互通有无的绝佳时机。

他们聊着聊着，借着酒力，开始轻语机密。

这些秘密的主人无一不比他们更有势力，更有前途。哪个领导家出了丑事；哪个领导溜须拍马闪了腰；哪个领导伪造了学历，捐了几位数只求个谁都能看出来是假的的文凭；哪个领导在外面养了小情人……

说到养情人，三个人不约而同地停了下来，像是要对这个话题深入探讨一番。

大家都想听，却没人第一个开口。

终于，王鑫轻咳一声，解围。他开门点题："要我说，外面那些人段数实在不够，李总才是这个。"

大拇指高高竖起，王鑫又说："咱们得向李云崇学，把人养上日程、养上台面，养到明目张胆。"

成芸放下烟盒，靠在隔间壁上欣赏人卸妆后的表演。

听了王鑫的话，另外二人频频点头，先是感慨了一下李云崇底子实在深厚，不知道有多少产业，花钱如流水，眼睛都不眨一下。

唉，他们寒窗苦读数十载，拼死拼活往上爬，敌不过人家生得好、门路通。人与人真是不一样。三人叹着气，抬眼对视，又互相安慰起来。

可是人人都有难言的地方嘛……

王鑫说："那个成芸，是真的漂亮，开始还看不太出来，越往后瞧越能品出味道，又年轻，要说李总的眼光就是不赖。"

崔利文酒力上头，冷冷地说："养得再美有什么用？无福消受啊。"

曹凯说："崔医生最懂了。"

三人好像抓住了一个刺激的话题，深深地往下聊。

王鑫："崔医生帮帮忙，给好好治一治吧，都是大老爷们儿，这算怎么回事？"

崔利文一脸诚恳地说:"我是一心一意地想要帮的,可人家不让啊。"

"人家怎么不让啊？"

"人家觉得自个儿是对的呗。"崔利文捂了捂肚子,又说,"念头不同,人家的想法吧,精气这个东西,得养才行,轻易泄不得。"

谁想笑没忍住,漏了个声,另外两个体谅地一咳嗽,帮笑声盖上盖子。

曹凯哑了一声,又说:"李总的境界比咱们高。"

崔利文道:"是啊,我们是体验不到了。"

王鑫最后点头:"没错,人和人不一样嘛。"

既然"人与人不一样",他们当然挑让自己开心的那句做结尾,这是人之常情。

三人又聊了一会儿,清醒了不少,话语也收锋,开始谨慎起来。

"走吧,"曹凯说,"离开太久了。"

他们走了,成芸没有。

她从刚刚没有抽出来的烟盒里取出一根烟,点着。

烟雾之中,她回想当初。她解开他的衬衣,拉下他的拉链,说"你对我这么好,是不是喜欢我？今晚我给你,给完我就走了"。

他根本不让她碰那里,攥着她的手,说"你起来"。

她说:"我自愿的。"

他听了"自愿的"三个字,也有点儿动容,可最后还是把她推开。

"他都是这么来的？"李云崇问。

李云崇很少说王齐南的名字,一个"他",就点明了一切。

她不说话,李云崇像宠着一个不懂事的孩子一样,笑着摇头,似是自语也似是对她说,感情那么深奥,但大多数人浅薄,只迷恋最外面最便宜的一层,不懂渐进才能稳赢,细水才能长流。

她只当他看不上自己,心想：那便算了。

隔间紧邻着摆放植物的后厅,厅堂内装修古典、庄重典雅。

那三个人刚刚的谈话声回荡在耳边,成芸忽然想笑,这里的红木飞檐,与白城的破烂酒巷,又有什么区别？人心在哪儿都一样。

可当想到李云崇,想起当年那杯姜枣茶,她又笑不出来了。

厅堂外面是滂沱的大雨。成芸看不见雨,但是能听见声音。

她在大雨之中回想的过去,似乎也染上了一丝濡湿的味道。她的头靠在门板上,发丝垂下,好像黑色的帘幕,遮住往昔的漫漫风尘。

她本来是想走的。

这个夜晚留下了她。

那夜,李云崇喝了很多酒,醉醺醺的,成芸留在他的家里。李云崇抱着她,似睡似醒。成芸跟他说:"我留下来吧。"

李云崇从床上强撑起身子,无声地要求她再说一遍。

成芸说:"我留下来。"

李云崇笑着抱住她,醉眼蒙眬地说:"你看,我是对的。你很快就会忘了过去,不要急,我们慢慢来。"

成芸低着头,李云崇抱着她的手越来越紧。他半点儿睡意都没有,抱了她一整晚,抱到最后,颤颤地埋下头。

一栋小楼静悄悄的,一如这执拗又可悲的世界。

那是李云崇第一次,也是唯一一次,在成芸面前哭出来。

李云崇把成芸送到代理公司。她工作了一阵后,李云崇顺理成章地让她坐到总经理的位置。成芸说她干不了,李云崇说"不要紧,工作上的问题,你不会,还有我帮你"。

李云崇并不是真的想让成芸学会做什么,只是需要成芸有"学"的过程——一个远离过去的过程。

他觉得自己将事情安排得很完美。

但他不知道成芸在公司里听了无数的闲言碎语。他也不知道她第一次参加会议,副手特地准备了全英文的会议内容,下面讨论得热火朝天,她像个傻子一样坐在前面,一句也听不懂。

这些她都没有告诉李云崇。

成芸很懒,尤其是在忘却王齐南之后——那花费了她全部的力气。之后,她凡事随意了。

散会后,成芸把那个副手拉进洗手间,扬手扇了她五个巴掌。成芸跟她说,这次是五个,下回再来这套,翻倍。

等她从洗手间回去的时候,会议室里鸦雀无声,所有人都看着她。

有人跟总公司反映情况,可话还没传多远,就停了。

从那以后，所有人都知道，这个空降兵的后台很硬。人们顺从了，可也更加不屑了，但这又有什么关系？

时间早晚会过去，公司的血液换了一批又一批，留下的始终是成芸。

李云崇与家人的关系说不上好还是不好。他的父亲在他三十三岁那年去世了，成芸只从别人那儿听说，李云崇父辈一家势力非凡。

李云崇的母亲是个知识分子，家中经商，早年留学欧洲时与李云崇的父亲相识。

成芸见过她一次，是李云崇安排的。她没有与成芸聊什么，也没有像电视剧里那样，对有可能成为自己儿媳的女人有诸多要求，甚至没有多夸奖李云崇一句。

她只跟成芸说："往后的日子，你多陪陪他吧。"

半晌，她又淡淡地补充一句："做你自己就好。"

成芸觉得，那是一个很有智慧的女人。她看得出成芸跟李云崇完全不是一路人。可她依旧请求成芸多陪陪他。

成芸对她说："就算你让我变，我也变不了。"

李云崇的母亲点点头。她不苟言笑，倒不是不满什么，这个家每个人都安于自我。

她拿起桌上精致的欧式咖啡杯。她与李云崇不同，不喝茶，也不喜欢李云崇繁多的紫砂茶具，同样不喜欢他那些被关在笼里叽叽叫的鸟。

成芸第一次找男人，是在她与李云崇认识的第四年。

她在一个闷热的夜晚看了一场芭蕾舞表演。她本来只是为了躲避外面的酷热和无聊，进来吹空调，后来却把整场表演看完了。

她还记得那场演出的名字叫《胡桃夹子》，讲述了一个女孩在圣诞夜得到了一颗胡桃夹子，到了夜晚，胡桃夹子变成了王子。舞剧欢快活泼，充满了神秘色彩。

那个年代关注芭蕾舞的人很少，但演员表演时依然专注，尤其是那个王子，好像有用不完的力气，每一下都蹦得老高，似乎这样就能把舞团的上座率提起来一样。

他用力过猛，表情略僵，像将军，哪有王子的优雅从容？

成芸看着好笑。

那有点儿过头的生命力吸引了她。

演出结束后,成芸去后台找到那个男演员。她近距离看他的长相,他更不像王子了——跟山大王一样。

成芸与他过了一夜。

她第二天醒来时人不见了,她忘了留他的联系方式,等了一天没有等到,去找,才得知舞团已经离开了北京。

成芸顺着西长安街一路走到底,傍晚时分才真正意识到,自己没有伤心。

好像从那一刻起,整个世界,跟她之前熟悉的不一样了。

她回到住处,接到李云崇的电话,听见他柔和的、四平八稳的声音:"累了吧?过来吃饭。"

当然,这些事都是后面的故事,在成芸刚刚见到李云崇的时候,一切才刚刚开始。

李云崇是成芸在北京的第一个朋友。

这说起来有点儿讽刺,因为他们两个人不管从任何方面来看,都不存在关联。

可他们偏偏就走近了。

成芸并不傻,也不天真,从小到大有很多男人对她好,她知道原因。

她接受了他的好意。

后来有一次闲谈,李云崇想起那天的初遇。他说:"成芸,你还是太小,陌生人随便给你一杯茶水你就喝了,你知不知道有多少女孩是被人在水里下药害了的?"

成芸看着他。

一个十几岁便往返于街头酒巷的女人,见过多少位于社会底层的糜烂客?这些事她会不知道吗?

可她不解释。

在那个寒冷的夜晚,她接受了那杯姜枣茶,若里面有什么,她也认了。

她喝完那杯茶的第二天,有人通知她公司的保险员要开会。成芸去了。

成芸不爱听那些冗长的会议内容,坐在最后面,低着头玩手指。

她听见前面"念经"的人声音停了,以为自己被发现了,收起手抬头。然后她就见到了李云崇。

李云崇穿着一身西装。成芸很少认识穿西装的男人,将西装穿得好看的见得更少。李云崇一进来,简易的会议室内一瞬间就肃然起来。

他好像是来检查工作的,开会的人谨慎地跟他汇报工作内容。李云崇嘱咐了几句,然后离开了。

成芸问旁边的人,那个人是谁?

旁边的人也不知道,猜测可能是公司老总吧?

成芸低头。

怪不得那天晚上他问了她不少关于平泰保险的问题,她记不住,李云崇就笑着说:"哟,这么基础的都记不住,这个公司需要开会做培训了啊。"

成芸再一次碰到李云崇也是偶然,他们在公司门口撞见,成芸跟他打了声招呼。李云崇停下脚步,问她:"最近怎么样?"

成芸说"还行"。

李云崇工作繁忙,只留了一句:"有什么需要帮忙的可以跟我提。"

这句话在成芸的心里扎了根。不得不说,对于当时的成芸来说,李云崇好像一棵大树,她不知道他的根有多深、冠有多高,只知道他在她见过的那个世界里,几乎顶天立地。

那时距离她到北京已经过去好几个月了,王齐南一点儿消息都没有。她工作太忙的时候,甚至都要忘记她为什么来北京。

可她所有的梦,都是关于他的。

她想念他的臂膀,想念他的脸庞,想念他浑身的血气,也想念他粗声说话的样子。

她想念属于他们的夜。

终于,在一个夏日的晚上,成芸去找了李云崇。

敲完了门,她埋头不知在想些什么,听见开门的声音,把头抬起来。

李云崇看进了一双秋瞳里。

她眼角搽了淡红的粉,像深秋的枫叶,也像哭过的戏子。

她穿着一件浅色的外套,拉锁打开,里面是一件黑色的吊带背心,下身是蕾丝短裙。短裙料子偏硬,边角翘起,没有裁剪好的线头在夜风之中不经意地摆动。

这身衣服简直便宜到了极点。

那衣服下面的人呢?

李云崇静观。成芸抬手,脱掉了外套。

黑色的吊带,白到透明的皮肤,她的锁骨平直纤细,肩膀单薄得如同蝉翼,水眸带光,黑发如火。

"你帮我找一个人。"她说。

李云崇面容深沉。

她的声音在闷热的夏日里,躁动了。

"你想做什么都行。"

他们在门口站了很久。这期间,没有一个人前来询问,屋子如墓地般寂静。

随着时间推移,成芸渐渐觉得,她可能被拒绝了。

女人在某些事情上的感觉往往很敏锐。果然,李云崇淡淡地吸了口气,声音低得不能再低:"把衣服穿上。"

成芸勾唇,轻轻一丢,衣服落到李云崇的手里。她往前半步,贴在他的耳边,说:"你帮我穿啊。"

李云崇难得心惊,惊于她的大胆和新鲜。

仲夏夜,有情天,时间驻足了。

这么热的天气,李云崇还穿着一件衬衫,纽扣系到领口。成芸抬手,解开了第一颗扣子。

李云崇忽然抓住她的手。

他不承认指尖颤了。

盯着他,她问:"心里有人?"

他居然说:"没有。"

成芸笑。李云崇这才反应过来自己说了什么,心里拧巴着。

他把她推开。

成芸目光盈盈，片刻后，终于低下头。

她的柔情消失得太快，快到让李云崇唇抿如线。他并不惊讶，因为那感情本来也不是给他的。

这个自私的女人。

成芸没有难堪，只是觉得疲惫。

茫茫的北京城，大到她一辈子都走不完。

她拎着衣服转身。李云崇在她身后不带一丝感情地开口："把要说的事情想好，明早过来。"

成芸回头，李云崇已经关了门。

第二天一早，她又去找他。五点多，李云崇被她弄醒。

"你都不睡觉？"

成芸很憔悴，脸上的妆已全花了。

李云崇让她进屋，成芸迫不及待，但每次张口都被李云崇不冷不热地顶回来。他一点儿都不着急，拍拍成芸的肩膀："去那边坐。"打了个哈欠，"我泡杯茶。"

他泰然自若的样子让成芸催不出口。

李云崇去烧水泡茶，明明人还很困，动作却精准到位。洗杯、落茶、冲泡……每一道工序都精雕细刻，一丝不苟。

"夏天喝点儿绿茶。"李云崇递给成芸一杯茶，"你清热降火。"又给自己倒了一杯，"我提神。"

成芸拿过杯子喝了一口。茶很香，除此之外，她什么都不懂。

李云崇自顾自地饮茶，饮了一杯之后才放下杯子，对成芸说："讲吧。"

成芸把一切都告诉了他。

从她跟王齐南认识的那天起，到现在，她把他们的经历都告诉了李云崇。她说话有些语无伦次，想到哪里说到哪里。

亏得这个故事简单得不需要他多加询问。

李云崇静静地听着。

那是个阴天，没有太阳，李云崇没开灯，也没开空调，屋里潮热阴暗。

整栋楼里，只有成芸的说话声和隐约的鸟鸣声。

李云崇看着杯中清茶，恍惚之间有一种感觉，老天真可从人愿。

她执着到了头，身眼心眼，都看一处，时光往事，只指一人。

他并没有被他们那个普通的故事感染，非但没有被感染，简直不屑一顾。可他依旧记住了王齐南的名字——因为某些他自己也说不出的东西。

讲完整个故事，最后一丝力气也用光，成芸倒在沙发上昏睡了过去。李云崇低声唤了一句，红姨从里屋出来，安安静静地上楼拿薄毯。

他让她睡在他的身边。

枝丫漫天的大树上，偶尔落上了一只浑身疲惫的小鸟。大树轻拨枝叶，查看它羽翼上的伤痕。

李云崇叫人查，真的查到这么个人，东北警方正在通缉。李云崇看着手上的资料——照片上的男人面有凶气，目光凛凛，一头板寸，断了右眉，容貌倒是英俊硬朗。

李云崇只看了一眼就放到一边。

他托人找，可有点儿讽刺的是，他托的是警察。

在成芸追寻的道路上，李云崇成了她某种意义上的伙伴。

李云崇帮了她的忙，不管他是分出了多少力气，但对于成芸来说，他终归是帮她于危难。

她想报答他。

她用攒了半个月的钱请李云崇吃了一顿烧烤，加班加点地卖保险单，在听说他在总部开会讲了两三个小时的话后，大晚上赶去他家里只为送一盒润喉糖。

她做这些很自然，自然到李云崇会不时思索这是不是一个颇有心计的女人在刻意谋划什么。

思索到最后，他总会放弃。

她的爱太直白，有时直白到让李云崇觉得她十分幼稚。她的感情完完全全交付给了王齐南，她渴望奉献。

不久之后，李云崇有了王齐南的消息，只不过并不是什么好消息。

"过失杀人。"李云崇并无保留，把得到的消息告诉成芸，"时间大概是三天前，在通州那边。"

"杀谁了？"

"一个小旅店的住户,也是个通缉犯。"李云崇一边说一边观察成芸。他感觉她并不害怕,她只是激动,激动得手都攥起来了。

"他在哪儿?"成芸站起来,好像下一秒就要冲出去找人。

"现在还没找到。"不过应该快了,李云崇眯起眼睛,在心里补充了一句。

你相信恋人之间是有感应的吗?

如果是以前,李云崇对这种问题一定嗤之以鼻,可遇到成芸之后,他偶尔也会开始思考。

因为在李云崇将事情告诉成芸的第二天,成芸就找到了王齐南。

王齐南经过这么长时间的逃窜,人已经变得暴戾又敏感,仿佛一把沾血的刀。

他倒在她身上的那一刻,刀才收了鞘。

"我回过一次。"他说。

"找我吗?"

"嗯。谁知道你这么傻,跑来北京。你哪有钱,来这儿喝西北风吗?"

"你不也傻吗?回白城,不怕被抓?"

"你还不认错!"男人眼睛一瞪,喜欢人也喜欢得凶狠。他佯装愤怒地掐成芸的屁股,又被手下软绵浑圆的感觉迷住,埋头亲起来。

他傻,她也傻,两个傻子抱在一起。

成芸说:"南哥,我找人帮帮我们,好不好?"

王齐南霍然抬头,目光谨慎。

谁?事到如今,谁还能帮他们?

"我在北京认识的一个人。"成芸说,"很厉害。"

王齐南冷笑一声:"有多厉害?"

"我也不知道。"

王齐南躺在成芸软绵绵的胸口上,没有再说话。他太累了。成芸抱着浑身狼藉的男人,看着车库外面的月亮,喃喃道:"慢点儿就好了。"

时间再慢点儿就好了。

王齐南最终同意了成芸的话,反而成芸有些担忧,问:"要不要再看一看?"

"不用。"王齐南抓紧每一分每一秒，舔舐成芸细嫩的脖子，抚摸她的身体，好像在给自己补充能量。

他抬起头，断开的眉毛看起来暴戾诡谲，可当他的目光落在成芸的眼睛上时，暴戾变成了刚劲，诡谲也变成了柔情。

"相似的人才会相互吸引。"他亲了她一口，笃定地道，"你身边的，都是有情的。"

成芸别的不在乎，只捧着他的脸，问："你也是吗？"

王齐南咧开嘴，痞痞地摸她。成芸抓住那只手，狠狠咬了一下。

王齐南面无表情地说："老子这只手杀过人。"

成芸说："要真没路了，你就拿它再杀了我。"她说完，半开玩笑半认真地补充一句，"不过你也得马上自杀才行，这样下辈子我们还能早点儿碰头。"

王齐南目光涌动，眼底带血。

"会的，老子死也带着你。"

李云崇找人单独见了王齐南一次，成芸并不知道。

李云崇并没有亲自见王齐南。他实在不想勉强自己，看了资料已经足够。

王齐南带有强烈的警觉性。他已经走投无路，这可能是唯一的希望。

李云崇不想让他把成芸拖下水。但凡事留三分，他也不想把事情做绝。所以李云崇托人问王齐南，给他多少钱，他愿意自己走。

"为什么是自己？"王齐南问。

那人不答反问："你觉得呢？"

王齐南思考了一会儿，报给李云崇一个数字。

李云崇听到那个数字的时候还稍微惊讶了一下——这个男人如果不是自作聪明地认为他已经对成芸着迷，那就是孤注一掷了。

不过不管是哪一点，在那个年代，他敢报出这样的价格，胆子不可谓不大。

李云崇答应了。

这些成芸都不知道。

她只知道王齐南后来找过她一次。

314

深夜，王齐南穿着一件背心，脸上灰扑扑的，只有一双眼睛如野狼一样亮。

他盯着成芸，一字一顿地说："以后得躲着了。"

成芸告诉他："躲哪儿都是两个人，我跟你一辈子。"

王齐南指着天上，那夜阴天，乌云密布，很快要下大雨。

"老天看着呢，你骗我要被雷劈啊。"

她敲他的头。

"好。"王齐南做了一番考虑，狠狠地吻她，"我去借点儿钱。"

"借钱？上哪儿借？"

王齐南摸着她的头，难得脆弱，患得患失："老子这么穷，你跑了怎么办？这次我就不要脸了。"王齐南深吸一口气，狠狠地道，"以后还他！"

"什么？"她还是没懂。

王齐南不再多说，亲她，留下一句："你等我。"

你等我。

你等我。

这三个字飘到李云崇的耳朵里，他笑出声来。

"垃圾。"他最后评价道。

王齐南被抓的时候，李云崇正在家里煲汤。

归圆炖鸡汤，四个小时的火候，安神养脾，补气润肤。

那时候正是"严打"高峰期，每天死死伤伤的大哥、大佬不计其数，王齐南从被抓到入狱，台面上没有半点儿消息。

一个月的时间，成芸消瘦得如同一枝枯萎的花。

李云崇把她接到家里调养。

他一直没有告诉她王齐南被抓的事，只说："有些人的话，并不值得相信，不然你就在这儿等，看那个人会不会来找你。"

成芸假装没有听见。

她工作也做不下去了。她每次发呆的时候，李云崇问她在想什么，她都说她在想家，想东北的雪，想他们一起看过的白城的雾凇。

成芸躺在一张大床上，白色的床单、白色的被子，好像躺在羽毛之中的受伤的鸟。她把脸埋在枕头里。她最喜欢用这个姿势倒在王齐南健壮的胳膊中,掐他臂膀上的刺青,掐到他皮肤发红,忍不住斥她。

李云崇站在门外看着她。

鸟儿执着又脆弱,美得惊人。

李云崇并不知道自己在何时对她上了心。等他反应过来的时候,那只偶然落到他的枝头疗伤的野鸟,他已经习惯了。

他跟自己说,试一试吧,就算她是半路捡的、不名贵的、被训过的……也没关系,给她一次机会,试一试吧。

六个月后,王齐南死在狱中。

听人说,王齐南死之前还得了病,或许是心病。

李云崇不知道他死的时候在想些什么。

他是不是也想到家,想到东北的雪,想到他和那个女人一起看过的白城的雾凇?

她从梦里惊醒,感觉活完了一辈子。

墙上钟表的声音从来没有这么清晰过,秒针一下一下地移动。

第十五天。

这是她找不到周东南的第十五天。

成芸从床上坐起来,双手抱着膝盖,往外面看。

中午十一点,天边满是黑云。外面在下雨,这会是一场持久的大雨。

成芸把手机拿出来。她在等电话,等张导游的电话。

周东南消失的头三天,成芸觉得他或许是在跟她耍性子。她按部就班地生活,又买了很多东西,为他消气后出现的那天做准备。

可他一直没有出现。后面的一个星期,成芸开始找他。她去了他工作过的市场、他的家、她公司附近的各个地方,都没有找到他。

她不能不去想,他是不是已经走了?因为累了,倦了,厌烦了?

女人总会想这些,什么样的女人都会。成芸翻手机,找到当初那个小导游的电话。现在依旧不是旅游旺季,成芸打电话的时候张导游正闲着。

她很惊讶成芸会找她。成芸问她,还记不记得当初去过的周东南的家。张导游说记得,所有的侗寨、苗寨,她只去一次就能完全记得。张导游以为成芸还要再来贵州，兴致勃勃地询问起来。

成芸对她说："你再去一次。"

"为什么再去？"

"你帮我找找他，看他……看他是不是回家了。"

张导游答应下来："不过我大后天才能出发，明后天还有些事情。"

成芸很急，可这件事并不关乎别人，她不能让别人也急。成芸语气诚恳地拜托张导游，等事情忙完，一定尽快去榕江。

手机振动起来，成芸心头一跳，却是李云崇的电话。

成芸接听。

"又没上班。"一个陈述句。

成芸说："我睡过了。"

"昨天也睡过了？"

"嗯。"

李云崇叹了一口气，说："小芸，现在公司工作还很忙，你做领导，得担起责任才行。"顿了顿，他意有所指地说，"你跟从前可不一样了。"

成芸睡得迷迷糊糊的。窗外阴雨绵绵，她使劲眯起眼睛，往上瞄，也看不见太阳。

这里明明是北方，却在春日与南方一起入了雨季。

"天气不好，我不去了。"成芸说。

"今天天气是不太好，可也不是没经历过，你……"

"我不去了。"成芸点燃了一支烟。

她说她不去公司了，跟说早饭不吃了一样简单，仿佛那家公司情况如何，跟她半点关系都没有。她从床上下去，一脚踹开酒罐，空了的易拉罐从脚下直接滚到房间尽头，中间一点儿阻碍都没有。

成芸看也不看，说："我去洗个脸。"她把手机扔到床上，径直走到洗手间，用凉水洗了一把脸，也不擦，直接出来。

她再拿起手机时，电话已经被挂断。

十分钟后，门铃响了。李云崇来了，肩头还带着雨。

他这么短的时间就赶过来，成芸也没有问他刚刚在哪里。

李云崇一见成芸，眉头就蹙了起来："你怎么这副样子？"

"怎么了？"

李云崇道:"你自己照照镜子!"

成芸低头看他手里拎的东西:"这是什么?"

李云崇嗔怪道:"看你这样也没吃饭吧?"关好门,他把伞放到一边,"我在家做了些吃的带来。"他拎着保温饭盒进屋,扫视一圈。屋子里空空荡荡,没东西,可他硬是能看出狼藉来。

李云崇没说什么,脸上微微僵硬,锁眉纹越发明显。

"来吃饭。"

成芸走过去:"你不上班?"

李云崇冷笑一声:"怎么,反倒问起我了?"

成芸坐到桌子边,把饭盒打开。

归圆炖鸡汤。

成芸夹了一筷子鸡肉放到嘴里,不紧不慢地嚼着。

李云崇说:"味道怎么样?"

"挺好。"

"多吃一点儿。"

成芸抬眼,李云崇笑着说:"当归补血调和,桂圆健脾安神,这道菜我做了十几年,火候掌控得不比任何大厨差。"

成芸点点头,又吃了一口。

李云崇坐在她的对面看着她。成芸又瘦了,本来已经没有几两肉了,如今更像一根竹签一样。不,她不是竹签,李云崇眯起眼,想,应该是钢签才对。

这是周东南消失的第十五天,他记得跟成芸一样清楚,这也是最后一天——周东南的拘留今天就会结束。

他给她半个月的时间思考,她该懂了,之后他找人把那个男人一打发,一切还在轨道上。

那她现在懂了吗?

她变得越来越坚硬。故事被重新书写,就像王齐南消失时一样,她硬气地挺着,承受一切。

反倒是李云崇焦躁了。

"我明天也不会去上班。"成芸说。

李云崇没有马上回答,自顾自地掏出烟来抽。

成芸拨开鸡肉，道："你找个人接班吧。"

李云崇吐出烟，轻声说："小芸，不要闹。"

"你要是担心那些老账被翻出来，可以让曹凯接，他都知道。他接我的活儿不会有问题，他做得总会比我这个半吊……"

"你再说一句。"李云崇打断她，低沉地说。

成芸看向他："我本来也不怎么会你们那些，这几年要不是你分心帮我，公司肯定亏损。"

李云崇压着怒气，鼻息渐重："什么叫'你们'？"

我跟谁是"你们"，你又跟谁是"我们"？

成芸不以为意，说："哦，这个，就是你们了。"

说的人无心，只图简洁省事，听的人却风声鹤唳、草木皆兵。

"成芸！"

李云崇的愤怒来得始料未及。他气得将烟扔到一旁，直接站了起来。

他心中有火在烧。

他只承认愤怒，不承认嫉妒。

"你还有没有良心？你也知道你管公司会亏损？那你怎么不想想为什么？多久了，我教了你多久了，你学会哪怕是一点儿没有？扪心自问，你到底有没有认真过？我教的东西都去哪儿了？"

成芸安静地坐着。

她越安静，他心里的火烧得越旺。

"十二年了，成芸，十二年了！你吃过的亏都忘了吗？"

成芸微怔，语气茫然，淡淡地问他："我吃过什么亏？"

李云崇见她这样，终于忍不住，咬牙切齿地念出那个男人的名字："王齐南。"

"啊……"成芸恍然，点了点头，"南哥……"她陷入回忆，半晌失笑，低声说，"我有点儿记不清他的长相了……我就记着他凶……"

他是真的凶，爱人爱得狠辣，是烈酒，兴头上恨不得拿刀剁了你。

李云崇听到她说记不住王齐南的长相，稍稍宽心。

他没有提醒她那个男人一头板寸，断了右眉。

李云崇隔着那碗归圆炖鸡汤对她说："当初你跟疯子一样，为了那个杀人犯，吃了多少苦？到头来呢，他还不是走了？他给你带来了什么？人要有记性才行，你现在再回想以前，是不是觉得自己傻？"

成芸不语，李云崇拨开鸡汤，拉住她的手——骨瘦如柴的手。

"小芸，爱不是那样的。那种爱带来的，除了伤害，什么都没有。"他说着，看到成芸苍白的脸，难得激动起来，"我恨，小芸，我很恨这些狗屁不是的人，他们这么缠着你，这么消耗你。你吃过那么大的亏，为什么不长记性，为什么？"李云崇恨铁不成钢似的说，"你看看你现在……都成什么样了？！"

时间慢慢地流过，外面的雨下得更大了，噼里啪啦地打在巨大的玻璃窗上，远处雷声阵阵。

成芸抬起头，先是看到了李云崇微微松弛的脖颈，又看到他疲惫衰老的脸庞。

这些日子，他跟她一起熬着。

成芸反手握住他，说："崇哥……"

"别这么叫我。"

成芸抿了抿嘴，又道："李云崇，我跟王齐南……我们俩……"

李云崇眼皮微跳，时隔十二年，她再提起那个男人，声音中依旧带情。

成芸有点儿哽咽，顿了好久，才鼓起一口气迅速地说："这辈子，我跟南哥没缘，可……"

正因为释然，所以她才禁不住打战。

"可那不是吃亏。"成芸看着李云崇，唇角坚毅，眼里有泪，但说什么也不肯流下，"你误会了，那不是吃亏。"

"我恨过老天。"她忍了好久，十二年。到此成芸终于不由自主地一抖，泪水流下。

泪水只在右边，右眉右眼下，一滴直落到底。

这是干脆的祭奠。

"但我没恨过他。"成芸含泪道，"南哥有情有义，我怎么可能恨他？"

天外一声雷，真像那个血性男人的回应。

他无视另外一个人，只跟她说话，说思念，说再见，说过往那段路，谢谢她了。

雷声在天际回荡，慢慢地，尘埃落定。

那雷炸得李云崇眼前一黑，太阳穴突突地跳。

那件事明明跟他没关系。

等晃过了那一阵，李云崇眼前是成芸，她扶住了他。

她眼角还流着泪，人却已不再悲伤。雷声停，她仿佛真的送走了故人，留下的自己半点儿没变，接下来的路还是一样走。

她的瞳孔黑亮，亮得让人好羡慕。

什么都无所谓了，李云崇想，她不去工作，不想上班，无法体会他的心，都无所谓了……她得留下。

"小……"

他还没说完，成芸的手机响了。

是张导游，成芸等了两天的张导游。

"成姐呀，我在这儿了，周东南没回来啊。但是……"张导游欲言又止。

成芸说："有什么事？都告诉我。"

"那个……"张导游要说什么，旁边忽然传来另外一个男人呜呜乱叫的声音，他说得很快，口音奇怪，成芸听不懂内容，却想起了他的声音。那是周东南的哥哥，周东成。

他急，又愤怒，可人无害，连张导游都不怕他了，她朝他大叫一声："你小声些！我这边在说话呢！"

张导游拿着手机远离这个不明白事的人，跟成芸说："成姐，你别怪他，他们家出了事，这人比之前病得更厉害了。"

"出事？"

"周东南好几个月之前就走了，但是走之前跟犯了病似的，放了一把火，把他们寨子的风雨桥给烧了。"

成芸手指一颤："什么？"

"他把风雨桥烧了，而且这人脑子里是真不知道在想什么，烧桥就烧桥，烧了一半还被梁给砸了，听说后背烧烂了。你说他笨不笨？他在医院住了一个多月，把这几年攒的钱全花光了，刚出院就跑没影了。"

年轻的小姑娘在电话里絮絮叨叨，像一只叫个不停的小家雀。李云崇是强忍着，才没有冲过去把手机砸了。

"我知道了。"成芸说。

挂电话之前，她又说："你帮我告诉周东成……"

"告诉他什么？"

她要告诉他什么？张导游在等，李云崇也在等。

"算了。"成芸最后也没说出口，谢过张导游，挂断了电话。

在城市的另外一个角落里，一个人从派出所里走出来，浑身淋着雨。早早在外面等着的刘佳枝冲过去，把伞大半让给他。

李云崇紧紧地盯着成芸的动作，她一动，他马上说："你要干什么？"

杯弓蛇影。

成芸收拾好已经凉掉的鸡汤，说："找人。"

"你要去贵州？"

"不。"她摸着碗边，抬眼说，"他还没走啊。"

她如此笃定。

他还没走。

你相信恋人之间是有感应的吗？

李云崇再一次觉得眼前昏暗。

人生怪妙的。

三年一小变，六年一大变，十二年，就是一个轮回。

一切都回归原点了。

第十章

献　祭

雨一直不停，还越下越大。

狂风之中，刘佳枝伞都握不住，得双手把着。周东南个子高，她要费力地举起来。

其实他们打不打伞都没什么影响，风吹来吹去，衣服早就湿透了。

"周东南！你还好吧？你在里面吃没吃苦啊？"刘佳枝不停扭脖子，转着圈地看周东南有没有不对劲的地方。她腾不出手擦脸上的水，只能皱着脸跟周东南说话。

周东南脸色很疲惫，头发也耷拉了下来。刘佳枝一直在旁边喊，他半天才反应过来，拿过伞。

她需要双手握着的伞，他单手就握稳了，还举得那么高，她想在伞底下蹦起来都可以。

瓢泼大雨，环境恶劣，人也变得很容易满足了。

"走吧，找个地方避雨。"刘佳枝拉着周东南的胳膊往前走。

这些天她也过得不顺，工作做不进去，总想着周东南。连租的房子她都住不下去了。从他出事那天起，她就搬回家里，一直到今天早上才回来。她觉得是她把他给害了，让这个可怜巴巴的打工仔被关了半个月。只是……每次想起他，她除了觉得他可怜，还感觉他身上有点儿难言的仁义——他肯帮朋友出头，算是个男人呢。

雨太大，路边根本打不到车。

"往回走吧。"等了一会儿，周东南说。

刘佳枝在风雨里瑟瑟发抖。说实话她很累了，也不想冒大雨返回，但当他提出走回去时，她还是说了"好"。

"你吃饭了吗？我请你吃饭吧。"一边走，刘佳枝一边抬头对周东南说。他一直低着头走路，所以她能很清楚地看到他的脸，黑黝黝的，没有表情，或许瘦了一点儿，轮廓更加分明。

她问完话，周东南转眼。

刘佳枝没有跟他对视上，就低下了头。

"嗯？"周东南好像没听清。

刘佳枝的声音更低了："我说我请你吃饭，去不去？"

"不用了。"

"就在家附近，正好我也没吃呢。"

"……"周东南又埋头看路了。

刘佳枝说："那就是答应了，咱们去吃碗面条。"

她心想，今天天气不好，周东南看着也累，就随便吃一口，改天再请他吃好的。她在狂风暴雨中思忖着京城美食，乐此不疲。

她想着想着，心思又不在吃的上了。

周东南一路安静，刘佳枝偶尔想问些什么，都不知要如何开口。

她想得太多，时间过得就快了，不知不觉，他们已经快要走到目的地了。他们路过一辆公交车，凄厉的鸣笛声让刘佳枝猛然惊醒，转头看他。

周东南依旧低着头，鸣笛声也无法唤醒他。

刘佳枝吸气。她凭什么要这么小心翼翼？

"周东南。"她停下脚步。

周东南也停下了："怎么了？"

"你……"

"嗯。"

"你老婆怎么没来？"她终于问出口了。

周东南没有回答。

他看起来实在是可怜。

刘佳枝咳嗽一声："她知不知道你被……你被抓起来了啊？"

324

"不知道。"

刘佳枝瞪眼:"不知道?这么大的事情都不知道?她都没来看过你吗?你这个老婆还打不打算跟你过了?"

他不说话,雨落在伞上的声音格外清晰。

刘佳枝问他:"你老婆是不是跟你有矛盾啊?你们是什么时候结婚的?"

周东南转头:"走吧。"

他还是没说。刘佳枝紧跟着他:"你不要什么事情都憋着,我不是害你,你这么憋着不怕憋出病来吗?要是真的有矛盾你说出来,我也能帮你分析一下。我好歹也是女人,没准能帮到你呢?"

他的步伐渐渐慢下来。

刘佳枝跟着他停下:"周东南……"

"谢谢你帮我。"周东南对她说,"但我不知道要说什么……"他看起来疲惫又迷茫,真的不知道要说什么。

他还能说什么?

能打开一个豁口就好,刘佳枝心想,又镇定地说:"你不用担心,我问你好了。"

天际是瓢泼大雨,凉飕飕的风吹着。这儿哪里是聊天的地方?可刘佳枝不在乎,他肯说,她一定不能错过这个机会。

"你来北京这么久,找到老婆了吗?"

他点头。

"你老婆在哪儿工作?"

"我住的地方附近。"

"你们为什么分开住?"

"她不听我的话。"

刘佳枝梗着脖子,心想:她不听话?她是自己跑出去的?

刘佳枝脸色不变,脑子里迅速思考:她是不是有外遇了?不甘贫困?一个女人从外地跑来北京能干什么?肯定是做梦呗。

刘佳枝完全没有思考周东南有没有可能犯什么错误。她觉得自己不用想,这个本分执着的黑家伙能犯什么错?他不过是偶尔耍点儿无关紧要的小聪明,怎么会是他的问题?

"你们矛盾很大吗?你被抓了半个月,她都没说来看你。公安局肯定通知家属了吧？"

周东南打着伞，默默摇头。

"没通知？她是不是你家属啊？你们……"刘佳枝忽然想到一个大胆的可能。

"你们到底结婚没？"

周东南默不作声地看向雨里。

他刻意回避，这无声地证实了她的猜想。

啊，她基本已经猜到整个故事了。一个蠢笨的男人爱上了一个不老实的女人，他赚钱养家，她不甘平凡，她跑，他追，遍地都是这种故事。

刘佳枝莫名有些激动，不只为了自己的推理能力，还有其他因素。

人处理感情时往往就是这样——你不是别人的，我就很开心，就算我也不一定要你。

"喂，咱们吃饭去吧，好饿呀。"

周东南没有动，还盯着帘幕般的雨。刘佳枝顺着他的目光看过去，那边是一家普通的快餐店，没什么特别之处。

"别伤心啦，慢慢来嘛，今天先好好休息一下。"刘佳枝拢了拢身上的衣服。已经入春，但天气还是很冷，尤其是这样的下雨天。

"快走啦。"

她发现周东南还是没有动。

刘佳枝开始想是不是自己逼问得太紧了。他怎么就不能干脆一点儿？男人要有男人的样子。

"都到这个份儿上了，分了得了……"她很小声很小声地说，说完瞄向周东南，然后震惊地发现他的眼眶红了。

刘佳枝瞬间脑子空了，一切都忘了。

有时男人流泪，比女人流泪动人。

他不是铁骨铮铮的汉子。他只是个普通得不能再普通的男人。或许在这一刻，他才真正是他。

刘佳枝只是看着，鼻子就忍不住发酸。

"周东南……"她叫了他一声，自己的眼泪也流出来了。有些东西感染了她，虽然她也不知道那是什么。

他根本没有听她的话，全神贯注地看着那个方向。

刘佳枝慢慢安静了。

等到心也静了,世界也静了的时候,她终于隐隐约约听见了那家店里放着一首歌。

刘佳枝听过,那是孟庭苇的一首老歌。

女人用悠扬的声音唱着——

> *风中有朵雨做的云*
> *一朵雨做的云*
> *云的心里全都是雨*
> *滴滴全都是你*

风把歌声吹得空旷悠长,就像漂泊不定的人生。

一首应景的歌曲……

他是为这首歌哭的吗?

刘佳枝发现自己看不懂他。

瓢泼大雨中,只有歌声一遍一遍地重复着——

> *每当天空又下起了雨*
> *风中有朵雨做的云*
> *每当心中又想起了你*
> *风中有朵雨做的云*

他一定是想起了什么,是想起那个女人了吗?他被她欺负得好惨。

刘佳枝不禁腹诽:至于这样吗?

她很想告诉他:你在北京多待些日子,什么样的女人见不到?那时你再回头看看今天,只会觉得自己今日流眼泪太蠢了。

她眉头一皱,听不清歌声了。站了一会儿,她又感觉无力。

不管他以后会不会顿悟,觉得自己蠢,刘佳枝只知道,如果未来某天她回想起这个画面,没准还会觉得动人。

鸟笼空了。

很多天以前，李云崇的鸟笼就空了。

他放走了最后两只鸟。

如果曹凯说得对，事到终结，总要九九归一，那他的"一"在哪里？

命运缄口不言。

李云崇看着正在穿衣的成芸。她穿得不多，薄毛衫，黑风衣，细长的小腿被裹进皮靴中。她是背对着他穿的衣服，胳膊一伸，细长舒展。

李云崇有一种错觉，好像她穿的不是外套，而是羽衣。

美丽的芙蓉鸟，褪去洁白的绒毛，换上了漆黑的双翼，更锋利，更有力，看不出伤痕，穿越过往，甚至还要为人遮风挡雨。

"你到现在还不懂。"李云崇都不知道自己在说什么。

成芸回头："怎么？"

"你喜欢一个人，就一定要把其他的东西都扔掉。成芸，你多大了？"李云崇冷笑一声，"你还是这么容易被这种冲动的感情吸引。"

成芸沉默。

李云崇乘胜追击："我说过很多遍，什么都没有的人才会把放弃一切挂在嘴边。你以为他为你付出了多少？你的感动别太不值钱了。"

"崇哥。"

他太关注她接下来的话，以至于没有纠正这个他不喜欢的称呼。

"我没扔掉什么。"成芸看着他，好像在给他解开谜题一样，"因为我也一无所有。"

人越纵情，越无情；越多情，越绝情。

女人不拿刀，只用嘴，杀人不见血。

十二年，他给了她多少？他一点点教导，一步步引领，到头来，换来她一句"一无所有"。

而最可怕的还不是这些，最可怕的是直到她离开的那一刻，李云崇还是不能坦荡地对她说一句："怎么没有？你明明有我。"

沉在小小的沙发凳里，李云崇再一次发现，成芸的屋子真的好大，也好空，空得让人心慌。

他侧目，看向窗外。

那女人连伞都没有打。

她头也不回地走进风雨中的模样，似乎有些眼熟——就跟十二年前,她揣着两百块钱孤身来北京找那个男人的时候一样。

她幼稚得惊人,很难想象她已经三十岁了。

而他居然又心动了。

这些年来,他总觉得她差了什么。就算他不停地约束她,不断地教导她,她还是无法达到他心里的标准。

直到这一刻,他才真正明白原因。

他想安静一会儿,可屋外电闪雷鸣,大雨倾盆。

谁在嘲笑他?老天爷,还是那个已经死了的男人?

李云崇猛地把桌子掀翻。

保温饭盒被摔在地上,她没有喝完的鸡汤洒了一地。

饭没有吃成,周东南听完那首歌就要回去。

"我回家,你自己吃吧,伞给你。"周东南把伞递给刘佳枝。

刘佳枝怎么可能拿?

"不吃就不吃。"刘佳枝心里有些不快,又有些委屈。她赌气说了一句,半晌也没人回应。刘佳枝斜眼,看见周东南一脸狼狈的样子,规劝自己一句:他也不容易。

一句话就把自己说服了,刘佳枝转头对周东南说:"你不想在外面吃就回家吃,反正不吃饭是不行的。你先回去休息,我去买菜。"

前面就是菜市场,刘佳枝要走时,周东南问她:"你今天不用上班?"

奇怪了,一听到这句话,刘佳枝刚刚的那点郁气瞬间就没了。她跳起来敲了他一下:"你总算知道问了啊!我今天请了一天假陪你,不用谢我了。我先去买菜,您老人家看看上啥菜好?"

"我不饿。"

"就知道你会这么说,那我看着买了啊。"

刘佳枝转头要走,周东南说:"伞给你。"

"不用,我还有。"一边说,刘佳枝变魔术般从自己的衣服里又掏出一把粉色的折叠伞,撑开,还不忘回头说,"你回家等我!"

半个月没人住的屋子里有股淡淡的陌生的味道。他走进来,一步一个泥脚印。

周东南进屋后先把窗户打开通风,然后站在屋子中央环顾四周。床上还是他走时的样子,没叠的被子,乱放的枕头,还有换下来的衣服。周东南把衣服卷起来,扔到脸盆里。

他忽然想到,被抓进去的那天,他在干什么来着?

他一回头,看见开着门的厨房。哦,对,他要买菜做饭。他们说好那天见面……

他在收拾屋子,楼道里传来脚步声,刘佳枝嗓门大,刚走到二楼的时候就开始喊:"周——东——南——开——门——呀!"

整个楼里都有回声,"开门呀""开门呀"。

周东南把门打开,刘佳枝拎了好多东西,根本不是一顿两顿能吃完的。刘佳枝平时很少去菜市场,今天去了便把菜市场当超市逛,买了整整四大袋子。她就想看他惊讶地皱眉,然后一副不好意思的样子。

周东南果然顿住了:"你怎么买这么多?"

"慢慢吃呗。"

"吃不完。"他指着一捆菠菜,"放两天就坏了。"

没趣,刘佳枝撇撇嘴,也不在意,把东西拎进去,放到厨房门口。她第一次进周东南的屋子,注意力完全被吸引了,菜也顾不上管,完全撒手交给周东南。

周东南把塑料袋解开,把菜分类。菠菜、白菜、茼蒿、萝卜、西红柿……还有肋排、牛尾、鲜虾、鱼、奶酪、火腿……

周东南整理到最后,慢慢停下。他转头看刘佳枝,刘佳枝正在鼓捣电视机。电视机打不开,她啪啪地在上面拍,还嘀咕:"这啥电视啊,坏的吧?跟房东说,让他们来修啊。"

周东南收回视线,挑了几样不易保存的菜拿到厨房里洗。

刘佳枝听到水声后回过神,周东南的屋子里本来也没什么东西玩,干巴巴的,她不如看人。刘佳枝蹦蹦跳跳地来到厨房门口,看着熟练地洗菜的周东南,说:"你会做饭?"

周东南点头。

"做得好不好?"

"还行。"

"那我省事啦。"刘佳枝笑着说。

很简单的几道菜,蒸萝卜、炒菠菜、小白菜汤、煮虾,量都不大。

周东南盛了一碗米饭,放到那张四方折叠桌上。

"怎么就一碗?"刘佳枝坐到桌边,"你不吃?"

"我不饿,你自己吃吧。"

"来来来,你坐下。"他不吃也不能走,刘佳枝指着桌对面的位置,对周东南说,"咱俩好好聊聊。"

"我先去给手机充电。"他的手机已经完全没电了。

"充吧充吧。"刘佳枝在他身后吧嗒吧嗒嘴,"充完赶紧给你老婆打电话,是不是?"

周东南没回答。

"就这点儿出息。"

手机接上充电器,周东南看着手机顶上的红灯闪起来,才回到桌边坐下。

刘佳枝问他:"你等下要去找你老婆吗?"

周东南摇头。

"不找了?"

"找。"

"什么时候?"

"过两天。"

周东南话不多,刘佳枝问一句,他说一句。她不问的时候,他就低着头,放松肩膀,连呼吸都很慢。

刘佳枝想起了她之前看过的《动物世界》。里面那些野兽经过激烈的搏斗后,总要躲到安静的洞穴里,歇息、疗伤,为了下一轮拼杀积攒力气。

刘佳枝放下筷子。她根本没有吃几口饭。

她忍不住问:"你老婆就这么好?"

他没回。

"好到你被警察抓了,她都不来看你?"

他还是没回。

刘佳枝斜眼:"你别傻了,成天一厢情愿。告诉你,感情这事就不能太上赶着,你得给自己谋划。哪有男人没事就死命往上贴的?哪个女的看得上?"

刘佳枝数落了一会儿,周东南老实地低头坐着。她最后问了一句:"你怎么喜欢上你老婆的?"

这次周东南回话了，他眨眨眼，不经意地说："漂亮。"

"……"

得了，一口气上不来，刘佳枝差点儿把刚才吃的萝卜呕出来。

她这么仔细思考、循循引导、晓之以理、动之以情，就落得这个结果。

漂亮！

她觉得自己简直是白费力气了——跟他说不通。

"大哥，我真是服了你了，漂亮值几个钱啊？漂亮能撑多久啊？再说，她能有多漂亮？头发短见识也短，漂亮能有多漂亮？给你迷成这样……"刘佳枝饭也不吃了，站起来，拍拍手，"来，媒体要讲究证据，空口无凭，有照片没？来一张瞧瞧。我帮你审查审查，看看有多……"

"你喜欢我？"他下巴还低着，眉一挑，很认真地问。

将这句话听进耳中，刘佳枝后面的话便说不出口了。她变成哑巴了，心口也像被扎了针的气球，没爆，但嗖嗖地漏气。

刘佳枝胸口发紧，谁叫他问得这么突然、直接？

刘佳枝猛喘气，看着他一脸淡定的样子，真想怄气地喊一句：喜欢呢，我要是喜欢？！怎么样？

不行，她还什么都不了解，喜欢什么啊……她这样说出来确实没损失，但是便宜了他。

刘佳枝心念一闪，调侃的表情已经摆好："周东南，你这想象力也……"

她刚说到一半，被另外一声打断了。她今天说话总是被打断。

谁在外面，在楼下，在大雨里，长长地喊了他的名字："周东南——"

凄厉的声音。

自己叫时听不出来，可别人喊出口，刘佳枝惊讶地发现这个名字还挺好听的。

刘佳枝还没分辨出什么，外面的人又喊了一遍。

周东南——

声音适应了瓢泼大雨，比刚刚更清晰了，好像从前在街口亭子里开嗓的戏子，在长街尽头，提气而啸，一往无前，目中无人。

周东南早已蹿出去了，快得刘佳枝根本没有反应过来，他刚刚明明还那么疲惫。

周东南一跃到窗户边，把窗子推开。风雨一下子进来。

他顶着风大喊："我在！我在这儿——"

男人难得大吼，气沉丹田，比那天在街上与小流氓斗殴时更透彻。

他急着解释，喊太累，距离也太远。

"你等我！"

说完，他很快关了窗户。雨水早就把他的身上打湿，可就像夏天洗了个凉水澡一样，他精神得很，双眼发亮。

随手抹了一把脸上的水，他冲出门，一句话都来不及跟刘佳枝说。他完全不在意刚刚那个问题的答案，或许他已经忘了那个问题。

刘佳枝好像也被浇了一头的冷水。

她看着桌子上的菜，把筷子放下。

已经是下午，大雨让天色更加昏暗，刘佳枝慢慢走到窗边。她没有让自己的身影露出来，而是贴在窗户边，顺着缝隙往外看。

一道黑色的身影，没打伞，干干脆脆地站在雨里，茕茕孑立。

她高，苗条，脊背笔直。

刘佳枝没看到脸，还是觉得她比自己想的要好。

另一道身影进入视野，周东南跑了过去。

他蠢不蠢？竟也忘了打伞。

成芸脸上都是雨，头发贴到脑后，额头像被磨过的珍珠镜，白得瘆人。

她不说话，静静地看着他。

"你来了？"他想问她之前是不是也来过，可还没想好借口。不会扯谎的男人，解释什么都很勉强。

"我……我前两天有些事情。"他支支吾吾。

成芸一拳捶在周东南的胸膛上，势猛力小，周东南晃都没晃一下。

她又捶，这回周东南握住了她的手。

她的关节嶙峋，周东南攥着，反而自己生疼。

"多吃点儿。"他小声说，"瘦得什么都没了。"

"要真没了呢？"她忽然开口，声音很低，但压迫着他，"我真的什么都没了，就这个样子，你要不要？"

这是他没有想到的问题。

周东南道:"什么?"

她不重复了。她知道他听到了。

半响,周东南低声道:"要不要能怎么样?"

成芸忽然笑出来,瞥向一边,满是无所谓地道:"不要就算了呗。"

周东南看着她,问:"那要呢?"

要。

成芸的笑容慢慢退去,她淡淡地说:"你要的话,我成芸今后,生死你定。"

大雨一直在下,下了几千年、几万年,一如那古老到有些过时的誓言。

我生死随你啊。

他完全呆住了,反应不过来就拿双手捂住脸,好长时间过去,才再次抬起头。

他黑黝黝的面孔如同侗寨里那些朴素坚实的梁柱,承载了一切炽热的感情。

成芸垂眼。她还在等他的答案。他们之间的地位第一次掉转了。

周东南抱住她。他在她的耳边说:"成芸,你本来就是我的,只不过你自己一直不承认。"

在他宽阔的背上,她隔着衣服,似乎也能感受到凹凸不平的疤痕。

山间的午后,波光粼粼的小溪,祥和宁静的侗寨,风雨桥上的女人。

他不留后路,眼前燃起熊熊烈火。

这世上真的有人爱得像献祭一样。

她想起有人说过的一句话:相似的人才会相互吸引。

手紧了,眼也闭上了。

求你保佑。

大雨把一切都洗净,只剩下赤条条的两个灵魂,在冰冷的天地间战栗地拥抱。

我一无所有。

所以当我爱你,我只能奉献自己。

第十一章
自　首

郭佳这几天忙得不可开交。

虽然公司一切都按部就班地运行着,但是最后签字拍板的人不见了,成芸的副手此时才发现自己对老板,除了名字和手机号,其他什么都不了解。现在成芸手机关机,他找人都没处找。

成芸离开三天后,副手开始自觉地把文件往郭佳那儿送,郭佳莫名其妙地挑起了大梁。

崔利文看着郭佳穿上高跟鞋、职业装,天天加班到深夜,感慨地说了句:"难得啊。"

郭佳累得瘫在沙发上:"你以为我想啊?"

崔利文撇撇嘴。

郭佳爬起来,跟老公说:"事有蹊跷。"

"怎么?"

"成芸的手机、座机都打不通,去她家里也不见人。给李云崇打电话吧,一提到成芸,他就讳莫如深,看他那态度我也不敢往下问。你说,他们俩是不是闹矛盾了?"

"怎么个闹矛盾法?"

"我哪儿知道?"

崔利文跷着二郎腿看报纸,郭佳躺在沙发上,踹了他一脚。崔利文咚了一声:"干吗呀?"

"我们公司出这么大状况,你就这个态度?!"

崔利文乐了:"'你们公司'?你别逗我了好不?"他一抖报纸,注意力又回到他的国际大事上,"本来就是给女人玩的东西,还真当公司了。"

郭佳有些不乐意了:"你说什么呢?什么叫给女人玩的?"她把报纸扯开,"说清楚!"

崔利文撇撇嘴,一副我忍了、认了的样子:"哎哟,我说错了,别生气,反正跟你也没关系。"

郭佳从沙发上一跃而起:"穿衣服!"

"干啥啊?"

"去李云崇家!"

崔利文指着墙上的钟:"我说姑奶奶,几点了啊……"他这边指着,钟摆刚好当当当地整点报时,十一点。

郭佳看也不看,脾气上来了,到衣架那儿取衣服。崔利文在后面看着,道:"别作妖了行不?我明天还要上班呢。"

"又不用你去。"

这是不用我去的架势吗?我今晚不去,你以后指不定要唠叨多久。崔利文在心里抱怨了一句,慢悠悠地收起报纸,也从沙发上起来。

"走吧,一起去。"

"你不是不去吗?"

"我是怕你不知道深浅,到李云崇那儿乱问!"

他们出了门,车都上道了,郭佳才想起来,问:"你说李云崇睡觉了没?"

崔利文哼笑一声:"你才想起来啊,刚才不是一鼓作气的吗?"

郭佳白了他一眼。

"没事,"崔利文打着转向灯,"肯定没睡。"

"你怎么知道?"

崔利文侧头,窗外路灯发出的光透进来,让他的神情看起来有些高深莫测。

"男人更懂男人,他这人啊……"崔利文顿了顿,头靠在车座椅上,又说,"李云崇这个人,你觉得他成天稳如泰山,其实他是没碰到上心的事,真碰上了,他比谁火都大。"

"你说成芸啊?"郭佳想起失踪的成芸,忍不住着急。心里闹腾了一会儿,她忽然厉声道:"要是成芸真跟他闹翻了,走了,那就是他自己活该!成芸搭上多少年了,他也不给个准话,换哪个女的受得了?"

崔利文忍不住斜眼看她:"什么叫'搭上多少年了'?有损失才叫搭,她有什么损失?"

"十年了啊!"

"哎,我发现你们女人挺有意思啊,这话说得好像她不跟着李云崇就永葆青春了一样。日子在哪儿不是过啊,她跟谁在一起不长岁数啊?"崔利文说着说着,语气也冲了些,"还损失?她攀高枝攀得这么高明,损失什么了?要没李云崇,她这些年算个屁啊。"

崔利文说得脸都歪了,肌肉堆在右侧的颧骨上,眼睛在镜片后面眯成缝。虽然年纪不大,不过他眼角皱纹明显,好像经常做这样的表情。

郭佳在一边冷眼看着他,崔利文说:"我说错了?"

郭佳扭过头:"我知道你看不上她。"

"这不是看不看得上的问题。"崔利文掏出烟来,他一个医生,注意身体健康,很少抽烟,今天晚上是破例了,"你们女人看得少,太容易被蒙蔽,很多事情你根本就不知道。"

郭佳问:"我什么不知道?"

崔利文不说话,郭佳大喊了一声:"我不知道什么?!"

崔利文显然没有料到她会喊这一嗓子。女人多吓人,憋出一嗓子之前,你根本想不到她藏了多少火。崔利文被她喊得大臂一软,手掌紧紧握住方向盘。

"你跟我喊什么?"

"我不知道什么?"她倔劲上来,没完没了地问,"你有什么事瞒着我?"

崔利文忍不住冷笑一声,把烟按灭,狠狠地吐气,鼻腔里喷出两道烟来,好像是下了什么决心似的。

"来,过来。"前面正好是个红灯,车停下,崔利文朝郭佳招招手。明明车里只有两个人,他还非要靠近了才说话。

没办法,秘密嘛,跟丑事一样,都得小了心地说。

郭佳凑过去,唇贴耳,简简单单的一句话。

唇走了,耳朵还在那儿。

半晌,车都上路了,郭佳才后知后觉地转过头,看着知道内情、一派从容的崔利文。

"你说什么?"

崔利文知道她肯定听清了,但还是重复了一遍:"什么说什么?就是不行呗。"

郭佳愣愣的,崔利文帮她厘清头绪:"天阉嘛。"好大的秘密说出口,崔利文感慨似的摇摇头,啧啧两声,为的是这捉摸不定的命运。

郭佳瞪着眼睛,依旧不信:"怎么可能呢?"

"怎么不可能?我是他的医生,我还不知道?"

"你怎么都没告诉过我?"

"体谅一下嘛,这又不是什么光荣的事,女人的嘴都不严实。"

郭佳冷笑一声:"我可是从男人的嘴里听来的。"

崔利文看她一眼:"这不是你非要问吗?不说,我今儿还要不要睡了?"

"成芸知道吗?"

崔利文好笑似的看她:"你说她知不知道?要我说你就是太天真。你出身好啊,根本没吃过苦,看起来精明,其实根本不知道外面有多脏!你都不知道你那朋友是什么样的人,我不跟你提是怕你恶心。"

郭佳眯起眼睛。

沙漏倒过来了,细细的口,秘密一点点地往下漏。崔利文又道:"她现在是真把自己当盘菜了,以为自个儿多了不起了,敢拧着李云崇来⋯⋯不知道天高地厚。我告诉你,没几天她就得乖乖回来。"说到这儿,他又冷哼一声,"寄人篱下就得忍着,怎么上位的不知道?装什么装。"

郭佳颇感陌生地看着崔利文,问:"咱俩说的是一个人吗?"

"怎么不是?你以为她多清高啊?"崔利文的眼神冷厉起来,"我就不告诉你她都干了些什么事了!"

"你说啊。"跟崔利文相比,郭佳的声音反而冷静了,"说啊,她干了什么事？"

崔利文无意之中扫了郭佳一眼，被郭佳眼中那种不信服的态度激起，伸出手指。

"这女人巴结上李云崇之后，在外面找过多少男人你知道吗？"

"我上哪儿知道？"

崔利文一脸鄙夷，忽然想到什么，遂又笑出声，道："要说李云崇也是下面不行上面行，脑子够好使，早就想到了，准备做得超前。"

"什么准备？"

崔利文又看向她，道："其实我跟李云崇认识得很早，有接触也很早，只不过碍着他的面子，我不好告诉你我是他的主治医生。"

"然后呢？"

沙漏被使劲摇晃，什么事情都兜不住了。

"他是后几年才跟成芸真正在一起的，那时候，你记不记得我被正式邀请过一次，跟他们吃饭？"

郭佳隐约有点儿印象，那是很多年以前的事了。

崔利文接着说："那时候李云崇说的是给成芸做个检查，其实是让我给她偷偷上了环。"

郭佳的眼睛陡然瞪大。

崔利文耸耸肩，一脸无所谓，给她充分的时间接受。

郭佳好像第一天认识自己的枕边人一样，慢慢地说："偷偷？上环？"

崔利文又哼一声："是啊，你就说李云崇多有……""先见之明"四个字还没说出来，一只手从旁边伸过来，在毫无预兆的情况下扳住方向盘。

车子的轨迹瞬间改变，车速虽然不快，但崔利文还是吓得心脏都要跳出来了。

"你干什么？！"他大喊一声，一把把郭佳推开。好在半夜路上车辆不多，崔利文一身冷汗，赶忙把车往路边靠。

车刚下了积水潭桥，没有停车的地方，崔利文一咬牙，硬是违反交通规则插进了一条巷子。停了车后他还觉得不保险，将钥匙拔了，然后冲着郭佳吼："多危险你知不知道？！你发什么疯？！"

郭佳不管不顾，开了车门就往外走。崔利文低声咒骂一句，赶紧跟上。

"别闹了！"他拉住郭佳的衣服，"这也不是我们的事，听听就得了，你还真生气，值当吗？"

郭佳唰的一下甩开他的手。他们站在风口处，郭佳的头发被吹得乱七八糟，眼睛瞪出血丝，她活脱脱被气疯了。

"你把人当什么了？"郭佳使劲推了崔利文一下，大喊道，"你们是畜生吗？！"

"你骂谁呢，跟我有什么关系？！"崔利文拉着郭佳往里面走，"你小声点儿，疯婆子似的，让人看见什么样？"

女人发疯了还管什么形象？郭佳就在路边跟崔利文吵了起来："跟你没关系？你去做的跟你没关系？！这犯法不？她能告你不？畜生，你们两个畜生！"

"行了！"崔利文也火了，不管不顾了，手一甩，指着郭佳说，"我畜生？我告诉你，要不是我，李云崇已经把她的子宫摘了！"

郭佳惊住了，被冷风吹得起了一身鸡皮疙瘩。

崔利文手掐着腰，聚气似的盯着郭佳。

"李云崇本来要摘子宫，是我不忍心！我知道你跟她是朋友，我千劝万劝才给劝住的！我畜生？郭佳，你说话也得凭良心！"

郭佳只感觉今天晚上邪乎，好像自己三十几年都白活了。

身上没力气了，郭佳蹲在路边。

崔利文使劲揉了揉头发，陪着她蹲下。男人冷静得快一些，拍了拍郭佳的后背道："行了，咱俩吵什么？说白了，跟我们也没关系。"

郭佳这回没有弹开他，不过一直低头看着地面，也没回应他。

崔利文又说："主要是你别冤枉我。而且……说是偷偷，其实那女的也是知道的。"

郭佳慢慢转头，崔利文看着她道："后来她找过我一次，自个儿的身体自个儿知道，我肯定瞒不住。"

"她知道了？"

"嗯。"

"她做什么了？"

340

"什么都没做。"崔利文顿了顿,"就在我的办公室里抽了根烟。"

想起来,他又哼笑了一声:"跟李云崇给她的比起来,这算什么损失?那李云崇也是有毛病,老实本分的女人那么多,他偏不要,拉着脸皮非挑那个成芸,被戴了多少顶帽子?明明气得不行还强忍。她不就是好看一点儿?"

崔利文说完才发现郭佳一直盯着自己,不躲不藏地回视她,道:"我说错了?就医院这件事,但凡是有点儿骨气的女人,知道了肯定要闹一番。可她呢?一根烟,就这么过去了。这什么啊,不还是舍不得吗?在李云崇这儿,她要什么有什么,甚至还能出去放风打野食。"

崔利文拍拍手:"就上环这个,搞不好李云崇不给她上她自己也要出去上的。有句话说得难听,是狗就别谋人权。你就瞎操心,不要脸的女人多了去了。你以后少跟她来往,她不是什么正经人,做点头之交还行,不要真谈感情,她有什么感情?"

三千世界,无限繁华。你看穿一切,活得多精明。

"走吧……"郭佳轻轻道了一句。

"不去了?"

"不去了。"

崔利文叹了口气:"折腾一晚上。"

回去的路上,崔利文还在嘱咐郭佳:"你可别往外面乱说,这事没几个人知道,嘴不严实,到时候李云崇发飙了,咱们又得遭罪。"等了等,又道,"这种人表面看像模像样的,其实心里指不定多么变……"

"够了。"郭佳冷冷地说。

崔利文睨了郭佳一眼,她靠着车窗,一直看着外面。

他不再说话。

根根路灯一闪而过。郭佳看着看着,没一会儿的工夫,眼泪流了一脸。

一条被单,盖着两个人。

成芸躺在周东南的身上——她是真真正正地"躺在"了他的身上。周东南被成芸翻了个儿,趴在床上。他们背贴背,腿缠腿……她粘在上面了。

周东南闭着眼睛,不过没有睡着。他被压着,所以呼吸比较困难,每次喘气都呼出了声音,背部也明显地起伏着。

成芸躺在上面,好像泛舟。

肌肤相贴之处,有薄汗粘连,一方阴柔,一方阳刚,杂糅着,让男男女女永不舍分离。

床边堆着衣服,风衣、夹克、皮裤、牛仔裤、毛衣、衬衫……以一种没人管的方式堆积在一起,不管干净的、脏的,你叠我我叠你,就跟主人一样,粘在一起了。

在衣服堆的最上面,是一件深蓝色的保暖衬衣,那本是周东南穿着的,现在也脱了。

当初脱这件衣服时,成芸还费了点儿功夫。

周东南死活不让。

"你黄花闺女啊?"

成芸直起身,面对面地坐在他身上,弯膝缠住他的腰。

两个人较上劲来。

一个握着衬衣角,死命往下压;一个拉着肩膀上的衣服,死命往上提。

要说这衣服弹力真不错,脸都没过去了,还能接着往上抻。

成芸泄气地松手,衬衣的肩膀上留下手印。

周东南又过来抱她。

成芸再次打掉他的手,转头拿烟抽。

他们还是面对面,隔着烟雾,他眼睛一眨不眨地盯着她的脸。

"我都知道了。"成芸弹弹烟,蹙眉说。

周东南还是看着她,跟总是看不够一样。

成芸用两腿使劲夹他:"我说话你听见没?"

周东南这才反应过来:"什么?"

"你那衣服。"成芸将不拿烟的那只手伸过去,他马上又压住衣角,她不在意地嗤笑一声,拍了拍他的胸膛,又说,"还有你那后背。"

周东南低下头,半响,哦了一声。

"脱了吧。"

他还是摇头。

"我都知道了你还穿什么?"

他眼睛瞟到旁边,好一会儿才低声说了三个字:"不好看。"

成芸嘴唇轻张,慢慢地将目光移开。

烟抽了一半就被成芸掐掉了,腿一收,她虚虚地跪坐在他的膝盖上。

她问他:"你为什么烧桥?"

他不说。

成芸再问:"为什么烧桥?"

他皱眉:"看着烦。"

"怎么烦?"

周东南飞快地瞥了她一眼。他不会用"明知故问"这个成语,他的眼神替他怪罪了。

女人心里酸,酸中又透着春风得意,山谷中的清风一点点吹着她,吹得她连心都不是自己的了。

周东南垂下头,面无表情。

他那里一直没得到纾解,难受。

忽然,他的视线里多了黑色的发丝。

周东南的脸皱啊皱啊,忍不了了,全聚在了一起。他的额头上满是汗,肤色更沉,双腿抖如筛糠。

他到底还是倒下了,敌不过她。他躺在床上,腿分开,将自己全权交给她。成芸舒展身体,变得更专注了。

周东南好不容易觉得自己走在她身边了,她稍稍施了点儿手段,他又被她紧紧拿捏。

他终于吼出声来。

他有那么一点点不甘心,可也没用。他最极致的感受被她操控着——从那个风和日丽的午后开始,从那座破旧古老的风雨桥开始,他这辈子的感情都被她操控了。

他很快释放,又不甘心。

辛辛苦苦摸索锻炼的学徒,被老师傅一竿子打回原形。

衣服什么时候被脱了,他也不知道。

成芸渐渐向上,与他肌肤相贴。她身上还沾着他的东西,周东南脸色红黑,好像烧过了的炭。

手叠着,下巴垫在手背上,成芸看着丢盔卸甲的周东南,脸上带着坏笑,声音无限温柔:"喜不喜欢?"

"……"

"我这么对你,喜不喜欢?"

周东南垂头喘息一阵,等最要命的那段时间过去,然后张臂,把她抱了上来,搂着。

"喜欢……"他一直都说实话。

"转过去。"

事已至此,他再躲也没什么意义。周东南放开成芸,翻了个身,把后背露了出来。

过去几个月了,伤口已经变成了疤痕,从右肋上方,到左肩附近,很明显的一道。肉豁开,伤疤凹凸不平,皮肤也似没有涂匀的油彩,中间淡红,外圈又是黑褐色,一块一块,又糅在一起。

他趴在床上,带着纾解后的慵懒,老老实实的。

成芸半天没动静,他侧过脸,说:"不好看。"

成芸抬眼,跟他瞥过来的眼神对上。

"你还挺爱美。烧桥怎么烧到身上的?"

"不小心,站得太近了。"

她拍他一下:"这要烧到脸了怎么办?"

周东南压着自己的胳膊,淡淡地说:"烧了脸就不来了。"

成芸摸摸他的耳朵,俯身趴在他的脸边,男人的热气熏着她。

成芸咬着他坚硬的下颌,悄声说:"你怎么这么坏呢?"

周东南说:"怎么了?"

成芸不说话,涩涩地笑。周东南被她笑得一激动,一把搂住人,反身将她压在身下。

又是他在上,眷顾着怀里的人。

成芸还在笑。

他们笑啊,叫啊,聊啊……屋里的声音好像从来都没有停下过。

刘佳枝在这阵穿透心房的声音中搬走了,不,应该说是逃走了。

那天,她在猫眼洞旁等着,等着看自己那个黑邻居的老婆到底长什么样子。他们在大雨中抱了很久,刘佳枝等到不耐烦了。

而当那女人的身影真的一步一步走上楼梯,那张苍白的脸逐渐暴露在她的视野中时,她又后悔了,恨不得再等一会儿。

二十几年的风雨,也没有那一天来得令她心惊。

她跑回屋子,在一堆材料里翻来翻去。她用找吗?根本不用找,她闭着眼睛也记得那个女人的长相。

北京平泰保险代理公司总经理,成芸。

芸!

歌声又响起来了。

风中有朵雨做的云……刘佳枝把资料摔在桌子上,一切都对上了,还有什么好验证的?

可是,这怎么可能呢?

当天晚上,刘佳枝就在那一声一声的呻吟中,思索着这个问题。

刘佳枝反复地想,也只能得出一个结论——她把他骗了,一个混迹商场的精明女人,闲来尝鲜,他蠢到不行,她把他……

又一声叫!肆无忌惮!她的思绪被打断,等回过神,已经不知道要从哪儿重新开始了。

刘佳枝把被子蒙在头上,又把脸死死地埋在枕头里,忽然忆起今天给他买的几大袋子吃的,心里憋得要呕血,闷声大喊,使劲地蹬床,蹬累了又扯着嘴角。

北京大妞跩起来谁的面子也不给,在心里破口大骂,以另一种方式给自己出气。凌晨时分,她骂够了,也骂累了,狠狠地从床上爬起来,把行李收拾好。

就在那时,门被敲响了。

刘佳枝开门,门口站着周东南。

他穿得少,好像刚从被窝里起来,头发也是乱的。刘佳枝冷着脸看他,周东南没有反应,把手里的东西拿起来道:"昨天忘了还你,太多了,吃不完,你留一些吧。"

"我不要,吃不完不是……"她刚想说"吃不完不是还有你老婆",可一想自己买的东西要被别人吃,觉得怄气,便伸手把塑料袋接过来。

他迷糊地打了个哈欠,微微慵懒地揉脸、吸鼻子,等着晨光慢慢唤醒自己。

刘佳枝就看着他。

他好像一夜间变了，又好像一直都没变。

这个社会真是人捧人、人抬人，昨天他还是不值一哂的打工仔，因为睡了那样一个女人，瞬间被抬高了层次。

可哈欠打完，他又恢复原状了——呆、蠢，还小气。

"找到人了？"她站在门口问。

周东南顿了顿，哦了一声，过了一会儿又更为确定地嗯了一声。

刘佳枝欲言又止，觉得这里不是说话的地方。她把声音放低，说："你……你今天去上班吗？"

"不去，这两天我有事。"

刘佳枝心里又恼怒了。他找到人了，就忘了工作是谁帮他找的，被迷得神魂颠倒。

"我等会儿去请假。"

刘佳枝撇嘴，轻声说："没出息……"

周东南说："我回去了。"

"等等。"刘佳枝赶忙叫住他，到底还是记挂，问，"你什么时候有空？我……我有事找你。"

"什么事？"

刘佳枝不耐烦地说："现在不能说！你什么时候有空？"

周东南想了想："得过几天。"

"几天？有个准信没？"

周东南缓慢地思考。

刘佳枝干瞪着眼，心想：你的精气都被榨光了吗？！

"等我电话吧！"狠狠道了一句后，刘佳枝翻着白眼关上门。

当天，她就搬走了。

她觉得在这个地方住不下去了。

…………

成芸躺在周东南的身上，胸贴背，腹贴腰，腿缠腿……

好几天了。

他们真的要感谢刘佳枝留下的那些食物，让他们不至于被饿死。

窗帘很少被拉开，屋里一直昏暗。

他们不停地抱着，搂着，那感觉无以形容，却又因为太过美妙，让人心里产生即时幻灭的错觉。

所以他们更不会分开，就好像在安抚另一个自己，永远都不够。

望京，咖啡厅。

并没有完全竣工的大厦里，除了一楼的咖啡厅和小书店，没有开放其他区域。咖啡厅里布置幽深，厚木桌子、盆栽植物、浓浓的咖啡香气，环境十分优美……只是新开的店，不可避免地存在适应期的僵硬感，还有从大厦深处传来的一阵一阵的装修声。

砸的、钻的、凿的声音……与咖啡厅悠扬舒缓的音乐相比，显得有些格格不入，但这并不会让刘佳枝分心。

她非但不会分心，甚至专注到有些紧张。

背包被她压在身后，空的，里面仅有的几张纸都拿在对面的人手里。那是她这几个月总结的所有证据和资料。

对面的人神色专注地看着。

空闲的时间里，刘佳枝在心中感叹，也算老天开眼，看她独自工作实在太累，最后一段时间，办公室里两个只会说风凉话的同事难得伸手帮了她的忙。其中一个人与地方检察院的检察官熟识，就帮她联系了一下。

检察官本来没有答应，可后来听说是关于平泰保险的问题，不知为何，就应了下来。

"保险代理公司违规操作……"检察官拿着她搜集的证据道。

刘佳枝马上说："我有人证！您不要看只是一次简单的退保，他们敢这么做，里面肯定有猫儿腻。"

"你先别激动。"检察官安抚她，"千里之堤，溃于蚁穴，事态有多严重，不是最初就能看出来的。"

刘佳枝稍稍安心："那您觉得，我拿这些东西去保监会举报，能成吗？"

检察官四十几岁，姓韩，跟刘佳枝的父亲差不多大，戴着眼镜，长方脸，非工作时间也是正装领带，职业原因，面相看着很严肃。

他把资料放到桌子上,说:"你这些证据举报是够了。"

刘佳枝没有马上高兴,总觉得对方话还没说完,便等着。果然,检察官又说:"不过,要真看你写的这些,那这事情简直要上高法了。"他拿手点点桌子上的纸,"这里只有几句是真正的客观事实,其他的都是你的推断。"

刘佳枝到底年轻,被人一说,脸瞬间通红,辩解道:"我就是怕别人不当回事!实话跟您讲,去年年末的时候我举报过一次,但是没成功。我花了这么长时间调查,不能再不了了之了。"

检察官看着这个涨红脸的小姑娘,神情难得和蔼:"你是个好记者啊。"

刘佳枝被人夸,抿嘴道:"也没。"

"怎么没?你知不知道有很多人查到这些东西,先找的不是检察院,而是调查对象?"

刘佳枝下意识地想问为什么,可脑子转得比较快,一想就明白了。

为什么?要钱呗。

刘佳枝皱了皱眉:"我不是为了那个……我就是……"她想起那两个退不了保的老人,又莫名其妙地想到了那个傻傻的黑家伙,忍不住说,"我就是不想让人被骗。"

"我知道,不然你也不会来找我。"

检察官喝了一口桌上的咖啡。

"如果你还有更强力一些的证据,那就好办了。"

刘佳枝看着他:"什么样的'更强力'的证据?"

"你接触过这个公司的人吗?"

一时间,刘佳枝脑子里晃过一个人影——黑发、白脸,大雨里瘦削笔直的身形。

"嗯?"

刘佳枝回神,啊了一声:"接……接触过几个小职员,但没什么发现。"

"如果能拿到直接证据,那是最好的。"

刘佳枝沉思。

又聊了一会儿,检察官要离开了。临走之前,他问了刘佳枝一个问题:"看《新闻联播》吗?"

刘佳枝一愣:"什么?"

检察官说:"那就是不看了,年轻人都不喜欢看《新闻联播》啊。"

刘佳枝不明所以,只能干笑。

检察官又说:"近来的国家政策你也完全没有注意?"

刘佳枝一脸茫然,检察官宽容地笑着,又颇为感慨地说:"只能说多行不义……你要治的,国家也要治,赶巧殊途同归了。"

风雨欲来。

刘佳枝哑然片刻,检察官安慰她说:"别紧张,你做你该做的就行。这个社会需要正义的人发声,这让事情变得更加简单。"

检察官要走了,刘佳枝猛地想起什么,最后一刻追问道:"请问如果,我是说如果有公司员工内部举报的话,会不会被轻判?"

"你是说自首?"

"嗯。"

检察官点头:"那当然了,法律让人悔悟,自首不轻判,那谁还自首?"

刘佳枝也想笑笑,但心里事太多,笑得很勉强。

检察官离开后,刘佳枝独自坐了很久。

她骗自己是在思考事情,其实大脑一片空白。

这是用脑过度的后遗症。

一直坐到肚子咕咕叫,刘佳枝才反应过来,掏出手机。

她要打给谁?

她前几天告诉周东南,说之后会找他。她记着这件事,他还记着吗?沉溺于温柔乡的男人,知道她已经搬走了吗?

刘佳枝趴在桌子上,力气耗光。她的手已经放到周东南的名字上,顿了好久,终于按下。

周东南很快接了电话:"喂?"

刘佳枝直起身,惊讶地发现自己还挺想念他木木的声音的。

"周东南?"

"嗯。"他顿了一下,又说,"你搬走了?"

刘佳枝笑了:"怎么,你找我啦?"

"嗯。"

"找我什么事?"

"你买的吃的太多,我做完想给你送去一些,但你一直不在。"

刘佳枝心里高兴,挑着眉,想挤对他几句,脑海中莫名其妙地浮现出那道身影。笑也淡了,她放低声音:"你老婆在你身边吗?"

"没,我在上班。"

刘佳枝马上说:"你还知道上班啊?"

"知道。"

"……"

刘佳枝嘿嘿笑。

她有一句没一句地跟他聊着,一点儿中心思想都没有,可就是不挂电话,不知不觉已经快二十分钟了。周东南那边闷闷地说:"要是没事,我就挂了。"

"你就这么不想跟我说话?"

"不是,"他犹豫着说,"话费……"

刘佳枝火冒三丈,拍案而起:"话费?!这点儿话费算什么?你要知道你老婆捞了……"最后一句猛地卡住。她说不出口,还是说不出口。

周东南说:"我老婆?"

"没,你听错了。"

"哦。"

刘佳枝抿抿嘴:"你以后要留在北京吗?"

"不。"他毫不犹豫地说,"我领她回贵州。"说完他又道,"北京太冷了。"

刘佳枝忽然什么都不想说了,随口说了句"挂了",放下手机。

刘佳枝的工作单位在望京,是一家大型的报社,有两百多名员工,出版六七种刊物。刘佳枝之前是个实习记者,今年三月份才转为正式员工。

不过,严格地说她已经不算记者了。

父母对她前些日子私自外出租房的行为十分不满,点着她的额头说她就是太享福,还太任性。他们没有跟刘佳枝商量,就跟主编那边打了招呼。结果主外变成了主内,记者变成了编辑,刘佳枝被分在女性情感文学这一块。

刘佳枝扑到办公桌上,鼠标被碰到,休眠许久的显示屏亮了起来。

三十多封未读邮件。

刘佳枝点开,一长串的"我心依然""情人陷阱""温情不得语"……

以前刘佳枝对这些东西不以为意,觉得无病呻吟,无聊透顶,可她此时看见,感受与从前不尽相同。

安静的办公室里,有报社特有的纸张的味道,噼里啪啦的打字声此起彼伏。

桌角有一盆植物,抽着细细的绿色枝条。

刘佳枝的目光落在屏幕上,她一页一页翻过,鼠标越动越慢。

她眼前明明是字,却硬生生地幻化成了男人女人的身影。

标点也成了声音,如雨中的长鸣。

好像不管什么时候——不管是黑云压城还是大军过境,这世上总有些角落永远含情脉脉。

走来一个同事,那是给刘佳枝介绍检察官的张赫。张赫今年三十二岁,是体育板块的责编。他虽然是体育编辑,但人长得一点儿都不健壮,又矮又胖。他特别喜欢打扮自己,每天上班都抹发蜡,灯一照,头发都反光。

张赫拎着茶壶过来,颇为关心地问刘佳枝:"怎么样,谈了吗?"

"谈了。"刘佳枝关了邮件,把跟韩检察官见面的事情跟他讲了一遍。

"那还等啥?既然都有证据了,举报去呗。"张赫说,"弄完看看能不能给财经版块抢个独家,要不这长时间白搭进去了。"

刘佳枝窝在凳子里不说话,张赫靠近了点儿,又说:"你不能耽误太长时间了,你毕竟不是自由记者,还得上班……说闲话的人太多,主编那边也不好办。"

"懂懂懂。"刘佳枝挠挠脑袋。

说白了,她一个刚刚工作的年轻人,能请这么多天假瞎折腾,全仰赖自己的母亲跟主编是多年好友。

"张哥……"

"嗯？"张赫喝着茶看她。

刘佳枝天真起来。

"你说，老实人……是不是该有好报啊？"

"是啊。"

刘佳枝托着下巴。

张赫打趣道："怎么了？情感文章看多了，自己也多愁善感了？"

刘佳枝一脸扯淡地笑道："哪儿啊！"看文章有什么用？她看一万篇文章也不如看见一个真人。

张赫晃了晃圆圆的脑袋，说："可这个年代哪儿还有老实人？太少了。"

刘佳枝陡然站起来。

"妈啊……"张赫吓了一跳，手里的茶水差点儿抖出来，"干什么呢？别吓唬人。"

"我决定了！"刘佳枝莫名其妙地来了一句，整个办公室的人都看了过来。她转身拿包，再次出门，留下张赫和一办公室的人看着她的背影呆若木鸡。

刘佳枝越走越快，脚底生风。

她就幼稚这一把。

她去提醒成芸，劝成芸回头，就当报他当初为她蹲监狱的恩。

谁叫他爱上了那样一个女人。

站在冷冷的街头，刘佳枝拨通了一个号码。

电话接通，那边是一道缓缓的声音。

她第一次听见成芸的声音，有点儿冷，有点儿懒，旁若无人。

成芸好像刚从睡梦中清醒，人还赤身躺在长方矮架的床上，看见的是挤过窗帘洒进来的昏黄灯光，闻着的是离去不久的男人残留的干净的体香。

刘佳枝吸了一口凉气，尽可能地让声音保持平缓。

"你是成芸吗？我叫刘佳枝，查到了一些你的事，想见你一面。"

五分钟看一次表，刘佳枝觉得自己见检察官也没有这么紧张。

她心里愤愤，明明约的十一点，那女人居然迟到了！

周围人来人往，刘佳枝忘了她们是怎么把见面地点约在大栅栏的，一个旅游景点。嘈嘈杂杂的声，形形色色的人，刘佳枝一边等人一边还得注意不要挡在"大栅栏"的牌子下照相的游客。

又一次转头，她终于看见了成芸。

成芸很好辨认，人群之中，细细高高的，漆黑的一身，苍白的脸。

刘佳枝的心揪了起来。

这是周东南爱着的女人。

当初刘佳枝问他到底为什么喜欢上这个女人，周东南给了一个让她胃疼的答案——漂亮。

她还没来得及想什么，成芸已经走到她面前。

"你久等了。"成芸说。

她个子好高。亏得刘佳枝今天特地穿了一双高跟鞋，但还是比她矮了许多。

尽力维持着脸上平淡的表情，刘佳枝心里暗道：得拿出气势来，这要是谈合同，自己可是甲方。

"也没等多久。"她对自己出口的声调不是很满意。

成芸完全没有在意，注意力都集中在别的地方。来往行人、特色店铺，刘佳枝不知道她在看些什么，秉持着敌不动，我不动的原则，她不说话，自己就静待。

"我刚来北京的时候，这附近有个烧烤摊。"成芸忽然淡淡地道。她伸出手指，指着一个方向。

刘佳枝不懂她为何突然提这些不相干的事，不太在意地道："是吗？现在没了？"

成芸神色迷茫："没了，很多年前就没了。"

她陷入了某种回忆之中，旁人无法打断。刘佳枝只能站在一边，无言以对。

这个女人到底知不知道今天出来要干什么？

好在成芸没有晾她太久，过了一会儿，转头打量刘佳枝。

刘佳枝一下子紧绷起来，表面淡定，心里如临大敌。

"吃饭了没？"

成芸见她没反应，又问了遍："吃饭了没？"

"没。"

"我也没。"她缓缓地转了转脖子,"刚起不久。来吧,找家饭店,边吃边谈。"

刘佳枝强装镇定,随意地道:"可以啊。"

"你想吃什么?"

"都行。"

"那我来挑了。"

刘佳枝紧跟着她,穿梭在熙攘的街道上。

最后成芸找了一家毛肚店。二人一进门,一股混杂着芝麻油和麻辣调料的鲜香味扑面而来。

正是饭点,店里没有位置,吃个午饭也要排号。

"你先等,我到外面待一会儿。"成芸留了句话就独自出门了,剩下刘佳枝一个人跟一个带孩子的中年妇女坐在圆凳子上,脸色难看。

不知所谓!

她在成芸离开后的第一秒就后悔了——她不应该这么好说话,她该反对。

刘佳枝扭头,一眼看见了站在门口吸烟的成芸。

她好像真的刚睡醒不久,从梦里,从记忆里,带着难以明说的通透和疲惫,只能用一支烟来给自己提神。

"二十六号!"

刘佳枝惊道:"这儿!"

一边把号码牌递给服务员,刘佳枝一边到门口喊:"到我们了!"

成芸回头,把没有抽完的烟掐灭。

店里卖的是鲜毛肚,健脾胃、补五脏、免积食,讲究的是从牛肚子里出来,六个小时内就得洗净、处理、上桌。

入座之后,她们点菜、等菜、上菜。其间成芸一直面无表情,没有要谈话的意思,一心一意地等着吃东西。

反正早晚要说,刘佳枝也不着急了。

菜上齐,水烧开,毛肚下锅。

刘佳枝看着对面的女人随意夹了一筷子,胡乱塞到锅里,拿出来就吃,实在忍不住说:"你那么吃不对。"

成芸一顿,从碗筷中抬眼。

刘佳枝被她看得心里一慌——成芸真的是一脸迷茫,等着自己解答。

刘佳枝脑子一热,轻咳道:"吃毛肚讲究'七上八下',但不能乱烫。"她一边说一边演示,筷子夹着毛肚,放到锅里一滚,"要注意毛肚的形态,摊开得是单层的才行。你那样乱塞,毛肚受热不均,质地不细腻,肯定不好吃。"

她做着示范,把毛肚蘸酱,接连吃了小半碗。

成芸恍然,照着她的样子涮了一筷子,吃完笑道:"是不太一样。"

刘佳枝有点儿自得,好像忘了自己曾经骂过她。

"北京人吃毛肚说道多。"刘佳枝嘴里嚼着毛肚,嘎吱嘎吱。这家店不愧是前门名店,老字号,酱料有味,毛肚新鲜,她越吃越起劲。

成芸将筷子在碗里转了转,说:"你是老北京啊?"

"土生土长,原装的。"

成芸笑笑,刘佳枝又反问成芸:"你不是北京的吧?"

成芸摇头:"不,我家在吉林。"她又吃了一口,抬眼问,"你没查到吗?"

刘佳枝手一抖,毛肚掉到锅里。她不着痕迹地又夹了起来。

没查到吗?她当然查到了。但她也只知道成芸的老家在白城而已。

"你这么紧张干什么?"成芸淡淡地说。

刘佳枝干脆放下筷子,笑道:"我哪儿紧张了?"

成芸瞧她一眼,低头吃下最后一口毛肚,也坐直身子。

气氛好似一瞬间剑拔弩张。

情况变得太快,刘佳枝后悔刚刚吃那么多,现在胃里很不舒服。

"吃饱了吗?"

"饱了。"刘佳枝点头。

成芸又说:"找我干什么?"

刘佳枝忽然哑巴了。她要从哪儿开始说?从她跟那对老人讨保单未果开始,还是从她着手调查成芸的公司开始?或者……从她被那个黑邻居"坑"了十五块钱开始?

成芸并不着急,带着饱食后的安稳,帮忙引导她:"昨天你打电话,说查到了我的事情,现在找我,是想干什么?"

刘佳枝回神,差一点儿也陷入了回忆:"你觉得我想干什么?"

成芸笑笑:"我都不知道你说的是什么事情。"

刘佳枝深吸一口气:"你们私自干的勾当,以为能瞒天过海多久?"

"勾当?"成芸挑挑眉,依旧泰然自若,"什么勾当?"

刘佳枝忍着道:"你不要再犯傻了。"

成芸眨眨眼:"什么?"

刘佳枝压低声音:"你们偷梁换柱,以为谁都不知道吗?"

成芸的表情明明是已经通晓所有,嘴里还是一派天真:"偷什么梁了,换什么柱了?"

刘佳枝简直气死了,整个后背都发烫:"你们偷换保单,贪污保险金,真以为能瞒一辈子?"

这回她是真的将事情挑明了。

成芸微垂眼,看着桌上的盘子,毛肚一片一片地躺在上面。刘佳枝觉得自己比她紧张一万倍。

半晌,成芸抬头:"你带着东西呢?"

刘佳枝发愣:"什么?带什么?"

"摄像机、录音笔,带着吗?"

刘佳枝反应了好长一段时间,等反应过来的时候,差点儿把桌子给掀了。她霍然起身,成芸就坐在位置上淡淡地看着她。

在刘佳枝火气上来准备破口大骂的时候,成芸已经得出结论:"你没带。"

刘佳枝干脆歪了歪头:"哦,你又知道了?"

成芸掏出烟盒。这是一盒新烟,她拉着塑料口,转圈撕开包装:"说吧,要钱?"

刘佳枝冷笑一声:"要钱你给吗?"

成芸用细长的手指把烟盒挑开,缓缓地说:"别不知好歹。"

无知无畏,无求无畏。刘佳枝看她这个样子,忽然什么都不怕了,也一点儿都不紧张了,抱着手臂居高临下地看着成芸,说:"他怎么会喜欢你?你配得上他吗?"

成芸手指一顿,犹未明了。

"周东南是好人,你别祸害他。"

成芸的眼神一瞬间变了。刘佳枝的手紧紧抓住自己的胳膊。成芸自下而上地看向她,眼神就像深宅厉鬼。

交锋这时才真正开始。

"你再说一遍?"

成芸刚刚一直在让,现在放开,刘佳枝才体会到压迫感。

刘佳枝浑身都在抖,却在心里对自己说:我不怕你!

"我说,你配不上他!"

"你是谁,哪儿来的,怎么认识周东南?"成芸接连发问,速度很快,半分面子也不留。

"你别管我是怎么认识他的。"刘佳枝头一转,"他是个好人,你不是!"

成芸的目光简直像 X 射线,从头到脚地扫描着刘佳枝。

她在重新审视刘佳枝,眼神赤裸裸。

自古以来,真正点燃女人之间火焰的,大概永远是男人。

等了一会儿,成芸慢慢抱起身体,坐直。

"你来找我,是为了说他?"

刘佳枝瞬间醒悟,额头渗汗——她似乎偏离话题了。

可她也没偏得太远。

"是……也不完全是。"成芸等着,刘佳枝又说,"他是我朋友。"

不知为何,在成芸面前,刘佳枝说的有关周东南的一切,都好像是在辩解什么。她为了避免这种感觉,只能不去看成芸的眼睛。

"他帮了我大忙,自己也惹上了麻烦,我觉得他是个老实人,你不觉得吗?"

成芸面无表情,静静地听着,好像怔住了。

刘佳枝蓦然道:"你爱他吗?"

成芸终于有了动静,目光慢慢移到刘佳枝的眼睛上。

刘佳枝压低声音:"我告诉你,我查到的或许只是冰山一角,你们公司已经被人盯上了,你快点儿回头,去自首,可能还有机会。"

成芸不作声,刘佳枝咬紧牙:"你不要抱着侥幸心理,邪不压正!欠债总要还的,你别跟傻子一样给人背黑锅,自首还有一线生机。"看着静静的成芸,刘佳枝激动起来,"我不是为你,是为他!"

"他跟我说，他来北京是为了找他老婆，他说他老婆跟他闹矛盾，不听他的话。他辛辛苦苦干活儿，除了你什么都不想。你知道他在街上听一首带'云'字的歌都能哭吗？"刘佳枝的鼻子酸了，"他说他要带你回贵州……他才刚刚找到你……"

刘佳枝忍不住揉眼睛，等再睁开，赫然看见成芸凝住的苍白面孔。

她有话，却无言。

锅里的水要烧干了，服务员过来，添了半锅水，又走了。

成芸喃喃自语："刚刚找到……"

她声音平淡，好像冥冥之中就在等待这一刻。

成芸低头，又点了一支烟，看向店外的熙攘人群。

她似冷漠，似疏远，又似情满芳华，无处寄托。

刘佳枝忽然觉得，他爱上她，或许只是因为她漂亮。

可越是这样，他越是凄凉。

不知过了多久，成芸的手机响了。

周东南打来电话。

"晚上吃什么？"

成芸淡淡地道："你随便买吧。"

"哦。"安静了一会儿，他问，"你去上班了？什么时候回来？"

成芸说："很快。"

挂断电话，成芸叫来服务员，刷卡买单。

刘佳枝回过神："哎，你……"她不是出来找朋友玩的，不用成芸请客。

"我们AA制，多少钱？我给你。"

成芸瞄她一眼。看着那黑白分明的眼睛，刘佳枝又觉得自己的举动太小家子气了。

结完账，成芸起身离开。

刘佳枝在她后面叫住她："你去不去？"

成芸回眸。不管有没有人看着，刘佳枝都不想在大庭广众之下对一个女人说出"自首"两个字。

"小姑娘，谢谢你。"

刘佳枝一顿，成芸已经迈开步伐。刘佳枝冲出店外，朝她的身影吼道:"三天!我给你三天时间,三天后我就去递交材料了!"

转过一条街,成芸毫无预兆地停下脚步。川流不息的人群中,只有她一人静止了,与周围格格不入。

毛肚的热量散得太快,没一会儿,她已经浑身冰冷。

她穿得太少了。

蓦地一声响,手机铃声将她带回现实。

"你想吃胡萝卜还是白萝卜?"

"……"

"嗯?胡萝卜还是白萝卜?"

"白萝卜。"

"好……你快回来了吗?"

成芸惊醒:"我……"她张了张口,随即道,"再等一下,你下班了就回家等我。"

在停车场取了车,成芸直接回到自己的公司。

公司的停车位已经满了,成芸把车停在了隔壁饭店门口。她出门没有带包,双手插在衣兜里,低着头往里走。

就在迈进公司小院的一瞬间,她忽然感觉到一丝异样。她抬起头,顿了片刻才发现并没有什么奇特的地方,只是她的感觉变了。

那幢四层小楼,黑皮青瓦,因为天气已经不那么冷了,一楼大门正敞着通风。离远看,门里黑漆漆的,不知有何物。

很熟悉,这是她当年第一次来这里的感觉。

"成总!"

这一声叫回了成芸的思绪。成芸转头,看见一个年轻的女职员走过来。她是办公室的文案,成芸不记得她的名字了。

"成总,好多天没见到你了。"女职员说。

成芸点点头,看她抱着一堆封装纸,问:"这是什么?"

"是打印纸,办公室里没有打印纸了。"

"怎么自己出去买,后勤呢?"

女职员眨眨眼:"后勤也准备了,但是还没送到,正好旁边有家文具店,我就直接买来了。"

成芸看着她的另外一只手,说:"顺便买了咖啡?"

女职员这才反应过来，连忙把咖啡往后缩。成芸冲公司的方向抬抬头："去忙吧。"女职员踩着高跟鞋噔噔噔地跑了。

成芸直接去了郭佳的办公室，进屋的时候郭佳正在打电话，叽里呱啦地说着什么，嗓门略大。成芸反手轻轻关上门，郭佳一直没有注意到。

"所以我就跟你说，根本不是这么回事，简直就是无稽之谈。哎，你要是不……"郭佳一边说一边在窗边转身，看见成芸的一瞬，陡然停下了动作。

成芸冲她笑了笑，郭佳马上又扭过头，看着窗外。声音降低，郭佳把电话打完了。

屋里就这样安静下来。

郭佳的办公室从来没有这么乱过，桌子上堆着数不清的文件和废纸，角落里是吃完没有收拾的快餐盒，小沙发里的毛绒玩具上也落了灰。

郭佳放下手机后仍然站在窗边，没动。

成芸走过去，叫她："郭佳。"

郭佳反身一巴掌。清脆的响声传来。她力道并不重，但是实实在在地打在了成芸的脸上。

郭佳矮了她半个头，仰着头紧紧盯着她。

成芸转过脸，若无其事地接着说："怎么没让保洁进来打扫一下？"

郭佳的呼吸重了，她不可置信地说："你忍了？"

成芸看着她，没答。

"你忍了？"郭佳挑眉，"我打你一耳光，你就这么忍了？"

成芸依旧安静。

郭佳涨红脸，咬紧牙，伸出一根手指指着成芸。她因为太激动，手指也微微颤抖着。

"你是不是什么都忍啊？成芸！"郭佳的眼睛在圆胖的脸上半眯起来，"你是不是什么都能受着啊？"郭佳说得下巴都歪了，声音陡然升高，"你是不是有什么没告诉我啊？！"

"郭佳。"

"你别叫我！"

成芸真的没再叫了。

可看见她那抿着的唇,郭佳又恨不得亲手给她撬开。

两个人这么僵持着,半晌,成芸扑哧一声笑了。

笑容无形之中瓦解了什么。

郭佳皱紧眉:"你笑什么?"

成芸摇摇头。

"说话!"

成芸看着郭佳的眼睛,忽然轻声说了句:"谢谢。"

没管郭佳如何反应,成芸已经径直走到办公桌旁,一边整理桌子上的文件,一边对郭佳说:"从明天开始,你不要留在公司了。"

郭佳干瞪眼:"什么?"

"把东西都收拾好带回家。不过你可能也没多少东西,那边那个毛绒娃娃算一个。"成芸整理得很快,一张纸,拿起来看一眼,有用没用,一瞬间就能判断出来,有用的撂在一起,没用的扔到地上。没一会儿,地上如同下了纸片雨,密密麻麻铺的全是A4(一种打印用纸的规格)纸。

成芸拿起桌上的电话,按了内线。

"叫保洁……"蓦地抬眼,看见郭佳一副要扑上来的样子,成芸改口,"叫保洁半个小时之后上来。"

成芸放下电话,郭佳总算组织好了语言:"你这是干什么?"

"嗯?"

"我说你这是干什么?!"

成芸看着她,问:"你信不信我?"

郭佳毫不犹豫:"不信!"

成芸又问:"你信不信我?"

"……"

"你刚接手公司几天,也接触不到什么,听我的,回家去,以后要是有机会,你愿意干就再回来。"

郭佳终于听出成芸话中的含义,也顾不得刚刚的火气,走到办公桌前:"什么意思啊?"

成芸低头,把刚刚整理出来的文件放到一边。

郭佳眼睛一眨不眨地看着她:"出事了?"没等成芸回答,郭佳自己好像想到什么一样,"是不是有人来查?保监会?"

"你别不回答我!告诉你,刚刚那个电话就是我一个朋友打来的。"郭佳见成芸还不说什么,直接道,"是不是有人查了?说咱们卖……"

"是'你们',"成芸指了指自己,帮郭佳纠正,"不是'咱们'。"

她这是让郭佳撇清关系。

"你什么都不知道,有事也不会查到你头上,回家去。"

"你们干什么了?"

"没干什么。"

郭佳往前半步,手撑在桌面上,缓缓道:"成芸,你别拿我当傻子。"

成芸手摸在纸边上,微垂着头。

"你今天来公司到底是干什么的?"郭佳问。

成芸抬眼:"让你走。"

郭佳登时哑了。

"回家去。"

郭佳自然不会傻到认为成芸是担心自己分她的权力,可是……

郭佳抿嘴,郑重地道:"成芸,你是觉得我郭佳不能同甘共苦是吧?"

"不是。"

"那你为什么不告诉我?"

手终于停下,成芸从文件里抬起头,看着对面的女人说:"郭佳,"她的表情很轻松,"别这么幼稚。"

说完,她的淡笑中又显出一丝重量,想了想,她说:"要真是生活给你推进泥里了,你可以去想怎么撑着,但是别自己往泥里走,很多事情不是你想的那么简单。"很多经验和教训,是用血泪换来的。

郭佳没有思考,直接问:"是生活给你推泥里了吗?"

办公室里静悄悄的,成芸歪头看着她,问:"谁跟你说我在泥里了?"

"没人说,但你别把人当傻子。"

成芸不说话,郭佳又问:"你是不是喜欢上别人了?你不想跟李云崇过了?"

成芸张了张嘴,最后只是深吸一口气,然后缓缓呼出。

郭佳又说:"李云崇这个人势力很大,我跟你说过,盘根错节,他想搞你实在太简单了。"郭佳有些急,在办公室里踱步,"我怀疑现在有人来查你的公司,就是李云崇设计的,他这是在逼你回头。成芸,李云崇这个人做事太可怕了,你……你应该知道的。"

成芸轻轻点头,好像还挺赞同郭佳的意见,挑眉道:"他办事,确实绝。"

"你不怕他?"

"还行吧。"

"我不是在跟你开玩笑!"

"……"成芸摸摸鼻子,"啊……"

郭佳跺脚:"你就直说吧,想怎么办?"

"什么怎么办?"

郭佳恨不得上去撕了这个装傻的女人:"你是要留还是要走?"郭佳使劲一拍胸口,"你做好决定,郭姐挺你!"

成芸笑出声来。

"你笑什么?!"

成芸终于止住笑,对郭佳说:"不管你现在想的是什么,我都要告诉你一句话——不是你想的那样。"

"什么意思?"

"就是字面意思。你收拾一下东西,从明天起就不要来公司了。"

成芸决心已定,郭佳觉得多说无益。不过她也没有马上收拾东西,在成芸看报表的时候,就窝在沙发里问成芸:"你爱哪个?"

"嗯?"成芸头也没抬。

"你爱哪个人?"

"我爱我自己。"

"……"郭佳将一个娃娃扔过去,"我问你,那两个男人里,你爱哪个?"

成芸避过娃娃,抬起头:"还是我自己。"

"你爱上你自己了?"

"嗯。"

"有病。"

门被敲响,保洁阿姨进屋打扫,成芸和郭佳都不再多言。

等房间被整理好,成芸才放下文件,起身说:"我先走了,你记着,明天不要来了。"

"你走这么早干吗？还没下班呢。"

"我今天又没上班，要回家吃饭。"

"哎！"

成芸走到门口，郭佳喊她一声。等成芸站住了，她又有些支支吾吾地说："要是……要是有什么需要帮忙的地方，你就跟我说一声。"

成芸回头，郭佳站在沙发边上看着她。

"好。"

"成芸。"

"嗯？"

"对不起……"

"对不起什么？"

对不起什么，郭佳自己也说不清楚。她想来想去，归因在刚刚的那个巴掌上，道："我不该打你，我就是一时……一时太……"她想不好形容词，就卡在了那里。

成芸站在门口，门已经开了半扇，半个身子没入深深的走廊里。

"郭佳，你那巴掌……"

郭佳静静地听着。

成芸似乎笑了一声，淡淡地说了句："太温柔了。"

门关，人走。

廊道里，高跟鞋踩地，声声分明。

成芸不怕李云崇——这是郭佳得出的结论。

她不知道自己的结论从何而来，只知道有那么一个瞬间，她竟然觉得成芸无所畏惧。

非是无知，非是无求，被往昔淬炼，她是另一种刀枪不入，就像一个守护神。

郭佳的心随着高跟鞋的声音起起伏伏。

思来想去，郭佳泄了力气，瘫坐在沙发里，捂住脸。

一个人究竟要活成什么样，才能用温柔形容一个耳光？

第十二章
等 我

还是紫砂壶,还是龙井茶,还是幽幽不散的檀香,只不过,如今坐在李云崇对面的,不再是那个总没正行,家里没有外人就仿若无骨地倒在沙发里的女人。

已经快到四月末,北京城的寒气还没有被驱散干净。屋子的角落里,红姨开了加湿器,小小的机器不能同老天作对,客厅里依旧干冷。

曹凯坐在沙发里,如坐针毡。

他有点儿后悔,也有点儿别扭。

这么多年,每次处理关于成芸的事情,不管是商议还是决定,他总是被李云崇第一个点名。最开始的时候,他是抱着点儿攀附的私心,能跟领导谈感情,这是很多职场人梦寐以求的事。

只是那时李云崇刚俘获成芸,正是春风得意的时候,而此时……

啪的一声,茶盏落桌。

曹凯被唤回神。李云崇坐在他对面,一身居家服,刚刚放下茶盏,靠在身后的靠垫上,难得有些懒散。

曹凯再次开口,说的还是一样的话:"李总……成姐已经在门口等很久了。"

李云崇靠着,还是不说话。

"好像真的有事要说。"曹凯犹豫着道,"要不,我去问一下吧?"

李云崇的眼睛淡淡地瞟过来:"问什么?"

"她这是第二次来了,昨天来,你……你也没见她,这次她把我叫着,可能想让我帮她说个话。"曹凯劝李云崇,"李总,女人嘛,都蠢,可她毕竟跟了你这么多年,要是愿意回头,要不再给次机会?"

李云崇盯着曹凯,那目光跟一条阴冷的蛇一样,让曹凯背脊发麻。

"给次机会?"李云崇面无表情地道,"给次什么机会?"

曹凯觉得自己简直是在受酷刑:"也……也没什么机会。"

李云崇自顾自地笑了一声,看向一旁。

曹凯无意间一瞥,发现李云崇的腮帮缩得不能再紧。曹凯在心里暗笑一声,五分不齿,五分无奈。

"李总,那我先走了。我也是被成姐一个电话拉来帮忙的,你不想见她就不见,公司那边我还得……"

"你替我跟她说一句。"

曹凯顿住,李云崇的目光依旧落在一旁,好像在看花,也好像在看隔壁房间里已经摘掉的鸟笼。

曹凯静静地等着。李云崇两腮颤动,眼睛半眯:"你告诉她,彻底断了跟那个男人的联系,我就再原……"

手机铃声无征兆地响起。

两个男人都随着手机铃声动了一下。曹凯掏出手机,然后看向李云崇:"成姐……"

李云崇没有说话,手机铃声还在响。曹凯握着手机不知如何是好,李云崇淡淡地说:"接啊,干吗呢?"

曹凯连忙接通电话:"喂?"

李云崇的房子里一如既往地静,静到电话里的每一句话都能清晰地透出来。

"曹凯?"

"啊,是我。"

"你还在屋里呢?"

"对。"

"他人呢?"

曹凯抬眼看李云崇,后者又挪开目光,安稳地坐着。

"李总……也在。"

"你叫他接电话。"

曹凯明知道李云崇已经听到了，还是传了话："李总，成姐想让你接电话。"

李云崇一动不动，完全没有要接电话的意思。曹凯又拿起手机，刚要找个理由拒绝，就看到李云崇转过头。

二人四目相对。

他们到底共事多年，曹凯轻易就明白了李云崇的意思。他咳嗽一声，说："李总现在不方便接，那个……成姐。"

"说。"

当着当事人的面，尤其还是上司的面，调解两方感情矛盾，这简直不是大老爷们儿该干的事情，曹凯心里别扭得要死，嘴里还不得不把李云崇的意思表达清楚："成姐啊，要不你跟那男的断了吧？"

"什么？"

"那个姓周的。李总对你也算一心一意了，你也别……"曹凯想着如何形容，声音渐低，"别太不懂事了。"

电话里静了一会儿，蓦地传出一声轻笑。

"我要说的不是这件事，你让他接电话。"

她这就是拒绝了，还是当着曹凯的面。

李云崇脸皮涨红，曹凯连忙别过眼，抓心挠肝，支吾地应付了一句："先挂了吧……"

挂断电话之前，他听到成芸留了一句话。

"你告诉他，有人在查我的公司，让他注意一点儿。"

挂了电话，曹凯把他听到的告诉了李云崇。

李云崇咯咯地笑出来。

"'我的公司'……"他略带嘲讽地强调着那两个字——"我的"。

曹凯说："我也听说了，好像还是之前那个小记者……"

"她也知道这公司是她的。"李云崇的声音比刚才更加阴冷了，"公司的法人是她，所有的保单、账目、银行户头也全在她的手里。以前所有的烂摊子都是我在收拾，现在她是觉得怕了？"

曹凯被李云崇话中暗透的内容激得心凉，觉得李云崇行事与平日相差太远,不得不提醒:"李总,咱们还是找人问一问吧?那个报社里有我熟悉的人,咱们把那个记者叫出来,看她有什么……"

"她总不会觉得自己一走了之,就能全身而退吧?"李云崇还沉浸在自己的问题里。

"李总……"

"你先走吧。"

"那个记者……"

李云崇眼如毒蛇,盯着曹凯,目光紧紧缠着他,又好像正透过他盯向另外一个人。李云崇一字一顿地说:"她要付出代价。"

曹凯默默地看着他,知道李云崇根本不是在跟自己说话。

"她得付出代价。"

曹凯觉得鸡皮疙瘩都起来了,李云崇还在说:"她该明白事理了。"

曹凯咬咬牙:"你想拿这个吓唬她?"他还是觉得有点儿不妥。

"你先走吧。"李云崇道。

"可是……"曹凯想:还是稳妥一点儿吧。

"走!"李云崇沉声说。

曹凯心里一沉,想着又不是自己要来的,大老爷们儿天天被缠在别人的感情戏里,谁他妈愿意?!曹凯暗暗地骂了一句。

可抬眼时,见到李云崇沉在沙发之中,人像老了十几岁,曹凯忽然又心生不忍,犹豫着想要安慰几句。话还没出口,他转念想到,对这个人来说,自己的安慰非但没有效果,没准还徒增怨恨。

曹凯叹了口气,拎包走人。

屋里再一次陷入死寂。

成芸回到家中已是夜晚,进屋的时候听到了炒菜的声音。

成芸脱了鞋,将外套扔到床上,来到厨房边,又一次抱着手臂靠在门板上,看着里面折腾得满头大汗的男人。

周东南早就察觉到她在身边,只在最初的时候转头打了个招呼,就接着盯自己的锅。

他已经习惯了,那个女人的目光——他们总是相互看着,有时候饭都顾不上吃,躺在床上看——好似旧电影中的堕落男女,过着虚无的人生，除情之外别无他物。

周东南把饭菜端出来，放到桌子上，招呼成芸吃饭。

"过来。"

隐隐的命令式语气，他是不是怪她回来晚了？

他穿着一件浅灰色的衬衫，圆领已经穿得松松垮垮了，露出半侧的锁骨，看着更有味道了。

他端坐在餐桌前，饭菜已经摆好，成芸还是没动静，他又叫了声："过来。"

他好像一家之主啊。

成芸笑着入座。

一切如常，成芸比周东南早放下筷子。她吃完饭，还是盯着周东南，看着他把自己剩下的饭菜一扫而光。

等周东南也吃完饭准备收拾桌子的时候，成芸却把他手里的碗拿过来，放在盘子上去了厨房。

周东南一愣，很快跟了过去。

这是成芸第一次在家里干活儿，可她看起来完全不是生手，洗碗、刷锅、整理厨台……她将头发梳到脑后，随意地扎起来，几缕不听话的发丝垂落下来。

她甚至比周东南做得还要熟练，还要快。

无声地做着家务的女人身上有种魅力——或者说是一种感觉，一种甘愿，一种臣服。

周东南挤到厨房里，从她的身后抱住她："你比我们寨里的姑娘能干。"

成芸笑了一声，周东南一手搂着她的腰，一手玩着桌上已经洗好的摞成一摞的盘子和碗。

"咱们什么时候回去？"他问。

"回哪儿？"

"贵州。"

成芸洗着碗，不说话。

腰上的手紧了一点儿，周东南在她的耳边说："北京太冷了，咱们回贵州。"

成芸被那只大手搂得想笑。她把水龙头拧上，在狭窄的空间里转身，跟他紧紧相贴。

　　"捏我干什么，耍赖呢？"她啪的一下拍在周东南的脸上，清清脆脆的，溅着水星。

　　周东南忽然抱紧了她。

　　他眉头皱着："跟我过。"

　　成芸挑衅地看着他。

　　他的手更紧了："跟我过！"

　　成芸忽然没有了表情，淡淡地看着他，用目光描绘着他的轮廓。

　　"阿南。"她唤他。

　　"嗯。"

　　成芸轻轻贴在他的身上，柔弱得非比寻常，像花，像羽。

　　周东南不说话了，任由成芸触碰他的身体。她的手常常摸在他的身上，久到让他觉得那只手本来就是他的——就像他的身体，本来也是她的。

　　她双手拨开他的领口，鼻尖轻轻点在他的锁骨间，周东南的下颌触碰她的头顶，两人从婉转地轻触，试探地摩挲，到后来越来越用力，无声的疯狂。

　　手腕纤细如同枯枝，谁知道有没有被攥红？谁知道有没有受伤？没人顾得上。

　　昏暗的厨房如同夜色下的森林，百兽蠢蠢欲动。

　　成芸发丝凌乱，好比孤魂野鬼，但在周东南的压迫下，脆弱不堪。

　　这世上，也只有一个人能撬开她的缝隙。

　　力竭了，他们安静地抱在一起，是喘息，还是抽泣？

　　情到极处，人会可怜。

　　最后一天，成芸再一次来到李云崇家门口。

　　她敲门，没人应。

　　成芸没离开，在院子里转了转，捡起一块铺在侧方用来装饰庭院的石头，朝着二楼的窗户砸了过去。

　　二楼的客房，那是成芸的房间。

她使了大力,玻璃应声而碎。破碎的声音在清晨安静的小区里显得格外刺耳。蒙蒙的青天,无人的院落,依旧没有人来应门。

　　这个声响倒是把保安引来了,保安也认得她,来来往往数年,谁没听过风言风语?成芸在他的眼中就是一个被抛弃的情妇,毫无能耐,胡搅蛮缠。

　　胳膊被拉住,成芸撕扯起来,这让保安更不屑了——她好歹也做过有头有脸的人物,何必弄得这么难看?泼妇一样。

　　成芸的眼睛带着阴毒,她砸、她扯,但自始至终没有出声。她只是盯着在二楼被砸碎的玻璃窗旁站着的身影。

　　李云崇的心一样紧着,带着一丝压抑又爽快的报复感,让他浑身的肌肤都隐隐战栗。

　　成芸反手拉住保安的衣服,朝他的下面踢过去,保安没想到这个女人会这么阴,一个没注意就中了招,捂着裤裆蹲到地上。

　　成芸喘着粗气,把衣服使劲整了整,又朝李云崇家走去。

　　在她走到门前的时候,门刚好开了。

　　李云崇负手站在门口,冷冷地看着她,如陌生人般审视她。

　　成芸径直走到他面前:"我有话跟你说。"

　　"什么话?"

　　成芸走到屋里,错身而过的时候,李云崇拦下了她。

　　"我让你进了吗?"

　　成芸凝视着他的眼睛:"有人要查我的公司。"

　　"是吗?"李云崇看起来并不在意。

　　"你知道?"

　　李云崇不置可否,成芸眯起眼睛,一字一顿地道:"李云崇,不是开玩笑,有人查我。"

　　李云崇有些神经质的迷茫:"然后呢?"

　　"……"

　　"你来找我,是为了让我帮你摆平?成芸,你当初走得不是很痛快吗?"

　　"李云崇。"

　　李云崇仰起下巴:"你真有种,就别来找我,自己去解决。"

成芸淡淡地说:"他们查我也是查你。"

哼笑一声,李云崇嘲讽地看着成芸道:"既然家里有人,怎么出了事还要跑出来找别的男人?你家那个行不行啊,不是挺倔的吗?让他去摆平。"

成芸面无表情地道:"你怎么知道他倔?"

李云崇冷下脸,成芸看了他一眼,又道:"你见过他?"

李云崇险些大笑:"我见他?"笑容又在一瞬间收起,李云崇轻轻挑眉,"他算个屁,我见他?!"

寂静蔓延,成芸看着一旁屏风上的四君子画,看得入神。

屋外的风吹进来,成芸转过头。

李云崇那么爱保养,眼睛里竟也出现混浊的黄斑。

"你们做的事,有多少人知道?"

李云崇冷冷地看着她。

风还吹着,四君子定格在屏风上,一如过往。

成芸与李云崇四目相对。她发现他老了,真的老了。

成芸忽然说:"你知道吗?有人曾经跟我说过一句话,叫行走江湖,输赢自负。"

李云崇眼角一跳,神色更加阴沉,就好像一瞬间明白了说这句话的人是谁。

"我从前不怎么懂,现在懂了。"

李云崇忍不了了:"滚。"

成芸的声音几不可闻:"我今天来就是告诉你一声……保重。"

人走了。

李云崇蓦然冷笑,在最后一刻说道:"这回,你别想我帮你了。"

成芸回到家,周东南还没下班。

成芸坐在床上,接到刘佳枝的电话,年轻的女孩儿急得跳脚:"你去没去呢?还没去?我听到消息了,马上就要彻查了,我的资料被提前拿走了。我跟你说,你千万别不当回事,你的公司只是一小部分,你背后的那个人贪了太多,这回谁也保不住!你快点儿自首,别被他拉下水!"

风水流转，满目苍凉。

成芸放下手机，给周东南打电话。

"你回家。"

"没下班呢。"

"求你。"

"……"

周东南赶回来，刚一进门，就被成芸抓住。他身上还带着冷气，就被成芸推到了床上。

她有些怪，可周东南对这些已经轻车熟路。

他散开她的头发，摸她光滑的胸口。

她帮他脱掉衣服，亲吻那被烧烂了的阔背。

他们的动作越是细腻，越衬得胸中情意无限。成芸此番有无边的温柔、无尽的耐心，彻头彻尾地完成盛宴。纠缠在一起的迷离肢体好似修罗大殿上的双修佛像，静谧之下，欲海滔天。

她紧紧抱着他的脖颈，双手伸进他的头发里，十指紧扣，抓得他好疼。

"我对你好不好？"她在他的攻势下颤声开口。

周东南咬着牙，干脆地说："不好！"

"不好还喜欢，你有病吗？"

周东南倔得使劲用力，成芸猛吸气。

她把他的头抱近，闻他脸上的味道。

"你说，你怎么喜欢我的？"

周东南不开口，成芸忽然大声道："说啊！"

周东南下巴收紧，眼神凝滞，动作也停了。两人之间隔着一张纸的距离，呼吸着对方的气息，屋里的钟表嘀嗒嘀嗒地走着。

"我忘不了……"周东南终于开口，声音低哑。他说得自己难受，头低着，说什么也不去看成芸的脸。

"你走了，我哥跟我说你是个坏女人，我想听他的。"

她逼着他："那你怎么没听？"

"我忘不了。"他的嗓音带着颗粒感，"你是个坏女人，可那天你对我太好了。"

那天，山间的午后，波光粼粼的小溪，祥和宁静的侗寨，风雨桥上的女人，他第一次的那天。

"我哥说我又被骗了，说你玩我，根本不喜欢我。"他好像从来没有一口气说过这么多话，激动得声音微抖，越说越快。

"我觉得不是，你怎么会不喜欢我？你那么……那么……"他心里有无数的话，经历了无数次挣扎，就苦于一张不会说的嘴，通通无法表达。最终，他不过是抬起头，眼眶发红，眉皱成川字，艰难地坚信着。

"你不会不喜欢我，只不过你自己不知道。你以为那天走了就算完了，不是的，我来找你，我带你回去，你跟我走才是结局。"

你跟我走才是结局。

成芸摸着他高挺的眉弓，淡淡地问："我和你那个艺术家前女友谁好？"

周东南停住，成芸一个小巴掌扇过去，周东南脸没动，受了一下。

"这还要想？找死呢你。"她仰起下巴，睥睨一切。

周东南鼓着脸，回答她："你比她好。"

"你等她等了多久？"

他又停住，这回成芸没再扇过去。

"什么意思？"

成芸说："你等她六七年……"

"我不是等她。"

"那怎么没女人？"

"没人要。"

成芸嗤笑一声，又扇他："你不老实。"

周东南接着说："也没碰到好的。"

"你要求还挺高。"

周东南埋头下来，啃她的肩。

成芸在他的身体之下，仰头看着黑暗的天棚："你能等我多久？"

潜心品尝的嘴唇停下，成芸感到两侧的床褥微微一沉。周东南撑起身子，俯视着她。

"什么？"

"你等她六七年，能等我多久？"

他不懂，凝视着她，等着她解答。

"阿南，我可能要离开一段时间。"

"去哪儿？"

"另外一个地方。"

"多久？"

"我不知道。"

"多久？"

成芸忽然觉得离开他的怀抱后身体很冷，伸出手，抱住了自己。

周东南说："我跟你一起。"

"一起不来的。"

"那你告诉我，多久？"

"我真的不知道。"成芸还是觉得冷。她去抱他，在碰到他身体前的一刻，周东南翻身，屈膝坐到一边。

"我给你买了票。"成芸说，"你先回贵州。"

"我不走。"他很直接。

"别留在这儿。"

他侧头："为什么？"

成芸想了很久，最后给了那个他也用过的答案："不好看。"

周东南怔住了。

成芸也坐起来，慢慢挪到他身边。

她在黑暗中看见周东南强忍的一张脸，轻轻拨动他的肩膀："阿南……"

周东南悄声说："你什么都不说，我怎么等你？"

成芸忽觉一切轮回倒转，一时间，天地皆净，雪花漫天，她变成了另外一个人，面对着重重阻碍、无望的未来，还有懵懂无知的爱人。

他对着坐在床边的成芸说："回家等我。"

她不愿意，在雪中撒泼，喊叫着你去哪儿？去多久？你什么都不说我怎么等你？

他抱住她，亲她的脸，亲她的额头。

雪花在他们之间消融。

你不相信我吗？你等我。

375

成芸从梦中清醒，自己正把面前的人紧紧拥着。

他是谁？她又是谁？

"你回家等我。"成芸说，"我会回去，我一定回去找……"

寂静的惨夜，无休无止的折磨，漫无边际的荒芜……

成芸说着说着，忽然大哭出声。这出庄生晓梦里，只有她贯穿始终，没有人比她更懂阿南——包括她自己，每一个阿南。

"算了，算了。"她似崩溃一样地摇头，"你别犯傻了，别等了，还是把我忘了吧！"

周东南张皇无措，大手捧着她的脸，好不容易让她安静下来。

她第一次像个疯子，看他的表情就像在同情一个濒死的囚犯。

她为什么哭？他明明好好的，明明那么爱她。

只是等而已，他怎么可能忘了她？

他的镇定让成芸慢慢恢复理智，她在夜色之中看进他的眼睛里，忽然就改口了："不，你还是等吧。"她平淡地说，"我死也要拉着你。你怎么可以不等我？"

周东南不在意她刚刚的疯言疯语，摸着她的头，低声说："你别哭，我会等的。"

如今，他的声音依旧和缓。他轻轻易易，许下半生。

而她一点儿都不意外，泪眼蒙眬中淡淡地道："你回贵州去，就当成全我。"

周东南波澜不惊地道："好。"

他们坐在床头，在长夜之中相拥。

十二点过了，人是不是该期待黎明了？

火山海啸，太阳初升。地震火灾，太阳初升。干旱洪涝，太阳初升。

永远这般，好似人间情爱，伤透再伤，死过再死，到头来山间月色依旧照耀着痴傻的有情儿女，世间沉沦。

阴天下，有人等着看热闹。

可电话打来，最先被抓的并不是那个女人，而是总公司的一个部门经理，与李云崇有些沾亲带故的关系。

没有人想到，天似乎一瞬翻覆。

一直到人被抓起来，都没有人通知李云崇。

这怎么可能呢？

曹凯已经两夜没睡了。这次雷声很大，不知道最后的雨会下成什么样。直觉告诉他，这一次与之前不一样。

部门经理被抓，几乎是毫无征兆的。对方就像一个古老的刺客，声东击西，藏身暗处，等一切尽在掌握中了，再一击即中，要人性命！

曹凯一遍一遍地检查着，除了那些冠以部门经理的名字——或者说，可以推到部门经理头上的账目，还有没有什么东西在被抓的那个人手里。

他应该还知道一些事情，但手里有没有证据？

使劲挠头，曹凯咬牙顶着，再一次检查。

电脑、书柜、保险箱……他眼前一阵眩晕，但他不能倒。他才四十岁，前途无量，上有老下有小，不能就这么完了！

他认识那个经理，那并不是个聪明人，只是李云崇手下的小角色——只了解李云崇分毫，就算知道一些内情也圆不过来。

手一哆嗦，曹凯还是再一次祈求老天。

让他去死吧，只让他一个人去死吧！

曹凯给李云崇打电话，李云崇的疲惫更甚于曹凯。

"他知不知道具体的？他会不会说？"逼到极致，曹凯也顾不得尊卑了，"他到底知道多少？！"

李云崇道："不要再在那个破办公室里待着了，蒋律师马上就到了，你先跟他接触一下，我还得见保监会的人。至于部门经理……你不要管了。"

"他现在就在里面！他要是乱说乱咬……"

李云崇大吼一声："照我说的做！"

话音未落，蒋律师已经进屋了，满头大汗，神色惨淡："反贪局的人来了。"

曹凯只觉得眼前一黑。

真正的大厦将倾。

从保监会到反贪局，性质骤变。

蒋律师赶忙扶住摇摇欲坠的曹凯:"先别慌,都不一定。先等里面那个人的消息,现在查也查不到我们这儿。"

李云崇放下手机,脸色阴沉。
车开在长安街上。他年轻的时候很喜欢这条街,走在其中,都能感觉到那股隐隐的禁忌感。
司机刹车,他身体一晃。
他再次拿起手机。
一个红灯的时间,他拨了四个电话。
电话怎么会讲得那么快?当然是因为没有人接听。
李云崇手心出汗。
车子发动的一瞬,他的脑子里居然浮现了一个女人的身影。
她对他说,保重。
太久了,想她成了习惯,他似乎都忘了要如何处理那些复杂的、错乱的人际关系。
她把他带蠢了。她让他变简单了。
他的太阳穴跳着,司机好像从后视镜里看了他一眼。李云崇坐得端正,不论何时,他都是体面的,都是一丝不苟的。
李云崇回到家,曹凯的电话又打了进来。
"他说了!"
"谁说了?"
"王成明!"那个部门经理。
"我托了好多人打听,他好像把当初抛售股票的事情说出去了。"曹凯声音干哑,"他知道多少详情?"
李云崇无言,曹凯吼道:"我马上过去一趟!"说完摔了电话。
多年前,企业上市前一晚,李云崇曾将股票大批量抛售给个人。
第二天,股价轻松翻了几百倍。
空手套白狼,你把几百亿身家抛给了谁,你在帮谁套取国有资产?若上面真查到你的头上,你敢说还是不敢说?
风水轮流转,一环套一环。
积木搭到上面,越来越难,但要拆,只需要动下面的几块就行了。

· 378 ·

兵败如山倒。

曹凯赶到李云崇家里，人疯癫起来："怎么回事，给江部长打过电话吗？"

"打不通。"

"怎么可能打不通？！"

李云崇坐在沙发里，抬起头看着他："你在跟我说话？"

曹凯被他的神色吓住了，跌坐在凳子上。

"有办法，一定还有办法。"曹凯自言自语，又看向李云崇，道："李总，你快想想办法啊。"

李云崇伸手去够桌上的什么，曹凯顺着看过去，居然是李云崇经常泡茶的紫砂水壶。曹凯快要疯了。

喝茶，他现在想泡茶？

李云崇把茶壶拿在手里，用手轻轻地摸着，不急不缓。

曹凯强抬起血丝密布的眼睛道："很快就会查到我这儿，我要怎么说？"

李云崇依旧摸茶壶，不知道是在思考，还是在给自己拖延喘息的时间。

曹凯露出一丝诡异的笑："李总，查到我，就差不多要抓到成姐了。"

手停了。

"你给咱们想想办法。"曹凯肥硕的身体微微向前，"我们一路跟着你，现在只能靠你了。"

"问什么都不要说。"李云崇终于发话，曹凯马上聚精会神地听着。

"江部长那边估计也是闹翻天了。"他是被控制起来了吧？

"他想活动也得等这阵挺过去后。"他挺不过去的。

"你什么都别说，一切照旧。"证据确凿，这次对方才真的叫有备而来。

曹凯眼睛发亮："我懂了。"

曹凯走了，带着微弱的希望。

李云崇独坐在沙发里，屋里没有开灯。不知从何时起，他已不喜亮，不喜被照得满是光彩的世界。

他弯腰接水，忽然听到嘎嘎的响声。

那是他的身体。他老了。如果照镜子，他会发现自己的白发已满头。

半辈子荣华，半辈子心血，如今他只有这么一栋空荡荡的房子。

不，屋里还有人，还有红姨，那个被他要求做事消声，尽量少出现在众人前的女人，她应该在自己的房间里吧。

门铃陡然响了。

谁？

他谁也不想见，谁也不想应对。

没人能看见他的狼狈，没人能看见他的失败。

"李云崇！"

声音就像喝在他的耳边，让他腿根一颤。

他打开门，外面站着一个女人。

所有的一切都是虚影，只有那个女人是真实的。

"出事了？"她眉头紧皱，径直进屋，反手关上门，"怎么回事？跟我说一下。"

李云崇说："你来这儿干什么？"

"我不能来？"

李云崇冷笑一声："那个男人呢？"

"什么？"

"那个姓周的。"

成芸皱眉："提他干什么？"

"送走了吧？"

成芸骤然冷了脸。

"你以为我不知道？你跟郭佳偷偷联系，让她在后面跟着，看着他，让他别跑回来。"

成芸默然，她的确请郭佳帮忙了。

她跟郭佳说，最后不管如何，都要把结果告诉周东南。

李云崇嗤笑："真有意思，女人真有意思。"他微弯腰，伸出一根小手指，对她说，"你知道吗？就算是今天，我想让他死，也只需要动动手指头。"

成芸也笑了："李云崇，你别骗自己了。"

李云崇脸上没了笑意，成芸又说："他死不了。你和我死了，他都死不了。"

她再一次如此笃定,露出那样的表情。

每一次她带着这样的表情说话时,都是准的。

好啊,好啊。

"你们到底商量好没有?"成芸不再跟他讨论周东南,往客厅走,"这么多年我对你们的事情只有耳闻,知道得不多,你们做得过不过分?我怕到时候万一……"

成芸刚转头,一双手就掐在她的脖子上。

李云崇万念俱灰。

我帮你印证你的话。你我死了,他都死不了。

她的脖子多细啊,好像秋日的芦苇,又细又长,娇嫩得很。

成芸脸上涨红,喉管被卡住,呼吸困难。索命的厉鬼就在她面前看着她。

她浑身颤抖,血管慢慢显现在她苍白的脸上。

李云崇忽然觉得这样挺好,在这前无去路、后有追兵的一刻,他手里还有一个女人,一个陪了他十几年的女人。

何止挺好?这简直完美。

想到这儿,他又觉得自己是完全正确的。因为这一切都怪她,全是她,让他的路走弯了。否则当他在绝望之际回忆过往,他想到的怎么除了她别无一物?

她把他弄成这样,就得陪着他。

他手下更用力了。成芸的眼珠翻起,里面布满血丝,红得如同上妆。她拼了最后一丝力气,往后倒,李云崇被她拉过去一些,退到茶几边。成芸松开手,胡乱地摆动,摸到桌上的紫砂茶壶,握紧,朝着李云崇砸了过去。

一只壶生生被砸碎。

李云崇一晃,松开了手。

"喀……喀喀!"成芸捂着脖子咳嗽,大口大口地喘息。

地上有血,是从李云崇的额头上流下的。

"你疯了!"成芸咬着牙,"李云崇,你疯了!"

走廊尽头站着个人,红姨听见了声响,颤颤地从屋里出来:"李先生啊……成小姐啊……"

她微弱的声音被李云崇的一声大吼打断了:"滚——给我滚出去!"

红姨哆哆嗦嗦地要上楼。

"我说的是滚出去!"

你给我滚出去,从工作半生的地方滚出去——就像他一样。

红姨老泪纵横,离开了。

"李云崇!"成芸抓起一只茶杯甩过去。

茶杯刮到他的颧骨,被他避开了,碎了一地。

"你发什么疯?!"

李云崇白发散乱,血流了一脸。

静了,一切都静了。

"我发疯?"李云崇慢慢点头,"我是发疯了。"他把自己的头发拨弄整齐。成芸冷冷地开口:"事情不可转圜了?你办法都想过了吗?有发疯的工夫不如出去找人。"

找人,他能找谁?她什么都不知道。

"我要走了。"成芸拉了一下衣领,"估计很快就查到我这儿了。"

她已经走到玄关了,忽然站住了。

女人总是有直觉,对第一次,对最后一次。

屋外春风吹着,轻抚脸颊,好像在安慰她、劝说她,帮她忆起那段不可忘记的过去——那些组成我身的,组成你心的过去。

成芸忽然转头,大步走回屋里。

李云崇平躺在沙发里。血还没有止住,他也不想止住,任由黏稠的血从额上滑下。他听见声音,来不及睁眼,忽然感觉自己的头被人捧住了。

两只手,托着他的后脑。

成芸俯身吻住他。

双唇相印,其间带着血腥味。

他从来没有离她这么近过。

唇松开,她的手还捧着他的头,而他,早就忘了如何动作。

她有些急促的鼻息落在他的脸上,他专心致志地感受着。

"提防着点儿曹凯他们。"

李云崇怔然。

她的眼睛里还带着没有散尽的血丝。

她水眸带光，黑发如火，一如往昔。

"十二年，没能照顾好你，对不起。"她低声说，"崇哥，再见了。"

风停的一刻，成芸恩仇俱忘。

起身，离去，这次她没有再回头。

两天之后，成芸被捕。

往后的半个月里，平泰公司从上到下被调查了一遍，涉及贪污、受贿、欺诈、侵占国有资产等罪名，共有十几名重要涉案人员，震惊全国。

案件足足审了大半年。

即便在最后，所有的案情都已经明了的时候，仍有一个人，自始至终都没有供出主谋者——即使那个主谋者已经命丧黄泉。

李云崇在成芸离开的那天，服毒自尽。

据说被发现的时候，他赤条条地躺在床上，身上只盖着一件黑色的女士风衣。

风衣把他大半个身子盖住，好像很亲昵，又好像在保护着什么。

他死在二楼的客房里，房间的玻璃碎了，警察推门而入时，过堂风吹着窗帘，一荡一荡的。

没有等到审判结束，刘佳枝便辞掉了工作。

她觉得自己无法接受结果。

因为投入得太多，刘佳枝有时甚至会产生"梦里不知身是客"的错觉。她经常梦见自己坐在凳子上，面对着铁窗内那个脸色苍白的女人。

她不懂那个女人为什么不自首，为什么不配合调查。可梦里，她又觉得都懂。

感情太烈，她窥得一角，已经被伤。

后来，她的爸爸劝慰她，为了别人这样不值得。

"人想要往前走，就得学会认输。"他如是说。

于是刘佳枝远走海外，游山玩水，不去关注这个案子。

可她心里一直有一份惦念，牵扯着她，也鼓励着她。

她在阿尔卑斯山山脚下的一个小镇上驻足。在这个只有数百人的镇子里，她安心了。

她要写一本小说。

打开笔记本首页,看着窗外的皑皑雪山,她提笔写下楔子。

人想要往前走,就得学会认输。不肯认的那些,都已随时光远去了。

只一句话的工夫,刘佳枝热泪盈眶。

宣判的那一日,千里之外的榕江,一个信号不太好的侗寨里,有个男人在自家门口干活儿。

他的手机振动了。

他拿出来,低头看短信。

不知道看了多久,直到对面在门口纺布的老婆婆喊他,他才抬起头。

她用侗语问他:"阿南,好大岁数了,出去那么久找老婆了没?"

手机被他捏在手里,几欲碎了。

老婆婆手里转着纺车,悠闲地问:"啊,有老婆没?"

阿南站起身,一身黑漆漆的侗族服饰,对襟敞开着。

他冲老婆婆说:"嗯,已经有人要我了。"

老婆婆点头:"好啊好啊,有人要好啊。"

他的手渐渐松了,将手机揣回兜里。

老婆婆接着问:"你老婆美不美啊?"

"很美的。"

老婆婆抬头看他一眼,取笑说:"哎哟,看你成天板着脸,一想到老婆就会笑了?不过你得多笑,冷不防笑一下,像哭一样难看。"

阿南虚心接受批评:"哦。"

山里阳光和煦,万物静长,老婆婆转着纺车,转得心里舒畅,唱出一首民歌,歌声与在对面小楼下干活儿的男人相得益彰,荡漾林间。